外交纪实小说

帝国后院

刘静言 著

五洲传播出版社

图书在版编目（CIP）数据
帝国后院 / 刘静言著. -- 北京 : 五洲传播出版社，2016.11（2024.2重印）
ISBN 978-7-5085-3573-9

Ⅰ. ①帝… Ⅱ. ①刘… Ⅲ. ①长篇小说－中国－当代 Ⅳ. ①I247.5

中国版本图书馆CIP数据核字(2016)第280019号

“外交风云亲历记”丛书

帝 国 后 院

著　　者：刘静言
出 版 人：关　宏
策划编辑：高　磊
责任编辑：黄金敏
装帧设计：丰饶视觉
出版发行：五洲传播出版社
地　　址：北京市海淀区北三环中路31号生产力大楼B座6层
邮　　编：100088
发行电话：010-82005927，010-82007837
网　　址：http://www.cicc.org.cn，http://www.thatsbooks.com
印　　刷：中煤（北京）印务有限公司
开　　本：787x1042 1/16
印　　张：25.5
字　　数：320千
版　　次：2024年2月第1版第2次印刷
书　　号：ISBN 978-7-5085-3573-9
定　　价：88.00 元

献给新中国最早走进

拉丁美洲的人们

——作者

亚美利加，我不是徒然地

呼唤你的名字……

——巴勃罗·聂鲁达

目录

引 子

清晨，东方喷薄而出的霞光，沿着故宫层层叠叠的黄绿色琉璃瓦屋顶滚滚而来，越过城楼，挥洒在天安门广场，也挥洒在了北京大大小小的胡同、千家万户的四合院。冬天过去了，北京开始散发出暖春的气息，探出紫禁城墙头的柳树梢露出一片新绿，宫墙外一字排开的桃树枝头绽开了点点嫣红，古城的肃穆中多了些春的妩媚。

一大早，海淀区各院校的大学生队伍已经开始朝北京市内进发了，他们打着各自的校旗，举着巨大的横幅，挥动手中五颜六色的小纸旗，时而齐呼口号，时而高唱革命歌曲，浩浩荡荡，群情激昂。几乎在同一时间，城区的其他街道上也都陆续出现了来自各行各业的队伍，机关干部、工人、中小学生、街道市民……人流穿过大街小巷，再汇成滚滚洪流，直奔天安门广场而去。口号声此起彼伏："支持古巴人民反帝、民族、民主革命斗争！""要古巴，不要美国佬！""打倒美帝国主义！"

沿街的高音喇叭播放着新近最流行的歌曲《美丽的哈瓦那》。歌声夹杂着激昂的口号声，仿佛在播出一首奇妙的协奏曲……

游行队伍来到天安门前，沿广场绕了一圈，再往前就是东交民巷了。这一带向来是历次游行高潮迭起的地区，示威群众的情绪往往在这里达到顶峰，在这里，他们要努力表达这次游行的主旨与诉求。庄严的天安门，是中国近代史上赫赫有名的政治地标，自从拉开中国新文化运动序幕的“五四运动”从这里爆发以来，国人一次又一次地在这里发出了民族抗争的呐喊，悠悠百年！终于有一天，从这天安门城楼上传出“中国人民从此站起来了！”的洪亮声音震撼了世界，从此揭开了中国和世界史上的新篇章！天安门前发出的呐喊声乃是十多亿中国人的呐喊，它们传遍五洲四海，震动寰宇。君不见，走在天安门前的示威人群，个个振臂高呼，激情沸腾，达到极致！他们把无数面红旗、标语横幅舞动得哗啦啦遮天蔽日，他们的口号声响彻云霄，震耳欲聋……成千上万人汇成的洪流奔腾着、翻滚着，把天安门广场变成了沸腾的海洋。

渐渐地，一部分人流向东涌动，拐进了东交民巷，这里是另一个唤起他们苦涩记忆、让他们心潮难平的地方——当年的使馆区！一个曾经让中国人备感屈辱、带给他们无数痛苦和灾难记忆的代名词，一个又一个丧权辱国的不平等条约、八国联军铁蹄的恣意践踏……无不与这里联系在一起，当年那些不可一世的西方大国曾在这里颐指气使，即便时过境迁，中国人民已经成为自己命运的主人，他们仍妄图孤立和扼杀这个新生的共和国。过往的屈辱与苦难，迄今仍遭到西方大国重重包围的国际境遇，使中国人对世界上那些为捍卫民族权益而浴血奋斗人民的遭遇感同身受，充满同情。直至不久前，对绝大多数中国人来说，古巴还是个十分陌生的名字，甚至不清楚它在世界的哪个地方，后来知道了，那是美国身边的一个小国，竟也揭竿而起，造了美国人的反，一场力量悬殊的博弈正在展开……世界各地爱好正义与自由的人民都向被压迫者伸出了援手，刚刚摆脱了帝国主义枷锁的中国人，更是把声援古巴革命看作自己义不容辞的国际责任。美国与古巴之间的斗争日趋尖锐，中国支援古巴的声浪也愈加高涨。中国人的心不知不觉地和那个远在地球另一边的小国古巴紧紧地连在了一起。

进入东交民巷，但见一幢幢绿树白墙环绕的洋楼，不用说，这是北京最漂亮的住宅区，它紧靠天安门，让人联想起当年居住在这里的那些西方大国使节们，怎样眼睛紧盯着紫禁城里的一举一动，盘算着如何瓜分这个偌大的中华帝国，使之成为它们永久的臣民……俱往矣，这一切已彻底成为历史的陈迹！今天的中国人不只是自己土地的主人，还要向全世界发出自己的声音，宣示自己的主张。

拐进巷口不远，街道的西侧便是英国代办处，从外面望进去，高高的围墙后面是灰色的三层楼宇，给人以肃然和神秘的感觉。每当走到这里，游行示威的民众一般都会放慢脚步，或者干脆停下来，更用力地挥舞手中的旗帜，提高了呼喊口号的音量，为的是要让楼内的人看得见、听得清。记忆犹新的是几年前那次声势浩大的支援埃及人民反对英国占领苏伊士运河的游行，当时愤怒的人群围在英国总领馆前，一位衣冠楚楚的英国外交官站在门口，面无表情地听着示威群众代表激愤地宣读抗议书。眼下这次游行声讨的对象是美国，可北京没有美国使馆，美国政府不但拒不承认新中国，还极力阻挠和破坏其他国家发展与中国的关系。二次世界大战以来，美国成了不可一世的霸主，不允许别国享有自己应有的民族主权和尊严，如今它又想把敢于反抗的古巴镇压下去。愤怒的中国民众挥舞拳头走过英国总领馆，走过曾经是西方外交官云集的使馆区，尽情地宣泄和表达他们的愤慨和抗议。20世纪中叶，发生在帝国主义和第三世界国家之间的压迫与反压迫、控制与反控制、封锁与反封锁的激烈对抗与斗争，正以风起云涌之势，席卷全球。

刚过中午，天色却变得有些阴沉，像要下雨。一般来说，游行队伍过了天安门广场和老使馆区，就像滚滚洪流越过洪峰之后会渐趋平缓，他们也终于可以停息下来，喘口气了。于是，由东单往东一带街区便成了各路人马歇脚之处，各院校师生稍作休息后就可出城返校了。此时，在东单街口的一株榕树下，汇聚着一群年轻人，他们是北京外国语学院的学子们。虽说从一大早起，他们就在不停地奔走，振臂高呼，可年轻的脸上看不出疲惫，依然精神抖擞，激动亢奋。他们在树荫下又说又笑，毕竟是年轻人，精力充沛得好像永远使不完。他们之中一部分人是学西班牙语的，也许他们觉得声援古巴革命与他们有着某种更直接的关系，就像自新大陆被“发现”以来，西班牙就与拉丁美洲有着斩不断、理还乱的关系一样，中南美洲十几个国家迄今以西班牙语为母语，自然而然，这个地区发生的事情也就特别引起学习西班牙语的年轻学子们的格外关注了。据他们的老师说，中国最早学习西班牙语的两个年轻人，就是当年西班牙发生内战时准备去参加国际纵队的人。如今轮到西语地区的古巴出事了，他们当然地感到当前的事件与自己有着不容置疑的特殊而微妙的关联。

美丽的哈瓦那
那里是我的家
爸爸去闹革命
拿枪打天下
……

几个女同学在轻声哼着《美丽的哈瓦那》，旋律舒缓、抒情，很快有人跟着唱，渐渐地，女声小合唱变成了男女混声……歌声刚落，便听见有人高声叫道：

“肖梅，欢迎肖梅唱一首《七·二六进行曲》！”

“好！好！肖梅，肖梅！”好几个声音在附和。

众人的目光不约而同地落在了一位穿灰格呢短外套的姑娘身上，这姑娘留着短发，圆脸庞上闪动着一双灵气的眼睛，这时她正与身边的女同学说笑，她的笑容很可爱，是那种很清纯很阳光的笑容，笑的时候，脸颊上会露出两个小酒窝，平添几许温暖与甜美。听见有人叫她，便转过脸来看了看，哦，让唱歌，于是站起身来，笑了笑说：

“这首歌大家一起唱才好，颂扬古巴人民的革命精神，大家一起唱更有劲，更有万众一心的气势，这样吧，我起个头，大家一起来！”

我们朝着一个理想进军
胜利必定属于我们
鲜血洒在古巴的土地上
……
团结一致
向前进，古巴人民！

肖梅响亮而圆润的歌声在城市上空回荡、飘散，很快，独唱变成了大合唱，果然气势磅礴，引得在附近休息的其他院校的学生们纷纷向这边张望，街上行人情不自禁地放慢了脚步，从这里驶过的有轨电车上的乘客们也从车窗投过来好奇的目光……

邻近的另一株树下站着两个小伙子，20来岁模样，长得稍高的那个穿土黄色夹克衫和黑长裤，长着一双黑白分明的眼睛和两道剑眉，稍矮的那个一身深蓝色学生装，白净的四方脸，五官匀称，细长的眼睛炯炯有神。两人正靠在一起，低声交谈。歌声起时，他们停止了谈话，跟着大伙儿一起唱，身子还随着节拍轻轻摇晃，挥动手臂，很是投入。一曲终了，高个子把手亲切地搭在同伴肩头上说：

“杨宇，你我从小同学，一同参加军事干部学校来到北京，又同学西班牙文，按老话说，真够有缘的。现在毕业了，眼看要分手，还真舍不得！”

“怎么？你有分配的消息了？”杨宇两眼盯着他，急忙问道。

高个儿点了点头说：

“昨天系里通知我，说外交部要调我去澳门学一段时间葡萄牙语，这样一来，我们不是要分道扬镳了吗？！”

“真的呀？什么时候走？葡萄牙文与西班牙文源自一脉，你学了葡萄牙语，我们也还是有亲缘关系的兄弟！雄飞，我也有个消息要告诉你，外交部也让我去报到，去哪儿还不清楚。”

叫张雄飞的高个儿，听了杨宇的话，激动地擂了他一拳道：

“你小子这么重要的消息到这会儿才告诉我！太好了，我们又走到一个屋檐下了！”

“想当年我们都不愿学西班牙文，认为学了没啥用处，还是周总理有远见，指示开设西班牙语系，新中国是要跟全世界接轨的，要与各国人民打交道！没有把中国人放在眼里的美国佬和西方人想在全世界孤立我们，困死我们，可现在他们自己的后院起火了，我们的机会来了，拉丁美洲，哥们儿，用上我们了！”杨宇愈说愈兴奋。

“没错，我们是暂时分手，以后……以后我们还将在同一战壕里战斗！哎，你听说其他同学的分配情况了吗？”张雄飞也很兴奋，后半句话他是贴着杨宇的耳根问的。

天上飘起了毛毛细雨，杨宇用手摸了摸落在脸上的细水珠，皱起眉头说：“下雨了，学校接我们的汽车快来了吧。”一面说，一面拉着张雄飞躲到旁边的水果店门口，接着，侧身靠近他耳边说：“分配的方案还没有公布，听说好多单位都来要人了，外交部好像也找肖梅谈过话——”话未说完，他看见从斜对面胡同口走出来两个姑娘，两人手挽手，打着一把雨伞，正低头说着话过马路，她们完全没有注意到斜后方一辆有轨电车正从她们背后驶来，电车也丝毫没有减速地在往前驶，走在前面那位姑娘的脚就要踏上电车的轨道了！

“不好！”杨宇闷声喊了一声，一个箭步飞快向两个姑娘冲过去，一把抱住前面的姑娘倒地滚开，电车几乎紧贴着他们背后“吱呀——”一声，猛地刹住了，车上的乘客发出了一阵惊叫声。摔倒在地的那位姑娘一面挣扎，一面嚷着：

“干吗？干吗？”

她的同伴在最后一秒已看到了可怕的危险，她惊呆了，竟忘了抽出拿雨伞的手去拉住自己的同学，惊魂始定，她才大声喊道：

“你差点儿被轧死了，还说‘干吗’！”

杨宇冲过去的那一瞬间，张雄飞见状也飞跑了过来，见杨宇已从地上站起，急忙问：

“没事吧？”

听见杨宇答称没事，便松了口气，赶紧把姑娘从地上扶了起来，责怪说：

“太危险了！以后可不能这样过马路呀！”

姑娘用手捂住擦伤的手臂，涨红了脸，不知说什么好。杨宇指了指她手臂上的伤说：

“赶紧回去包扎一下吧！”说完，拉了张雄飞一把：“走吧，学校的车要来了！”

“谢谢——，谢谢你们了！”

他们转身往回走时，背后传来了两个姑娘高声道谢的声音。正在街旁目睹了这一意外发生全过程的其他同学们不约而同地为他们鼓起掌来。杨宇轻声对张雄飞说：

“你先走吧，我留下来有点事，我已经跟班长请过假了。”

壹　加勒比惊雷

我的祖国外表多么甜蜜

内心又多么痛苦

——（古巴）尼古拉斯·纪廉

1

外交部就在东单的一条胡同里，离天安门不远。院内有绿树花坛，簇拥着一座三层洋楼，这是幢德国式的豪华建筑，在周边四合院的映衬下更是显得气派和耀眼。说起这座楼房的来历，其身世和经历浓缩了近百年中国外交的坎坷与辛酸。它修建于清朝末年慈禧专政年代，那是中国积弱积贫的时代，中国只是西方列强竞相分割的俎上肉，无外交可言，当然从不曾有过接待外国元首来访的荣耀，后来总算有位德国王子动了想来中国玩玩的念头，于是受宠若惊的清王朝立即大兴土木，建造了这座欧式洋楼准备接待德国王子，没承想这位王子最后也不肯屈尊降纡，让中国当局劳民伤财白忙活了一场。后来，这处房子便被改成了“总理各国事务衙门”，简称“总理衙门”。八国联军攻入北京时，狼狈逃出京城的清政府与帝国主义列强议和，《辛丑条约》向中国索要赔款 4.5 亿两白银，分摊下来，每个中国人要赔偿一两多银子，还要赋予西方列强在北京东交民巷的“使馆区”驻留军队的权利。“总理衙门”从此更名“外务部”，辛亥革命后，“外务部”又改称“外交部”，楼房所在的这街道也跟着被叫成了外交部街。

民族的屈辱史铭刻在这个城市的躯体上，更刻印在每个中国人心上。1949 年秋季某天，新中国成立伊始，这幢楼宇迎来了新主人，第一个走进这座历史性建筑的是位气宇轩昂、身着黄色卡其布中山装的中年男子，他便是新中国首位总理兼外交部部长周恩来，与他同来的还有一群中青年干部，其中不乏久战沙场的中高级将领，还有来自四面八方的会外语的青年才俊。他们在灯火辉煌的东楼大厅里宣布成立新中国的外交部，周恩来的讲话一字一句、铿锵有力地打动着每位与会者的心："……中国的反动分子在外交上一贯是神经衰弱怕帝国主义的，清朝的西太后、北洋军阀的袁世凯、国民党的蒋介石，哪一个不是跪在地上办外交？……我们不学他们！……"根据毛泽东主席"另起炉灶"的指示，新中国的外交从零开始！从此，一支全新的外交队伍诞生了，他们以崭新的面貌活跃在国际舞台上，虽也温文尔雅、衣冠楚楚，却有"文装的解放军"之称，他们在与西方帝国主义的博弈中不断扩大自己的国际活动空间，是呀，经过朝鲜战场上一番针锋相对的较量，那些昔日不把中国放在眼里的西方大国不得不收敛了一些霸气，愈来愈多的国家开始用尊敬的目光注视新中国，愿意同中国交往和发展友好关系。眼下摆在中国外交人员面前的一项重要任务，无疑是要进一步打破帝国主义势力对新中国的政治、经济、外交封锁。

外交部东楼二层朝西的办公室门口，挂着"美澳司"的牌子，是专管美洲与澳洲事务的。靠里面的一间是司长与副司长的办公室，外间坐着三四个年轻干部。从办公室门口平时少有人走动的弧形走廊上不时传来匆忙的脚步声，这些天他们比平时忙多了。

办公桌上的电话不停地响，有时是两部电话同时响起来：

"喂，我是外交部美澳司，国务院外办呀，请说，我听着哩……"

"喂，哪里？声援古巴大会筹委处，好！你们那边情况怎样？噢，噢……工、青、妇代表都要求发言……"

此时，从里间的办公室走出一位穿蓝色中山装的中年人，个子适中，体形偏瘦，鬓角露出了些许花白，两道浓眉使他的面孔看起来稍显严肃。他叫高源，是美澳司的副司长，见他进来，刚刚与别人通完电话的青年干部徐之光连忙站起身来说：

"高司长，关于赴拉美代表团的组成可能会有些变化，我要向您汇报一下。"

“行，回头你到我办公室来一趟吧。”高源副司长回答说。见大家都忙着，便笑道：“怎么样？这几天忙得够呛吧！”

“报告司长，这可是头一回，比过去的清闲痛快多了，说明咱们拉美形势一片大好，我们也可以有所作为了。”一个穿蓝夹克衫戴眼镜的小伙子兴致勃勃地高声回答。

“小陈说得对！这些天我们从上到下都在忙碌，中央对古巴革命形势的发展非常重视。苏联十月革命的成功、中国革命的胜利曾经催生了一个社会主义阵营，推动了整个亚非拉地区反帝、民族、民主运动的高涨。别看古巴国家小，古巴革命的意义同样不可低估，毛主席给予它很高评价，说一个只有600万人口的小国，离美国又那么近，坐飞机只要半小时，却敢于在美国身边闹革命，硬是把武装到牙齿的巴蒂斯塔赶跑了，古巴革命具有世界意义！毛主席还说，古巴的斗争帮助了我们，整个拉美的斗争帮助了我们，我们有义务帮助他们。咱们拉美处这些人是干吗的呀，顾名思义，专门做拉美工作的，更是责无旁贷了！过去你们不是常抱怨“亚非拉”“亚非拉”，拉美地区总被“落”在后面吗？现在拉美地区开始跑到世界舞台的前面来了，我们不是有所作为，而是大有可为！做这么有意义的大事，多忙都是开心的，对不对呀，同志们？”

“对！”办公室里的人异口同声地回答着，没有人停下手中的工作，人人目光中都闪烁着热情与兴奋。

“我们知道，领导比我们更忙。”小陈又抢着说话了，“外交是不流血的战争，搞外交跟打仗一样，要求指挥官正确分析形势，正确决策，指挥得当。美国人在咱们周边筑起了一道道包围圈，咱们支援古巴革命，是在美国后方打开一个突破口……”

一直在低头忙碌的徐之光也忍不住插嘴了：“新中国成立都十年了，第一次、第二次建交高潮都没有咱们处的事儿，这次要轮上咱们了。过去美国佬把自己的后院看管得严严的，如今，古巴革命给我们提供了契机，咱们要争取挺进到美国的后院去！眼下忙一点算什么，忙得痛快！”

"好，好！士气高涨！咱们这仗也就好打了。不过要有长期作战的准备，古巴人民武装革命胜利，只是第一步，美国人必定不肯善罢甘休，斗争还会继续，美国的后院怕是从此难得安宁了。过去我们与拉丁美洲来往很少，知之也甚少，需要学习，同志们，我们要为走进拉美地区做好各种准备！"高源的话有点儿像战前动员，大家听得心里热乎乎的，多年秣马厉兵，终于要派上用场了，能不兴奋吗?

回到自己的办公室，高源脑子里还在盘算在古巴建立联络机构的事，中央很重视，从上海市委调来了一位既有地下工作斗争经验、又指挥过打仗的领导同志黄旭，准备派他以新华社哈瓦那分社负责人名义前往古巴，实际上起两国之间联络员的作用。黄旭急忙赶到北京后，周恩来总理和外交部长陈毅会见了他们夫妇，还特意让厨师炒了几个淮扬菜款待他们。作为他曾经的战友及有关负责人，高源有幸当了陪客。这是一次老领导与部下之间的亲密聚会，更是为赴前线的老战友践行。他清楚记得，那天中南海西花厅前正盛开着海棠花，散发着阵阵清香，为那场豪情万丈的谈话加入了几许浪漫与柔情。席间，他们交谈了世界与拉美形势和当前任务，谈到了黄旭去古巴后可能遇到的问题与困难。总理关切地问黄旭和黄夫人，家里的几个孩子是否安排好了，黄夫人答称已交给自己的老母亲照料，总理又问他们是否还有其他后顾之忧，黄旭就像当年接受战斗任务时一样，坚定响亮地回答说："没有！"，坐在一旁的陈毅外长则豪爽地一拍他的肩膀：

"黄旭，你什么也不带，带一本毛主席的《论持久战》好了，大不了你跟古巴人民上山打游击，我相信你是应付得了的。"

壮哉斯言！高源了解自己的老战友，他知道，黄旭此时也一定是怀着"风萧萧兮，易水寒，壮士一去兮不复还"的壮烈情怀，准备前往那个遥远而不可知的他国异乡。

拉丁美洲，地球另一边的"新大陆"，新中国外交人员终于要踏上这片未曾涉足过的处女地了！想到这里，高源觉得此时的自己也止不住心潮澎湃了。

咚咚，咚咚，是轻轻的叩门声。

随着高源一声“进来！”，小陈推开门说：

“高司长，杨宇来报到了。”

“好，好，快请他进来！”

2

从飞机的机窗向外望去，上面是浩渺的湛蓝湛蓝的天空，下面则是似团团雪白棉絮铺就的云海，飞机穿行其间，飞得很平稳。杨宇靠在座椅背上，眼睛一直看着机窗外面。他的右边坐着黄旭和他妻子柳清扬，俩人半闭着眼睛在养神。是的，他们已经飞行了好几个小时，乘客们都渐渐有些困倦了，可是他杨宇的脑海里却一直波涛翻滚，怎么也平静不下来。他不知道沿这条航线还要飞多久才能到达终点，记得行前他们为选择哪条航线着实费了一番脑筋和周折，革命的古巴已被美国为首的帝国主义势力重重封锁，能源、贸易、交通都切断了，成了名副其实的一座孤岛，正常的国际航线已走不通。反复研究的结果，他们决定先到瑞士苏黎世，再乘坐荷兰航空公司的越洋飞机，经由离南美大陆最近的荷属小岛库腊索，然后在与古巴隔海相望的牙买加转机前往哈瓦那。此时，他坐在飞机上，眼看离目的地是愈来愈近了，离祖国却愈来愈远……

他想起了母亲，母亲并不知道他这次出国远行。但他清楚记得他第一次离开家乡的情景，那时他高中已经毕业，虽只有 18 年的人生阅历，却亲历了日寇占领下当亡国奴的屈辱与痛苦，国民党的腐败无能使他深感只有共产党领导的革命才能拯救中国。在学校进步教师和当地新四军的革命影响下，他满腔热情地投入了新中国的怀抱。抗美援朝战争打响后，他从一帮同学处得知北京派人来苏州为军事干部学校招收学生，说是准备去朝鲜参加抗美援朝的。当时母亲正患重病，等母亲脱离危险时已是报名的最后一天。他还记得，他赶到报名处时天快黑了，报名刚刚结束，他一再央求主管登记的人把自己的名字加上去，见他恳切的样子，负责登记的人进屋去征求体检医生的意见，他在窗外，听见那体检医生不冷不热地说：

“这小子非要抢着去送死，你就让他去好了！”

就这样，他报名参加了军干校，回家告知母亲时，母亲放声大哭，坚决反对。母亲年轻轻便守了寡，一生的希望全寄托在儿子身上，儿子突然要去当兵，这不啻是天崩地塌的大事，她请来了舅父评理，然而，哭诉与劝阻都未能留住儿子。上火车时，一群年轻人激动地与亲人告别，情绪昂扬地唱起了苏联卫国战争歌曲《青年近卫军进行曲》：

“再见吧，妈妈！
别难过，莫悲伤，
祝福我们一路平安吧
……”

北上的火车开动了，然而，那列火车没有把他们带向战火纷飞的朝鲜，而是把他们送到了北京，分配他们去学习外语。相当长一段时间他们想不通，跟帝国主义斗争要在战场上，学习外语能有什么用。

母亲要是知道他此时正坐在飞向地球另一边的飞机上，飞向一个不可知的、处于战争边缘的国家，她一定又要为儿子日夜担心了……想到母亲，他感到内心有一股亲切又略有些酸楚的暖流在涌动。

“想什么了，小杨？”耳边飘过来黄旭的声音。

“没想什么，机窗外的云彩真美！”杨宇支吾着说，“我们已经在大西洋上空飞了七八个小时了吧，快要进入西印度洋群岛了。”

在牙买加机场，黄旭、柳清扬和杨宇乘坐的飞机停留了一小时，直至飞机重新飞上蓝天后，三人才深深松了口气，十几个小时的迂回穿插，再有一小时二十分钟终于可以抵达目的地了。黄旭神情轻松地跟杨宇开起玩笑来了，看得出，这位领导在工作中虽然显得很严厉，交代工作任务时，甚至常带着点打仗中指挥官下达命令那种不容辩驳的权威口吻，可平时却极平易近人，幽默风趣。这一路上，他就向杨宇讲了许多他当年打游击和在白区做地下工作时的趣事，连他和柳清扬如何假扮成夫妇，后来又如何弄假成真的故事都讲了，柳清扬好几次嗔怪地拿眼睛瞪他，他却像没看见一样，依然神采飞扬。讲到后来，他神色严肃了起来：

“没想到，十年后会来到这个地方，美国的后院。古人云：‘卧榻之旁，岂容他人酣睡’，美国佬不会善罢甘休，这里还有台湾的‘大使馆’，我们的任务艰巨呀！”

走出大学校门尚无任何斗争经验的杨宇此时也更感到了自己身上责任的重量，自己是唯一懂西班牙语的翻译，但又绝不只是翻译，首先是一名新中国外交战线的战士，将在一个十分特殊的环境中工作，好在有强大的祖国为后盾，又有斗争经验丰富的领导，这让他对未来的工作充满了期待和信心。

飞行在加勒比海上空，从机窗往下看，隐约可见碧蓝的海水中飘动着丝丝白带，那是海水撞击岛屿沙滩翻起的白色浪花。距古巴愈来愈近，杨宇很想从高空俯瞰这个美丽的岛国，可是厚厚的云层挡住了他的视线。又过了一段时间，飞机开始在云层上方盘旋，播音员的轻柔声音在提醒乘客系好安全带，说是哈瓦那机场上空有浓雾，驾驶员正在寻找下降的时机。于是，旅客中响起了窃窃私语声，渐渐有人向乘务人员提出这样那样的问题，飞机盘旋的时间在不断延长，机舱内的紧张气氛也在漫延。黄旭感到有些异常，忙叫杨宇找机组人员弄清情况，不一会儿，杨宇带回了一个更让他们不安的消息，机组人员说，哈瓦那机场雾太大，无法看见跑道，飞机在上空盘旋是为了耗去一部分汽油再作试降，如实在不行，就只好飞到附近的备用机场——美国迈阿密机场去降落……

“什么！去美国迈阿密！”黄旭大吃了一惊，几乎叫了起来。见杨宇肯定地点了点头，他激动地大声说：“不行！我们这些人出现在美国，这会是什么后果！？”杨宇和柳清扬当然也都想到了这一点，三人都沉默了。黄旭想了一下，对杨宇说：“你再去找机长，说明降落迈阿密我们会有很大麻烦，政治方面和人身安全都有巨大危险，航空公司也应对我们的安全负责，请他尽量避免去迈阿密机场。”接着他又转向柳清扬道：“我们要做好最坏准备，万一要降落迈阿密，降落前一定要把身边那些不能落到美国人手里的东西处理掉！”

飞机颠簸得厉害，柳清扬眩晕得直想呕吐，脸色苍白的她慎重地向丈夫点了点头。杨宇也急忙找机长去了，他心里明白，必须做好最坏准备，毕竟这是一架有一百多位乘客的飞机呀，机长得对所有旅客的安全负责。他想，还没有到达古巴，这考验就来了。

飞机继续在空中绕圈圈，不知是驾驶员自己的意志力和自信心占了上风，还是中国人传过去的话起了点作用，这架飞机又在空中盘旋了近半个小时，最后瞅准了某个瞬间，一头钻进了飘忽不定的云层，朝着隐隐约约的、驾驶员熟记于心的机场跑道方向俯冲了下去，落地时刻飞机激烈震动，急速滑行……终于停住了！机舱内响起了一阵掌声和感谢上帝的欢呼……

哈瓦那果然美丽，从空中俯瞰，像一块泡在海水中的碧玉，绿得晶莹耀眼。一踏上这绿岛，青春美艳的气息立即扑面而来，形态各异的棕榈树，有的亭亭玉立，有的魁梧挺拔，有的如醉酒的大肚汉……树冠上修长的棕榈叶青翠欲滴、潇洒飘逸，犹如姑娘们随风舞动的秀发。放眼望去，又见绿色中点缀着一簇簇火红，那是枝头开满红花的凤凰树，花红似火，炽烈夺目。行走在首都哈瓦那街头，过往人群中有白人、黑白混血人和纯粹的黑人。姑娘们

“请转告贵国政府，双方关心的两国关系正常化问题，将在适当时机以适当方式解决。”

“适当时机”“适当方式”本是外交交往中最常用的辞令，说此话者永远给自己一方留下许多灵活空间，然而，这时的黄旭和杨宇，看着卡斯特罗说此话时诚恳而自信的眼神，毫不怀疑革命的古巴与中国的关系正走向新的彼岸，中拉关系的地平线上露出了令人鼓舞的曙光。

“戈莫多罗”旅馆紧靠海边，临海的院内有游泳池，与大海只隔一道海堤，从面海的阳台望出去，万顷碧波尽收眼底。在这家八层楼高的旅馆里，新华分社主任黄旭租用了顶层楼上紧挨着的四套房间。此处既邻近市区，又避开了市内的嘈杂与纷扰。初到古巴的杨宇忙于熟悉工作，陪同黄旭拜访朋友，了解情况。每有空闲，他总要站在阳台上眺望大海，最让他着迷的是那海上日出与黄昏落霞的美景。

黄旭似乎无暇顾及这一切，他常挂在嘴边的一句话是：

“我们必须尽快了解情况和进入角色。搞外交首先要当好国家的耳目，情况明确、判断准确，才能帮助中央制定正确的对外政策。”

杨宇清楚自己肩上的担子，尤其是在古巴当前这样错综复杂的形势下，离开国内又这么远，形势瞬息万变呀。他们见过菲德尔·卡斯特罗之后，又连续会见了总统多尔蒂科斯、工业部长切·格瓦拉少校、土改委员会主席西门尼斯等政界要人。切·格瓦拉自然是其中最引人瞩目的。“切”本是阿根廷人相互打招呼时习惯用的昵称，就像中国人称呼“老兄”“老表”“伙计”一样。由于格瓦拉是阿根廷人，古巴人就亲切地对他以“切”相称，常常连他的大名都一并省略了。“切”的威望仅次于菲德尔，说起他，老百姓都能绘声绘色地讲出许多关于这位阿根廷人的壮举或趣事……如何在马埃斯特腊山带病指挥作战，如何在卡斯特罗急需经济管理人才而询问谁是经济学家（economista）时，误以为他在问谁是comunista（共产党员）而高声回答“我是！”，这一问一答的错误又让他变成了古巴首位国家银行行长、工业部长等等。反对派和美国对格瓦拉的攻击也最猛烈，因为他曾负责全国肃反工作，是个令敌对势力闻风丧胆的人物，西方媒体咒骂他是刽子手，将他比作18世纪法国大革命中最冷酷无情的罗伯斯比尔。杨宇多次见过他，印象也最深刻，“切”相貌英俊威武，目光炯炯，是个很有魅力的美男子。头几次见面都是在参加友好活动和双边谈判时，“切”总是面带微笑，十分亲切和蔼。印象最深的一次，是杨宇随前来古巴访问的中国政府贸易代表团团长到格瓦拉家中做客，也许，说那是参加朋友家的家庭聚会要更确切些，因为那次晚餐是“切”为他母亲送行。老人家从阿根廷赶来探望他这个多年浪迹天涯、无法相见的儿子，母子相聚了两个月后又到了送别母亲的时候。格瓦拉把两位中国朋友请来作陪，因为他从心里把中国人当成了同志和兄弟。饯行与洗尘，两个主题加在一起，这次晚餐自然也就远远超越了一般外交礼遇，带上了浓重的亲情加友情的色彩。

他们来到格瓦拉家中时，天边正挂着美丽的晚霞，“切”带着小女儿在院子里，一面看她玩耍，一面等客人。他一见中国朋友便笑道，今晚是家庭式聚会，希望你们感觉像在自己家里一样。说着，便引他们去见他母亲，一位皮肤白皙举止优雅的老夫人。老人坐在条形餐桌的主人席位上，“切”请中国部长坐母亲右侧，自己坐在她左边，依次是杨宇、格瓦拉的妻子阿莱达和小女儿。阿莱达是位健美的古巴少妇，一身朴素衣裙，却焕发着动人的青春美丽。她过去是格瓦拉的战友，此时则完全是位温柔贤淑的女主人，忙着招待客人，依次端上亲自烹饪的菠菜奶油汤、凉拌海鲜和美味的煎牛排。这天夜晚的餐桌上，他们没有谈工作，大家都在津津有味地听老夫人讲格瓦拉小时候的故事，说他从小就是一个聪明、善良、极富同情心的孩子，常因小伙伴受欺负而“打抱不平”与大孩子打架，他爱冒险，做一些一般孩子不敢做的事。“切”从小患有哮喘病，因此，在兄弟姐妹中母亲也更疼爱和偏袒他一些。格瓦拉微笑着听母亲讲述，不时亲亲母亲的手，动情地说：

“从小到大，妈妈为我的病痛和安危操尽了心，我这个狠心的儿子却抛下了多病的老娘浪迹天涯……”

“不，儿子，妈妈为你骄傲，不是因为你成了名人，而是因为你有崇高的为人民献身的精神。”母亲打断儿子的话，用充满慈爱的目光看着儿子。她清楚记得，儿子从小就有解放整个拉丁美洲的玻利瓦尔式的宏大志向；他 17 岁便身背行囊，穿越拉美 7 国以了解民间疾苦，寻求救世之道；他抛弃优裕的家庭环境、个人前途，一心追随卡斯特罗来到古巴……说到动情处，老夫人的眼睛潮湿了。这些年来，她岂止是受尽思念爱子的煎熬，她还因阿根廷军政府的迫害，被迫流亡到了邻国乌拉圭，唯一的罪名就因为她是切·格瓦拉的母亲。

被眼前的画面感动着，杨宇心目中那个铮铮铁汉形象的切·格瓦拉不见了，眼前的切·格瓦拉充满儿女柔情，充满了亲情与大爱……中国部长向老夫人敬了酒，赞扬他们是伟大的母亲，革命的儿子！杨宇也感到自己心头发热，他想到了自己的母亲，想到了中国革命进程中无数可歌可泣、送儿上战场的中国母亲，母亲和儿子，一代代的斗争和牺牲才换得了中国的独立和解放；今天的拉美人，为了独立与自由，也正在流血牺牲，尝尽骨肉分离的痛苦，情同此心呀。

关于这位传奇式英雄切·格瓦拉，后来发生的一切，进一步在世人面前展现了一个完美人格的拉美伟人、一个无畏的美洲战士、一个最伟大的革命者。格瓦拉的道德与品格给杨宇留下了极深的印象，多少年过去了，他一直念念不忘，一直引之为自己最敬仰的异国兄长与榜样。在他心目中，“切”便是拉丁美洲民族精神的典范，当代拉丁美洲英雄主义的巅峰。

也就是在杨宇到古巴后不久，他从古巴报上读到了自己的老朋友古巴著名诗人尼古拉斯·纪廉的新诗《致切·格瓦拉》。那是一个寂静的夜晚，杨宇忙完了一天的工作，正准备休息，不经意间从当天报纸上看到了这首诗，他没有了睡意，窗外传来阵阵涛声，犹如他起伏的心绪，他执笔伏案，一气呵成将诗译成了中文，译完后望着窗外茫茫的夜空，口中犹自吟诵：

好像圣·马丁将纯洁的手
伸向同宗的马蒂
仿佛密林浓荫中的普拉塔河
以含情的流水来同卡乌托河汇合一起
就这样，格瓦拉这位高乔硬汉
向菲德尔奉献他那游击队员的热血豪气
……

4

“热带俱乐部”坐落在哈瓦那海滨椰林的一角，修长的椰叶在海风吹拂下轻轻摇曳，发出悦耳的沙沙声；清冷的月光撒向海面、椰林、房舍，营造出了梦幻般的朦胧；树丛花下装饰有蓝色、红色、黄色、白色的灯光，彩色斑斓的热带花木和设计精巧的茅屋被烘托得愈发绚丽多彩，小小的热带园林成了亦真亦幻的童话世界。盛装的“热带俱乐部”正迎来五洲四海的宾朋。这里的浪漫气息很容易让人忘记这是个处在战争边缘的国家，祥和的美景中正在上演和平与战争的博弈。古巴革命，以其特殊的魅力，吸引了世界各国的左翼人士，受到古巴革命胜利鼓舞的拉美人把这里视为他们心目中的革命圣地。美国封锁、干涉古巴的危险在日益增加，声援古巴的声浪也在不断升高，一时间，各国各界进步人士云集古巴，来自社会主义国家的政府代表团、拉美国家的进步政治家、各国的工会、妇女组织、青年团体以及自发前来的各国左翼人士、艺术家……他们聚在一起是要告诉全世界，古巴不是在孤军奋战，愿与他并肩作战的还有拉美与全世界主持正义的人们。

白天里，这些代表团和人民团体、个人都忙于参观访问。这天夜晚，古巴接待部门在“热带俱乐部”为客人们组织了充满热带风情、洋溢革命情谊的欢迎晚会，客人们可以品尝到美味的烤牛肉、烤乳猪、古巴朗姆酒；欣赏充满热带风情的土风舞、漂亮的古巴姑娘们热情洋溢的舞姿和甜美的歌喉。这里可以看到不同肤色的面孔，听到世界各地的语言。杨宇和中国贸易代表团的部分团员围坐在棕榈树下的一张桌旁，他们每人面前放了一只切开了的椰子，杨宇用吸管慢慢地吸吮椰汁，时而停下来与陪同他们的古巴朋友安东尼奥聊天。安东尼奥一面指点着来来往往人群中他认识的一些名人，一面低声向他介绍说：

“往这里走过来的这位是危地马拉前总统阿本斯，您当然知道，这位坚强的前陆军上校曾经领导危地马拉爱国军官推翻独裁统治，建立了中美洲第一个进步政府，当然，他的政府的民主改革运动触犯了美国垄断资本的利益，最后也没能逃脱被美国策动的反动军人推翻的命运，如今流亡在墨西哥。你看那位，和他握手的那位，那是智利社会党领导人阿连德博士，有名的左翼人士，还有旁边这位，智利有名的画家万徒勒里，噢，他的夫人也来了……”

“这两位我们在中国时就认识，他们都是中国的老朋友。”杨宇接过他的话说。

“对，对，拉美的这几位知名左派，哪儿发生革命他们就会往哪儿跑。你看那边！苏联人来了，那是莫斯科市长，听说苏联女英雄卓娅的母亲也来了，还有世界上第一位宇航员加加林，也许今天晚上我能见到他们。”安东尼奥一面说着，一面用目光向四周搜索着，生怕漏掉了他想见到的那些名人。

“听说你们中国和平委员会主席、大文豪郭沫若也来了。”

“是呀，不过他年纪太大了，今晚大概不会上这儿来。”

杨宇嘴里应答着安东尼奥，目光扫过七八米外斜对面一棵木棉树下的人群时，突然看到了一个熟悉的身影，一个穿着中式旗袍的姑娘，他急忙站起身来，匆匆向安东尼奥说了声：

“对不起，我去去就来！”

他急急穿过人群，来到穿旗袍姑娘的身后，他站住了，没有上前打招呼，却伸手从背后拉了拉姑娘的发辫，姑娘转过身来，发出了一声惊呼：

"杨宇，是你呀！"这姑娘不是别人，正是肖梅。

杨宇拉住她的手，满脸是笑。只见肖梅穿着件淡绿色小碎花旗袍，尽显少女的窈窕身材，素雅得如庭前的玉兰花。她脸上荡漾着笑容，浑身散发着一股清纯、活泼的气息。他不禁打心里赞了一句：这旗袍穿在中国女孩身上就是好看！于是上下打量着她说：

"士别三日当刮目相看，换了这身打扮，我差点儿都认不出肖梅小姐了！没想到我们这么快在这里见面了。"说到这里，他望了望肖梅旁边其他几位中国人，问肖梅道："你们是什么团？"

"青年代表团，参观访问兼参加'国际青年营'活动。"肖梅说着，忙向杨宇介绍青年代表团的一些成员，这位是团中央办公厅主任、这位是工业战线劳动模范、这位是清华大学学生会主席……

"我倒是猜到了在这儿准能遇上你。有师兄在这儿，小妹就定心了！工作中遇到难题，还望不吝赐教。"肖梅抿嘴笑着拱了拱手。

"你怎么还是那么调皮。"杨宇放低了声音，认真地说，"见到你我很高兴，我们都是第一次出国，古巴眼下形势相当复杂，你们要是离开哈瓦那去外地那就更要小心了。我那边还有事，现在没有时间和你多聊，这是我的住址和电话，有事找我，以后我们会经常见面的！"说完他又紧握了一下肖梅的手，转身准备回到原来的座位上去。

"杨宇，我住在'古巴那康'……"肖梅在他身后高声说。

回到安东尼奥身边，安东尼奥正眯缝着眼睛，用狡黠、神秘的目光审视他，待他坐定，便凑近他耳边说：

"你喜欢那个姑娘，对吗？我看得出来！"

杨宇一愣，没好气地回敬道：

"她是我的同学！拿你们古巴人真没办法，见人和姑娘在一起就是谈情说爱！"

"你们中国男人不喜欢女人？"安东尼奥不服气地嘟哝着，"那……中国那么多人口又是怎么来的？"

与杨宇分手后，肖梅等一群年轻人又跑到里面演出厅观看了古巴有名的恰恰恰、康加、唐松和波莱罗等舞蹈表演，西班牙弗拉门戈舞的优雅与激越，结合非洲土风舞的热烈与狂放，把观众的情绪和热情推向了一波又一波的高潮，台上在舞，台下的观众也在舞。肖梅看得眼花缭乱，而最让她觉得有趣的是，跳舞的姑娘们穿着十分暴露的三点式泳装，扭动腰肢，动作很是性感，而所唱歌曲的歌词却是百分之百的革命内容：歌颂革命，谴责美国侵略，呼吁打击反革命。这样严肃的革命内容居然配以如此浪漫的表演形式，真也算得是古巴革命的又一大创新，觉得别扭吗？不！古巴人认可，而且喜见乐闻。

肖梅感觉一切都很新鲜，她的脸兴奋得发红。最让她感到幸运的，当然是见到了苏联卫国战争女英雄卓娅的母亲科斯莫杰米扬斯卡娅。她从小学进入初中，读的第一本苏联小说就是《卓娅与舒拉的故事》，她被卓娅在敌人面前宁死不屈的精神感动得泪流满面，她把卓娅的相片贴在自己床头的墙上。当时正值抗美援朝时期，全国掀起了热火朝天的爱国主义教育，她和自己的小女同学们，为了表示向英勇的卓娅学习，都仿照卓娅就义时的短发形象，把女孩子的发辫剪掉，改成“卓娅式发型”……卓娅，是她成长中最心仪的一位英雄。如今，这位英雄的母亲就坐在自己面前，偌大年纪还不畏艰险前来古巴，表达一份对人类进步事业的声援。比起她从书中照片上看到的样子，老妈妈胖了许多，满头银发，但目光依然那么慈祥。此时，她被许多年轻人包围着。肖梅抢前几步，挤到她身边，像久别重逢似地紧紧握住她的手，深情地用西班牙语说：

“亲爱的妈妈，我们是您的中国孩子，我们是在卓娅和舒拉伟大精神感召下成长起来的，您就是我们大家敬爱的妈妈，见到您太高兴了！”

站在一旁的翻译立即译成了俄语，老妈妈倾听着，脸上绽开了慈爱的笑，像母亲抚爱儿女一般，轻轻拍了拍肖梅的手臂，亲切地说：

“你们都是好孩子，见到你们，我也非常高兴！”

肖梅赶忙贴近她说：“我们想跟妈妈照张相，可以吗？”

见老妈妈点头并摆了个照相的姿势，四五个中国年轻人立即簇拥到她的周围，抢拍了一张宝贵的纪念照。

引人注目的另一位明星自然是加加林了。肖梅清楚地记得当年苏联发射第一颗人造卫星时她还在读高中，发射的那天傍晚，同学们都待在院子里仰望着浩瀚的夜空，遥看“社会主义的红月亮”。而加加林，这遨游太空第一人，揭开了人类征服宇宙的新世纪，更是时代的英雄，在肖梅这代人心目中他是最高偶像。如今，她走近了这位从太空归来的英雄，握住了他伸过来的手。站在她面前的加加林穿着笔挺的苏联空军服，他个子不高，相貌也并无特别惊人之处，肖梅却觉得他很高大，觉得他的平凡中闪烁着某种极不平凡的光芒，她握住他的手，久久地看着他，仿佛要把这位看似平凡的英雄铭刻在自己脑海深处……

5

热闹的联欢会上，杨宇他们没有去看姑娘们跳舞，可也没闲着。他见万徒勒里夫妇就在不远处与人交谈，便告诉代表团的人说，这位智利画家是中国的好朋友，一直住在北京。

“瞧见他身边那位漂亮的夫人了吗？她是我们的西班牙语老师，戴莉亚老师。”

“噢！？那你还不赶紧把他们请过来！”

万徒勒里见杨宇突然出现在面前，先是一愣，接着大笑着用宽大的手掌轻轻拍着他的肩膀。夫人戴莉亚则扬起秀美的眉毛，高兴得轻声欢呼：

“杨！你怎么会在这里呀？”

“老师，您教我们讲西班牙语不就是为了让我们来这里吗？”

“是的，是的，是我觉得有些突然。本来嘛，El mundo es muy grande, y tambièn muy pequeño（这个世界很大，又很小），在哪儿遇见也不奇怪，更何况这里是讲西班牙语的古巴呢。”戴莉亚老师感慨地唠叨着，她的确很高兴。

“我的朋友们在那边，过去和我们一起喝椰汁，好吗？”

“当然好，别忘了我们也算半个北京人。”万徒勒里笑着挽起妻子的手臂，跟在杨宇后面。

在座的中国人真的从心里把这对夫妇当成“半个北京人”了，亲切问候，把刚刚端上来盛着肉香四溢的烤乳猪的大菜盘放到他们跟前，大有他乡遇故知般盛情。万徒勒里也毫不客气，叉起一块焦黄闪亮的烤猪肉放进自己的盘里，一面细细品尝，一面说：

“这可是古巴的美味佳肴！快吃吧，噢，别忘了吃过烤乳猪一定要喝又浓又香的古巴咖啡！”

于是大家也都跟着品尝了起来，皮脆、肉香，果然名不虚传，只是当他们遵照大画家的指点，去喝那杯“又浓又香”的古巴咖啡时，一个个都皱起了眉头，太苦了！难以下咽！“半个北京人”见状哈哈大笑了起来，说:“你们真不会享受。”接着，他又诱导说:

“你们广东人不也喜欢吃烤小猪吗？他们吃的时候都伴有一小杯浓茶，也是又浓又苦，记得吗？不习惯的人也很难下咽，广东浓茶与古巴咖啡的功效可是异曲同工啰，是吃烤乳猪必不可少的伴侣。”

他的这番话让众人感到言之成理。吃过香脆的烤肉后，又都小心翼翼地抿一小口苦咖啡。杨宇已是入乡随俗，不再惧怕苦咖啡，故而吃得十分尽兴。

呷了口咖啡，万徒勒里从桌上拿起一瓶贴着带有印第安人头像的古巴啤酒看了看，侧头问杨宇，知道这酒的牌子为何叫“阿都伊”吗？不知道，我给你们讲个故事吧！见大伙儿都兴致勃勃想听故事，画家用手理了理唇边的八字胡须，慢条斯理地说道：

“阿都伊是古巴一个印第安部落的酋长，西班牙统治时期，他率领部族与残酷的殖民军展开了血战，很不幸，他在战斗中被俘了，凶残的殖民统治者决定对他处以火刑，也就是要用火烧死他。临刑前，西班牙神甫对他说：‘你要是肯对自己犯下的罪过表示忏悔，仁慈的上帝还可以宽恕你，让你死后进入天堂，过好日子，否则，你就得入地狱，受尽各种苦难，永世不能超度。’阿都伊想了想，问道：‘天堂里有西班牙人吗？’神甫答称“有”，于是阿都伊朗声说：‘那我绝不想进天堂，我宁可入地狱！’阿都伊就这样被烧死了。这是个古巴妇孺皆知的故事，阿都伊，古巴人怀着深深的敬意永远纪念这位民族英雄。”讲完故事，万徒勒里轻抚着啤酒瓶上阿都伊的头像，赞叹道："这就是古巴的民族精神！"故事在每个听众心底激起了一片涟漪，当再看那个插着雉鸡毛的印第安酋长画像时，众人的目光中都多了一份敬重，一份对古巴民族的理解与敬重。

此时，萦绕在人们耳边的虽然是时而轻柔、时而激越的歌舞声，围坐在棕榈树下这群新朋老友却像是置若罔闻，他们交谈的主题，一直没有离开严肃的古巴革命问题。

推杯换盏之间，杨宇对智利画家说：

"万徒勒里先生，古巴革命号召力很强呀，有人说今天的古巴已经成为拉丁美洲的革命圣地，你看这里集中了这么多拉美进步人士，尤其是来了这么多拉美各国的年轻人，真让人觉得革命形势势不可挡呀，您是不是也这样认为？"

"我也很受鼓舞呀。古巴革命反映的是拉丁美洲的人心。过去是西班牙殖民者在美洲抢金掠银，摆脱西班牙殖民统治后，取而代之的是'美国联合水果公司''糖业公司'的无情盘剥，老百姓永远生活在最底层。许多人都已看到，今天的拉丁美洲是一堆干柴，一个火星就足以引起燎原大火。"说起这些，万徒勒里的神色变得凝重起来。这位多年奔走世界各地为拉美人民的民主、自由和独立呐喊，用手中的画笔揭露帝国主义罪行的不懈战士从来没有放弃过战斗。

"是呀，这次古巴人直接拿起武器造反，成功地赶走了美国扶植的巴蒂斯塔独裁政权，美国能容忍自己的后院发生这样的事情吗？我是说，美国人会直接武装干涉吗？"杨宇又问。

"会！我想它会这么干的，直接地或隐蔽一点，但绝不会听之任之，或轻易罢手。以往的历史是，不管拉丁美洲哪个国家出现了进步政权，只要对美国大资本家和大庄园主的利益稍有触犯，立即就会招来美国的干涉和镇压，这样的事例太多了，最新的例子是危地马拉的阿本斯政权，阿本斯的民主改革惹恼了美国，美国人不就赤裸裸地进行武装干涉，将他推翻了吗？"

“那你对古巴革命的前景又怎么看呢？”杨宇又紧跟着问了一句。

“杨，你都快成爱提问题的记者了，而且问的都是全世界关注的大问题。”一直在听他们对话的戴莉亚老师，忍不住笑着插话了。

“戴莉亚是在表扬你呢，她看到自己的学生成了能干的外交官，心里高兴着呢。”大画家笑眯眯地望着妻子，轻轻拍了拍她细腻圆润的手。杨宇站起来，为老师和画家添了咖啡，说：

“当老师的都喜欢看到自己桃李满天下，戴莉亚老师的桃李遍布了世界两大洲，当然要高兴！”

“你问我对古巴革命前景的看法”，万徒勒里很快把话题拉了回来，接着说，“人民要革命，美国要镇压和扼杀革命，这都是必然的，但决定革命前途和胜败的因素是多方面的。古巴革命不同于以往发生在拉美其他国家的一些左倾或改良运动，它是人民直接拿起武器打出来的，有武装斗争经验，有菲德尔·卡斯特罗这样坚强有力的领导，有明确的、得到广大人民拥护的斗争目标，还有拉美人民的广泛支持和国际声援，所以我对它的前途是抱有信心的，是我在古巴亲眼看到的一切给了我信心。古巴人民和美国佬之间肯定会有一场激烈的、旷日持久的较量，但我对这场斗争的最终结果是乐观的。”仿佛为了强调每句话的分量，万徒勒里说得很慢，神情庄重。

“我们的感觉和你一样！”在座的一位中国代表团成员高声说道，“我们印象最深的是古巴人民高昂的斗志，古巴革命领导人坚定不移的决心，根据我们的经验，有了这两条就不怕战胜不了帝国主义！”

“你们知道吗，古巴有一句流行的话‘没有十月革命就没有中国革命的胜利，没有中国革命也就不会有古巴革命的成功。’说得很精辟，是吧，为了这一精彩的论述，我们应该干一杯！”大画家两眼发亮，兴致勃勃地为自己斟满了一杯“阿都伊”牌啤酒。

“对！为古巴人民的胜利干杯！”众人纷纷站起身来，斟满酒杯，一饮而尽……

海风习习，月色朦胧，如果没有那些战争的话题，该是一个多么迷人的夜晚！然而，就在宾主们酒至半酣、载歌载舞时，不远处，市中心的一座建筑燃起了熊熊大火。那是一座高层建筑，火光照亮了半个天空，人们纷纷奔向阳台外、奔出家门、奔向出事的地点……正在“热带俱乐部”联欢的人群也看到了火光，歌舞声、欢笑声悄然低沉了下来，人们先是窃窃私语，继而是焦急地互相询问：

“怎么了？”

“出了什么事？”

终于有人大声说：“是‘恩康多’百货商场被烧了！特务放的火！”

“什么？‘恩康多’被烧了！”

哈瓦那最大的百货商场被烧的消息像一颗炸弹在人群中炸了开来……

“美国特务干的！”

“婊子养的，真够狠呀！”

“美国佬不让我们活下去！我们要以牙还牙！”

“抓住凶手！枪毙他们！”“枪毙他们！”

人们的眼睛里喷出了愤怒的火焰，嘴里发出痛心的惊呼声、愤怒的咒骂声……美国不断加强封锁，已经使古巴物资供应日益匮乏，‘恩康多’是唯一货源比较充足、老百姓还能买得到东西的大商场了。而此时此刻，‘恩康多’正在熊熊燃烧，上亿美元的人民生活必需品就这样被大火吞噬了，目睹这一切，古巴人的心都在流血……所有的各国来宾，也都目睹了这一切，他们的心也都被这场大火灼痛了。杨宇想起了不久前与格瓦拉在一起时他说过的那句话：“对敌人的宽恕，就是对人民的残忍。反革命分子不让古巴人民活下去，我们能对他们宽恕吗？”

这一夜，肖梅一直处于高度的亢奋与紧张中，从最初的兴奋、激动，到其后的惊愕、愤怒……回到住处时夜已很深，她的心情没有往常参加完联欢会归来时的那种轻松，更不是歌舞升平后的愉悦，燃烧“恩康多”大厦的罪恶火焰一直在她眼前晃动，耳边回响着古巴人愤怒的呼喊、仇恨的诅咒……

第二天，他们团要去外地参观，她还有任务，她强迫自己睡下，朦胧中，火焰还在燃烧……她几次惊醒，一个多么不平常的夜晚！她似乎看到了岛国上空的战争阴影，嗅到了战火的硝烟味。

6

美国对古巴愈是不断加大封锁与威胁，世人愈是加大对古巴倾注同情与支持。这一时期，从隔着千山万水的中国前来声援古巴的代表团一个接一个，有政府部门的、有各界群众组织的……黄旭这位名义上的新华分社主任，除了要完成实际承担的两国间联络员的任务外，还要兼职“接待主任”，代表团有了疑难问题要找他，重要活动需要帮手也要找他，黄老忙得不亦乐乎，不过久经风雨锻炼的老将是不会被这点事难倒的，他从经贸部代表团成员中扣下了两名工作人员，得以暂缓燃眉之急，分身乏术的杨宇也可以抽身支援其他方面的工作了。这天周末，黄旭居然还能忙里偷闲，带上柳清扬，叫上杨宇和另外两位被他留下的同志，宣布要到桑哈区唐人街的“蓬莱酒家”去吃中餐。一听此言，几个年轻人无不笑逐颜开，简直要垂涎欲滴了！试想，这些吃着中国饭菜长大的年轻人，一连几个月，天天吃西餐，吃煎得半生不熟的牛肉饼，一闭上眼睛，想着哪怕就是能吃上一顿稀饭酱菜都会无比幸福，更何况是要去中餐馆大快朵颐！于是一行人像过节似地，欢天喜地地到了桑哈区。这桑哈区是哈瓦那城里最古老的街区，一到那儿便有一股东方气息扑面而来，竟像是到了中国南方某市镇的街上，店铺门口挂的都是中文招牌，什么“东昇饭店”“冯记酱铺”“南货杂货铺”“吉祥大剧院”……街上熙来攘往的行人大部分都是黄种人的面孔，间杂着少数黑人和黑白混血种人。桑哈区之所以有名，就因为它的沧桑历史和至今聚居着众多华人。自 17 世纪开始，无数失去土地的中国农民被殖民者当成“猪仔”，从中国的东海岸贩运到这里，哈瓦那成了名为“契约华工”实为奴隶交易的最大集散地，是美洲华工最多的地方。他们或在奴隶主家中，或在甘蔗园、咖啡园终年从事苦役……年复一年，这些可怜的华工，以自己的勤劳、血汗和牺牲，经过 1 个多世纪的苦难与拼搏，终于感动了当地人，获得了他们的某种认可。如今耸立在市中心的那座华人纪念碑便是这一肯定的见证，是旅居古巴的华侨华人心中最大的骄傲，也是中国人与古巴人谈及两国源远流长的友谊时必定要提及的。

黄旭等人来到古巴虽也有一段时间了，却很少到这里来，一则是忙，二则此时的古巴还有台湾的“大使馆”，侨界情况复杂，不便多来。这“蓬莱酒家”是家广东饭馆，在当地还小有名气。看着街上那些霓虹灯闪烁的中文招牌，听着那些听不懂的广东乡音，大伙儿情不自禁地多了份温馨的感觉，待到几道熟悉而又可口的广东菜一下肚，家乡情怀也就愈发地浓烈了。有人说，黄主任，你带我们到这里走一趟，吃顿家乡饭，感觉真好！有的说，主任知道我们想家了，特地犒劳我们一顿中餐。黄旭笑道，这一阵大家都很辛苦，工作本该有张有弛，可我们人少事多，大伙儿每天都加班加点地工作，洋餐又吃不惯，周末出来打个牙祭还是不错吧！大伙儿连忙说，不错，不错！这是头一遭，以后最好一个月能来一次！黄旭说，以后我们有了自己的大使馆和自己的厨师就好了。大伙儿都竖起了耳朵，忙问，主任，是不是快了？黄旭做了个神秘表情说，快了，就等水到渠成！说完看了看杨宇，两人都忍不住笑了起来。虽说听的人谁也说不清“水到渠成”是什么时候，但“快了”这句话还是让大伙儿充满了希望。接着，他又说，眼下形势瞬息万变，大家还必须要做好应对最坏情况的准备，又说，现在从国内来了好几个代表团，彼此间要协调好，到时候我们人手不够还可以向他们要些人过来。说到这里，他问杨宇，新来的那个叫肖梅的姑娘是你的同学？见杨宇点头，黄旭又开起玩笑来了，说我看这姑娘挺不错的，把她留下来怎么样？也给你制造一个机会呀，二十好几的大小伙子还没有对象，想当年，我和柳清扬就是因为革命工作需要凑在一起扮假夫妻，最后也就假戏真做了。听到这里，柳清扬又朝他狠狠瞪了一眼说，你又来了！又要拿你那些陈年老事儿摆龙门阵，也不难为情！杨宇也连忙插嘴道，主任，肖梅这姑娘是不错，你可以留下她，可千万别乱点鸳鸯谱！人家肖梅已经有男朋友了。黄旭长长地“哦——”了一声，这才打住了话头。这顿晚餐，大伙儿都吃得很尽兴，这可是离开国内几个月来，第一次在这样一个唤起他们家乡情怀的地方，像一家人团聚似地一起吃中国饭和轻松聊天。

返回旅馆，杨宇刚推开自己房间的门，便听见桌上的电话铃声响了起来，心想，这么晚了谁还来电话？拿起话筒刚“喂”了一声，话筒那边便传来了一个熟悉的男中音，是老诗人尼古拉斯·纪廉：

“杨，是我，尼古拉斯，我猜你现在还在办公室。过两天是古巴的节假日，我和我的夫人想请你到我家来吃地道的古巴饭，怎么样？”

“尼古拉斯老朋友，你好！一听声音就知道你现在身体健康、情绪很好。我们是有好些天不见了……早就想去看望你，我想告诉你，我从《格拉玛》报上看到了你的《致切·格瓦拉》那首新诗，我非常喜欢，把它译成了中文，想寄给你的老朋友诗人萧三看看，争取在中国的《诗刊》杂志上发表……你和夫人想请我到你家吃古巴饭？这是个不错的主意！我很高兴，也很荣幸，但是……”

“你把那首诗译成中文啦，太好了！请你吃饭，没有什么‘但是’，就这么说定了。还有，我太太特别嘱咐让你带女朋友来，再多几个朋友也行，我们都热烈欢迎。”

“老朋友，你是知道的，我还没有女朋友呀。”

“你告诉过我你还没有女朋友吗？噢，可怜的杨，你们中国男人长年在外都没有女朋友吗？回头我给你介绍一个，古巴有很多漂亮女孩，哈哈……”

“老朋友想让我犯错误了！好吧，不管怎么说，首先，我感谢你和夫人的邀请，一定去拜访你们，但是，最近不行，我负责陪同的代表团还没走，还得过一两个星期，到时候我们再联系，我准会去看望你们。”

“那好吧，那就祝你晚安，到时候我们再联系。”

放下电话，杨宇进浴室冲了个澡，带着一身清爽来到临海的阳台上，靠在藤椅背上纳凉。夜晚的大海深邃而神秘，城市高楼的灯光和岸边的路灯在海面投下了五彩斑斓的光影，周围的水波闪烁着愈变愈淡的粼光……扑面而来的是湿润的、带着咸味的海风，耳际回响着阵阵涛声，哗啦啦、哗啦啦……此时，杨宇的脑海中一片空灵，忘却了所有的疲劳和烦恼。要是平日里，当他感到自己的身心完全松弛后，会回到房间躺下休息或者再工作一会儿。这次不一样，脑子好像一时难以停歇下来，他轻轻闭上眼睛，任思绪在涛声中随波飘荡……这个晚上，黄老和纪廉都说起他还没有女朋友的事，浪漫的西方人自是很难理解中国人对待感情的态度，黄老也说他大小伙子至今还孑然一身，是呀，他已快到“而立”之年了！上一辈人到这个年龄早就有了孩子……老诗人说是要给自己介绍古巴姑娘，西方人的浪漫逻辑！就是没有纪律的约束，他杨宇也绝不可能接受……他的情感世界里早就另有其人，虽然那已经是很久以前的事，但不期然中，她便会走出来，她身穿学生装，体态清瘦，一双漂亮的、略显忧郁的眼睛，她叫何君玉，他的同乡和同学……

她和他都是离苏州城很近的黎里镇人，何家住在镇子的东边，父亲是有名的大学教授，算当地的大户。杨家住西头，只有孤儿寡母。杨宇考上省立苏州中学曾一度成为镇上一大新闻，穷人家的孩子也能上苏州省立第一中学，那气氛就像穷书生中了举人一般。在苏州中学上学时，何君玉和杨宇同班，两人很谈得来，都喜欢文学，常常相约一同回家和返校，每次回家都是杨宇先把何君玉送到镇子东边她家门口，然后再转身往西回自己家。几年同学，他们的足迹踏遍了苏州的名园古迹：虎丘、沧浪亭、拙政园、留园……虽未明言婚嫁，却在不言中以心相许。毕业时正值解放前夕，谣言满天飞，局势十分混乱，国民党政府决定将何君玉父亲任教的东吴大学迁往台湾，何父被迫将携全家人赴台，女儿的极力反对无济于事，于是她希望杨宇也能跟她走，到一个他们能携手一生的地方去。此时的杨宇，既无力挽留住自己心爱的姑娘，又不愿离开这片已经看得见曙光的土地，更不忍离开相依为命的母亲。他们最后一次在沧浪亭告别时，何君玉哭得泪人儿似地，杨宇也落下了不轻弹的男人泪，他们都清楚，再相见的机会渺茫无期，是生离，却无异于死别。然而，何君玉的音容笑貌永远铭刻在了他的心里。每当寂寞苦闷时，每当有人触动他内心这根敏感的情感神经时，何君玉总会从他记忆深处走出来。多少年了，时移境迁，何君玉已日益变成虚幻的影子与回忆，只剩下了一声无奈的叹息，可是，人就是这样……

一阵凉风吹过，把杨宇从愈飘愈远的思绪中唤回，他猛地想起第二天还要参加与古巴方面谈几项援助项目，是关于购买古巴糖和向古巴提供大米的事，最近中央发来的指示十分明确，中国将尽一切可能从各方面支援古巴，因为古巴急需粮食，中国领导人便命令一艘满载大米正在驶往别国途中的货轮调转船头，紧急驶向古巴。这件事虽已与古方协调妥当，但一些细节还需提醒落实，想到这里，他站起身来张开手臂，做了几下伸屈动作，走回房间，他还需再工作一会儿。

7

肖梅和青年代表团一行人乘坐的吉普车在崎岖不平的土路上颠簸着。刚离开哈瓦那的两三个小时车程中，车开得很平稳，肖梅坐在车内，看着路边的树木、草地、甘蔗田从身边匆匆闪过，田野的风迎面扑来，将自己的头发吹得高高扬起，真感到浑身舒坦，肖梅最喜欢这种感觉。可那是在平坦的公路上行车，这会儿走的是坑洼不平的泥土路，一下可以把你抛得老高，一下又可以把你从座位上颠下来，车内的人互相拉扯着，不时发出低声的惊叫。坐在肖梅身边的是团中央办公室主任、代表团团长孙成，他是曾在部队待过的老同志，孙成除了具有指挥员头脑敏锐、做事稳健的特点外，还像青年人一样活泼、风趣，大家都很喜欢他，亲昵地叫他“老团长”。其实，“老团长”一点不老，不过四十来岁，当然，在这群二十多岁的青年人中间，他就算老一辈了。一路上，团长常把自己的手伸到肖梅头顶上垫着，怕她会被弹起来撞到车顶，他一直保持着这一姿势，肖梅过意不去，说：

“老团长，你就保护好你自己吧，我们年轻，不要紧的。”

“嗨，你没有经验，不会保护自己。你是我们的‘洋务小臣’，伤不得！我们的任务能不能完成好还要靠你呢。”

“洋务小臣”的外号是老团长给叫起来的。有一次，大家讲起李鸿章当年办洋务、被称为洋务大臣的往事。说他的洋务运动以失败告终，当洋务大臣丧权辱国，成了清王朝赔款失地的替罪羊。

老团长说只有在新中国成立后，中国人才有了独立自主“办洋务”的可能，才有了你们这些可以真正发挥才干的新“洋务小臣”。就这样，肖梅就被冠以“洋务小臣”叫开了。

肖梅对这个幽默的外号却另有一种亲切感，觉得它带有新旧时代不同的含义，让她多了一份历史使命感和荣誉感。肖梅出生在湖南一家贫困的乡村教师家庭，兄弟姐妹众多，母亲早亡。家境贫寒、思想却比较开明的父亲节衣缩食地供几个儿子读书，希望借此改变家庭命运。肖梅年龄最小，是在姐姐们轮流照料下长大的。她的童年没有享受过人人都有的母爱，却有无人管束的自由。姐姐们从小在母亲监督下读书和学做女红，她却像野孩子一样在田野上奔跑，到河里玩水、捉虾，或者像小蛀书虫一样，蜷缩在家中的书房里翻读哥哥们带回的各种书籍，从古典文学到进步书刊，看不懂的字就跳过去，生吞活剥似地读着。她从未有过玩具，读书给她带来极大的乐趣。肖梅出生那年正值卢沟桥事变爆发，日本侵略者长驱直入，“用我们的血肉筑起我们新的长城”的悲壮战歌唱响全中国。每当日本鬼子来到家乡，父亲总要带着全家逃亡，饱受流离颠簸之苦……肖梅幼小的心灵开始滋生国仇家恨的种子，她读方志敏的《可爱的中国》，听亲友邻居讲述日本人屠杀中国人的残暴罪行，总要止不住泪流满面，恨死了日本鬼子，那时，她还只是个十岁的孩子。解放那年，她被父亲送到了曾“失踪”了十几年的哥哥身边，原来这个哥哥一直在延安和解放区，全国解放时他已是解放军的高级指挥员。肖梅的生活也从此翻开了新的一页，上学和跟随部队辗转南北。她爱上了新的革命大家庭，她像只快乐的小鸟儿，在祖国充满阳光的美丽花园里自由、幸福地成长着，她的脸上总是挂着幸福的笑，荡漾着阳光和满足。她的笑，不仅尽情地展示着自己内心的喜悦，往往还能感染别人与她分享快乐。于是，她成天乐呵呵的，笑口常开成了她的性格特征。派她来古巴前，领导跟她谈话，提醒说古巴离中国很远，可能会遇到各种意外和考验，外交干部必须忠诚祖国和具有坚定信念。她眨巴了一下眼睛，心想，派自己去那种地方工作不正因为组织上信任自己吗，她是那么热爱刚刚走出了苦难、迎来了光明的祖国，她早已把这份爱融合在血液中，就是要她为此献出生命，她也会在所不惜！

肖梅走到哪儿都是个快乐主儿，欢笑驱散了道路颠簸带来的辛苦。他们这几天的日程是重走古巴革命领导人当年武装斗争时走过的路：爆发“七·二六”起义的“蒙卡达”兵营、“格拉玛”号登陆的红滩、当年打游击的马埃斯特拉山区……这一个个光荣的名字记录了古巴人民奋斗的足迹，沿着这些革命圣地走来，肖梅常常联想到她在国内陪同外宾参观南昌八一起义纪念馆、井冈山、延安时的情景，中国和古巴，相隔半个地球，然而，中国与古巴的革命实践中却有着如此多相同的缘由与相似的经历！肖梅也想起了一位古巴朋友告诉自己说，他曾在马埃斯特罗山区见到这样的情景：一户印第安农民家中几乎一无所有，墙上却挂着两张画像，一张菲德尔，一张毛泽东。朋友说起此事时非常感慨，说古巴人把中国革命当作榜样，菲德尔走的就是毛泽东走过的路，尽管充满困难与牺牲，古巴人相信这是条通往胜利的路。实践证明，古巴革命不仅胜利了，而且稳稳地站住了脚跟，这也是这个岛国面对加勒比海上掀起的惊天巨浪，却能如此坚定并且充满胜利的信心的原因吧。

国际青年营的汽车队穿行在广袤的田野、沼泽地、山林，这是些人烟稀少的地区。这天上午，他们的车辆颠簸了几个小时后停下来休息。蓝天白云下，是无垠的原野和远处的山峦，难得看到在路边稀疏地散落着几家低矮的茅草屋，一个抱着孩子的黑人妇女正站在茅屋前好奇地向这群陌生人张望。于是，同伴中有人走过去与她攀谈，这是你家吗？你家还有什么人？我们可以进去看看吗？……见女人点头，大伙儿三三两两地钻进了茅屋，想实地看看古巴山民生活的肖梅和团长，也跟着走了进去。站在阴暗、低矮的茅屋内，环视四周，只有两张颜色变黑了的帆布吊床和两三个用旧木板钉成的矮凳，再就是几个陶碗和陶罐……他们的心都不约而同地震惊了，没想到古巴的山区百姓竟是如此贫穷！就在来访者们不知不觉地流露出怜悯之情时，女主人却神色泰然，而她说话时流露出的那种满足与信念更是让许多在场的人匪夷所思，她说，以前她过的是野人般的生活，住在大山上，靠挖野山药充饥，是菲德尔让她一家人过上了正常人的日子，不再愁吃穿，孩子大了可以上学，她也能进扫盲班学文化……

“菲德尔说了，我们的日子以后会愈来愈好，我们当然要保卫菲德尔领导的革命了！”说到这里，女人的眼神里闪烁着自信与豪情，“我丈夫已经参加了民兵，美国佬要是来打古巴，我也要参军上前线。”这是一位最普通不过的农妇，她的话却让人感到掷地有声。感慨之余，肖梅不禁在想，自己接触过的不少古巴家庭中，从年近花甲的祖父母到十三四岁的孙儿都是民兵，在这样一个几乎全民皆兵的国家，美国人真要来了，等待他们的将会是什么呢？

国际青年营此行的主要目的地西恩富戈斯学校城位于马埃斯特腊山下。这支由几十名肤色、服饰各异的年轻人组成的特殊队伍沿途参观了革命纪念地、女民兵营后，来到了一个小火车站，他们将从这里登上开往奥连特省的列车。出发前，大家都换上了古巴政府赠送的民兵服：灰色衬衫、橄榄绿长裤、贝雷帽和长筒靴，女孩子们则是橄榄绿上衣和黑裙子。果然，这支原本松松垮垮的队伍一下子整齐和威武了许多。老团长看着肖梅笑道：

“哈哈！我们的洋务小臣转眼变成威武漂亮的古巴女民兵了！”

肖梅望了望身边那些精神抖擞的同伴，又向团长敬了个军礼说：

“报告团长同志，如果美国佬现在来犯，我们这些人眼看就要变成‘第六国际纵队’了！可是除了您这个光杆司令外，我们连放枪都还没有学过呢。”

听见肖梅说不会“放枪”，国际青年营负责人尼古拉斯，一个表情严肃的中年古巴人，很认真地说：

“你们要是想学放枪的话，我们会安排时间让大家学习射击。不过，你们代表世界各国青年来到古巴，支援古巴革命，这一行动本身就向全世界宣传了古巴革命事业的正义性、就是对美国佬的沉重打击，威力胜过枪炮！”

人群中有人带头鼓掌，还有几个声音叫喊“说得好”。

锈迹斑斑的列车停在站台上，显得很破旧，铁路的轨道很窄，也不知是多少年前修建的，看来通往山区的交通只有这样的条件了。车厢摇晃得很厉害，肖梅真觉得它随时有侧翻的危险。车厢内倒是很热闹，大家在用各种语言交谈，有些人居然还敢在摇摇晃晃的车厢里走来走去，跟这个握握手，跟那个交谈几句。一位头发有点卷曲、长着一双深褐色眼睛、脸型轮廓长得有点儿像欧洲人的年轻人，走过来跟中国代表团的人打招呼，他握着肖梅的手说：

“我知道你会说西班牙语，太好了！我叫豪尔赫，智利人，我很喜欢中国，对中国革命非常感兴趣，能认识你们很高兴！”这个叫豪尔赫的智利青年说话的声音带着点磁性。

肖梅将他的话翻译给团长听后，老团长一面和他握手，一面热情地说：

“我们两个国家虽然离得很远，我知道你们那里产铜、产硝石，智利人很友好，我认识一位智利朋友，就住在北京。”

“画家万徒勒里，对吗？”“对！对！就是他。”

“他可是个很有名很进步的画家，我是他的崇拜者和朋友。”

“朋友的朋友，我们也是朋友了！以后多联系！”老团长一副相见恨晚的样子。

兴高采烈的豪尔赫转向肖梅：

“小姐，你叫什么名字？你可是我们的桥梁噢！”

“我叫肖梅，很好记。再告诉你，万徒勒里的夫人戴莉亚是我的老师。”

“真的呀！？”豪尔赫几乎是惊叫了一声，再次拉住了肖梅的手。几个熟悉的名字一下子拉近了几个陌生朋友之间的距离。

这边热烈交谈的场面吸引了车厢中不少人的目光。一位黑头发大眼睛的姑娘也摇摇晃晃地走了过来，豪尔赫赶紧向中国人介绍说：

“她叫纳雷伊达，墨西哥人。”

他说着，又见旁边有三四个小伙子一面聊天，一面也在向这边张望，还在摆手打招呼。他指了指那几位说：

“若昂和约瑟是巴西人，菲利佩是阿根廷人。”

纳雷伊达与大家都握过了手，笑道：

“你们和智利人那么熟悉，和我们墨西哥人呢？”

“认识墨西哥人的时间就更早了，”老团长很认真地说，“三百多年以前中国人就通过海上丝绸之路，把中国的丝绸和瓷器送到了‘新西班牙’墨西哥，更是老朋友了。”

一句话把大家都逗笑了，亲切友好的气氛在摇晃着发出轰鸣的列车内弥漫。

8

喘着粗气的火车开进终点站时，天色已近黄昏。夕阳染红了树叶、岩石、河流……远近山峦的边沿也都镶上了一抹血色，多么迷人的古巴原野风光！抵达西恩富戈斯时，学校城负责人法哈多少校带着一群人在门口等候。少校是个健壮的中年人，像古巴所有的少校军官们一样，蓄着大胡子，一身戎装，腰间插着短枪，透着军人的威严。他走过来与大家握手，满脸亲切笑容。握住对方的手时他总要停一下，眼睛盯着对方说几句欢迎的话。他在中国人面前停留的时间似乎更长一些，难懂的中国话经过翻译，比他直接讲西语或英语自是要费时多了，其实，机智的少校来到中国团面前时，只说了一句也许是最代表他想法的话："欢迎新中国青年的代表，中国万岁！毛泽东万岁！"接着，张开双臂拥抱了老团长，用肢体语言表达了他的热情欢迎。跟所有人都打完了招呼后，法哈多少校又高声向大家说了一番话，大意是，他感谢各国青年对古巴革命的声援，学校城地处山区，正在建设过程中，各方面的生活条件还很不完善，希望大家谅解。作为主人和组织者，他们将尽一切努力满足大家在生活上和参观访问中的各种愿望，祝大家在学校城过得愉快。

主人的话并非多余或过谦之词，学校城的条件的确简陋，这里没有旅店，学生与老师的宿舍尚未完全建成，许多来访者只能住学生教室临时改成的大寝室。肖梅所在的女生寝室很热闹，姑娘们把自己的衣服挂得琳琅满目，五彩缤纷。肖梅与纳雷伊达两人的床铺是紧挨着的，纳雷伊达旁边是她另一个叫梅塞德斯的墨西哥女伴，再过去是一个意大利姑娘。吃过晚饭后，姑娘们有的去和小伙子约会，有的喊累，草草收拾了一下就躺下了。肖梅和纳雷伊达躺在各自床上，还在聊天。纳雷伊达对这位新交的中国朋友充满了好奇，好像有问不完的问题：你在中国做什么工作？结婚了吗？你们到古巴来是自愿的还是国家派来的？你们社会主义国家老百姓有自由吗？你喜欢你们国家的制度吗？……

学校城就建在马埃斯特腊山脚下，沐浴着明媚的阳光，很是壮观。当年，菲德尔领导的游击队辗转战斗在这偏远的山区，目睹了当地民众受尽了贫穷、饥饿和没有文化的痛苦，他们宣誓革命胜利后一定要为他们兴建学校，让孩子们都能上学。如今革命政府把发展教育、扫除文盲列为首要任务之一，提出要把古巴建成拉美第一个没有文盲的国家。他们首先在革命根据地马埃斯特腊山麓利用没收来的三家庄园主的土地修建了第一座学校城，这里将接纳两万多名山区本地农家子弟入学，依照计划，这样规模的学校城还要修建十座。法哈多少校带领国际青年营参观了正在建设中的学校城，第一批学生已在新竣工的教室中开始上课，接着又去访问了刚刚搬进新居的山区教师，参观了学生们饲养的兔群，少校说革命政府要求每座学校城必须根据当地特点培养各类专业技术人才……边看边介绍，法哈多少校如数家珍，语气里饱含骄傲与自信，谈及未来，他的目光中更是充满了憧憬。

参观结束，学校城前面的空地上立即掀起了热火朝天的劳动场景，国际青年营的队员们要在这里种下果树，铺一片绿草地，给学校城营造一道美丽的校园风光，当然，也是在每个参与者心中种下美好温馨的回忆。劳动中已不再分国籍，小伙子们抢着挖坑、推土，姑娘们把树苗放进挖好了的坑里，填土、浇水……豪尔赫、纳雷伊达、约瑟几个人早早跑过来和肖梅约定，和中国代表团联合一起干，听不懂话，没关系，笑一笑，无需更多说明。休息时，豪尔赫带头跳起了智利的“昆卡”舞，纳雷伊达也不甘示弱，墨西哥民歌在拉美没有人不会唱，一曲“瓜特拉哈拉”她刚唱了头一句，下面已是一呼百应，所有在场的拉美人都跟着唱了起来。在“中国人，来一个！”的呼喊声中，中国人合唱了“我爱北京天安门”，肖梅则在唱“美丽的哈瓦那”之前先做了简单说明，她说歌曲作者是个民间音乐家，从没到过古巴，他只是被古巴人民的革命精神所感动写了这首歌，没想到竟唱响了全中国，如今，中国的男女老少，人人会唱。她这几句说明赢得了一片掌声，待歌声停歇，只剩下她那圆润的余音时，掌声、喝彩声更是经久不息，尤其是在场的古巴人，高喊着：“中国——古巴！”“古巴——中国！”是赞赏，更像感谢。豪尔赫忙跑过来向肖梅祝贺：

“祝贺你，肖！你是个出色的宣传员和鼓动家。中国人是古巴人的真正朋友和兄弟，也是我们的好兄弟！”

又一个黄昏降临。经过一整天的折腾，尤其是种树铺草坪的劳动过后，大家都感到了疲劳，最重要的是先洗个澡，可学校城眼下还只有少量几个浴室，洗澡是要排队等候的。很快大家就有了新发现，附近有条河，水流清澈见底，何不到那里去洗？消息传开，把这伙年轻人高兴坏了！许多人拿起衣服就往外走，纳雷伊达和梅塞德斯拉上肖梅也向河边跑去。不一会儿便听见了潺潺的流水声，一条弯曲流淌的河流出现在不远处，河面在午后阳光余晖的映照下闪着点点银光，近前一看，河水果然清澈透明，令人真想立即跃入这温柔的绿色怀抱。前面有一个小小的缓流湾，正好洗浴，然而不行，已被先来的几个小伙子占有。继续往前，河流又有一个小浅滩，同样已有人捷足先登。再往前走走吧，不算太远，总算找到了一处水流较缓，岸边还有杂树遮挡的小河湾，三个姑娘兴高采烈地从岸上走下河湾，躲开热带的似火骄阳，躺进清凉的河水，周身的每个细胞都舒展开来，有一段时间，她们顾不上说话，尽情地享受着这无比的快乐，接着，三个人一面说笑，一面在水中追逐戏耍。肖梅把头发浸入水中，刚把头抬起来，就听见纳雷伊达贴着她耳边说：

“肖，我好像看见有个人在附近的岸边。”

“我也看见了，好像是个男人。”一旁的梅塞德斯也在说。

肖梅向岸边张望了一下，树林的后面隐隐约约像是有个男人的背影，便说：

“那我们快点洗，好在我们三人一起，不怕他。”

“该死的，真扫兴！多少天没有这样痛快过，还有人捣乱。”纳雷伊达还在嘟囔。

“我看我们还是早点回去为妙，而且，队长交代我们回营的时间也到了。”

三个姑娘有些不舍地上了岸。穿好了衣服。就在她们走出岸边树丛时，从不远处一棵大树背后走出一个男人，朝她们走了过来，三个人吓了一大跳，都停住了脚步，定眼再看，又都惊叫了起来：

“豪尔赫！怎么是你！？”

“你们跑到这里来，非常危险，知道吗？”豪尔赫的脸色很严肃，“我在前面的河段里，看见你们往这边走，就赶紧跟过来看，你们跑到这么远这么僻静的地方，怎么忘了古巴同志告诉我们的，这里还有不少敌特分子，还很不安全呢？我不放心，只好站在这里，替你们放哨。”

“哦——！”三个姑娘互相看了一眼，都笑了起来。纳雷伊达笑着搂住豪尔赫的脖子说：

“豪尔赫，我们把你当成坏人了！”

“对不起，亲爱的豪尔赫，还真看不出你是个志愿护花使者哩！”梅塞德斯摊开双手，故作满脸惊讶。

“真要好好谢谢你，豪尔赫！”肖梅收起笑容，认真地说，“难得你想到了这点，我们只想着洗澡和欣赏河上景色，把别的事和古巴同志的警告都忘了。”

这件事的确让肖梅对豪尔赫刮目相看了，她觉得这个小伙子浑身散发着阳光和革命热情，一打听，他父母都是西班牙人，父亲是个律师，是从西班牙移居智利的第三代了。豪尔赫从小受过良好教育，刚从大学医科毕业。也许与他父亲以及他本人的职业有关，他关心民间疾苦，热心政治，从小崇拜奥希金、玻利瓦尔、菲德尔这些英雄人物，扬言自己将来也要成为一个格瓦拉式的美洲战士。豪尔赫对中国革命也满怀崇敬和憧憬，只要有机会，他总要向肖梅提一大堆问题，还爱打破砂锅问到底。

两天后，学校城出了件大事，这事像是在国际青年营爆炸了一颗炸弹。那天早晨一起床，人人都感觉到营地气氛紧张，先是从古巴人紧绷的面孔与悲伤的目光中感觉到出了事，接着，从大家相互低语中听到了一个消息："法哈多少校死了"，怎么可能呢！？ 昨天他还好好的！大家都惊愕地瞪大了眼睛，不肯相信，法哈多少校身体那么健壮，怎么会一夜之间突然死去？传消息的人说，是被暗杀的，为什么？光天化日之下怎么会发生这种事呢？众人七嘴八舌说不清，肖梅急忙将这个消息报告了老团长，中国团的小伙子们也急急忙忙跟着大伙儿赶到学校城的总部去打听，学校城另一位古巴负责人用沉痛的声音向大伙儿宣布说：

"我怀着悲痛的心情告诉你们，法哈多少校的确是牺牲了，他是被反动派特务杀害的！昨天晚上，他在陪同一位志愿女教师返回学校城的路上，被暗藏在附近的特务从背后开枪，他与那位志愿女教师都遭到了暗杀。我们正在搜捕这伙万恶的特务，为少校和志愿女教师报仇！"

为古巴人民出生入死的法哈多少校就这样流尽了最后一滴血，志愿来山区扫盲的女教师就这样奉献出了她年轻的生命，两颗罪恶的子弹，从背后射出的两颗罪恶子弹！人们从惊愕到悲伤、愤怒……

学校城的大厅内，法哈多少校和志愿女教师的遗像前摆放着鲜花，来自各国的青年人，捧着采来的野花，默默走到遗像前致哀。他们的脸上流露出悲伤的神情、内心或许增添了对古巴革命更多的同情和思考。纳雷伊达走在肖梅身边，走出大厅，她轻声对肖梅说：

“你是知道的，我反对亲美的独裁政权，但希望‘革命’能对所有的人公正，没有镇压和血腥，大家都享有同等自由，我很喜欢古巴，唯一不喜欢的是把人拖到‘刑墙’下去枪毙的恐怖镇压……刚才走过法哈多少校遗像前，他的眼神好像在对我说：‘对人民的敌人能宽恕吗？’肖，我心里很难过。”

肖梅紧握了一下她发凉的手说：“我也很难过，纳雷伊达，革命总是避免不了要流血，法哈多少校告诉我们‘对敌人的宽恕便是对人民的残酷。’”

9

离开学校城的前夕，古巴方面负责人宣布将组织国际青年营攀登马埃斯特腊山，看看当年卡斯特罗、格瓦拉打过游击的地方，时间定在次日清晨。他还提到，由于出现特殊情况，登山的车队缺少两名司机，希望驾驶技术好的朋友能报名。消息一宣布，营地一片欢呼雀跃，登山，尤其是登上名声赫赫的马埃斯特腊山，这太诱人了！当肖梅将这一消息告诉中国代表团时，小伙子们振奋不已，高声唱起了："我们都是神枪手，每一颗子弹消灭一个仇敌；我们都是飞行军，哪怕山高水又深……"昂扬的歌声引来了其他代表团年轻人好奇的围观和询问，噢——《游击队员之歌》！他们的眼睛里闪过新奇与赞赏的光亮，中国——游击战的摇篮，"中国人，好样的！"他们竖起了大拇指。

这天，朝霞初升，刚刚从睡梦中醒来的马埃斯特腊山披上了金色的彩霞，一大早国际青年营地便热闹了起来，肖梅和她的中国同志们急匆匆赶往集合点时，豪尔赫迎过来向大家问好，喜洋洋地说：

"今天本人不胜荣幸，能给你们当一天司机。"看到中国朋友们疑惑不解的神情，他又笑着补充，"古巴组织方不是说过今天缺两名司机吗，由于我有过的优秀驾驶纪录，曾和朋友自驾车穿越过南美几个国家，第一个就被他们挑上了，我对他们说，我很高兴为大家服务，如果可能的话，把我分到中国代表团去，我和他们是好朋友。就这样，他们就把我派来了。”

“有你这么个司机当然也是我们的荣幸！不过你得小心了，这可是个苦差事喽，不但要当司机，还要当我们的向导。”老团长握着豪尔赫的手说，他的确从心里喜欢这个热情的小伙子。

“没问题！”豪尔赫一挥手请大伙儿上车。这次出行大家都乘坐军用卡车，敞篷，而且一律站着。肖梅想让团长坐豪尔赫旁边的副驾驶位置，老团长哈哈一笑说，你以为我是个要照顾的老头子了？待会儿爬山咱们比试比试看谁快。别以为我不懂外国人的规矩，把座位让给妇女，女士优先！‘洋务小臣’是我们这里唯一的女同志，你坐吧，再说你能同他说话，让我坐在他旁边当傻子呀。听了老团长的话大伙儿都乐了，有的说团长老当益壮，有的说他是要实行官兵同甘苦，总之，老团长跟小伙子们上了后车厢，肖梅坐在了豪尔赫旁边。

两小时左右的车程一路景色如画，穿过起伏的绿色山峦，一簇簇咖啡丛，粗大的野生木薯，路边上艳丽的风铃草，山坡上的参天大树……山路崎岖难行，偶尔还会看到有村民或起义军战士从山上下来，他们借助地形走得很快，有时甚至从斜山坡上像滑雪一般快速滑下。豪尔赫慨叹道，藏身深山密林的游击队员们熟悉山林，又有当地民众掩护，官兵能如之奈何？他说，中国革命者是打游击战起家的，成功地从农村包围了城市，夺取了政权。古巴人学了你们，据说他们领导人打游击时背包里就装有毛泽东关于如何打游击战的书。正是这莽莽山林的掩护，革命得以在贫苦农民中扎下根，革命武装得以壮大，古巴革命沿着这条道路也取得了胜利。我们辽阔的南美洲大陆出路在哪里？你还不知道吧，我曾经去过南美好几个国家，表面上，在一些大城市还能看到一片耀眼的繁荣假象，可是你要是走进贫民区、走到农村去看看，许多人家真是赤贫如洗，不是一般贫穷，而是令人揪心的赤贫！我们的拉丁美洲是个富饶的大陆，也是个苦难的大陆，它的大量财富过去遭西班牙人掠夺，今天受美国大公司、大庄园主控制，中美洲成了绿色地狱，当年盛产金银的南美人如今是“捧着金饭碗要饭”的乞丐……肖，我真希望你也能到我们南美洲去看看，那里的老百姓，尤其是印第安人，生活很苦，不过，正如我刚才说的，那是个富裕的、美丽的大陆，而且，拉美人对中国人普遍怀有十分友好的感情。

一路上，肖梅听着豪尔赫断断续续的谈话，汽车行驶在平地时他们的交谈还算正常，车开始爬坡后就不得不完全中断了谈话，豪尔赫小心地驾驶着车辆迂回在曲折的山路上。两个小时后，车队终于抵达密林深处的一个营地。天下起了蒙蒙细雨，给雨中的密密山林平添了几许阴郁和神秘感，然而，众多年轻客人的到来立即让这个已经沉寂多时的营地热闹了起来。驻守的士兵们听说这些人来自世界各地，更是热情倍增，在他们看来，这些人的访问无异于从这深山搭起一道通向世界各地的桥梁，也许全世界的人都能听见他们的声音，都能看见他们。他们热情洋溢地向来访者讲述当年菲德尔兄弟如何在这里打游击的故事，描述年轻的格瓦拉如何犯了气喘病仍坚持战斗，最后在农民帮助下突破敌人包围圈的情景。在食品供应困难的山上，他们用美味的烤牛肉和黑豆大米饭款待来宾，并毫不吝啬地拿出自己珍藏或制作的心爱物件送给青年营的朋友们。一个年纪很轻的小战士，褐色的脸上闪着一双明亮的黑眼睛，一看便是个黑白混血青年，他有些羞涩地走到肖梅身边说：

“中国同志，我可以送给你一件礼物吗？”说着便拿出了一串项链，是用不同颜色的果核串起来的，正中是一颗硕大的晶莹闪亮的黄褐色坚果。“这是我自己做的，为了采摘这些山果我爬过好几个山头。”说话时，他的手不停轻轻抚摸着项链，仿佛在重温他在制作时的辛劳与快乐。接着，把项链举到肖梅面前，郑重地说：“菲德尔说过，古巴革命是一场由穷苦人进行的、为了穷苦人的革命，我家里很穷，土改后生活才好起来，我参了军，发誓要用生命保卫革命。你瞧，我把自己的决心刻在这上面了！”他的手指着中间那颗橄榄形大坚果。

肖梅一面道谢，一面仔细观察那颗大坚果，只见它那亮晶晶的褐色外壳上刻着一幅美丽的画面：大海、沙滩和一株高高的棕榈树……

“这是古巴！”肖梅脱口赞叹。

“对！”小战士十分兴奋，又指了指下面一行字说，“你再看这里。”

“¡Patria o muerte!（誓死保卫祖国！）”肖梅小声念着，向他竖起了大拇指说，“古巴人，好样的！”

“这串项链送给你，请你带回中国去，让所有的人都知道，我们古巴人不怕美国佬，会和它战斗到底！”小战士神态严肃，像是在宣誓。肖梅被深深感动了，她相信，这样的战士在战场上与侵略者相遇时绝不会后退！

被这个国家昨天的革命历史感动着，被眼前这些战士们的真挚爱国情怀感动着，青年营的朋友们也都很激动，尤其是来自拉美国家的人，心中澎湃的更是一种手足相依的情感……在这加勒比海岛国的高山上，突然响起了动人心弦的诗歌朗诵声，是纳雷伊达在朗诵智利诗人聂鲁达献给古巴的诗：

……

人们都在望着古巴
南方的矿工、潘帕斯草原孤寂的子孙
巴塔哥尼亚寒冷的牧人
锡矿和银矿的开采者
终身与山峰做伴的
挖掘丘基卡马塔黄铜的人们

他们都和你站在一起
因为你代表我们长期斗争的一切光荣
如果古巴跌倒，就是我们跌倒，
我们立刻把它扶起

如果它如鲜花怒放
那就是我们用自己的汁液把它灌溉

我们要取出埋在地下的武器
以鲜血和骄傲，
保卫我们热爱的古巴
……

蒙蒙细雨仍在下个不停，下山的路更滑了。车队中，豪尔赫驾驶着车辆在慢慢行进。车队小心地驶过了几个盘山道拐弯处，又是一个拐弯下坡出现了，豪尔赫的车刚一向右拐弯，忽然发现靠山边右前方站着一个人，右拐的车辆极可能撞上他！豪尔赫急忙又将方向盘转向左，左边是悬崖，又赶忙向右……车辆剧烈摇摆着、颠簸着、像脱缰的马沿着原本就泥泞的坡路往下滑，豪尔赫面孔紧绷，一面拼命踩刹车，一面向肖梅喊了一声：

“快跳车！”

被这一突发情况吓呆了的肖梅意识到车辆刹不住会沿陡坡滑下去，也可能掉落到右边的悬崖……听见叫她跳车，心想，车上还有代表团的全体同志呢，自己怎能一个人跳车逃命？豪尔赫见肖梅坐着没动，急忙腾出右手，“拍”地打开右车门，一掌将肖梅推出车外，肖梅重重地摔倒在泥泞的地上。车辆继续颠簸着往下滑，一米、两米、三米……豪尔赫的汗珠顺着面颊往下淌，左前方有棵大树，他极力让车辆靠向那棵树……“砰”的一声巨响，车辆在悬崖边停住了，车头斜撞在了树干上，被撞断的半截树杈打碎了驾驶台的挡风玻璃，豪尔赫的头上、脸上、手臂上满是鲜血……

就要离开学校城了，大家都觉得有些恋恋不舍。行前最重要的一件事是到医院去看望豪尔赫，豪尔赫躺在床上，头上和胳膊上都打着绷带，小半边脸也被包上了，只露出了一双褐色的眼睛。

他装作没事人似地轻松笑着，跟大伙儿打招呼。他最关心的是车上的中国朋友们受伤了没有，老团长心疼地说：

“你看我们一个个不都好好的吗，有惊无险！唯一受伤的人是你！危机时刻你首先想到的是救别人，我们很感动，也很感谢……”

“不！不！是我觉得很抱歉，当一天临时司机也没能当好。发现右前方那个人时我措手不及，左边又是悬崖，幸亏那棵树……”

豪华尔懊恼地说，想起那天的情景他依然心有余悸：“上帝保佑！大伙儿都平安。肖，你呢？你的手摔伤了？”他的目光落在了胳膊肘上包扎了一块纱布的肖梅。

“我没事，豪尔赫，我只是些小擦伤。就是当时的情景把我吓呆了，太突然了，也太悬了。你瞧，我们相处时间不长，却成了生死患难之交！现在我们这些人都要走，把你一个人留在这里，我们会很挂念你的。”

“对，对！我们不仅是好朋友，还共过了患难！我的这点伤不算什么，医生说了，只是些外伤，用不了多久就可以出院了，我会到哈瓦那去看望你们。”

告别时大家希望以后再有机会相见，在彼此祝福声中感受着别离的忧伤。

返回哈瓦那的当天，肖梅便拨通了给杨宇的电话，她急于了解最近形势的发展，当然，也说了些自己在外地的感受，她说她很高兴跑了古巴好几个省，很高兴能参加国际青年营，这使她有机会走到最偏远的山区，听到最底层民众的声音，还与其他一些拉美国家的青年交了朋友，感受很多，见了面再说吧！她约杨宇过几天见面，因为再有三四天国际青年营的活动就要结束了。最后一场活动也可以说是整个活动的高潮和总结：古巴方面要为全体国际青年营成员举办一个大型联欢会，革命政府主要领导人都会出席。杨宇听着她兴致勃勃的声音，心里也为她高兴，故作神秘地说，见面时自己也有个重要消息要告诉她，只是天机不可提前泄露。

10

哈瓦那的自然气温，受季风与洋流影响，让人感到比山区高出了许多。而这里的政治气温，更是变幻微妙、高度敏感。从全国、从南美、从世界各地传出的各种信息都会迅速集中到这里，然后，这些被仔细研究、分析过的信息又很快变作了古巴革命政府新的政策动向。就在前不久，美国召集十八个拉美国家在哥斯达黎加首都圣何塞举行第七次美洲国家外长协商会议，会上通过了《圣何塞宣言》，开宗明义地“反对共产主义，反对苏联和中国的威胁”，矛头直指古巴。美国要求对古巴进行集体制裁，后因遭到多个拉美国家反对而未获全票通过。美国对古巴，这个在自己后院带头闹事的孙悟空，撒下了“降魔网”，恨不得立即收网，斩草除根。双方的每一个回合，都牵动着拉美各国的神经，牵动着两霸争夺的大棋局。国际青年营大联欢本是一次各国年轻朋友的狂欢派对，此时此刻，也毫不例外地带上了属于这个时代的浓重国际政治色彩。

哈瓦那的会议中心是座高大的半露天建筑，联欢晚会将在这里举行。夜幕笼罩下的哈瓦那，柔柔的晚风吹拂着，少了白昼的灼热，感觉舒服多了。国际青年营的小伙子和姑娘们都穿上了自己民族各具特色的服装，两个墨西哥姑娘穿着绣花低领上衣和彩色绚丽的长裙，意大利姑娘穿的是粉红色长裙装，那对塞浦路斯情侣中的女伴一身洁白衣裙，像圣洁的希腊女神，肖梅穿一件米黄底咖啡色小花的旗袍，不失淡雅的东方淑女风韵……她们步态轻盈，像色彩缤纷的蝴蝶，穿过露天庭院中的热带树木与花草，飘然而至。更有海风吹动树叶发出的沙沙声，犹如天籁之音般美妙。月夜的古巴，尽情地向这些年轻的异国朋友们展示着自己的美丽，令人心旷神怡……二十来天的朝夕相处，一同参加各项活动，令彼此之间多了许多亲近感，相处中能相互沟通、交流较多的成了好朋友，语言不通的在一起也有会心的微笑。这天晚上是大联欢，也是告别。大家都很高兴，也都感到有些依依不舍。纳雷伊达感慨地说：

“这些天咱们在一起，让我明白了人民之间的交往和团结太重要了。你们团长不是说，三百多年前中国与墨西哥就有了海上丝绸之路，开始了贸易与文化交流，我们早就是朋友了吗，可为什么在交通、通讯都已高度现代化的今天，反倒很少往来、彼此隔阂了呢？”说到这里，见大伙儿都瞅着她，便耸了耸肩，带着气愤的神情，继续说道：“我说这都是帝国主义的恶意宣传闹的，他们祭出反共的大旗，吓唬各国人民，因为老百姓之间互不了解、互不往来最符合他们的利益了。”

“没错！美国佬对我们拉美各国人民，也是这么干的。”旁边几位拉美朋友，也忿忿然说，“让他们的隔离、封锁见鬼去吧！”“他们最怕拉美人互相声援和支持了，所以，团结是我们战胜敌人的最强大武器！”

肖梅完全理解朋友们的这种感受，在她看来，同种族同文字、同样历史遭遇和命运的拉美人民实际上像一个大家庭，一个命运共同体，这些年轻人对今天和未来都有着相同的希冀和追求。就说这天晚上吧，正当联欢会在带着浓郁加勒比风韵的乐曲中欢快进行时，菲德尔·卡斯特罗来了，切·格瓦拉来了，劳尔·卡斯特罗来了……大厅内外一片欢腾，菲德尔·卡斯特罗还是身着橄榄绿军装，嘴里含着他那支不离身的雪茄，切·格瓦拉也是一身戎装，脸上挂着极富亲和力的微笑，只有劳尔·卡斯特罗穿着整齐的深色西服，颇为引人瞩目。他们一出现便被拉丁美洲的代表们团团围住了。没有人不熟悉他们这几位的传奇式经历和个人魅力，富有表演天才的巴西人约瑟就最善于惟妙惟肖地模仿卡斯特罗讲话的特点，每次，当他有力地挥动臂膀、用极富感染力的声音重复着菲德尔精彩的演说时，总能赢得一片赞叹与掌声。不过，此时此刻，当他们心目中的这些英雄就站在自己面前时，他们的脸上也流露出难以抑制的激动，古巴革命是拉美人民心中的旗帜，他们有太多的问题要问，有太多的话要倾诉。一时间，争先恐后的问候声、热烈的交谈声、爽朗的笑声混杂在一起，好不热闹。中国、朝鲜、越南及一些东欧国家的代表都被挤到了稍远的地方，只能怀着理解的心情把优先权让给了这些拉美朋友。交谈中，卡斯特罗、劳尔、格瓦拉一一回答着年轻人提出的问题，时而严肃，时而幽默，不时引发掌声和笑声。在热烈的一问一答中，忽然听到卡斯特罗在大声向周围的人说：

“美国佬要是不能容忍在他家门口有个社会主义国家的话，让他搬家好了！”

此言一出，大厅里先是一片寂静，接着，爆发了一阵经久不息的热烈掌声和欢呼声。也就在此时，一位离菲德尔很近的年轻人，扶着同伴的肩头，站得高高地，挥动手臂高声喊道：

“美国佬要是不愿意自己身边有个独立、民主、自由的拉丁美洲的话，也让他搬家好了！”

好熟悉的声音！仔细看去，是阿根廷小伙子菲利佩。

“对！对！”许多声音大声应和着，“总有一天，他不得不从地球上搬走！”

热烈的对答声和掌声淹没了他们后面的话，整个大厅响起了一片“要拉丁美洲，不要美国佬！”的口号声。

不知是别人提醒还是自己注意到了还有许多人没有轮上说话，几位革命政府领导人有意识地走到中国和其他一些代表团面前，团长和肖梅及全体团员赶忙迎上前去，团长忙向古巴最高领导人转达中国青年对古巴革命的敬意和声援。卡斯特罗同每个人亲切握手，这位是全国社会主义竞赛劳模，这位是最年轻的农村人民公社社长，这位是中国学联负责人……卡斯特罗那双富有智慧和洞察力的眼睛在每个人脸上扫过，他对每个人的介绍都表现出浓厚兴趣，还不时提几个问题，或插几句幽默的评语，引发出一阵阵无拘无束的亲切笑声。这是肖梅第一次见到菲德尔·卡斯特罗，看到他与拉美青年间的亲切互动，不能不为他的政治魅力折服。此时，他的大手握住了肖梅的手，他停住了，侧着头，问她在哪里学的西班牙语？来古巴多久了？叫什么名字？又说，听说中国姑娘们都爱以花名替自己取名，你的名字也是一种花吗？肖梅告诉他，自己的名字是梅花，菲德尔张大了嘴，做了个夸张的惊喜表情："噢，一朵美丽的梅花！好，我记住你了，梅花！"在一片笑声中，摄影记者们连忙按动快门，留下了一个个难忘的瞬间。

联欢会持续到很晚才结束，一首略带忧伤的拉美歌曲还在夜空中回荡。会议中心大楼前一群群年轻人正互相拥抱话别，纳雷伊达送给肖梅一顶墨西哥宽边遮阳帽，梅塞德斯送的是一个刻着玛雅年历的铜盘，两个姑娘满怀深情、如数家珍般地向肖梅介绍了这两件代表古老的玛雅文化和墨西哥高原风情的礼品。肖梅留给她们作为纪念的则是每人一个中国织锦靠垫，织锦上典雅的人物风景让两人爱不释手。菲利佩、约瑟、若昂和意大利小伙也都跑过来与中国的小伙子们告别……

夜深了，参加这次活动的多少人这天夜晚都久久未能入眠，也包括肖梅。

夜深了，加勒比海涛声阵阵，也许正在酝酿着一次更加波澜壮阔的潮涌。

戈莫多罗旅馆顶层，801 室的客厅内坐着十来个中国人，黄旭坐在房间正中的一张沙发上，杨宇靠窗坐，肖梅在离门不远处坐着。柳清扬时而站起身来给大家让座、添茶。这天，派驻哈瓦那的中国人几乎都来了，这是一次情况通报会。黄旭一面听别人发言，一面在小笔记本上记上几笔，不时还会打断别人的话提儿个问题。大家谈的情况基本上集中在两方面，一是对古巴当前形势的估计，一是中国对古巴援助的落实情况。所有发表意见的人都认为，古巴政府已充分看到了美国武装入侵的可能，正在认真备战，从政治、军事、外交各方面积极准备，尤其在民众动员上，可以说相当深入和广泛，对此几乎每人都能列举出许多耳闻目睹的事例。会议快结束时，一个戴着眼镜、有点书呆子味儿的年轻人小徐提了个有关古巴革命性质的问题，他是新来古巴筹备中国经济成就展览会的，小伙子带着些迷惑不解的神情问：

“我有个问题，不知适不适合在这里提？”他望了望黄旭和在座的人，见没有人说话，便接着说，“我们都知道，古巴早就有信仰马列主义的共产党，而卡斯特罗最初只是个反对独裁的学生，并不是共产党，这场并非由马列主义共产党领导的古巴革命究竟算不算社会主义革命？”说到这里，他看了看在场的人，又抱歉地笑了笑，好像对自己提出这样的问题有些不好意思，又补充了一句，“我在国内时也问过一些有关同志，他们也说不清楚。”

对小伙子的提问不少人报以理解的会心微笑，因为这是一个在许多人心中盘旋过的问题，但来到古巴待过一段时间后，这个疑问又都不知不觉好像变得不怎么重要了。当然，应当承认，这是个并非三言两语就能说清的理论问题。

噢，既然有人在会上提出了这样的问题，大家不约而同地将目光投向了主持会议的黄旭，黄旭看了看小伙子，笑笑说：“今天是情况通报会，可不是政治理论学习会哟。你提的问题不仅国内有不少人说不清，我们这些在第一线工作的人也有不尽一致的看法。分析起来很复杂，也可以说得很简单。卡斯特罗最早发动革命时没有提出过社会主义的口号，他没有参加共产党，肯定他不是从革命一开始就是个马克思主义者，但人是可以变的，当他所处的客观现实和革命环境改变后，他的看法和革命主张也会变化，这样的事例历史上屡见不鲜。我们这些稍早来到古巴的人，都亲眼看到了卡斯特罗是怎样在美国的压力和步步紧逼下不断调整斗争策略、提出新的斗争目标的。你大概也已经知道，不久前，卡斯特罗本人已经明确宣布：‘在英勇的反帝斗争中，古巴革命已进入社会主义阶段’。判断一个人政治立场和主张的根据是什么？是他的政策、他的实际行动，在这个问题上，我们还有必要去作纯理论的无谓争论吗？美国已经把古巴逼进了社会主义！这就是我的看法。”

对黄旭的这番话许多人都报以了赞许的目光。有人插话说，前两天老卡在见外国青年代表时，又再次重申了古巴是社会主义国家，还说美国要是不喜欢有个社会主义邻居的话，可以搬家！提问题的小徐兴趣盎然地听着，一脸认真地说，有意思，有意思！我想我在这里再多待些时间后，我的问题很可能也不必在会上提出来了。与会的人发出了轻轻的笑声，没错，有时一些长时间争论不休的理论问题很可能在现实生活中得到轻而易举的解决。

接下来，新华社记者陈永平又根据美联社、华盛顿邮报、纽约时报等美国媒体的一些报道和评论，分析了美国政府对古政策的动向，谈到自从美国怂恿多米尼加和危地马拉干涉古巴未果后，艾森豪威尔政府对古巴的敌视政策在不断升级，副总统尼克松态度尤为强硬，他指责古巴实行土地改革是对美国的挑战。说到这里，陈永平停了下来，就美国人占有古巴土地的状况举例说，美国佬占了古巴全部土地的25%，一个名叫克因伦戚的美国大牧场主占有的土地就比古巴整个奥连特省的面积还要大，美国竟然要求古巴对土改中被没收的美国企业进行高价赔偿！他还谈到，近一时期，美国加紧收买特务轰炸军火库和往古巴运军火的轮船，策动和唆使古巴反革命分子进行破坏和颠覆活动，美国驻危地马拉军事基地的活动近来也很频繁。挑动拉美国家集体制裁既遭失败，美国极有可能自己公开或隐蔽地直接动手。

黄旭也传达了国内对古巴形势的看法和分析，强调“古美之间的斗争在迅速升级，我们必须密切关注形势发展和变化，随时准备应对更严峻的局面。”他还告诉大家，中国与古巴两国眼下虽尚未建交，但古巴领导人明确向他表示，古巴只把他黄旭看成是中国政府的代表，一旦时机成熟，他们就会宣布建交，驱逐那个台湾来的伪“大使”。中央对此也作了指示，要我们首先要做好支援古巴革命的工作，不急于谈建交，要体谅古巴的难处。所以，今天把经贸部的同志也找来了，一定要把援助项目落实好……

会议开得热烈而富有成效，与会者人人情绪高涨。最后具体落实到中国对古巴的经援和军援项目时，则只剩下黄旭和几位经贸部派出人员进行双边讨论了。黄旭看看时间不早，宣布没事的可以走。肖梅站起身正准备离开时，黄旭向她招招手，示意她留下。

“听你们团长说你们这次访问很有收获。他们是高兴而来，满意而归呀。”黄旭把肖梅叫过来时如是说，“代表团要走了，你还得留在古巴工作，所以把你也叫来参加今天的情况通报会了。留到什么时候，得看工作需要，没有意见吧？”

“你不是说了是工作需要吗？那还能有什么意见。”肖梅笑笑说，其实这个消息杨宇已经提前向她透露了。

“你临时出国，行装简单。找个时间跟柳清扬到商店去买几件衣服，这也是工作需要！”

黄旭给肖梅留下的第一印象是：一位既严格又细心的领导！

11

两天后，柳清扬和肖梅商量好了要去一趟桑哈区，准备先到市中心然后再去桑哈。肖梅到古巴后，同代表团一起，忙于外地访问，还真没好好参观过哈瓦那市，尤其是聚居着数万华侨华人、颇有些名气的桑哈唐人区，以及那座被他们世代引以为傲的“华人功勋碑”。见肖梅想趁机参观这座纪念碑，柳清扬一口答应，只是强调先办完事再去参观。

哈瓦那市中心的一些大商场，经过美国不遗余力的封锁和破坏，像“恩康多”这样一些大百货商店要么被特务烧毁，要么货架上空空如也，昔日繁华的市面萧条了许多。如今在有些商铺里，倒是能看到不少中国日用品，这让两位中国女同胞感到些许欣慰。她们走进一家服装店，为肖梅挑选了两套衣服，一套蓝色的上下裙装，一件花格的连衣裙，肖梅试穿时，柳清扬一面仔细地审视和打量，一面笑道：

“很好，式样也好，想不到在古巴还能买到这么适合中国女孩子穿的衣服！比起欧洲人来，古巴人和中国人的身材相近多了。”

此话不假，在拉美你能看到身材高大的欧洲后裔，但多数拉美人都是中等身材，还有不少体态娇小的女性，想必这与拉丁美洲族裔混杂有关，肖梅总觉得与他们相处，尤其是见到拉美印第安人时，他们那显得有些扁平的圆脸庞和黑眼睛，常叫她有一种说不清的亲切感。

这时，站在一旁看着肖梅试衣服的古巴女售货员也赞赏地竖起了拇指说：

“小姐，这套衣裙简直就像是专门为您定做的！看起来中国姑娘们的身材和古巴姑娘还真差不多哩！”

“谢谢你给我推荐了这套衣裙。告诉你，中国姑娘的身材嘛，一般来说，生长在北方的高大些，南方姑娘瘦小些。哦，我也觉得中国人和土生古巴人是有些相似之处，说不定远古时期咱们还是亲戚呢。”

这最后一句话让古巴姑娘笑了起来，连说：“那样更好了，朋友加亲戚！”

市中心买完衣服，接下去便是去桑哈华人区再定做两件旗袍，因为做旗袍只有去华人区。

第一次来到华人区的肖梅兴奋得像个孩子，她有种回到了国内某个市镇的感觉，有几次走到几家店铺前想和老板攀谈，一听都是讲广东话，只好抱歉地笑笑作罢。在街上转了一趟后她们走进了一家丝绸庄，老板是位谢了顶的老先生，姓张，面容慈善，一听是要给一位小姐做旗袍，立即取出了好几种花色的绸面料，红、黄、淡绿、浅紫，他认真地介绍了每种面料的优点，并称在这条街上他们店做旗袍的手艺绝对一流。柳清扬与肖梅交谈了几句后，扯了两件绸布料，一件白底小红花，一件紫罗兰花色，让老先生给肖梅量尺寸。肖梅也趁机和老板聊了起来，来古巴多久了？老家是哪儿的？儿女都在古巴吗？……听说两位女士是从新中国来的，老人很兴奋，两只原本有些呆滞的眼睛一下子也闪现出些许亮光，话也多了起来。他说自己是广东潮州人，小时当过裁缝学徒。十六岁血气方刚时，正赶上广州起义，他参加了，结果很多人死了，非常惨烈！他投亲靠友，流亡到了古巴。老人用平缓的语调叙述着他那段惊心动魄的往事，肖梅和柳清扬听呆了，对这位看似极普通的老人产生了肃然敬意，连忙问：

“后来呢？你在这里生活还好吗？”

“我是逃亡来的，先是在乡下甘蔗园里做劳工，后来混到城里，靠小时候学的那点手艺，生活才慢慢好起来。”老人又发出了一声历尽沧桑的叹息。

“您的太太和孩子们呢？”肖梅小心地又问了一句。

“我中年丧妻，只有一个女儿。好不容易把她抚养大，让她进了大学读书，没想到，这孩子很有思想和主见，胆子也大，没等到毕业就去参加了菲德尔领导的游击队。在巴蒂斯塔军队发动的一次扫荡战中，她掩护其他同志撤退，自己却牺牲了……”

“噢……”肖梅和柳清扬半天说不出话来，只感到嗓子眼里发涩，却找不到一句安慰老人的话。

“您是我们可敬的老前辈！为中国革命和古巴革命都做出了很大贡献和牺牲。”柳清扬低声地说出了此时心中的感受。

“您这么大岁数了，还要整天为生活操劳，也太辛苦了。”肖梅觉得自己必须为老人做点什么才好。

“古巴政府说我是烈士亲属，要照顾我，我谢绝了。我知道他们现在也很困难，我有个小徒弟帮忙，生活上没有问题。今天遇见你们，我非常高兴，多少年没有见到祖国来的人了。”老先生说着，眼角泛出了一点泪光。

与张老先生邂逅，让肖梅既兴奋又感动，像是很意外，细细一想，又在意料之中，那些漂泊海外的几千万中华游子中，与张老先生有着类似经历的华人，岂是少数。肖梅和柳清扬临别时向老先生发出了真诚的邀请，请他到她们的住处做客，老人高兴地接受了。

返回旅馆途中，汽车来到利内亚街，远远地，她们便看见了一座高高耸立的黑色大理石纪念碑。汽车在碑旁停了下来，柳清扬此前来过，初次到此的肖梅赶紧下车，怀着深深敬意绕着纪念碑一边走一边细细观看，碑的造型犹如一柄直指蓝天的利剑，一面刻着“旅古华侨协助古巴独立纪功碑”，另一面铭刻着何塞·马蒂的战友贡萨洛·德格萨达将军的题词：

“没有一个古巴华人是逃兵，没有一个古巴华人是叛徒。”

这两句有着千斤分量的评语让肖梅怦然心动，油然生出无限敬意。她想到了鸦片战争后中国沿海那些失去了土地的农民纷纷离开家乡，被当作“猪仔”贩卖到美洲的悲惨情景，他们是被用来取代黑奴的黄种奴隶，大部分人不是因沉重的苦役累死就是被残酷虐待而丧命，所谓“契约”，形同废纸，当这些海外孤儿走投无路向祖国求救时，懦弱无能的满清政府根本无法保护自己的臣民，可怜的华工们只能听天由命……弱国无外交，多么残酷的现实！华工们的汗水和鲜血洒在秘鲁的海岛上、智利的矿山上、巴拿马运河建设工地上、美国开发西北部的铁轨上……美洲人至今享受着华工们用血汗和生命为他们创造的物质文明，然而却只有古巴，为这些华工的付出建造了一座纪念碑，对他们的人格做出了高度的赞美，肖梅从心里感激善良友好的古巴人。

仰望着高耸的纪念碑，肖梅仿佛听见了许多激动的声音在说：“祖国强大了，我们现在可以抬起头走路了！”是的，她遇见的许多华侨都对她这样说过，这话听起来让人既欣慰又心酸，她还是由衷地高兴，庆幸“弱国无外交”这一页今天总算被新中国永远翻过去了！

12

送走了政府贸易代表团，杨宇感到少有的轻松。他也知道，这样的轻松只会是极短暂的，许多意想不到的任务和这样那样的代表团还会接踵而来。眼下的形势，忙碌是常态，他早习惯了。不过，这个星期他居然能有一个空闲的周末，这让他有些兴奋，想起了诗人纪廉的邀请，连忙打电话问他这个周末是否有空，老诗人用乐呵呵的声音回答说："有空，我正等着你呢！""好，那就周末见！"

紧接着，杨宇又接通了肖梅：

"肖梅吗？你这个周末有时间吗？我的一位诗人朋友想请吃古巴饭，你有兴趣的话，我们一起去。"

"你的诗人朋友，谁呀？是尼古拉斯·纪廉吧？大名鼎鼎！在学校的时候我就读过他的诗：'美国佬，雄踞在甘蔗田上'，我没有说错吧，不过，他没有请我，我去合适吗？"

"没有什么不合适的，就凭你喜欢他的诗就可以和他交朋友。到时候我还会叫上周卓和我们一起去。"

"好吧，那我就借光了。"

天气晴好的哈瓦那周末另有一番景象，街上行人少了，大街小巷里的舞厅、酒吧、俱乐部却另有一番忙碌景象，传出了阵阵节奏欢快的乐曲声。杨宇、周卓和肖梅三人来到了哈瓦那老区，尼古拉斯·纪廉的家就坐落在这里的一条小巷里，一幢半新不旧的两层楼房，面对着一个像中国天井似的露天小院，楼梯、栏杆、地板都是乌木色的，整座房屋显得有些老气横秋。诗人用响亮的笑声和热情的拥抱欢迎中国朋友，杨宇是老朋友自不待说，周卓与他也早就认识，只有肖梅是初次近距离接触这位大诗人。但见他年近花甲，不高的身段显得有些过分肥胖，花白的卷发，穆拉托（黑白混血）肤色的面孔上闪着一双亲切智慧的眼睛。他的夫人则完全是黑人肤色，清秀的面容轮廓又似乎暗示她很可能也是混血后裔。主人夫妇请他们上了二楼客厅，说是客厅，却更像书房，这里没有豪华陈设，紧靠三面墙都摆满了书柜，迎面正中墙上引人瞩目地挂了一幅徐悲鸿的“奔马”图。诗人情绪很高，兴致勃勃地对杨宇说：

“杨，你知道吗？那天《今日报》上登出你和你们外贸部长，还有‘切’在一起的照片，我一眼就认出你来了！ 让我想起了在中国访问时的一些往事，当天我就写了一篇文章，也登在了《今日报》上，你看到了吗？”

“当天就看到了，老朋友的情谊很让我感动，一些小事你这个大诗人都没有忘记，还说了那么多鼓励我的话，我当时没有你的电话，就想着等见了面再道谢。”

“那是一段非常宝贵的、不可能忘怀的回忆，我看到了一个伟大的、朝气蓬勃的新中国，见到了毛泽东主席，结识了这么多优秀的、天才的文学艺术家同行……”纪廉说着就翻开放在书柜里的一本相册，里面有他见毛泽东主席时的照片，当时站在一旁的翻译就是杨宇。杨宇指了指相片，笑道：

“还记得吗？毛泽东主席要见你的那天晚上，我问你，你是诗人，又担任着古巴共产党中央委员、全国文协主席和总理文化顾问一大串职务，介绍你哪个头衔是好呢？你毫不犹豫地高声说：诗人！这是最美好的头衔！”

“对，对！我就是这样说的，我还说了，毛泽东主席本人也是诗人，为人民讴歌的诗人最光荣。还有这张照片，也是我极为珍惜的。"纪廉又指着另一张，那是他与郭沫若、万徒勒里和萧三在一起交谈时拍摄的，大家都赞叹说这张照片果然珍贵！

说起往事，纪廉滔滔不绝，讲他见过的中国名胜古迹，讲他的中国朋友郭沫若、艾青、萧三……

杨宇告诉他，自己已经把译好的《致切·格瓦拉》这首诗寄给了萧三，萧三答应很快在《诗刊》上发表，纪廉很高兴，一再提醒发表后一定要寄给他看。周卓也带给他一个好消息，为庆祝古巴革命胜利，中国出版了《马蒂诗文选》和《纪廉诗集》，老诗人一听更是兴奋，急问："我的书在哪儿？"听周卓说已去信向国内索要时才安下心来。他说，他的夫人罗莎原打算亲自下厨款待中国朋友在家中吃古巴饭，后来他改变了主意，想为大家引见他的另一些朋友，和那些朋友一道吃地道的古巴饭。客随主便，三个中国年轻人兴高采烈地随纪廉夫妇来到了一家小酒馆，纪廉介绍说这是他和他的朋友们一起创办的，为一些民间歌手提供一个唱歌跳舞的场所。

纪廉和杨宇等人走进小酒店时，几个穆拉托歌手正在弹唱："来了起义军，独裁者垮了台，来了司令员，独裁者垮了台……"

诗人亲切地跟他们打过招呼后，便跟着他们唱了起来。他告诉中国朋友，这首歌叫"打倒一个独裁者并不难"。

"是你的作品吗？"杨宇问他。

"不是，这些歌都是歌手们自编自唱的，以前他们只唱些情歌，现在他们可以把内心里对独裁者和美国佬的愤恨都痛痛快快地唱出来了。我常常从他们的歌声中得到灵感。"诗人回答。

"尼古拉斯只说了事情的一半"，坐在他身边的一位穆拉托朋友接茬说，"还有一半是，他每次写了新诗都拿来朗诵给我们听，让我们试唱，我们都很喜欢唱他写的歌词。"

"这点我可以作证，我亲眼见过他把新写的歌唱土改的诗歌念给农民听的情景。"周卓在一旁补充说。

似乎是为了进一步证明他们二人所说属实，歌手们调了调琴弦，用浑厚的声音又唱了起来：

你是我的土地的主人
你是绿树和河流的主人
总有一天
你是我的鸟儿的主人
你是群山和平原的主人
总有一天
昨天我投书一封
白纸红字鲜血写成
总有一天
为了告诉你——我要
我要群山和平原
要群山里的土地还要那平原上的土地
总有一天
我要载满鸟儿的长风
长风爱抚的绿树
绿树镶边的河流
还有我的生命
我的生命谁也不属
它是我的
总有一天
……

诗人和着歌声节拍用手轻击桌面，低声合唱。三个年轻人听得入神，尤其是肖梅，最是快乐兴奋。她爱好诗词，记得小时听到家乡私塾的老先生们抑扬顿挫、韵味十足的诗词吟诵时，她会很着迷，感到有种说不出的诗意的美。眼前这些古巴人，拨动琴弦，且弹且唱，声情并茂，歌声激越……她感到了另一种陶醉，另一种美，是呀，文学、艺术是不分国界与种族的，而且，正像老诗人自己说的那样，他的每首诗中都有古巴人的心声、欢笑和泪水。

在充满热带风情的悦耳弹唱声中，他们一面吃着地道的古巴饭——黑豆米饭拌肉末，一面谈论古巴诗歌的革命爱国传统，从何塞·马蒂到尼古拉斯·纪廉，两位诗人都以诗歌和实际行动投身革命运动，他们的诗作无一不是民族精神最纯粹的体现。

离开小酒店时，纪廉搂着杨宇的肩膀，边走边说：“古巴政府对在美国操纵下搞的那个《圣约瑟声明》很快将做出回答，”说到这里，他略一停顿，带着几分神秘的神情补充道，“等着瞧吧，会有好戏看！”

13

全世界都在谈论古巴，那的确是个随时可能爆炸的火药桶，美国的制裁、封锁愈演愈烈，古巴反制裁、反干涉的声浪也愈来愈高，革命热情高涨的古巴人面对近在咫尺的头号帝国主义强权毫不胆怯，更无示弱之意。在刚刚开完的圣何塞第七次美洲国家外长会议上，美国虽未能如愿以偿地通过一项对古巴的集体制裁，但《圣约瑟声明》严厉指责古巴搞共产主义，反对“中国和苏联的威胁”，却无异于对古巴的最后通牒。有经验的国际观察员们预测古巴不会沉默，肯定要予以针锋相对的回击。果然，古巴政府很快宣布要举行百万人参加的全国人民大会，声讨美国。这天，所有驻哈瓦那的外国使团都接到了出席大会的邀请，被古巴革命政府当成“真正中国代表”的黄旭当然也接到了正式邀请，而且，总理办公室的秘书还专门打来电话，强调“请新中国的代表务必出席”。对黄旭来说，没有这个电话他也一定会参加，在这种时刻，新中国代表的出席就是对古巴的有力支持，而有些西方国家，预料到这将是再一次对他们的示威，一般都会选择回避和拒不出席。

九月的哈瓦那骄阳似火，集会会场就设在有名的革命广场上。主席台背靠何塞·马蒂的大理石雕像，十几米高的白色雕像在蓝天与绿树映衬下格外耀眼。仰望着凝视前方的马蒂，古巴人的内心便会涌起无限的敬意，激发他们前进的勇气，同时也常常会唤醒他们一些痛苦的回忆，如古巴革命的前夕，美国的水兵就曾在一尊马蒂雕像上撒尿。美国人的狂傲、对古巴民族英雄的此等侮辱激怒了古巴全国人民，引发了举国大示威……旧恨新仇，让古巴人的内心积累的愤怒终于如火山般爆发、一发而不可收。此时此刻，革命广场上红旗招展，挤满了百万高呼革命口号的民众，"要古巴，不要美国佬！"的吼声撼天动地。黄旭和杨宇来到会场后，被大会负责人请到了主席台上入座。他旁边还坐着苏联、东欧、越南以及一些其他拉美国家的使节。从主席台往下看，广场已变成人群的海洋、旗帜和标语的海洋，这彩色的汪洋漫过了附近几条大街的街口，场面蔚为壮观！

肖梅虽然已经归队到了黄旭麾下，依然不时被一些来访的代表团借去帮忙。这天团中央代表团团长收到大会邀请后，肖梅再次被派去"支援"。这些来自各国的代表团都被安排在离主席台较近，又紧挨着群众的方队。肖梅一出现代表团团长便笑逐颜开地把她叫了过去，一迭声地说："你来了我就放心了！你来了我们就有了耳朵和嘴巴！"代表团其他人也都笑着向她招手，肖梅活泼友好的性格总能给大伙儿带去热闹与欢笑。果然，她向身后的古巴民兵们微笑着摆摆手打了个招呼，那些古巴民兵立即挥动手中的古巴国旗，热情洋溢地呼喊着回应："中国！中国！""中国同志好！"在那段岁月里，行走在古巴的土地上，中国人和苏联人是最受古巴民众欢迎的外国人了，他们常常带着追逐国际明星般的热情跟随在这些人身后，说着友好的话，提出各种他们急于了解的有关世界革命的问题，是呀，这时的古巴正处于国家民族命运重大转折的关头，他们有太多的事情需要了解，他们太需要这两个新朋友了。此时，见中国代表团就坐在他们身边，自是格外高兴。民兵队伍的领队是个黑头发、留着整齐的短髭、穿民兵制服的青年男子，他几步从后面的方队跨到前排，走到团长和肖梅面前，热烈地与他们握手，露出爽朗、诚挚的笑容，自我介绍说，他是这个民兵连的连长。"我们正在加紧备战，"他开门见山地用不容置疑的口吻说，“美国佬以为他们有最先进的武器，以为我们古巴人不堪一击，以为可以把我们打趴下，他们错了！中国同志，你们最能理解我们，美国佬不是也曾企图依靠他们的先进武器打垮中国人民吗，结果却在朝鲜战场上输了！我敢打赌，他们在古巴也会输！”中国代表团团长忙说：“对！对！觉醒了的人民是不可战胜的，我们坚信古巴人民一定会胜！”

“而且，我们还有中国和世界人民的支持和帮助。”民兵连长两眼闪光，他张开宽大的双臂，将两手亲热地搭在团长和肖梅肩上，继续用兴奋的口气说，“告诉你们，我们连已经配备上了中国提供给我们的四管自动高射机枪，太棒了！”他眉飞色舞地竖了竖大拇指，“我们连的小伙子们别提有多高兴了，美国佬要是敢来，我们就用这些新式装备教训它……”

团长和肖梅也是第一次从古巴人口中得知中国援助的武器受到古巴人如此的喜爱和欢迎，心中也有说不出的高兴。民兵连长刚走，右边的群众队伍里又跑过来一个十一二岁的小男孩，穿着黄T恤衫和黑短裤，一顶古巴人爱戴的草编遮阳帽几乎盖住了他半边脸，他拿着一面小小的古巴国旗，朝肖梅跑过来，将小旗塞到她手中。肖梅拉住他的手，像大姐姐般刚要问他多大时，却见他仰着脸，带着与他年龄十分不相称的严肃表情说：“中国同志，我们古巴在菲德尔领导下取得了革命胜利，人人享有民主、自由和尊严，孩子们都可以上学，美国佬却要来干涉和侵略我们，我们每个人都准备用生命保卫自己的国家，你们是古巴的朋友，我把这面古巴国旗送给你们，这是我自己做的，我们一起捍卫古巴，一定能粉碎帝国主义的进攻……”孩子滔滔不绝地说着，他那张涨红的小脸上还带着稚气，他用清脆的童声说出来的那些革命大道理让肖梅既惊讶又感动，天哪，这孩子太懂事了，他说出来的那些话让你无法把他看成孩子，他的神态简直像个在发表革命演说的鼓动家！在场的其他中国人也都不约而同地发出了感叹：革命年代的孩子果然早熟！

突然，这人群的海洋上好像起了风暴，欢呼声乍起，“洋面”波涛汹涌，人们跳跃着、欢呼着、将无数顶帽子抛向空中，仿佛千万只海鸟凌波飞翔，“菲德尔！菲德尔！”的呼喊声震耳欲聋，是菲德尔·卡斯特罗出现了！他和革命政府其他领导人一道，登上了主席台。上百万双眼睛，满怀激动、期望、信任地注视着他……他迈着军人的步伐，轩昂、自信、充满魅力。站在讲台前的卡斯特罗没有像往常那样发表即兴演讲，而是小心翼翼地从军服口袋里掏出了一份文稿，神情庄重地开始宣读，他那拖着长长尾音的洪亮声音在哈瓦那的上空回荡：

“今天，在美洲的自由国土上，在何塞·马蒂像前，古巴人民庄严行使崇高的国家主权，召开全国人民大会。将通过一项宣言，坚决谴责、全面唾弃美国国务院一手炮制的《圣约瑟宣言》对古巴革命进行的种种污蔑和攻击……”卡斯特罗逐字逐句地宣读着宣言全文。

他愤怒地列举种种事实揭露美国长期以来对拉美的掠夺与干涉，时而挥动一下他那有力的手臂，强烈谴责美国旨在奴役、控制拉美地区的“门罗主义”……驳斥帝国主义污蔑苏联和中国干涉古巴事务，并感谢这两个国家给予古巴的无私援助。读到这一段落时，卡斯特罗突然停顿了下来，放下手中的讲话稿，用他敏锐、炽热的目光扫视了一下人头攒动的广场，扬起浓眉对着麦克风大声问道：

“古巴革命政府愿意提请古巴人民考虑，是否愿意古巴同中华人民共和国建立外交关系？”

此言一出，在场的外交使节们无不竖起了耳朵，在这种场合讨论建交问题？真是闻所未闻！黄旭、杨宇和所有在场的中国人也都感到有些意外，尚未等他们反应过来，只见广场上举起了百万双手，发出了一阵雷鸣般的喊声：“同意！同意！”……卡斯特罗转身来到黄旭身边，把他请到讲台前，拉住着他的手高高举起，向民众宣布：

“中国代表已经在这里了！”

广场上爆发了又一阵山呼海啸般的欢呼声。卡斯特罗做了个让民众安静下来的手势，用铿锵有力的声音继续说：“从现在起，古巴废除同蒋介石傀儡政权的外交关系！让台湾的代表马上离开古巴！”

这时的黄旭心情自是十分激动，他为自己亲历了这一历史性时刻感到无比自豪，为祖国和人民感到骄傲，也为自己完成了中央交给的一项重要任务而松了口气。这令他激动的一刻虽是他早就盼望和等待的，却又来得有些始料未及，在群众大会上通过与中国建交的决议，卡斯特罗就是卡斯特罗，这简直是神来之笔，又给了美国佬一记响亮耳光！当他回到座位时，旁边的古巴人及各国使节都纷纷过来与他握手、祝贺。

主席台下方，人群的海洋上也泛起了层层欢乐的波浪，菲德尔的话音刚落，惊喜交加的肖梅刚把这一大好消息翻译给代表团团长听，周围的古巴民兵、学生、男女老少，便已涌到中国人身边，欢笑、拥抱……民兵队长紧握着团长的手，高声嚷道：“中国古巴是好兄弟，中国万岁！”戴草帽的孩子贴着肖梅的耳朵说：“我喜欢中国，我长大了要去中国！”人人都在咧着嘴笑，笑得爽朗、真诚。

杨宇站在黄旭身边，他也收获了许多拥抱与祝贺。此时的他不禁又想起了第一次见菲德尔的情景……

“古巴人一直说中古建交要等‘水到渠成’”一丝微笑掠过他的唇边，“美国佬搞的这个《圣约瑟宣言》算是为中古建交补下了一场豪雨，终于促成了这条有着伟大历史意义的‘水渠’开通！”

秋季的中南海盛开着一簇簇菊花，金黄的、洁白的、黄里透红的……树木草坪、瀛台，乃至怀仁堂、西花厅都染上了斑斓的秋色。高源副司长带着处长老齐急匆匆穿过草坪来到西花厅前，轻声问正在门口等候他们的总理秘书道：

“我们没有来晚了吧？”

“不晚。首长们先到，已经谈了一会儿了，你们进去吧！”

高源和老齐推开门，轻手轻脚地走了进去，只见会议室里已经坐着周恩来总理、陈毅外长、章汉夫副外长等人，正在谈话。两人便找了个靠后的位置悄悄坐下，赶紧支起耳朵听领导们在谈哪方面问题。每次遇上总理紧急召唤，外交部的司长们都很紧张，如同面临考试。因为总理每次召开会议时，下属主管干部不仅要详细汇报情况，还要随时回答他临时提出的各种问题，回答不上来就要准备挨批，工作态度十分严谨的总理对不称职、不认真学习的干部是毫不客气的。此时，总理已经看见了他俩，大声说：

“高源，你们俩坐过来，坐到前面来。黄旭和新华社发来的电报我们都看了，说说看，你们还有什么需要说明和补充的。”

“总理，情况是这样的，古巴一宣布要与中国建交，新华分社立即报回了消息，但他们与国内没有直通线路，只能经过美国的电话电报公司转，美国有意拖延，晚了 17 个小时才传到北京总社。”高源赶紧先对消息晚到做了说明。

“美国人又搞了个小动作。”陈毅外长说。

“这丝毫帮不了他们的忙，他们想捂也捂不住。《哈瓦那宣言》是一篇很精彩的革命檄文，主席看过后高度赞扬古巴人民了不起，说卡斯特罗，这个拉丁美洲的大胡子，还很会搞人民外交嘛！”周恩来总理显然很兴奋，语调轻松而风趣。

“在这之前，卡斯特罗会见黄旭和我们派去的一些代表团负责人时曾多次表示过要与中国建交的意向，只是强调要等适当时机，等‘水到渠成’，美国炮制的那个《圣约瑟宣言》让他抓住了机会。既然宣布了，我们当然要积极回应，正式的建交谈判很快就会开始。”陈毅外长的话等于向刚赶到的这两位预告了叫他们来的用意。

“形势发展很快，中国和古巴建交使古巴革命又前进了一步，中国外交在拉丁美洲、在美国的后院实现了‘零’的突破，有了一个立足点，有重要的历史意义。古巴革命在拉美带了个头，其他拉美国家也会跟上来，拉美地区今后怕是不得安宁了。美国不会善罢甘休，‘卧榻之旁，岂容他人酣睡’，古巴革命还会经受严重考验。中古建交对我们来说是机遇，也是挑战，我们要走好每一步。谈判建交的人选已经定了，黄旭同志在那边干得不错，就由他担任我方的谈判代表。”总理说到这里，陈毅外长插话说：

“就按总理说的，你们回去准备一个政府照会，任命黄旭为中国政府代表与古巴政府谈判两国建交事宜。目前这样的特殊时期，估计谈判很快会有结果，你们要立即着手围绕建交做好一切准备工作。”

高源和老齐连忙点头答应说：

“司里的同志，特别是拉美处的同志们早就等着这一天了，工作热情特别高涨，就等上面的指示呢。”实际上，从《哈瓦那宣言》一发表，美澳司拉美处的人就高兴得跳起来了，中国外交总算在帝国后院打开了一个缺口！他们迫不及待在办公室里以茶代酒举杯庆贺了一番，而且个个摩拳擦掌，热议该为美洲这第一个建交馆做好哪些准备，就等着上面下达任务呢。

“你们这些司长、处长不也是早就等着这一天吗？高兴归高兴，现在是一定要认真、细心地做好每项工作，包括使馆人员的配备等。”说到这里，陈外长又转向总理道：

“总理，首任驻古巴大使的人选算是定下来了吧？可以通知他们了吗？”

“定下来了，就按汉夫同志的建议办，主席也同意了。你就通知他们吧。”

陈毅外长点了点头，接着继续向高源和老齐说道：“首任大使将由赵俭同志担任，这是考虑到赵俭同志具备的各方面条件，有长期隐蔽战线工作的经历、在美国留过学、熟悉美国情况又在西方国家担任过大使，有这方面工作的丰富经验。两国建交谈判一结束，就要互派大使，你们得抓紧把各项准备工作做好。”

“两国建交的准备工作很重要，一定要做好。”总理接着说，“对当前形势我们要有清醒的认识，美国是不会容忍自己身边有个革命政权的，所以我们要大力支援古巴，要有利于古巴革命政权长期的立足。如果必要，中国政府和中国人民将给为独立自由而斗争的古巴人民一切可能的支援。”

……

离开了西花厅，在乘车回办公室的路上，高源脑海中便开始计划一系列工作安排了。老齐还在想着总理最后说的那些话，他对高源说：

“高司长，总理说如果必要，要给为独立自由而斗争的古巴一切可能的支援，语气很郑重，可不是外交辞令，更不是随便说说喽！”

“那当然，这是中国政府对古巴革命的神圣承诺！也是咱们今后工作中应该坚决贯彻的精神。”

古巴，毛泽东主席赞誉的“拉美报春第一燕”，终于勇敢展翅，冲破迷雾与风暴，向世界宣告与新中国建交，永远结束了新中国与拉丁美洲国家无正式外交的历史，进入了中、拉关系的新时代。

14

肖梅真没想到，哈瓦那有这么多漂亮的楼房，有这么多拥有豪宅的有钱人，这一个多星期，她奉命去寻访和仔细察看过十几处豪华住宅，为未来的中国大使馆选择馆址、宿舍和设备。继《哈瓦那宣言》通过之后，古巴与中国很快发表了正式建交公报，紧接着，中方建馆先遣人员就到了。肖梅的工作也从陪同一个又一个的来访代表团转而为建馆奔走忙碌。快速的生活节奏变换，让她觉得自己的生活像一条奔流的小河，在这遥远的、变化莫测的古巴土地上流淌着，不由自主地奔腾、涌流……从来到古巴，紧张的备战状态就让每个人的神经都处于亢奋状态，常有枕戈待旦之感。中古建交令她感觉似炎夏中吹来的一阵清风，精神为之大振，而且很长一段时间都沉浸在这一紧张而又快乐的感受中。根据中古双方协议，两国在建馆的物质准备上实行互惠原则，即互为对方建馆免费提供一切设施。肖梅陪同先遣组负责人王参赞成天穿梭在哈瓦那的主要高等住宅区，选择适宜的使馆馆址和设备。他们去的这些人家，几乎都是古巴革命胜利后弃家出逃的大庄园主和大资本家们留下的深院豪宅。最终被他们选中的是一个逃往了美国的大甘蔗糖厂厂主的住宅，地处豪华的贝达多区，闹中取静，花园中有大片的绿草地、清泉水景、林荫下矗立着十余座白色大理石的希腊神话女神雕像。白色的主楼气势恢宏，一进门是气派的宫殿式大厅，往里是通向二楼的宽阔的白色大理石台阶，台阶上方装饰着巨幅彩色玻璃镶嵌画。二层、三层房间可辟作办公室和住房，基本上能满足一个中等大使馆的需要。此外，他们在附近寻到了几处房子作商务处、武官处用，又从一些业已逃亡的有钱人家里找来了一大批家具设备，至此，筹备工作大体就绪。

新到任的赵俭大使给肖梅的印象是很有亲和力的，他的脸上总挂着一丝善意的微笑，举止文雅，这和许多行伍出身的领导很不一样。一打听，噢，他原本是位长期潜伏在国民党高官门下的我党的老地下工作干部。他的夫人也颇具大家闺秀风范，一口流利的英语。新中国派来的首任大使自然受到古方热烈欢迎，菲德尔·卡斯特罗用他那宽厚的手握住中国大使的手说：

“我们两国人民本就是革命同志和兄弟，现在又成了外交上的朋友。”

远涉重洋来到古巴的赵俭大使顾不得旅途劳顿，很快拜会了古巴所有主要领导人，举行了盛大的到任招待会。人们常常喜欢将两个国家建交之初的亲密交往形容为“蜜月期”，此时的中古关系正是如此，双方都视彼此为重要的战略伙伴，从外交层面的相互支持与合作到两国人员之间的私交友情，无不亲密而和谐。一天下午，古巴总理办公室打来电话，说这天晚上卡斯特罗总理想到中国大使馆吃中餐，这种超越一般外交惯例的事中国大使馆已经习以为常，菲德尔上中国使馆吃饭就像到朋友家串门或走亲戚，使馆的厨师根据这位总理的爱好立即动手准备起来。晚上八点，秋月清朗，肖梅陪同王参赞站在门口等候客人。这次随同总理前来的还有他的亲密女友——部长级秘书塞莉娅·桑切斯以及全国土改委员会主席西门尼斯等人。古巴人晚餐时间一向很晚，而且也与所有拉美人一样，赴宴很少准时。不过，这次卡斯特罗一行意外地只晚到了半个小时。一下车见迎上前来的王参赞和肖梅，菲德尔与他们一一握手，当他握住肖梅的手时突然停住了，凝视片刻后笑了：“噢，梅花，你叫梅花！”肖梅没有想到卡斯特罗还记得她，当然，对他过目不忘的惊人记忆力她早有耳闻，但总觉得一位日理万机的国家领导人哪能记得住一个匆匆见过一面的人，想不到他真记住了！此时也不禁由衷地脱口赞道："总司令的记忆力真好！""是吗？"卡斯特罗仿佛对自己的这一特长也甚为满意。他扬了扬眉毛，带点儿得意，神秘地说："我的秘诀是利用一切机会加强自己的记忆力。这是一种非常有益的锻炼。"

这天晚上，传奇式人物卡斯特罗让肖梅又看到了他鲜为人知的另一些特点：风趣幽默、记忆力惊人之外，他绝不像西方报纸笔下描绘的"魔王"，倒更像一位深情而慈祥的长者。这天晚宴完全是一次摆脱了礼宾束缚的家庭式聚会，大家都放松了心情。赵大使把自己的小儿子也带来了，五六岁的孩子正是调皮的年龄，菲德尔和孩子之间无需翻译就能沟通，菲德尔将孩子搂进怀里，孩子爬到他身上，掏出他插在军服口袋里的雪茄烟玩耍，抚摸他那极富魅力的大胡子，两人玩得无拘无束，很是开心。土改委员会主席西门尼斯的表现更是精彩，他干脆往地毯上一蹲，让孩子骑在自己背上，玩起骑马的游戏来了。塞莉娅·桑切斯则与大使夫人和肖梅一面看着他们玩耍，一面闲闲地聊天……这亲密无间的画面、这样的外交场景也是肖梅前所未见的，是的，在她涉足不久的外交活动中，往往是严肃的交涉，甚至唇枪舌剑的交锋，眼前的情景使她想到了另一种也许是更高技巧的外交艺术，不过，应该说此时此刻，她感受最深的还是在那段艰难岁月里中国与古巴之间的那种感人的兄弟般的情谊，面对"乌云压城城欲摧"时的坚定与信心，以及不言而喻的相互信任。

15

自从有了自己国家的大使馆，肖梅的第一感觉就是很幸福、很踏实，自己脚下踩着的是一块属于中国的领土！生活在异国他乡，大使馆就象征着祖国，它是你的骄傲，你的归属；再就是，有了大使馆以后，会让你立即感到自己和祖国之间的地理距离一下子缩短了，大使馆是连接祖国的纽带，让你没有了漂泊的感觉，你对亲人和家乡的牵挂也不再是无奈与渺茫，而是充满希望与期待。不知不觉中肖梅来到古巴一年半了，记得她离开国内时以为这只是一次临时任务，很快就可以随代表团回国，没想到，古巴的革命形势发展如此之快，中国政府对发生在美国后院的这场革命又是如此重视，一个接一个的代表团飞越大洋前来古巴表示声援，黄旭不得不干脆把肖梅留下，接待这些纷至沓来的访问者。就这样，她先后陪同团中央、北京市政府、全国妇联、青联、工会等单位的代表团走遍了古巴各地，参观工厂、农村，参加各种群众集会，表达中国人民的坚定支持……那是一段火热的、激动人心的日子。后来两国建交了，大家又无比兴奋地投入了建馆的筹备工作。如今一切都已就绪，使馆工作步入正轨，肖梅感到大大地松了口气，有种长途跋涉后的轻松感，她开始思念自己的亲人、朋友……这么长时间了，她很少得到他们的消息。每次有代表团回国，她可以给他们捎回信去，可是要得到他们回信可就难了，因为家人朋友是无法知道什么时候会有什么代表团来古巴的。她听说国内自然灾害严重，粮食供应很困难，代表团的一些人还告诉她在不少地方出现了人畜争粮……她忧心忡忡，国内的同胞在挨饿，可还在挤出粮食支援古巴，令人焦虑不安的消息让她无法平静。与国内来的同志在一起时，她有意无意地将自己那份食品尽量让给他们吃，明知古巴人对外宾的饮食招待是慷慨的，她还是会这样做，仿佛只有这样她才会感到心安一些。一个星期、十天后，居然发现有些人的脸色变得丰满和红润起来，这更让她感到心酸，她知道，祖国的父老乡亲们正在过着食不果腹的困难日子呀，她不知道自己的家人和亲友们怎么样了，她比任何时候都更加牵挂他们。

建馆后，每月都有信使从国内来。于是，全馆的人，多了一个翘首以待的日子：信使的到来，不仅会送来国内的文件和指示，还会给他们送来亲人、朋友的信息，相隔数万里呀！信使来到的这一天自然成了大家心目中的节日，每到这一天，大家都挤在分发信件的小陈身边，等着取信。这天，机要室门外又出现了这一热烈场面，只听见小陈大声说：

“大家别着急，这次信很多，大家都会有，都是好消息！”

“……李立！张秀芬！肖梅！噢，又是肖梅！哎哟哟，你这次收了多少封信了呀！？……”

肖梅拿着一沓信，心情激动地边看边往宿舍走去，来信中有家里的、亲友和同学的。她急急撕开了哥哥的来信，她走时父亲正在病中，突发脑溢血后落下了半身不遂的后遗症，她一直放心不下。哥哥在信中谈到父亲新近又犯了一次病，好在治疗及时，现已回家静养。她猜测，实际情况也许要更严重些，毕竟已是七八十岁的老人了，家里人怕她担心总是报喜不报忧，尽量把病情往轻里说。想起老父亲送她走时那惜别的眼神，她的眼睛不觉盈满了泪水，她四岁时便失去了母亲，是老父亲含辛茹苦将他们兄妹几个抚养大，老人病中一定很想念他的小女儿，她觉得自己亏欠了父亲很多，她多么希望有一天，自己能坐在他的身边，陪他聊聊天，也能为辗转病榻上的老父送上一点儿女的温暖啊。

她又拆开了一封最厚的信，那是男朋友韩杰的，他把此前写好了却未能发出的几封信都放在一起寄来了。离开国内时，韩杰到机场去送她，一路上，他们很少说话，只是彼此紧牵着手，许多话好像都提前说过了，又好像都没有说完……这次分别不同往常，毕业分配时，肖梅分配到外交部，韩杰却要去上海，到上海外国语学院筹建西班牙语系，当有人笑他们可能要当“牛郎织女”时，肖梅又接到了赴古巴的任务，哈瓦那与上海，大洋相隔，正好是地球的两端！当时她还在心里安慰自己：虽说遥远，不就是个把月的短暂别离嘛，哪知一个月的小别竟变成了将近两年的音信渺茫、彼此牵挂……

读着信中那些记日记式的倾诉，肖梅脑海中又浮现出那张常常出现在她梦中的熟悉面孔、一双善解人意的眼睛……她觉得他们仿佛又回到了过去在一起细语交谈的情景，她的目光落在了床头的一个玻璃盘上，盘内盛着鲜红晶莹的红豆，那是前些天她在使馆花园里散步时，发现绿草中有点点鲜红，原来是从一株攀墙生长的植物枝上掉落下来的，拾起一颗放在手心：形如心脏，色泽鲜红亮丽，简直就是一颗小小的跳动着的心脏，是红豆！她心里呼叫了起来，她的确是从未见过红豆，但她确信，如此美丽的形态和充满生命感的东西只能是红豆，那首脍炙人口的《红豆》诗中所描述的红豆！她小心翼翼地将那些散落的红豆一颗一颗地拾起来放在手绢里，带回卧室，摆放在这只玻璃盘中，静静观赏……

爱好文学的肖梅，对爱情有着自己的理解和想象。记得还是读初中时，班上一个小男生偷偷喜欢上了她，毕业分手后写信向她诉说，他曾经来到北京，一次次地来到她家门口，却一次次徘徊而不敢上前叩门……他的胆怯和羞涩让她觉得很好笑，因为她还是个不知情为何物的小女孩。进入大学，十八岁了，不知从什么时候起，她常常和韩杰在阅览室相遇，韩杰总会提前为她留好座位，会相约饭后一同去校园旁的小河边散步，会一起准备考试……校园、河畔、路边留下了他们快乐的笑声、温柔的低语，他们能从彼此的眼睛里看到幸福与陶醉，见面时都会莫明其妙地心跳……一个夏日黄昏，散步回校时，下起了小雨，他们躲在一棵柳树下，偎依着，尝试了人生的初吻……韩杰比肖梅只大一岁，肖梅性格活泼，而他却少年老成，肖梅是家里受宠的小妹，他家在上海只有相依为命的寡母，父亲早逝令他常常显得比同龄人更成熟、更有担当。他与肖梅在一起的时候，既是恋人，又有几分像兄长，这让肖梅很享受。

一遍遍地读着韩杰的信，她完全能想象，这些日子里，他是怎样时刻关注古巴形势的变化、担心着她的安危，相隔万里，她仍能感受到爱的温暖……她轻轻抚弄着那些鲜活亮丽的红豆，叹口气，轻声低吟：

“红豆生南国
春来发几枝
愿君多采撷
此物最相思”

是的，每一封来信都带来了她渴望知道的信息，让她感受到无比地温暖和亲切，当然，她也能从字里行间感觉到亲人朋友们面临的困境和焦虑。

每月一趟的信使带给大家的有欢乐、有焦虑、有牵挂，使馆的领导们除了需要操心自己的家事外，还必须关心使馆里其他同志情绪的变化。这是一支远离祖国、远离家园、远离亲人的特殊队伍，而他们的内心世界又与生养自己的家国丝丝相连，是剪不断的血缘共同体。接到家信后，多数人眉开眼笑，也有人愁眉苦脸。每次有信使来，上自大使、下至各级负责人，都得像优秀的指挥员一样，善于观察和爱护自己的战士，爱护每一个驻外人员。

这不，年过四十的老吴最近家里出了事，独生子得了一种怪病，老婆要他赶紧回国，这边工作走不开，弄得夫妻关系日益紧张，陷入了一场“冷战”，妻子来信中措辞愈来愈严厉。老吴忧心忡忡地向别人诉苦：“她过去给我的信都称呼‘亲爱的波’，如今直呼‘吴大波同志’，声色俱厉，措辞如最后通牒。一接到她的信，我都成了惊弓之鸟……”这一情况立即引起了使馆领导的重视，赶紧设法“灭火”，是呀，“后院”起火可是影响前方士气的大忌。

平时活泼爱笑的肖梅这几天变得有些沉默寡言了，她在楼道里遇见了即将奉调回国的黄旭，黄旭盯着她的眼睛看了看说：

“噢——，晴转阴，出什么事了，小肖？说说看！”

听领导这么一问，肖梅竟觉得鼻子一酸，忙忍住了，强笑着说：

“没什么呀——”

“你还没有学会说谎，你的眼睛已经告诉我了，是什么事？”

“我爸爸病得厉害。”她老实说了，在这位老领导面前她觉得什么也藏不住，只是，她与韩杰的事没有讲。

“噢——，来吧，到我办公室里谈谈。”

肖梅跟着他进了办公室，坐下后把接到家里信的事说了。

“我明白了，爸爸生病，你想家了，人之常情嘛。小肖呀，你是我把你留下来的，你一定想问我，什么时候能让你回去。”

黄旭没有说错，这正是肖梅想知道的。她点了点头说：

“老领导，你当时对我说，等忙过这阵子就让我回去，现在使馆里已经有很多人，不知道……”

“我记得这话，我已经把这话告诉赵大使了，他会视情况安排，不过现在不行，你是知道的，使馆的工作千头万绪，你还得坚持一阵。我们都是这个战斗集体中的一员，抛家弃口，远涉重洋，你问问，哪个人没有困难？大家都是克服了很多困难走到一起的，但我们都能自觉地把工作需要放在第一位，我相信你也是这样做的，而且一直做得很不错。你爸爸生病的事你先别着急，写封信回去问清楚情况，有病还得靠在国内好好治，还得靠医生，你回去也无济于事呀，对吧？”

“我知道，我不会因此影响工作，我家里的人也都是很支持我的工作的。”

“这就好，这就好！”黄旭满意地笑了，他站起身来，走到肖梅身边，像位亲切的长者，轻轻拍了拍肖梅的肩说，“这里的工作还刚刚起步，你要知道这里的工作非常重要，牵动中央，牵动全局，中央非常关心这里工作的进展。国家培养你们，现在正是发挥作用的时候，好好干吧，你的路还刚刚开始，今后你还会遇到更大的困难和挫折，你都得把它们看作是对自己的锻炼和考验呀。”

黄旭的话虽不多，肖梅却感到了每句话的分量，以及自己在这个岗位上的责任，忙说：“我知道该怎么做了，放心吧，我会好好干的。”

“好了，阴天又转晴了，年轻人的心就应该永远是阳光的！”

这天晚上，杨宇给她打来电话，说黄旭接受古巴方面邀请，回国前还要到古巴中南部几个省参观访问，他得陪同他一起去，很可能接着还要去趟南美，总之这次离开的时间要长些。他问她近来过得怎样？使馆就她一个单身女同志，是不是感到孤单和无聊？她笑了，有那么多工作要做，还要读书学习，哪里有时间感受孤独？生活方面嘛，使馆本来就像“和尚庙”，男同志们都羡慕死她了，他们是三个“和尚”挤一间房里住，女单身贵族一人独占一间，够优待的了！杨宇在电话里笑了，说你还是那么调皮，很好，我还怕你一人会想家哭鼻子呢。接着，他又提醒肖梅当前形势很紧张，一定要处处小心，依靠组织，那语气就像是大哥哥在嘱咐小妹妹似地。肖梅觉得身边的这些人虽然来自五湖四海，离开祖国迢迢万里，她却能时时感受到暖暖的同胞情，感受到遥远祖国的灿烂阳光。

16

自从这年年初美国宣布断绝与古巴的外交和领事关系以来，人人都觉得美国入侵古巴已迫在眉睫，就是战争立即爆发也不会感到意外，这是一个充满危机和未知的春天。这天夜晚，哈瓦那市周边的高射炮高扬着头凝视着夜空，三三两两的民兵在街头昏黄的灯光下巡逻。当海面上开始泛出微弱的晨光、劳累了一天的人们还在酣睡中时，突然，几声巨大的爆炸声响起，轰隆隆！轰隆隆！接着是飞机俯冲的扫射声和阵阵激烈的枪炮声。人们从睡梦中被巨大的爆炸声和枪炮声惊醒，哈瓦那立即被战争气氛所笼罩……

肖梅在震天响的爆炸声中惊醒过来的第一个念头就是：美国动手了！她急忙披上衣服冲出卧室，看到外面走廊上已聚集了不少人在打探消息。从使馆阳台望出去，看得见远处火光冲天，飞机呼啸着似乎就在头顶上盘旋，轰炸发生的地方应该离得不很远，枪炮声还在继续，空气紧张得让人透不过气来，但没有人表现出恐惧和惊慌。赵大使叫了几位单位负责人进办公室，命令立即分头通过各种渠道弄清情况，懂外语的马上打开收音机、电视机和一切能与外界沟通消息的渠道了解情况。他自己则一面布置任务，一面给新华社记者打电话，记者回答说美国飞机偷袭了“自由城”古巴空军基地，详情尚不清楚。接着，监听收音机的同志也报告说，空袭已造成数十人伤亡……半个多小时后，轰炸声和枪炮声才渐渐沉寂下来。古巴电台向全世界揭露美国对古巴犯下了新的侵略罪行——美国飞机公然轰炸了古巴空军基地，造成几十名古巴战士和民兵伤亡，部分停放在停机坪上的飞机被炸毁。

第二天，沉浸在愤怒中的哈瓦那十余万民众涌向街头，为死难的战士和民兵举行隆重葬礼。使馆的人都围在电视机前观看现场直播，同仇敌忾的群众振臂高呼，声讨帝国主义的罪行，发誓要为死难者复仇，“誓死保卫祖国”的口号声震天撼地，尤其是当菲德尔·卡斯特罗愤怒地挥动臂膀，宣誓要将革命进行到底，喊出了“社会主义万岁”的口号时，仿佛又在听众中、在世人面前爆炸了一颗炸弹：美国终于把菲德尔逼上了社会主义“梁山”！面对美国的步步进逼，古巴只有为自己的生死存亡战斗到底了。

哈瓦那战云密布的这些天，杨宇正陪同黄旭在古巴中部拉斯维利亚斯省参观访问。美国飞机偷袭哈瓦那的消息传来虽然震动了全国，但并未打乱古巴各地的正常生活，更何况长期以来，美国的挑衅从未中断过，古巴人也有些习以为常了，该干吗干吗。黄旭的访问计划照常进行，参观完工厂、民兵营、糖厂、农村等项目后，古巴人又安排他们去萨帕塔沼泽区的旅游中心度周末。这可是这个岛国最有名的旅游胜地，特别是那个“多宝湖”，水光山色，景色如画。他们登上了一艘小汽艇，古巴陪同维森特讲解时特别强调说：

“这艘小艇是菲德尔来这里时经常乘坐的，他喜欢在这湖上钓鱼。只有最尊贵的客人来，我们才会请他们乘坐这条小艇。”

黄旭和杨宇连忙道谢。坐定后，放眼四望，碧波荡漾，轻风拂面，恍若人在画中。见掌舵的像是个六十开外的老渔夫，不禁有些纳闷，替菲德尔开船的怎么是个上了年纪的老人呢？老舵手像是看透了客人的疑问，笑道：

“别看我年纪大点儿，这个——”他晃了晃他那只结实的胳膊说，“像年轻人一样有力气！我和这艘快艇，都是菲德尔亲自点名要的，我熟悉这片湖水就像熟悉自己的手掌一样。”

“他还是个老民兵哩！”维森特补充说，“菲德尔最喜欢同他驾船去钓鱼了，他会把他带到鱼最多的地方，两个人一面钓鱼一面聊天，菲德尔总能从他那里了解到许多下面群众的情况。”

原来如此，黄旭和杨宇都不禁对老舵手另眼相看了，忙向他请问姓名。

“何塞·安东尼奥。”他说着，眼睛里充满友善，古铜色的脸庞在烈日下泛着亮光。

看着茫茫的湖面，杨宇以为他会在某个地方把船停好再开始钓鱼，结果却大大地出乎他的意料，何塞将小汽艇开足马力，开始在湖面飞驰，小艇后面激起了一片雪白的浪花，奇观出现了！一条条鱼儿从小艇的后面和左右船舷跃出水面，凌空翻舞，千姿百态，好不壮观！接着又纷纷跌落了下来，大部分落回湖中，小部分落在了小艇的甲板上，不一会儿工夫，甲板上跳跃着一二十条一尺来长的鱼儿，它们翻滚着，亮晶晶的肚皮在阳光下闪着银光，煞是好看。杨宇叫着说：

“何塞，你这哪里是钓鱼，分明是捡鱼嘛！”

何塞哈哈大笑说：“你说得一点也不错，你们本来就是来消遣、来看景，不是来钓鱼的呀。”

“说得对，我们就是看景的，这里风景这么美丽，我们也只能是走马观花。钓鱼要有时间、有耐心，要静静地、慢慢地等着鱼儿上钩。要是有时间，一定能在这里钓到大鱼。”喜欢钓鱼的黄旭一副饱有经验的样子。

“你们要是有时间，我带你们去个可以钓到大鱼的地方，菲德尔就最喜欢去那地方，今天早上我还在那里钓到了好几条大虹鳟鱼呢，说不定今天晚上你们就能吃上。”老何塞语气中带着满足和得意。

“今天晚上我们住‘多宝湖旅游中心’”，陪同的维森特在一旁接话说，“他的儿媳是‘中心’的厨娘，何塞经常钓了鱼送给那里的厨房，说是一定要让旅客们尝尝多宝湖的美味。他儿子也在‘中心’工作，是民兵，最近形势紧张些，到前线去了。”

小汽艇放慢了速度，四周的水波渐渐平息了下来，他们从那些在甲板上跳跃的鱼儿中挑选了几条大的留下，把小些的都放回了湖里。然后一面观景，一面聊天。这个何塞果然好像什么都知道，连古巴陪同都在向他请教一些自己不了解的情况：最近都有些什么人来过多宝湖呀，这里的人对美国飞机偷袭哈瓦那有哪些议论呀……说到美国人可能入侵，何塞的脸色立即变得严肃而激动，他说他一家人过去都在离这里不远的一个甘蔗园里干活，连自己都难以养活，孩子上不起学，小小年纪就得去当童工。他曾亲眼看见自己的一些同伴因无钱看不起病或被虐待而死的悲惨遭遇。革命胜利后，菲德尔给了他们土地，孩子大人都能学习文化，国家兴建医院，培养医生，为的是让老百姓都能看得起病，人人享有优质医疗……

说话间，遥见红日西坠，落日的余晖映着翠绿的群山在多宝湖上投下了绮丽的倒影，何塞指着彩霞映照的长天碧水，深情地说：

“你们已经到过古巴许多地方，这是个美丽的国家，对吧？”见客人们都十分肯定地点头认可了他的话后，便接着说，“古巴还是过去那个古巴，不同的是人民成为国家的主人。古巴人刚刚结束了过去地狱般的生活，过上了今天的好日子，美国佬就想要让古巴回到过去，古巴人民能答应吗？我们的回答只能是‘誓死保卫祖国！’”

何塞的话让杨宇很感动，“誓死保卫祖国”是他听古巴人说得最多的一句话，每当这样说时，他们的感情都是那么真挚，让人相信那绝对是发自内心深处的。

“老人家，我们完全理解，中国人民永远站在古巴人民一边！”黄旭一脸严肃地说。

“中国人民和古巴人民是真正的兄弟、同志！”何塞翘起了大拇指。

天色将晚，多宝湖的景色不断变换着色彩，由绚丽而渐渐暗淡，让人感受它那“浓妆淡抹”的不同美丽。维森特说我们该回去了，让何塞在旅游中心附近靠岸。还没有等他们的船停稳，便见一个浓眉大眼的黑白混血的穆拉托孩子向他们跑来。孩子十岁左右，背着一个书包。他高兴地向何塞摆手，一面径直朝他跑，一面嚷道：

“爷爷，妈妈让我告诉你，让你明天早点带条鱼回家吃饭，说明天是星期日，也是爸爸的生日，爸爸会回来的。”

“好，我知道了。回去告诉你妈妈我会早些过去。”何塞笑眯眯地回答，忙转过头来向杨宇说道，“这孩子是我孙子，叫托尼。”接着又招呼孩子说，“托尼，你都上学了，怎么见了客人也不知道问候一声？”

“你们好！”孩子有些羞涩地说了一句，忙低下了头。

杨宇跨上了岸，走到孩子身边笑道：

“你好，托尼，咱们握个手吧，握过了手就是朋友了！”

托尼忽闪着大眼睛，连忙握住了杨宇的手，憨厚地笑了。

这天晚上，他们果然吃上了虹鳟鱼，红烧的，拌奶油甜酱，味道十分鲜美。大家正在细细品味丰盛的晚餐时，厨娘罗莎走了进来，罗莎太太，也就是小托尼的妈妈，一位健壮的中年古巴女人。她见客人们吃得津津有味，高兴地说：

“这多宝湖里的鱼又多又好吃，吃法也多种多样，吃过的人没有不说好的。你们喜欢的话，明天请你们吃烤鱼。”

“太棒了，罗莎太太！我们来这里之前就已经听说多宝湖里鱼多，其味鲜美，多宝湖旅游中心的罗莎太太是烹饪鱼的能手，我们运气好，都赶上了！你要是把你烹饪鱼的本领都拿出来，每天换花样，那我们就在这儿待下去不走了！”一位吃得正高兴的旅客此时停止了用餐，笑眯眯地对罗莎说。

罗莎一听，立即挺了挺她那丰满的胸脯，挥了挥手说：

“不是我吹牛，一个星期里我绝不让你们吃重样的鱼！吃了重样的或是不好吃的鱼你们就不要付钱！”

“好！罗莎太太，有了你这话，我们肯定不走了！”餐厅里好几位旅客都异口同声地叫了起来，逗得大家都笑了。

多宝湖的夜晚分外迷人，夜空中悬挂着一轮明月，大地、湖泊、山冈都披上了清冷的银色外衣，凉爽的晚风驱散了白昼的溽热，一切都显得那么宁静，只有田野上那阵阵蛙鸣和不时从酒吧传出的舞曲声，还让人感到自然与人的生命脉动。维森特问黄旭，想不想去酒吧或歌舞厅走走，黄老谢绝了他的好意，说想早点休息。几天连续的游览的确让他感觉到有些疲惫。比他年轻十几岁的杨宇也说累了，一脸无奈地望着窗外皎洁的月色，遗憾地说：

“真是难得一见的良宵美景，只能放弃了！”

17

四月的纽约像往常一样繁忙，这个美国最大都市的神经与世界各地连接着，经济、政治、军事……哪里有事都会立即在这里引起反应。这一天，总部设在美国的“收复古巴委员会”在纽约举行了紧急会议，就武装入侵古巴作最后协调和部署。早在古巴胜利之初，美国大庄园主的利益开始被触及时，美国就已着手准备武装入侵的计划。这年三月，艾森豪威尔总统便签署了国家安全委员会的一项命令，批准了颠覆卡斯特罗政府的计划，从政治、组织、军事、宣传等各方面着手积极进行准备，如今就要将计划付诸实施了。会议室里围坐着二三十个人，他们是该组织和古巴各流亡团体的一些主要领导成员，正在听美国中央情报局的负责人之一詹姆斯的讲话，室内气氛肃穆而紧张。詹姆斯向他们介绍了此次武装登陆的准备情况：集结在危地马拉基地的登陆部队分 7 个营，共 1500 人，将在美国驱逐舰、潜艇和 B-26 轰炸机护送下登陆古巴，登陆时间就在这一两天。介绍完总部署，他从一张很大的、摊满了整个桌面的古巴地形详图上抬起头来，接着说：

“……以我们现在拥有的兵力、装备，以及此前的政治、军事准备，足以对付卡斯特罗政权。我们选择的登陆地点萨帕塔半岛的吉隆滩，交通十分不便，紧邻人迹罕见的沼泽地带，靠近埃斯坎布拉山，是卡斯特罗布防的薄弱点，其地面增援部队也很不容易到达。而我们则进可攻，退可守，还有美国军舰随时在海上接应，美国飞机负责运送兵员和装备。而且，哈瓦那和其他两处军用机场及设施此前均已遭我方毁灭性轰炸，古巴已不复拥有什么空军，完全失去了制空能力，因此，我们有充分理由期待我们的登陆部队，一举成功击败卡斯特罗！”说到这里，他那握紧的拳头重重地落在了面前那张古巴地图上，略一停顿，又用严肃的目光扫视了一下那些在座的人，继续说道：“因此，我们必须准备好，一旦登陆成功就立即宣布成立临时政府，总统及各部部长要马上赶往迈阿密准备就职。未来的临时政府总统将由米罗·卡多纳先生担任，他就是这次登陆行动的总司令。”此时，坐在他身边的古巴流亡分子、雇佣军头目米罗·卡多纳从座位上站起身来，向全体与会者点头致意。詹姆斯接着又一一宣布了各部部长名单，最后他请登陆行动总司令米罗·卡多纳讲话。

米罗·卡多纳的外貌并不很像军人，个子不高，也没有留拉美军官惯有的八字胡须。此时他反背双手站着，极力挺起胸脯，让自己显得威武些。

“詹姆斯先生把形势、任务、分工都讲得很清楚了，我没有更多补充。”他清了清嗓子，提高了声音说，“我只想强调，收复古巴的光荣日子就要到了！从古巴陷入共产主义分子魔掌的那天起，从我们这些人失去了一切财产的那天起，我们就发誓要复仇，要铲除这个毒瘤，这一天终于来了！我们一定要把握这次天赐良机，一举战胜敌人！因为上帝和我们在一起，美国朋友和我们在一起，我们有足够的勇气和信心夺回我们失去的一切！……”卡多纳的两眼燃烧着仇恨的火焰，适时地挥动一下手臂，以加强自己讲话的感染力，这可是他这位未来“总统”走马上任前的一次预演。他的讲话在“不胜利毋宁死！”的激昂呼喊声中结束。大厅被激动、仇恨的氛围笼罩着，一些人铁青着脸，一些人挥动着拳头在诅咒，人人摩拳擦掌，似乎铁了心要为自己未来的命运投下一笔最大的赌注。

荒凉的吉隆滩杂树丛生，河滩上到处是岩石沙砾，微弱的月光下，一切都是朦胧的，只看得见憧憧黑影，只听得见浪涛拍打海岸的哗啦声。距离海岸几海里处，雇佣军正分乘五艘美国舰艇悄悄驶近。美国飞机从危地马拉军事基地起飞后首先向吉隆滩投下了一个伞兵营，抢先占领从吉隆滩穿越沼泽地的两条公路。与此同时，雇佣军的舰队在离海岸不远的海面抛下了锚，从大船上放下了一条条小船，载满雇佣军的小船全速朝岸边驶去，跃入海中的蛙人迅速游向滩头，另一部分人在向邻近的长滩转移……

海里的大船上，只剩下了美国中央情报局的几名官员遥控指挥……

微弱的月光下，万籁俱寂，执行巡逻任务的古巴民兵巴勃罗和何塞正从吉隆滩一片杂林中穿过，这是一条他们不知己经走过多少次的巡逻线路，一出杂林，呈现在眼前的便是视野开阔的海岸，白天看去碧波万顷，夜黑风高时像浮动的黑色绸缎，泛着点点光影。

此时，他们正走出杂林，巴勃罗笑着对何塞说：

“伙计，这个美妙的夜晚你本来可以和你的罗莎过一个浪漫的生日，可惜美国佬不通人情，非得把你留在海边和我们一起过，是不是有点不是味儿？”

“是呀，罗莎、托尼和爸爸都希望我和他们一起过生日，他们一定为我准备了我最喜爱的蛋糕，还有她最拿手的虹鳟鱼，噢，那味道真是鲜美无比！可是有什么办法呢，这也是一种牺牲！咱们决心‘誓死保卫祖国’，牺牲一次过生日算得了什么！等把美国佬打得老实了，再好好过咱们的小日子吧，小伙子！”

“再过生日，别忘了叫上我，也让我享享口福……”

“嗤——”巴勃罗猛地停住了脚步，把手放到嘴边，做了个噤声的手势。

顺着巴勃罗张望的方向看去，何塞看见了朦胧的月色中，海面上有许多黑影在蠕动！

“有敌情！快，你我各抢占一个有利地形！”巴勃罗急促地说，一面卧倒在一块岩石后面。他听到何塞回答了一声“明白”，飞快隐蔽在几米外的另一堆沙石背后。巴勃罗急忙打开报话机向值班民兵班长报告，耳机里传来班长急切、坚定的声音：

“顶住！我们马上赶到！”

巴勃罗的两眼死盯着那些正在爬上海岸的黑影，心里默默数着：……10个……30个……50个……他明白，这不是小股反革命分子偷袭，而是一次武装入侵！可他们这个流动哨所，总共才有5名民兵，他再次向总部发出了警报：“大批敌人在吉隆滩登陆，紧急增援！”敌人已经爬上了岸，延缓他们登陆的时间，刻不容缓！他瞄准黑影，扣动了扳机，子弹“嗖”地飞出了枪膛。紧接着，何塞那边的枪声也响了。枪声撕破了夜的寂静，枪声令那些刚刚登岸的雇佣军连忙寻找隐蔽，仓皇应战。一时间，枪声、火炮声、爆炸声响成一片……流动哨所的另外3名民兵很快赶来了，凭着对地形的熟悉，他们分别占据了有利地势，与百倍于自己的敌人展开了一场前所未有的阻击战，他们的目的很明确，多拖住敌人几分钟就能为最后的胜利赢得时间！

凌晨3点10分，哈瓦那起义军总司令部值班室里，电话铃声急促响起，值勤军官拿起电话，神色紧张地重复着：“吉隆滩、长滩一带发现敌人大股武装部队登陆……”

菲德尔俯身在一张古巴地图上用红笔圈画着，劳尔、格瓦拉全神贯注地看着他画圈的地方。菲德尔语气坚定地说：

“不出我们所料，他们果然选择了这个地点！就按我们设想的方案迎战，当然，要做必要的调整。命令马坦萨斯民兵干部营，并集合其他兵力立即南下增援，命令驻扎在澳大利亚糖厂的西富恩戈斯步兵营立即开往长滩，抗击在那里登陆的敌人……你们的想法呢？我们一定要快，不能给敌人以喘息之机！”

凌晨 4 点，值勤军官匆匆进来报告，前方传来的最后报告只有一句话：‘誓死保卫祖国！’再呼叫，信号没有了……就是说，吉隆滩抗击敌人登陆的 5 名民兵已全部牺牲，他们 5 个人将敌人拖住在吉隆滩将近 1 个小时。

屋里的人都沉默了。

“听着，我们马上把指挥部迁到前线去！”菲德尔发出了斩钉截铁的命令。

18

在多宝湖旅游中心过夜的人被隆隆的飞机声从睡梦中惊醒，听得出，那是多架飞机在低空盘旋，很快又听到了密集的枪声、火炮轰鸣声……他们纷纷跑出来想打听出了什么事，但一出门便被不远处的火光和愈来愈近的枪声逼得又退回了屋里，显然，敌人已经很近了，正在向这里展开包围！黄旭凝神辨别了一下枪声的方向和距离，急忙告诉杨宇，敌人距这里只有几百米，赶快转移！老何塞正带着五六个带枪的民兵准备冲出去，当他的目光扫过黄旭和杨宇时，急忙把孙子托尼推到杨宇和陪同维森特身边说：

“托尼熟悉这里的路，让他带你们向山那边转移，孩子，快从后门走！我和你妈还有任务。”

“告诉他们，枪炮声很稠密，上来的敌人相当多，要小心！”黄旭大声提醒，没等杨宇翻译，老何塞和那些人已经急匆匆走了。维森特拉着黄旭跟在托尼后面，杨宇断后，急忙出了后门，其他一些旅客也都纷纷逃出酒店。

走出门外没有多远，便听见身后枪声不断，爆炸的火光不停地在夜空中闪烁。小托尼仿佛一下子变成了大人，他拉住杨宇的手一面向前快跑，一面大声喊叫：

“快！跟着我，从这边走！”

天空开始露出了些许曙光，隐隐约约能看清这伙奔逃的人群，他们低着头，躲闪着可能飞来的子弹，顾不得脚下的荆棘，深一脚、浅一脚地穿过洼地、跨过水沟，只顾紧跟在托尼后面往前跑，不知跑了多远，也不知过了多长时间，天渐渐亮了，他们找了个隐蔽的地方稍稍歇口气。此时，这些人一个个浑身尘土、气喘吁吁，脸上除一双眼睛外满是纵横沟壑的汗水和泥土。回看逃离的方向，枪声不断，有的房屋在起火冒烟，那是多宝湖旅游中心吗？托尼两眼含泪，嘴里情不自禁喊着：

“……妈妈！……爷爷！”他撇了撇嘴，终于哭出了声，“爸爸过生日没有回家，他是民兵，他肯定和敌人打起来了……”

杨宇满腔悲愤，紧紧把孩子搂进怀里，嘴里喃喃地说：“托尼，坚强些！咱们不哭，咱们一定会跟他们算还这笔账的！”眼前的多宝湖像往常一样露出了美丽的霞光，而这片土地、这里的人民却在遭受着灭顶的灾难，一夜之间，一切都变了，战火在自己的脚下燃烧！虽然他们一时还弄不清面临的处境与交战情况，但毫无怀疑是美国佬动手了！旧日的主子终于撕掉一切伪装，露出了侵略者的狰狞嘴脸。

“我们现在到了什么地方，托尼？”维森特走近托尼，不安地问道。这是一片他从未走过的荒滩与沼泽，老何塞说托尼熟悉这儿的路，他现在只有相信和依靠这个孩子了。

“我的学校离这里不远，到了那里，离山区就不远了。”托尼回答。

“这里还很危险，我们还得赶快往山里走！”望着青烟冒起的方向，黄旭说。

一行四人又急急起来赶路。小托尼一面往前走，一面还在泪汪汪地回头张望，大家都知道他在牵挂自己的妈妈、爷爷和爸爸，每个人的心也都陷入了深深的痛苦与担心中，落入敌人魔掌的多宝湖旅游中心不知正在经受怎样的灾难……

敌人的伞兵营一面射击一面向旅游中心靠近。所有的旅客都惊慌地跑出了房间，并很快意识到：美国入侵了！就在小托尼带着两个中国人跑出了旅游中心、老何塞和“中心”负责人等六七个民兵冲出去迎战敌人的同时，反应快的旅客也跟着跑了出来，四散奔逃。这里大部分青壮年民兵本来就早已去了前线，老何塞他们一走就只剩下妇孺老弱了。罗莎跑到走廊里，想帮助旅客们撤退，再一想，眼下最重要的是向政府报警，赶紧向政府报告这里发生的事，她急急冲进办公室，拨通了区民兵总部的电话，没有人接听，她没有时间等！赶紧又拨省政府的电话，响了几声后有人接听了，她刚说了句“我是多宝湖旅游中心……”，便听到了传来很近的枪声和嘈杂的脚步声，敌人上来了！她连忙将门关上，对着话筒大声喊道：“这里发现很多敌人，我们被包围了……”话未说完，“砰”的一声，门被踹开了，三个端着枪的雇佣军冲了进来，枪口对着她……话筒那头接电话的人还在焦急呼叫：“你们怎么了？快说呀！……”她不顾一切地对着话筒大声说：“这里被敌人占领了！”三人雇佣军中的小头目冲过来，打落了她手中的电话，还顺手狠狠扇了她一记耳光。他们用枪托将她和一些没有来得及逃离的旅客驱赶到一间房间里关起来。此时，伞兵营的指挥官带着一群雇佣军进入了大楼，旅游中心变成了这股敌人的临时司令部。

天渐渐亮了，枪炮声还在继续……罗莎等一群人被押到了门外的空地上。那个雇佣军小头目阴沉着脸走过来，用仇恨的目光扫视了一下众人说：“你们跟着菲德尔，为虎作伥，都该死！尤其是你！”他用枪指了指罗莎，“还有你！”又指了指另一名中年妇女。“都死到临头了，还想给你们的主子报信，还想潜逃……”这时，几个雇佣军押来了一个被俘的民兵，他受伤了，是被拖着来的。罗莎认出，他正是“中心”负责人恩里克，是和公公何塞同时冲出去阻击敌人的。这时，雇佣军士兵在向那个小头目报告：“……他们一共七个人，打死了我们十来个弟兄，最后还是被我们包围了，死不投降，除了这个受伤的外，其余的统统被我们歼灭了！”罗莎的脑袋“嗡”地一下，眼泪也夺眶而出，可怜的公公！

她又联想到了丈夫，只恐也是凶多吉少，不禁心如刀绞……听了那士兵的话，恶魔似的小头目两眼凶光毕露，吼叫道："我这就为死去的弟兄们报仇！"他举枪朝受伤的恩里克连射了几枪，恩里克倒在了血泊中。那家伙意犹未尽，转过身来，又把枪口对准了罗莎说："你们也一起见鬼去吧！"几声枪响，罗莎和另一位中年妇女也先后应声倒下……鲜血在他们热爱的多宝湖边流淌……罗莎的双眼张开，她要看着自己的队伍开过来，她相信菲德尔一定会带着队伍打回来……

沿着和小朋友们游玩时经常走的一条小路，托尼领着黄旭、杨宇和维森特终于穿过了泥泞难走的沼泽带。这里少有人烟，他们实在累了时找个隐蔽处稍作休息，渴了就从河沟里取些水喝。一路上，杨宇既担心黄旭的安全，又怕他年纪大了经不起这样的奔波，可黄老除了动作不如年轻人敏捷，其他方面不但没有拖大家的后腿，而且仿佛又回到了当年驰骋疆场时的状态，精神抖擞，他一直在根据枪炮声、火光、敌机从空中掠过的方向等分析敌人的进展情况，判断敌人离他们的距离有多远。此时，他的寥寥数语常常能让大伙儿慌乱的心情镇定下来，极度疲惫中重新有了继续前进的勇气。晌午过后，一度开始稀疏下来的枪声，突然间，变成了十分激烈的交火。这是怎么回事？大家还摸不着头脑时，黄旭兴奋地说：

"是古巴的增援部队上来了！"

"对！对！是我们的起义军到了！"杨宇、托尼和维森特三个人互相抱在一起，高兴得跳跃欢呼。

"妈妈、爷爷他们有救了！"托尼眼睛里再次溢出了泪水。

"孩子，别难过！"黄旭轻轻拍着托尼的肩，"有起义军赶来增援就好了，最后胜利一定属于古巴人民！不过，这里也许还会发生更激烈的战斗，还很不安全，我们得继续往山那边转移，从学校往山上的路你熟吗？"

“中国同志的话很对，我也认为咱们的部队赶到后，会在这里和他们展开激烈战斗，我们不会再让美国佬深入到古巴的内地！更激烈的交战随时可能打响，我们还得赶快往山那边跑，托尼，你知道去山上的路，是吗？”

两人都用期待的目光看着托尼，只见他懂事地“唔”了一声、接着又肯定地点了点头说：“学校老师进山扫盲时，我跟着去过。”

大家都松了口气说：“太好了，你能不走错方向就行，要是能找到近道就更好了！”

就在他们沿着崎岖的小路往山区躲避的时候，卡斯特罗总司令在调兵遣将，起义军的几支部队已赶到吉隆滩一带，正向敌人展开合围……

美国雇佣军在吉隆滩登陆的消息从哈瓦那传向世界各地。中国驻古巴大使馆立即获悉了这一消息，使馆发出的无线电波越过浩渺的太平洋很快将这一紧急情况报告给了国内。也是从这个黎明起，中国大使馆投入了紧张的战时动员和应变准备。从赵大使到使馆每一个成员比任何时候都清楚，我们的命运此时是与古巴人民的生死存亡紧紧连在一起的。一大早，肖梅便和使馆里其他一些懂外语的同事一道，挤在电视机前，焦急地等着收看战况进展，古巴电视台不断地在播放爱国歌曲和菲德尔·卡斯特罗的讲话，电视中的菲德尔表情镇定而坚决，他愤怒谴责美帝国主义的侵略，号召全体古巴人民团结起来，打败美国侵略者。很快，电视台就开始报道，登陆的雇佣军在吉隆滩遭到了当地民兵的顽强阻击……菲德尔已经赶到了前线，亲自指挥战斗……古巴全国同仇敌忾，支援前线、报名参军、献血……“誓死保卫祖国”的呼声响彻古巴全国。

战争的乌云笼罩了这个美丽的岛国，也笼罩着岛国上的这片小小的中国领土——中国大使馆。虽然这是一场酝酿已久、意料之中的战争，但一旦成为事实时，仍然会带来许多未知的变故和危险，这将是对每个人的考验。大使馆迅速成立了应变的领导班子，同时等待着国内的指示。离第一道急电发出也就过了三四个小时，中央的复电便到了，传达中央指示的全馆紧急大会气氛严肃，当赵大使以庄重的语调读到："中央相信，我驻古巴使馆的全体同志都是中华民族的优秀儿女，当与古巴人民同生死、共存亡……"时，在座的人无不心潮澎湃。此时，大厅里回响着赵大使庄重的声音："同志们，考验我们的时刻到了，让我们向祖国、向党、向人民郑重宣誓！"全体与会同志都站起身来，庄严地举起了握紧拳头的右手，宣誓忠于祖国，忠于人民，与古巴人民同生死、共存亡。肖梅想起了两年前，自己也是这样举起右手在党旗下宣誓的情景，她也想起了离开国内前，曾听到过周恩来总理鼓励外交战线的同志时多次引用的两句诗"处处青山埋忠骨，何须马革裹尸还"，当时听来感到那只是两句抒发豪情壮志的诗句，然而，此时此刻，当赵大使在讲话中再次引用这两句诗、激励大家践行自己的革命誓言时，她真切地感到了自己的责任，感到了自己是一名战士，那两句诗是多么悲壮和大气磅礴，多么豪迈地表达了一个真正的新中国外交战士应有的品格与胸怀！

大使接着介绍了当前战况，登陆的雇佣军约有1500余人，美国出动了两艘潜水艇、一艘驱逐舰和多架B-26轰炸机和战斗机，敌人空投的伞兵营已经占领了多宝湖旅游中心……

"多宝湖旅游中心？"肖梅的心往下一沉，"那不是杨宇预告过要和黄旭去游览的地方吗？会不会出事？"她不敢往下想。

最后部分，大使宣布了战时应变的一些措施和分工：受过射击训练的男同志分头负责在使馆院内巡逻，并立即发给他们武器。遇有袭击时，他们要在使馆大楼底层组成第一道防线，进行抵抗；第二道防线设在二楼，大部分没有受过军训的人都守在二层，准备用石块、酒瓶等一切可以使用的"武器"阻止敌人登楼。分配给肖梅的任务是协助机要员坚守机要室，那是使馆的核心机密处，也是最后一道防线，在最后万不得已的时刻，要协助机要员销毁所有的机密文件……

在她二十三岁的生命历程中，处处受到亲人、组织、朋友的呵护，这是她第一次站在了战斗的岗位上，肩负着祖国和人民交给自己的责任，眼前的形势是危险的，她的内心却很自信和自豪，她很为自己的这种感觉骄傲。

散会后，心里惦记着杨宇和黄旭可能的遭遇，她急忙找到大使，忧心忡忡地打听有没有关于他们两人的消息。大使无奈地摇了摇头说：

“与接待单位联系过了，当天他们确实是去了多宝湖，现在与那里的一切联络都已中断，只能等待，只能寄希望于他们自己机警应变……相信我们的同志都是好样的！”

“怎么这么巧？……怎么会这么巧呢？”肖梅低声说。她的脑海中不断闪现出黄旭亲切的面容和杨宇那大哥哥般的关切目光……世事太难料了！

19

又赶了半天路，背后的枪炮声一阵紧似一阵，对于没有打过仗的杨宇来说，总觉得好像是在追着他们打。他们几乎是在不停歇地跑，又累又饿。有时杨宇感到自己实在跑不动了，但看到比自己年长许多的黄老谢绝别人搀扶跟着他们一起跑，看到小托尼满脸汗水跑在最前面时，他感到心里热乎乎的，重新又焕发了力量。天开始渐渐暗了下来，回望身后，团团炮火映着灰色的天空腾空升起，头顶传来一阵飞机呼啸声，仰头看，从山背后的方向飞来多架战机从他们头上掠过，扑向吉隆滩……

“是我们的飞机！”疲惫不堪的一群人同声欢呼了起来，完全忘却了疲劳和饥饿。维森特和托尼更是一面跳跃，一面朝着飞机挥臂高呼：“誓死保卫祖国！誓死保卫祖国！……”嗓子嘶哑了还在喊，好像深信他们的呼叫能帮助那些飞行员歼灭敌人。依然是饥肠辘辘，依然是疲惫不堪，但信心和对胜利的期盼让大家精神大振，步履也轻快了许多。

天快断黑时，他们终于看到了不远处隐隐显露出的朦胧的山峦，天哪，小托尼没有领错路，可是，还有那么远，哪里是今晚的栖身之处呢？大家停了下来，维森特到周围察看一番后，带回一个好消息，说前面的树丛中有所小茅屋，天无绝人之路，这里有人居住！于是，维森特和托尼先行，杨宇和黄旭随后，小心翼翼地走近了茅屋。屋门关着，维森特先过去敲门，见无人回应，伸手推门，竟也没有锁，他觉得屋里像是有人住，却又找不到人，本想向主人要点水喝，弄点吃的，此时却不知如何是好，只得返身出来，如实说了情况。按黄旭的意见，他们在茅屋后的小院里先休息一会儿再商量下一步怎么办。黄旭靠着屋墙坐了下来，好让自己疲惫不堪的双腿得到短暂的休息。维森特从简陋的厨房里找来了一小桶水，让大家分着喝，干渴了一天能喝上点水，真是如饮甘露！估计到夜间还要继续赶路，杨宇想到了要给黄老找根棍子当手杖，他沿着小院周围一面走一面寻找。天色已变得灰暗，眼前的景物愈来愈模糊，他极力睁大眼睛，当他在院子的一角看到有一堆杂树、木柴，正想伸手拔出一根时，听到了杂物后面传来窸窣的声响，吓了一跳，再定眼细看，藏着个人！暮色中看不清此人的面容，只看得见一双黑白分明的眼睛在转动……

“你是谁？”杨宇不由自主地喝问了一声。

那人慢慢站了起来，维森特听见声音后也急忙赶了过来，他们终于看清楚了，是个穆拉塔女人！那女人此时似乎也看清了他们，已经不再紧张了，语调平静地说：

“我是这屋子的主人。”女人的话让所有的人喜出望外，她可是他们在逃难路上遇到的第一个人！维森特连忙告诉她，自己是带着中国同志从多宝湖那边逃过来的，女人说：

“我叫琳达。丈夫是民兵，几星期前就上了前线。我一个人不敢待在屋里，见你们来也不知道是自己人还是敌人，所以躲藏了起来。”

“太好了！琳达，首先你能给我们弄点吃的吗？”见女人点头，维森特赶紧接着说，“太感谢了！再就是，你这儿安全吗？敌人离这里有多远？”

“据逃过来的人说，敌人离得很近，随时都可能过来，我也正准备离开这里呢。”

“你有更安全的地方吗？”杨宇急忙问她。琳达看了看两个中国人说：“这里你们是不能多待的，太危险。我以前住在山上，在那边有间藏木薯的小屋，从外面看不见，比这儿安全，我正准备到那儿去。你们……你们要是愿意的话，就跟我一块儿走，只是……只是还得走一个多钟头路。”

杨宇一听，赶忙把她带到黄旭面前，并把她的意思告诉了黄旭，几个人一商量，总得寻个安全一点的地方过夜吧，都觉得跟她走最为可靠。女人见他们拿定了主意，便忙进屋收拾了一些干粮，拿出几张玉米饼分给他们充饥，杨宇找到了一根棍子给黄老当手杖。夜雾蒙蒙中，这支小小的逃难队伍重又踏上了崎岖的小路，朝着那片黑色朦胧的山区进发。

初升的太阳从山的背后爬上了山冈，又照进了丛林和山坳。藏木薯的小茅屋被前面的一道山冈挡住，藏身在大山脚下，周边长满杂林，的确很不容易被发现。头天傍晚要是没有琳达领路是绝对找不到这里的。当时天已经很黑，什么也看不见，进屋后，准确地说，是个窝棚，琳达找了一截松枝点着，这才看清窝棚从中间隔开，一边住人，一边放木薯和杂物。住人的那边屋角堆了些干草，还挂了张吊床，琳达让四个男人住这边，自己就在堆放木薯的一边过夜。这一晚，他们太累了，一觉睡了下去，连身子都不曾翻动一下，直至天亮。杨宇醒来时，黄旭已经起身到外面察看地形。杨宇跟了出去，和他一起爬上了前面的小山冈。居高临下，他们找了个较隐蔽的地方往下看，只见山下的大路上，无数辆军车在行进，有的满载士兵，有的拉着火炮，车顶都插满伪装的树枝，正自东而西急驰前进。沿途还有一队队正在急行军的战士……黄旭兴奋地对杨宇说：

“有好戏看了，老卡要‘关门打狗’了！”

“太好了，让美国佬也尝尝古巴人民战争的厉害！”此时的杨宇兴奋得像个孩子。

“我们被困在这里，也不知道这次美国究竟派出了多少兵力。不过，从敌人在多宝湖空投伞兵看，可以断定他的主力部队已在附近什么地方登陆，伞兵是为了与登陆部队配合的。再看古巴方面调动军力的规模，出动那么多飞机，是摆出了要打大仗、打歼灭战的架势。”

在杨宇眼里，此时的黄旭完全不像年过半百的人，似乎又还原了当年饱经战火锤炼的指挥官本色，他从心里佩服自己上级的洞察力和分析，跟他在一起，哪怕是再险恶的环境，自己心里也感到踏实。当然，他眼下最重要的一项任务是如何让他们尽快脱离目前的险境，是的，他们得当机立断，不得不冒些险，但不能出大的差错，这是他的责任所在。他试探地说：

“目前看来，附近这一带虽然邻近敌人，还并未完全被敌人控制，战局也许会出现拉锯形势，古巴军队现在还能自由通过，我们能不能趁机赶紧穿插出去，待在这里还是很危险的。”

“小伙子，不简单，看出点名堂来了！这正是我的想法。现在双方都在布阵，战争形势瞬息万变，我们应该尽快离开这里！走，去和维森特说说，我们赶紧走。”

当他们一行四人告别了女主人、拐过那道小山冈时，太阳已升得老高。从山冈上看下来好像很近的那条路，靠双脚走到那里却让他们费了很长时间。路上不时遇上以急行军速度赶路的起义军士兵，但找不到可以带路的人，于是他们决定朝与部队开去的相反方向走，那应该是离开战场的方向。又走了大约半个小时，在一个拐弯处迎面驶来了两辆吉普车，四人连忙闪在一边站住了，对面的吉普车此时也放慢了速度，就在相互擦肩而过的瞬间，车上有人叫了一声：“停车！”，接着从车上跳下一位军官，他两步跨到黄老和杨宇面前，又仔细打量了他们一下，一把抓住了二人的手说：

“我的天哪，你们怎么会在这里呀？”

“马里奥大尉，是你呀！”杨宇惊喜交加地叫了起来，赶紧对黄旭道，“是陪同我们参观民兵营的马里奥大尉……”

“对，对！想不到在这里碰见你，你好，大尉同志……”在最困难时刻遇见老朋友，黄旭也是喜出望外。马里奥大尉见站在一旁的维森特和托尼，又急急问了一句：

“这么危险的时候，他们怎么会在这里？”

“多宝湖被敌人占领了，我们是从那里跑出来的。”维森特赶紧回答。

“噢——，中国同志，我现在有紧急任务，这里要打大仗。让他们马上送你们离开这儿……”说着，向后面的吉普车挥了一下手，车上下来一名军官模样的人向他敬了个礼。马里奥命令道：

“你马上把他们送往司令部，然后火速赶上部队！”

军官答应了一声“是”，后面吉普上的另外两名军官赶忙下车，让四人上去，杨宇他们连一句道谢的话都没来得及说，汽车便急速转了个弯，向相反的方向奔驰而去。

20

找到了自己的部队，大家心里别提有多高兴了。

汽车行驶了大约半小时，一路上除了穿梭来往的战车和士兵、上空轰鸣掠过的飞机外，看不见平民百姓，好像其他一切活动都停止了，似乎原野上所有的生命都屏住了呼吸，紧张地等待着一场决定古巴命运的鏖战……汽车拐进了一家被茂密的棕榈树掩映的旧糖厂，这里有身穿迷彩服的起义军人员进进出出、步履匆匆。护送他们来的军官让他们在门口下了车，走到站岗哨兵面前简单交代了几句，便急忙开车追赶部队去了。维森特正要上前向哨兵说明情况，远处传来一阵隆隆的装甲车声，是几辆坦克开过来了。哨兵没有让维森特说下去，而是让他们先在一边等候。第一辆坦克轰隆隆地开了过来，在门口停下后，所有在场的人都将目光投向了那位正从驾驶舱里站起身来的驾驶员，映入他们眼帘的是一张再熟悉不过的面孔，哪怕是他的一个侧影、一个动作，都太富有特征了，开坦克的竟是菲德尔·卡斯特罗总司令本人！这位总司令做任何事、在任何时候和任何场合出现，人们也都不会太惊奇，因为他做事一向喜欢出其不意，不喜欢按常规出牌，但此时此刻，看见菲德尔从坦克车上走下来，黄旭和杨宇仍不免感到惊讶不已。原来得到雇佣军登陆的消息后，菲德尔和助手们分析了敌情，做了战略部署，接着便把指挥部设在了最前线，与敌人近在咫尺的澳大利亚糖厂，要在这里与美国佬一决高下。

菲德尔从坦克上跳了下来，一面与身边几名军官交谈，一面又习惯地点燃了他的雪茄烟，习惯地打着手势，目光坚定、从容……黄旭、杨宇远远看着他，内心都不禁油然生出敬意，谁都知道，古巴这个小小的岛国此刻面对的敌人不是一般的对手，而是威震全球的世界霸主美国，双方军事实力之悬殊可想而知，而面对如此强敌的菲德尔·卡斯特罗却毫不畏惧和退缩，充满了必胜的信心，一派指挥若定的大将风度，着实令人敬佩！

一面与人谈话，一面朝大门走过来的菲德尔，很快注意到了站在一边的两个中国人，菲德尔无论在做什么事的时候，都有一种本能的“眼观四面”的本领，许多细节常常逃不过他的眼睛，何况此时在清一色着军装的军人之中，四个穿便服的外来人格外引人注目。显然，他不仅看见了，而且立即认出了两个中国老朋友。他扬起眉毛，露出惊讶的表情，一面向他们走过去，一面说：

“在这里见到我亲爱的中国朋友实在让我惊讶，我想你们不会是专门来看望我的吧？”

黄旭握住他的手，苦笑着说：

“总司令同志，在这样特殊时刻我们哪敢随便来打扰您，我们是在路上被您的部下‘收容’过来的。”

“‘收容’？啊——你们在多宝湖？”

“我们从多宝湖跑出来，路上遇见马里奥大尉，他把我们送到这里来了。”

“噢，走，快进去！有惊无险，太好了，能找到这里很不容易，先给你们弄点吃的，饿坏了吧？”

不等答话，菲德尔一面领着他们往里走，一面扭头打发身后一名军官去弄点吃的来。

在这个被当成临时指挥中心的废弃糖厂里，除了通讯指挥设备一应俱全外，其他一切用品都极简单。大家在几张木凳上坐下后，菲德尔询问了他们离开多宝湖旅游中心时的情况，说：

“那是敌人空投的一个伞兵营，他们的主力部队已同时在吉隆滩和长滩登陆。初步估计有 1600 人左右，现在已经被我们的部队和民兵团团包围，我们的空军将切断敌人的海上退路，把侵略者彻底消灭在古巴的土地上……”正说着，桌上的电话铃声响起，菲德尔站起身来接电话，一面听，一面对着话筒大声说：

“打得好！太棒了！把海上所有的舰艇击沉！我们的飞机，我们的迫击炮，统统冲舰艇开火！”

黄旭低声对杨宇说：“我们不能多占用他的时间……”

菲德尔放下电话，十分兴奋地告诉大家说：

“前线的同志们打得太棒了！击沉了四艘敌船！敌人的‘豪斯顿’号军舰首先被我们的火箭击中，沉入了海底。”

所有在场的人都情不自禁地热烈地鼓起掌来。显然，前线的捷报极大地鼓舞了他们胜利的信心。

被菲德尔派去弄饭吃的那个军官进来请四人去吃饭，黄旭和杨宇向菲德尔告别。黄老说：

“在我即将回国的时候，意外巧合让我有了这一段不平凡的经历，又在这里见到了总司令，目睹了古巴人民誓死捍卫祖国的大无畏精神，我坚信古巴必胜！”

“感谢中国政府和人民在古巴最困难时给予古巴的支持！中国人民曾在朝鲜战场上教训过美国佬，我们古巴人也要在古巴的土地上好好教训它一次！吃过饭后，我让他们送你们回哈瓦那，大使和你们的家人一定非常担心你们的安全，用不了几天，我们在哈瓦那见！”

杨宇心情十分激动，这次意外遇险，让他受到了一次终生难忘的锻炼，让他度过了与古巴人民共生死的几天，让他更贴近了古巴人民的内心世界，也更真切地看到了菲德尔·卡斯特罗的伟大精神之所在。他突然有一种冲动，把平时的外交礼节撇在了一边，向菲德尔说：

“总司令，我可以拥抱您一下吗？”

“当然可以！”菲德尔说着，张开双臂搂住他的肩，两人亲切地互相拍了拍肩膀，在一场大决战的前夕，他们心中荡漾的是诚挚的同志情谊和胜利祝福。

菲德尔又转身走到托尼面前，把孩子拉到身边说：

“托尼，你说你们离开多宝湖时，妈妈和何塞爷爷留在了旅游中心，当时爸爸正守卫吉隆滩……孩子，我得诚实地告诉你，这两个地方都落到了敌人手里，我们的民兵都战斗得十分英勇，但敌人是一批拿着现代武器的杀人恶魔，他们到处杀人放火……至今我们还不知道我们的人的下落和情况……别哭，孩子，勇敢些，我们不在敌人面前流泪！不管发生什么事，你放心，你是英雄的后代，是祖国的未来，是我们大家的儿子！古巴一定会给你一个美好的明天……”

托尼抬起泪汪汪的眼睛看着菲德尔说：

“我不哭，我长大后也要像他们一样勇敢，誓死保卫祖国！”

“好孩子！”菲德尔紧紧地搂住托尼，杨宇看到，这位钢铁般坚强的男人眼睛里有泪光闪动……

21

敌人登陆已经两天多了，熊熊的战火在萨帕塔半岛的吉隆滩和长滩燃烧，也在每个古巴人的心底燃烧。这是一场全民战争，誓死保卫祖国已成为古巴全国人民的共同意志，全国从南到北，从乡村到城镇，都在以不同的方式加入这场战争。美国人以为，在他们现代化的飞机、舰艇、枪炮面前，在战争与死亡面前，弱小的古巴必然胆怯、投降，他们想象不到，这样一个小国，竟能如此团结一心，拼死抗争，民不畏死，奈何以死惧之？两天多时间，全国都动员起来了，到处是一片支援前线的火热场面：备战、献血、参与抢救、报名参军……

生活在哈瓦那的中国使馆人员无时无刻不感到战火就在自己身边燃烧。他们按照应变分工，认真地履行着各自的职责，并随时随地向国内报告战局的进展与变化。为了及时了解战场实际情况，新华分社记者周卓一连几天冒着危险在前线采访，这天，完成了紧张的采访活动后，他又一次挤进了长长的排队献血者的行列，这已经是他第二次献血了，当他拖着疲惫的脚步回到自己的住处准备写稿时，只觉得眼前一黑，便晕倒在了家门口……大使馆的外交官们忙碌着，不分白昼与黑夜，关注与研究战场变化及形势的发展走向。他们清楚，此时此刻，全世界的目光都聚焦在古巴，中国政府急切需要及时了解这场战争的实况，做出及时准确的分析与判断。四十多个小时过去了，古巴电视台在不断转播一些前线战斗片断和菲德尔亲自在前线指挥的镜头，看来战场的总形势是令人鼓舞的，但美国的宣传媒体、迈阿密的广播电台仍在极力鼓吹他们的“胜利”，为那些雇佣军打气，最后决战之前，战场形势往往处于扑朔迷离之中。赵大使一直与古巴政府总理办公室保持着密切联系。责任，让他一连几天寝不安睡，食不甘味。当战争进入第三天后，他觉得必须立即找到古巴政府方面的权威人士交流情况，得到第一手情报。他同夫人一起去拜访了总理办公室部长级秘书塞莉亚·桑切斯，那天，他们进门后，塞莉亚刚刚请他们坐定，便接到了菲德尔从前线打来电话，她一面接听电话，一面用手捂住嘴，流下了热泪，就在他们惊疑不定之际，塞莉亚放下电话，一反她往日不慌不忙的习惯，急急走到二人面前，用激动得有些颤抖的声音说：

“胜了！我们胜利了！ 菲德尔来电话说，几天来我们切断了敌人的海上退路，从三面实施了包围，今天一举围歼，彻底击败了敌人，俘虏敌军一千余名！”赵大使和夫人“腾”地一下子从沙发上站了起来，大使紧紧握住了塞莉亚的手说：

“太好了！太好了！祝贺你们！祝贺古巴人民！”

大使夫人热烈拥抱了塞莉亚，嘴里说着：

“这个消息太让人高兴了！我们、所有的中国人都为你们的胜利高兴！”

“古巴的胜利与中国人民和世界人民的支援分不开！谢谢你们！”

“塞莉亚同志，”赵大使急急地说，“我们得立即赶回去将这天大的好消息报告我国领导同志！报告中国人民！他们正翘首以待，就等着这个好消息哩！”

塞莉亚满脸是笑，连声说“好！”，亲自陪同两人走出了大门。

大使夫妇回到使馆时，围在大厅看电视的人报告说，电视台一直在播放爱国歌曲，预报菲德尔·卡斯特罗总理将发表重要讲话。赵大使大声宣布说：

“同志们，古巴胜利了！已将登陆的雇佣军全部围歼，抓了一千多名俘虏！”

大厅里立刻像炸开了锅，大家欢呼着围拢来，想听到更详尽的胜利战报，赵大使只匆匆甩下了一句：“马上向国内报告！”，便直奔机要室去了。

电视机里响起了庄严的古巴国歌声，银屏上闪现出何塞·马蒂白色大理石的巨大雕像……哈瓦那街头驻足凝听的人群……银屏上的菲德尔·卡斯特罗挥动着有力的臂膀在说：“同志们，全体古巴公民们……我们胜利了！”

“万——岁！”“VIVA！”“万——岁！”“VIVA！”山呼海啸的欢呼声一波连着一波，似汹涌的大潮……电视中的人群在欢腾跳跃，大街上的人群在欢腾跳跃……

市中心的几个街区都被涌上街头的民众挤满了，眼前是一片狂欢的海洋，肖梅乘坐的车辆慢慢从人群里往前挪动，这要是在平时，她这个急性子早就失去了耐心，可此时的她，从车窗探出半截身子，和街上的人一起笑着、欢呼着、挥动着手中的古巴国旗，那是一个古巴姑娘塞到她手里的，她一直在挥舞……这天上午，她一早去了戈莫多罗旅馆，新使馆建成后黄旭和柳清扬还一直住在那里，等候国内的下一步安排。自从黄旭和杨宇去了多宝湖并在战乱中失去了联络，柳清扬自是寝食不安，万分焦急。肖梅常过去陪伴她，安慰她。这天上午去看望柳清扬时，接到使馆打来的电话，告诉她古巴胜利的消息，两个女同胞高兴得互相抱在了一起，胜利了！古巴的胜利，进步人类的胜利！黄旭和杨宇该有消息了！肖梅说：

“柳大姐，你等着！我马上回去打听他们两人的消息，随时给你来电话！”

柳清扬说：“好！好！你赶快去！”

这会儿，肖梅却被堵在了路上，不过，她焦急的情绪早已被古巴民众庆祝胜利的巨大欢乐消融了，此时她在分享他们的快乐，伟大、英勇的古巴人民，你们在和那个貌似不可战胜的帝国主义的较量中打赢了，唱吧！跳吧！你们有权欢庆自己的胜利！原本只需二十分钟的车程，足足走了一个小时。

肖梅的车刚刚开进使馆院内，只见紧随其后，一辆军车也驶至了使馆大门口，先走下两名古巴军人，接着下来的两个中国人竟是黄旭和杨宇！他们的衣服沾满了尘土，面容有些憔悴，走起路来有点瘸……可是他们活着回来了！肖梅惊叫了一声，冲过去迎接他们："天哪！你们可回来了！都快把我们急疯了……"走了一半，猛想起要马上告知柳大姐，又急忙转身去打电话。值班室的小王一面惊喜交集地喊着："你们可回来了"，一面飞跑着上楼去报信："黄主任他们回来了！"听见呼叫的人都纷纷跑出来，迎接这两个遇大难而奇迹般生还的人，紧紧握手、拥抱、问候、感叹……

握住黄旭的手，大使百感交集："老伙计，你可真是命大呀！听说雇佣军包围多宝湖旅游中心后俘虏和屠杀了不少人……"

"来古巴的时候，陈老总让我准备好同古巴人一道上山打游击，可没让我当俘虏哟！这次可惜我们身上没带武器，要不然，我们真会留下来和古巴人一起跟他们干……"

杨宇身边也围了一群人，你一言我一语地打听他们这段历险经过。这些天，随着对多宝湖一带战局报道的增多，使馆里对他们二人命运的猜测和担忧也愈来愈多，平安回来就成了奇迹。

"同志们，黄主任和小杨平安回来大家都非常高兴，这些天他们受苦了，很疲倦，得让他们先好好休息一下，再说柳大姐还在等着黄主任哩。别的事以后听他们慢慢讲！好吗？"

"对！对！你们先歇歇，吃顿热饭。"大伙儿又忙着为他们张罗吃的，送他们去洗澡、休息，司机早已备好车辆准备送黄旭回旅馆。好奇心强的，忙碌中还能见缝插针，提几个问题：你们是怎么在前线见到菲德尔的？给你们带路的小孩家里后来怎么样了？……

回到使馆，感受到回家的温暖，杨宇的神经一下子松弛了下来，几天紧张奔波的疲惫感也一股脑儿向他袭来，他倒头便睡着了。

两个多星期后，黄旭和柳清扬即将踏上返回祖国的归程，他不想惊动古巴最高领导，行前只向有关部门辞了行。然而，就在他即将成行的前夕，总理办公室打来电话，说菲德尔总理想来中国使馆吃饭，此次只带一个副官来，希望在餐桌上也能见到他的朋友黄旭。显然，菲德尔是想以这种方式来为老朋友送行。这晚，也是杨宇最后一次在古巴见到菲德尔。又过了一个月，杨宇奉命陪同中国第一个经贸代表团前往南美洲访问，暂时离开了他外交生涯起步的地方，告别了这个在他生命中留下最难忘记忆的国家，他没想到的是，若干年后，他竟第二次、第三次，肩负着不同时期的新使命，重新踏上了这片美丽的土地。这虽是后话，却一次次地丰富了他的外交生涯，编织了他的古巴情缘。

22

吉隆滩围歼雇佣军的胜利大长了古巴人的志气，一向受美国欺压的拉美人也感到扬眉吐气！墨西哥城二十几万人涌上街头欢呼这一伟大胜利，智利首都圣地亚哥的知识分子、工人、农民自发组成浩浩荡荡的游行队伍，在美国驻智利大使馆前高呼“要古巴，不要美国佬！”，巴西各大城市也都举行了声势浩大的示威游行。“要古巴，不要美国佬！”，成了20世纪中叶拉丁美洲人民最响亮的口号。美国在古巴的失败让这位世界霸主第一次在自家后院栽了个大跟头，竟然输给了自己眼皮底下一个无名小卒，简直是丢尽了颜面！懊恼归懊恼，自己搞砸了的事还得自己收拾，肯尼迪总统痛骂中央情报局无能，撤了局长杜勒斯的职，还不得不坐下来与古巴谈判，赔款5400万美元以换取释放俘虏。当然，帝国主义是决不肯轻易认输的，肯尼迪信誓旦旦，美国人早晚要让“自由的旗帜”重新在哈瓦那飘扬。不过，多少年后，肯尼迪总统和他身后继任的九位总统，都无一例外地未能兑现这一承诺。

美丽的岛国渐渐恢复了战前的平静，美国虽已不敢再轻易对古巴动武，却在借助变本加厉的封锁来达到困死古巴的目的。古巴人民的生活供应日益匮乏与艰难，然而，洋溢在他们脸上的笑容依然充满快乐与自信，这是那个时代最豪迈、最灿烂的笑容。

继黄旭夫妇之后杨宇也离开了古巴。他们的离开让肖梅很有些不舍。在肖梅心目中，柳清扬就像这个临时家庭的大姐，两年来，她们互相关怀，情同姐妹；黄旭是个让人喜欢的领导，工作中虽然要求严格，却通情达理，尤其是对肖梅这样初出校门的女孩子，哪怕是批评、指点的时候也总是语气委婉、让人心悦诚服；杨宇是自己的同学，自有一种比与旁人更亲近的感觉和信赖……

临走前两天的一个傍晚，天气延续着夏日的炎热，杨宇和肖梅倚着临海的阳台栏杆话别。海风吹动着他们的头发，天边的落日与晚霞在海面投下了梦幻般的色彩……肖梅沉默着，呆呆地望着海面想心事。杨宇心知他们三人先后离去很可能触动了她的思乡情怀，便开玩笑说，怎么了，你这个乐天派怎么也愁眉不展了？

肖梅喟然叹道："人人都羡慕从事外交工作，向往'生不为将得为使，折冲口舌之间'的荣光，殊不知，外交工作有它辉煌耀眼的一面，也有它艰难牺牲的一面。你和黄主任这次遇险就够惊险的了，回想起来还真有些后怕！"

"算是幸运，有惊无险！对我，也算初次考验吧。"杨宇点头感慨道，"实际上这些年牺牲在新中国外交岗位上的人已不少，死于敌特炸弹信的，被下毒的都有，外交部的信使就已牺牲了好几个……"

"是呀，有的牺牲轰轰烈烈，还有一些，看起来并不那么壮烈，属于生活感情上的，但也同样刻骨铭心呀。像咱们那位前辈副部长，妻子是外国革命同志，而且有了孩子，中央决定调他到外交部工作时，他们只能选择分手，中国外交官是不允许有外国配偶的呀。"

"没错，在我们这种岗位上，这类牺牲是常有的事：工作性质特殊、夫妻双方长期分离、男方在驻外机构的'和尚庙'里一待好几年，或因感情生变，或因实际困难而分手的也屡见不鲜呀。"

"哎，你认识亚非司的张凌吗？"杨宇的脸上隐隐掠过一道阴影，轻声问，“他的遭遇就很不幸。他在驻外使馆连续工作了两任，当了六七年牛郎织女，最后总算照顾他，将他妻子调到使馆，可留在国内无人照管的女儿又出了问题，刚成年的女孩由于承受不了一次失恋的打击，竟离家出走，从此失踪。爱女心切的妻子急急赶回国内，却最终未能寻回爱女，失女的痛苦和忧郁终于压垮了这位母亲，不久她也精神失常了。”

“可怜的母亲！”肖梅不胜唏嘘，深深叹息了一声，“像我们这样岗位，不只是本人，连配偶也要有做出种种牺牲的准备呀。”她的目光里充满了对这位同事不幸遭遇的同情。

两人说着话，目光没有离开那片正隐没在海平线上的晚霞。沉默了一会儿，她侧过头来，问杨宇道：

“杨宇，听说你的女朋友去了台湾，是吗？”

“天各一方，音信渺茫，留下的只有回忆了。即便是重逢，以我现在的工作性质，也绝无可能回到从前，更不要说其他了。”

“你对当年的决定后悔过吗？”肖梅多少有些为老同学惋惜。对于杨宇，这是一个他问过自己无数次的问题。此时的他，看着夕阳余晖照耀下涌动的大海，神情淡定地说：

“当然不后悔，这一决定让我拥有了一个完全不同的人生，我的命运和祖国、民族的命运紧密结合在一起，我的生命也才有了全新的意义和巨大的动力。应该后悔的是她，她这个人很善良，但太软弱……或许，人生的生活取向，各有其志吧。”

“你呢？韩杰现在怎么样了？”杨宇似乎不愿多谈自己的事，便反过来问肖梅，语调里透着关切。

“我？……我们还像过去。你说你们是‘音信渺茫’，我们眼下是‘前景渺茫’。”肖梅说着，情不自禁地叹了口气，“本以为调到一起工作不是难事，实际上却困难重重，几番挫折，韩杰来信中的口气似乎愈来愈缺乏信心了，各有各的工作和难处……从我来说，这段经历让我对外交有了更深了解，从心里把这一工作当成了自己终生奋斗的事业，我不愿半途而废……”

“我理解！你我的一切都是新中国给的。以我的家境，解放前母亲能为我做的最好安排是送去当名学徒。你，要不是解放，大概也不可能进城上学。国家培养我们学了西班牙语，信任我们，把我们放在现在的岗位上，我们能不为国家鞠躬尽瘁吗？个人的事嘛，当然也要争取解决好……”说到这里，他换了安慰的语气，“你放心吧，我这次回国，可以充当你的忠实信使，你写多少信我都替你带到！我还会直接同韩杰联系，看能不能帮上点忙。”

“那小妹就提前谢过师兄了！”肖梅脸上又露出了调皮的笑，自我调侃地说，“你们也不必为我发愁，我还不到嫁不出去的年龄，还可以再等些年……眼下我考虑最多的还是尽快适应工作，其他的事，就交给未来吧。”

“像肖小姐的性格！工作第一，其他的事嘛，拿得起，放得下！”杨宇笑着赞了她一句。他从心里觉得，肖梅，也包括他自己，经过在古巴的这段磨砺，都比过去成熟了，他们都知道，古巴的突破只是新中国外交在拉美迈出的第一步，可以想见，通往南美洲的每一步都将会同样艰难，每一个愿意从事这一事业的人，都得准备好迎接更多的考验和挑战……

天边的晚霞已完全隐去，远处的海面消逝在朦胧夜色中，只有城市灯火投下的倒影，在水面摇曳着，拖得很长、很远……是分别的时候了，杨宇握住肖梅的手，笑道：

“说不定过不了多久，我们又能在拉丁美洲某个地方共事，谁让我们都是学西班牙语的，又正好赶上了国家要去开拓这片‘新大陆’呢！”

“这也正是我想说的！”肖梅也笑了，“还记得我们在学校常唱的那首苏联歌曲吗？”说到此，她轻声哼唱了起来：“……我是一个共青团员，参加苏维埃的红海军，今天这里，明天那方……”杨宇笑着像军人般一挥臂膀，接着唱：“今天这里，嗨！明天那方！……”肖梅笑着转过身来，背靠阳台栏杆，仰望着无垠的苍穹，正色道：“人说一切事业都是开头难，既然是开拓，就有挑战与风险，就有希望和未来，这也正是一个全新事业的魅力和意义之所在！我们既然做出了有意义的选择，那么，一切付出都是值得的！”

“我们又想到一块儿了！”两个年轻人不禁相视而笑，内心都激荡着青春的豪情。

美国与古巴的较量，由兵戎相见转向封锁与反封锁、破坏与反破坏……它们之间的斗争形式不断变换，包括美国一次次地图谋暗杀菲德尔·卡斯特罗，而菲德尔竟像是有天助神佑一般，一次次化险为夷，就连两次精心策划的“美人计”中的女主角眼看就要得手之际也忽然“放下屠刀，立地成佛”，成就了菲德尔·卡斯特罗遭遇美国中情局638次暗算而毫发无损的奇迹。当然，中情局是绝不会就此罢手的，明暗两手是他们的惯用伎俩，能暗地里办到的事就不用明着干。他们相信，封锁、破坏、暗杀也能达到战场上都难以达到的目的。

取得了吉隆滩歼敌胜利的古巴人民并未懈怠，他们既要继续加强战备，以防敌人再次来犯，又要大力发展生产，打破美国的经济封锁。这年，古巴迎来了战后的第一个秋天。这里的秋季只不过是雨天向旱季的过渡，没有色彩的变化，没有秋凉的快意，没有时髦的秋装，只有田野里成熟的甘蔗田提醒人们收获季节到了。走在古巴田野上，放眼望去，到处都是蔗田，最令人羡慕的是，遍野的甘蔗竟是自生自长，不用播种，无需施肥、除草，一到秋熟只要去收割就行。肖梅记得第一次听人说，古巴人种植稻谷也是直接播种，不用插秧、灌溉，也是听任其自生自长时，这个来自水稻之乡的姑娘惊讶得难以置信，这该是多么肥沃的土地呀！肖梅对古巴糖怀有特殊的感情，她多次参观过这里的糖厂，见识了榨糖的全过程，并饶有兴趣地询问了许多有关糖的问题。她之所以对古巴这个“世界糖罐”如此有兴趣，还另有原因，那就是当时正值我国内经济困难时期，粮食短缺，许多人吃不饱饭，处于发育期而又营养不足的孩子们亟须补充营养，中国政府通过易货贸易从古巴进口了大批食糖，从而让一些孩子和病人获得了一定的营养补充。于是，“古巴糖”在中国家喻户晓，一时间成了人人向往的珍稀食品。中国领导人在与古巴一些领导人的谈话中，也多次提及此事，特别肯定了“古巴糖”起过的这种雪中送炭的作用。每当有人回国，肖梅也会托他们带回几块巧克力给家里，所以，古巴糖在她心目中不仅代表着甜蜜，她对其情有独钟。

为了应对西方封锁，古巴请来了中国农业专家，学习深耕细作，提高产量；为了打破西方封锁，古巴在各条战线上开展轰轰烈烈的劳动竞赛，发展生产。这年的甘蔗收获时节，古巴全国，上自国家领导人，下至民兵、学生，都要参加收割甘蔗的义务劳动。一些社会主义国家的外交官也纷纷加入了这次活动。肖梅当然不肯放过这样的机会，她和使馆其他同志一道，也成了这支义务劳动大军中的志愿者。到了甘蔗园，他们看到了一个热火朝天的场面，一幅感人至深的图景：平时少见人迹的蔗园里，活跃着无数忙碌的身影，男女老少，或挥舞砍刀，或搬运蔗杆，一排排甘蔗被砍倒，一车车甘蔗杆被送往糖厂……菲德尔·卡斯特罗来了，他一面捆甘蔗，一面与蔗农们亲切聊天；切·格瓦拉来了，他穿一件深色衬衫，高挽衣袖，敞着领口，正在甩开膀子砍甘蔗；劳尔·卡斯特罗和妻子毕尔玛也来了，他们在将砍倒的甘蔗装上卡车；还有，噢，几乎所有的党政领导人都来了，他们参加义务劳动可不是作秀，他们和所有的劳动者一道，汗流浃背，甩开膀子干。他们是用实际行动告诉美国佬和他的西方盟友，古巴人民不怕战争威胁，不怕暗杀破坏，也不怕经济封锁，古巴人能自力更生，能养活自己！ 这一天，肖梅的任务是与其他几个同志一道，将砍倒的甘蔗捆扎起来。大家都干得很卖力、很开心……

是的，这是肖梅一生中极不平凡的一段阅历，给了她诸多启迪：一个加勒比海岛国的反帝风暴竟引发了整个帝国后院风起云涌、电闪雷鸣！小小的加勒比海国家古巴，成了20世纪中叶世界各大国博弈的热点！一场实力悬殊的对抗，却让原本弱小的古巴焕发出了惊人的强大力量，表现出了超常胆略和坚不可摧的革命意志。更超出她想象的是，后来，这场“巨人与矮子”之间的博弈竟然又延续了长达半个多世纪，直至21世纪初叶，肖梅再次来到哈瓦那时，古巴人还在过着一个月只配给6个鸡蛋、几乎吃不上牛肉的苦日子，但他们脸上却依然不失快乐的笑容。此后，又过了十多年，双鬓染霜、仍旧密切关注世界风云变幻的肖梅，终于有一天，听到了肯尼迪总统身后的第十任美国总统奥巴马在白宫发表了又一个引起全世界高度关注与强烈反响的讲话，这位总统犹抱琵琶半遮面地向世人承认，美国对古巴的经济封锁“已经失去了意义”，表示愿意“与古巴实现国家关系正常化”，两国之间旷日持久的对峙和博弈终于出现了一缕缓和的曙光。自尊、自信、自强的古巴人，回望曾经的斗争与坚持，终于舒畅地开怀笑了，笑得骄傲而豪迈。这虽是后话，却是20世纪中叶发生在加勒比海那场惊心动魄博弈的延续和转折，不能不向读者有所交代。

回到哈瓦那那个令人难忘的秋天，那个有些闷热的周末，肖梅在办公室料理一些未了的工作，办公室桌上的电话铃声急促响了起来，肖梅拿起话筒刚“喂”了一声，便听见一个有些耳熟的声音：“您好，我想找肖小姐”。肖梅答道：“我就是，请问您是哪位？”

“喂，肖，是你吗？……我是豪尔赫，国际青年营的老朋友，还记得吧？……”她听清了，果然是豪尔赫那带点磁性的声音。

“豪尔赫，是你呀！听到你说话的声音真高兴，你在哈瓦那吗？”

“对，我回到哈瓦那了，和我在一起的有巴西人若昂和约瑟，还有阿根廷人菲利佩，我们很怀念在青年营的日子，离开古巴之前我们想去看望你……”

“我也很想念你们，我想我们是应该聚一聚，好好聊聊。这样吧，我安排一下，再给你去电话……噢，你住自由哈瓦那饭店，几号房间？……知道了！……就这样，再见！”

23

肖梅用过早餐便向戈莫多罗旅馆出发了。她穿一件淡蓝色小白花的绸料连衣裙，配上白色凉皮鞋，看上去清新而飘逸。把这次约见几个拉美青年朋友的地点定在戈莫多罗饭店的主意是大使出的，他听肖梅讲有几个拉美年轻人要来看她，便说，你们都是国际青年营的朋友，他们要来，你当然应该欢迎，朋友愈多愈好嘛，不过，一群年轻人要是只坐在会客室里干聊天，未免太单调和枯燥了，我给你出个主意，你不是在戈莫多罗旅馆住过很久吗，你就在那里招待他们，那里有娱乐中心，有游泳池，有网球场，你还可以在那里请他们吃顿午餐，怎么样，这个主意不错吧？肖梅觉得这个主意果然不错，立即欣然接受。

她走进戈莫多罗旅馆时，四个小伙子已经在旅馆的大堂里等她，一见她进门，豪尔赫第一个张开双臂快步走过来迎她，其他三位见了面也是又说笑又拥抱，有了国际青年营那段经历，大家都感到十分亲切，颇有老友重逢的欣喜。肖梅笑问他们喜欢这里的环境吗？小伙子们说他们已经在周围转了一圈，感觉很好。肖梅又说，今天由她做东请客，大家痛快玩、随意聊天，中午就在这儿用餐，如何？

“太好了！”菲利佩第一个欢呼了起来，“肖是富有的外交官，我们是穷学生，当然该她请客了。谢谢你，可爱的女主人。”

肖梅笑了，拉美人就是这种性格，热情、坦率，跟绅士味十足的欧洲人相比，肖梅更喜欢拉美人的随意和率真。他们以为外交官都是有钱的，其实肖梅是穷外交官，这次请客还是领导“特批”，可以报销，这才让她阔气一回。

旅馆的后院有个咖啡厅，紧靠大海，透过一扇扇落地玻璃窗望出去，大海一览无余。走出咖啡厅不远，便是游泳池，游泳池与大海只隔着一道防波堤。放眼望去，宛如柔柔的蓝绿色绸缎的无垠的海水在轻轻波动，一排排海浪推涌着，时而撞到防波堤上，掀起一两米高的浪峰，时而化作白色的浪花，纷纷扬扬洒落在防波堤上和堤内的游泳池里……

咖啡厅内回荡着轻柔的音乐，温馨怡人。肖梅和朋友们围坐在一张桌子旁，她给每人要了一杯咖啡，边饮咖啡边聊天。豪尔赫说，他受伤后在医院里治疗了不到一个月便出院了，当时与他同来的其他智利青年都已回国，他的一位古巴朋友便留他多住些时候，这也正合了他想更进一步了解古巴革命的心意，没料到机缘巧合，碰上了吉隆滩入侵事件，他报名参加了民兵……回顾这段经历，他无限感慨。

若昂和约瑟之所以留下来是因为他们申请到了在哈瓦那大学短期学习一年的助学金，他们很珍惜这个机会，认为今天在古巴，无论是大学的课堂还是社会大课堂都能让他们学到许多别处学不到的知识。阿根廷人菲利佩则是因为他在哈瓦那有个亲戚，见他对古巴革命饶有兴趣，便挽留他多待些日子。菲利佩颇为得意地说：

“由于我是‘切’的小老乡，古巴人对我可亲热了，见了面都叫我切·菲利佩。”

“这下你可要当心了！”约瑟一脸严肃地说，“古巴人都知道‘切’对自己要求十分严格，你要是犯下什么错，影响了‘切’的形象，古巴人可就饶不了你！”

“别吓唬我！‘切’的形象是谁也破坏不了的。”

咖啡厅外面骄阳似火，游泳池里清凉诱人的碧波散发着让人无法抗拒的诱惑力。几个年轻人按捺不住，走向泳池，纵身跃入这柔柔的绿色怀抱。肖梅游了两圈后，便躺在一只浅蓝色的皮筏上，闭上眼睛，随波飘浮。几个小伙子在水中追逐欢笑，喜欢恶作剧的菲利佩潜到肖梅的皮筏下面，偷偷拔掉气塞，当泄了气的皮筏开始下沉，惊“醒”了肖梅时，豪尔赫急忙赶过来“救险”，嘴里数说着菲利佩：“你再胡闹，午饭的钱由你付！”……玩尽兴了，肖梅靠在池边的躺椅上，头顶是色彩纷呈的遮阳伞投下的凉爽阴影。豪尔赫坐在一旁，和她聊天。他们说着话，时而将目光投向另外三位仍在水中嬉戏的同伴。

“……我在古巴的所见所闻、在这儿的经历将会影响我一生，它让我重新审视自己的未来！”豪尔赫的声音带有感人的磁性，“肖，你呢？告诉我，你还会在这里待很久吗？”

“多长时间我说不准。我从国际青年营回到哈瓦那，正赶上古巴宣布与中国建交，我便留下来参加筹建大使馆的工作。外交人员的调动听上面安排，这你是知道的，但我学的语种是西班牙语，看来已和你们拉美地区结下了不解之缘，说不定一辈子都要和你们拉美人打交道了。”

“太好了！肖，你来到的古巴只是一个加勒比海国家，拉丁美洲还有许许多多国家等着你去呢，够你跑一辈子了！……你不知道拉美风光有多美，资源有多富饶！”豪尔赫两眼发亮，仿佛陷入了美丽的幻境，“我曾经和朋友驾车到过许多拉美国家，登上过安第斯山的美丽雪峰，那是一片银色世界，你会觉得自己被浩渺与圣洁的环境所包围，所融化；来到‘的的喀喀’湖畔，你又仿佛置身世外桃源，领略它的神奇与奥秘；看到壮观的伊瓜苏大瀑布和奔腾的亚马孙河，你会惊呼大自然的鬼斧神工；穿越辽阔草原、感受潘帕斯风暴，你可以尽享南美风情；还有，玛雅人巍峨的金字塔、印加帝国云中首都‘马丘比丘’山城，都是世所罕见，足以让你……噢，对了！中国有万里长城，它们同样古老，拉美和中国一样，都拥有可以引以为傲的古老文明！”说到这里，豪尔赫忙笑着做了补充。

“每个人都会为本民族创造的文明感到骄傲，豪尔赫兄弟的描述已经让我对广袤美丽的南美十分神往，十分庆幸我学了西班牙语，总有一天，我一定要亲临其境，尽情欣赏它的美妙和神奇！”见肖梅兴趣盎然的样子，豪尔赫的话也更多了：

“你知道吗，当年西班牙人第一次踏上美洲大地时，都被眼前的壮观景象惊呆了：有碧波荡漾的环城湖，巍峨的金字塔，赏心悦目的民居……可是，殖民者们却傲慢地宣称，美洲是被他们‘发现’的！而实际上，美洲的土著人早就创造了自己的农耕文明、城市文明，他们最早学会种植的玉米、土豆、红薯等作物，还有烟叶，让全世界的人至今都在享用！”

“没错，你说的这些东西也是我们东方人餐桌上的美味，追根溯源，还真要感谢拉丁美洲原住民为全人类做出的贡献哩！”

两个人正聊着，游泳池里的三个人上了岸，向他们走了过来。菲利佩做了个快要晕倒的姿势说：

“伙计们，你们还没有说完呀，我的胃可已经提出强烈抗议了。”

肖梅笑着站了起来，大声说：

“走！上餐厅去！”

24

与室外热浪滚滚相比，餐厅里光线柔和，凉爽而温馨，令人感到舒适惬意。肖梅和她的四位拉美朋友挑了一处临窗的餐桌坐下，这个位置既拥有室内的凉爽与舒适，又可享受室外的怡人景色。这家餐厅的菜肴和食品种类繁多，小伙子们巡视了一遍后不约而同地都选了烤肉，他们发现这儿的烤肉品类最齐全，拉美人就是拉美人，烤肉对他们总是具有不可抗拒的吸引力。肖梅本是想选“鸡米饭”的,“鸡米饭”滋味鲜美，尤其适合东方人的口味。一看他们三人都选了烤肉，入乡随俗吧，她也改要了烤肉。烤肉操作间与外面隔着层透明玻璃，用餐的人尽可观察烤肉师傅在里面如何运作，烧烤的师傅还会不时探身出来问顾客：要半熟的？全熟的？在拉美，一般人都要吃烤得半熟带着些血汁的牛排。来自烤肉王国阿根廷的菲利佩随口答道：

“当然是半熟！我们全都要半熟的。”

“不！是四份‘半熟’，一份‘全熟’。”肖梅急忙插嘴。

“喂，你怎么搞的，肖？到拉美这么久了，还在吃全熟？鲜牛排烤得太熟便没有滋味了，知道吗？”菲利佩还想说服肖梅。

“我看见烤得半生不熟、还带着血汁的牛肉，会完全没有了胃口，你想让我挨饿呀？”

“肖还没有去过南美，等到了南美后，我们再见面时，她一定会和我们一样，爱吃半熟的。”

豪尔赫的话似乎大家都能接受，于是大家都坐了下来，肖梅又为朋友们加要了古巴朗姆酒、奶油蘑菇汤和几样甜点。餐厅里正在播放全世界都流行的拉美民歌《鸽子》，曲调柔美又略带着些许忧伤：

……当我离开可爱的哈瓦那
你可知道我是多么忧伤
……

豪尔赫端起酒杯，动情地说：“我想，我们都会认为今天我们度过了非常愉快的一天，我们五个人来自四个国家，为了声援古巴聚到了一起，成了好朋友。这是一次亲切友好的聚会，当然，有一点儿忧伤，因为它又是一次告别会，很快我们又要分手，我就要离开这里回到我的祖国去。菲利佩很快也要走了。约瑟和若昂还有半年就要结业回国。也就是说，我们都即将踏上新的旅途，各奔东西……来，让我们举杯，首先感谢今天的女主人，我们可爱的中国朋友肖，安排了这次难忘的聚会……”

“肖，谢谢了！我们希望有一天能在巴西接待你！祝你幸福！”不等豪尔赫说完，约瑟举起酒杯抢先敬酒了。

“喂，朋友们，咱们说好了今天是朋友间小聚，不拘礼仪，大家高兴就好，免去招待会式的祝酒词，我也可以不致答辞，如何？”肖梅赶紧声明。

“同意！”菲利佩高声响应，接着又换了语气说，“不拘礼仪，但可以敞开心扉交谈，你是这个意思吧，肖？我此刻想跟朋友们说的是，我们这次来古巴是来声援古巴革命，同时也是来探路，为拉丁美洲国家探索争取独立、自由与民主的道路。古巴人民找到了自己的道路，我们国家的路在哪里呢？古巴的道路适合我们的国情吗？这是唯一的道路或是还有别的路……”

“我认为，古巴武装起义的胜利至少证明了这条道路在古巴是成功的，在其他拉美国家也应该是可行的。其他的路，有过成功的先例吗？”豪尔赫在问。

“我们拉美国家，在历史上长期被考迪罗们统治，他们对外依赖帝国主义，对内实行独裁，最终无一例外地都遭到了人民的唾弃。近年来，有些拉美国家也出现过带左翼色彩的进步政府，但稍一触犯美国利益，又都无不遭到美国的封杀和颠覆。更多拉美国家出现了民选政府与军人政权的交替执政。对山姆大叔来说，所谓民选政府也好，政变上台的军政权也罢，只要肯听命于华盛顿，就能得到美国的支持，否则就难逃被颠覆的噩运。在帝国后院，什么独立、自由、民主，统统都是虚幻的梦想……”菲利佩的情绪愈来愈显得激动，刚说到这儿，豪尔赫插话道：

“可是这个虚幻的梦想古巴人把它变成了现实！”

“古巴人给我们所有拉美人做出了榜样，打破了强大的美利坚帝国不可战胜的神话。帝国后院是座火山，是一点就会炸的火药桶，爆发是早晚的事，这是许多拉美人的共识。”说话最少的若望端起面前的朗姆酒饮了一口，激动地说。

“别忘了，主人与奴隶永远是站在相反立场上，有着完全不同的逻辑和准则。”豪尔赫叉起一块烤肉，刚要送到嘴里时又放回盘中，挥了一下手臂说，“门罗主义就是美国佬的逻辑，它绝不会听任自己的后院失火，它会无所不用其极，包括武装入侵，吉隆滩便是证明……”

“这是毫无疑问的，我们看法一致！”约瑟大声说，“伙计们，我想我们有着同样的忧虑和期望。眼下的问题是我们拉美国家的斗争正在继续与发展，该轮到我们这些人登上历史舞台，走向斗争前沿了，我们准备好了吗？”

接下来是一阵沉默，似乎大家都在思考约瑟提出的问题。还是豪尔赫首先打破了沉寂，他缓缓地说：

“此时此刻，我想起的是切·格瓦拉，这位伟大的美洲战士，我们时代的英雄！他大学毕业后，不是考虑与安排个人的未来，他的目光注视着整个拉丁美洲，他背着行囊去穿越美洲大陆，去了解拉美人民的疾苦。年轻的‘切’向亲友们告别时高呼的是——

‘一位美洲战士出发了！’‘切’就是这样‘准备好’自己的，此后，他践行了自己所有的诺言……”

“说得好，和我的想法一样！‘切’是我们最好的榜样，在我们分手的时候，也应该像他一样，把自己当成一名‘美洲战士’，无论我们走到哪里，都要实践我们许下的诺言！来，伙计们，为了我们今天的誓言，握握手吧！”菲利佩说着，伸出了一只年轻有力的手，放在桌上，豪尔赫立即将手伸过去握在了一起，接着，约瑟和若望也把手伸了过来，四只手，紧紧相握……

肖梅被眼前的这一场面、被这几个热血青年的豪情深深感动着，只听见豪尔赫用热切的声音说：

“肖，我们请你做这一历史时刻的见证人，为四名即将出征的美洲战士作证！”

“朋友们，我会永远记住。在这里，我看到了一个战斗的古巴，一个朝气蓬勃的年轻一代，一个充满希望的拉丁美洲！”此时，肖梅的内心也很不平静，“有了你们，我相信，未来的拉丁美洲必将成为美洲的自由土地！来，让我们大家举杯，为了我们的友谊，为了我们每个人的理想，干杯！”

“对，为我们的友谊！为自由的拉丁美洲！”菲利佩一面说，一面从桌上端起了酒杯。

“为英雄的古巴人民！为伟大的中国人民！”豪尔赫大声说。

“为我们再次相见！”约瑟高举着酒杯，同每个人碰了碰杯。

“好！为下次再相聚！下次该在我们南美洲了！”约昂的话让大家都很兴奋，虽然知道这只是一个美好的愿望。

……

告别的时刻到了，他们一同走出了戈莫多罗旅馆的大门，彼此热烈拥抱道别，在祝福声中互道珍重。肖梅站在门廊下，看着他们一次次回望、挥手、愈走愈远……她脑海中蓦然出现了另一个形象，年轻的切·格瓦拉从驰离家乡的列车上探出身子，向送别的亲友挥动手臂高呼：“美洲战士出发了！”……渐渐地，她脑海中的格瓦拉形象和四个年轻人的背影重叠在了一起，融合在了一起，慢慢地消失在远方……

25

大使馆院落里的芒果树又结满了累累的果实，由青涩而金黄，预示着又一个秋天的来临。中国与古巴建交未及一年，重大活动一起接一起，最引人瞩目的当然要数中国大使馆在哈瓦那举行的首次国庆招待会了，古巴革命政府以最高规格庆贺这一节日，卡斯特罗总理为首的古巴革命领导人全体出席招待会，热烈友好程度可见一斑。与之对应，在北京，毛泽东主席史无前例地出现在了古巴首任驻华大使举行的庆祝古巴革命胜利两周年招待会上，刘少奇、周恩来、陈毅等重要国家和政府领导人也都前往祝贺，同样是盛况空前。外交界对哪些国家领导人出席了哪国的招待会向来敏感，因为这反映了这些国家间关系的温度和变化，要是遇上哪个国家领导人出访，那就更要引起热议和种种猜测了，尤其是那些有世界影响的访问，其象征意义也更大。这年秋天，中国驻哈瓦那大使馆就又摊上了这么一件大事：古巴总统多尔蒂科斯访问新中国，这是中古建交后的一件大事。赵大使在全馆干部大会上宣布了这一消息。不言而喻，对大使馆来说，又是一项压倒一切的重点任务，大使馆必须围绕此次访问做好各种准备、准备有关资料、提出必要的建议。大使本人不仅需要熟悉种种有关情况，还要提前返回国内，准备全程陪同访问，当然，其间出不得半点差错，谁也不敢掉以轻心。大使在动员讲话中强调：“这是拉丁美洲第一位国家元首访问新中国，我们驻在国使馆有责任做好一切准备，保证这次访问圆满成功，我们各项准备工作必须做到万无一失！”大使说最后这句话时特别加重了语气，说得很慢，尤其是“万无一失”几个字，几乎是一字一顿。

这天夜晚，哈瓦那的天空像往常一样风清月朗，加勒比海的波涛轻轻地拍打着马莱贡堤岸，溅起一簇簇小朵浪花，哈瓦那的街头流淌着热带的欢快乐曲声和年轻人的爽朗笑声……一切都同往常一样，但这一切此时在肖梅眼中看来，似乎都变得不太一样了，比任何时候都显得更美好、更亲切、更让人留恋……因为她很快就要告别这片美丽的热土了。白天的会上，大使在动员会结束之前还宣布了他和夫人将提前回国的日期，以及随他们一同回国参加接待工作的其他人员名单，其中有她肖梅。要回国了！她已经两年没有见到父母和家人了，在家里享受天伦之乐的往事一一浮现在脑海，回到家里的感觉总是那么无拘无束和惬意！还有韩杰，她本想立即向他预告自己即将回国的喜讯，可是已经来不及了，这会儿写信，肯定人要比信先到家，那就给他一个意外惊喜吧，她脑海中闪现出韩杰在她突然出现时那副愕然与惊喜的神情，她在心里笑了，带着丝丝甜蜜。她想他得知她已回国后一定会立即赶到北京，他们又可以一同漫步北京街头，感受从战火纷飞回到和平安宁环境中的那份安逸与轻松、那份来自恋人的甜蜜……

再见了，古巴！这个美丽的岛国是她第一次走出国门踏上的异国土地，也是她外交生涯迈出第一步的地方，在这里度过的日日夜夜令她对外交事业、对拉丁美洲有了更深的体验和感受。眼前这个她曾经以为是远在天涯海角的岛国，如今却让她在内心深处有了息息相关的牵挂，那些她原以为与自己非亲非故的古巴人，此时却让她感到如此亲切，充满敬意……

她在马莱贡滨海大道踯躅，望着浩渺的大海，倾听着海浪拍打堤岸的悦耳声响……啊，古巴，柔美如水，炽烈似火！

贰 南美洲疾风

我的迪特河

你要把我带到哪儿去

你是一条走进大地的河

可是却让我远离了大海……

——（巴西）马里奥·德·安德拉德

1

在辽阔富饶的南美洲，巴西占却了半壁江山，得天独厚的自然环境、令人羡慕的丰富资源，连巴西人自己都以毫不掩饰的骄傲口吻说：“知道吗？上帝是巴西人，他把地球上最好的东西都给了我们巴西。”加之二次世界大战后又经历了瓦加斯执政时期和库比契克时期的经济高速发展，巴西成了名副其实的拉美第一大国。就说圣保罗市吧，被公认为是拉美最大的经济、工业、金融、贸易中心，创造了巴西将近一半的经济产值。它也是外国移民最为集中的城市，光中国人就有十好几万，是拉美华侨华人最多的地方。圣保罗市中心的东边有个亚裔移民聚居的“东方区”，一走进那里，便会看到主干道两侧的灯柱上垂挂着一盏盏白纸糊的小灯笼，上面书写着日文，张扬着人们熟悉的东瀛风情。原来二战后这里住的多为日本人，后来才有了愈来愈多的其他亚裔人住进来，这“东方区”，除了日式青瓦房，也间杂着有了不少屋檐飞翘的中式建筑，以及被高高地挂在正门口的中国的大红灯笼。商铺一家接着一家、卖中国工艺品的、卖韩国服装的、卖日本电器的……

街道拐角处有一家两层楼房的饭馆，门口红灯笼的金黄色流苏随风飘动，灯笼下方门楣上黄底黑字写着“江南轩”三个汉字，在亮灿灿的阳光下，显得格外地耀眼。走进饭馆，门厅中，一张黑漆条桌上摆放着福禄寿三尊瓷像，瓷像前的香炉里飘散出几缕青烟和淡淡的香火味。再往里走，便是餐厅大堂。上午八九点正是吃早茶的时候，许多来自中国南方的吃客，他们到哪儿都固执地保留着这一传统习惯，而且，还总爱坐自己固定的位置，这不，靠里面右边的桌旁坐着两位老先生，面前摆着几碟小吃，不慌不忙地边聊天边品早茶。旁边的一张桌子围坐着三个中老年妇人，她们身旁还放着准备购物用的布袋，或为了打发时间而正在编织小物件。别的桌上也都三三两两地坐着慢慢享用早茶的顾客，其间，也会有几个吃完就走、来去匆匆的年轻顾客。大堂的内侧是陈列着各类酒水的玻璃壁橱和收款台，坐在收款台前的是一位清瘦的年轻女子，年约二十七八岁，有一双漂亮的、略带忧郁的眼睛，她正伏在收款台上静静地记账。此时，从附近的餐桌上飘过来几位男士的说话声：

“喂，你看到了《圣保罗之页》上的一条新闻了吗？中共派代表团到巴西来了！”

“啊！？真的呀！什么代表团？这可是一大新闻。”

“说是经济贸易代表团，名称可以随便叫，要紧的是中共势力要打入南美了！”

“他们打进了古巴还不够，现在又冲着南美来了，哎呀，怕是来者不善呀！”

“是呀……噢，你看！还登了照片呢！”

……

柜台后的姑娘停止了算账，凝神听那几个人的对话，接着，她迅速翻动柜台上刚刚送过来的几份报纸，找出当天的《圣保罗之页》，哦，就在经济新闻版，醒目的标题——《红色中国的经贸代表团昨抵巴西》，还刊登了一张照片，她扫了一眼，准备跳过去看正文，忽然，目光停住，对着照片再细看了一遍，她那双漂亮的眼睛里露出了惊异和狐疑，拿起来再细看，照片中有六个身穿西服的男子，其中一个是巴西商会主席，其余五人是中国人，她对着一个穿浅灰西装的年轻人左看右看，眼睛里的惊异逐渐变成了激动，有点儿苍白的面颊泛起了红晕，她的内心有一个声音在说：不可能是他，这是你瞎想，绝不可能是他……只不过是有一点点像而已……

“小姐，结账！”一个顾客走过来对她说，她猛然回过神来，赶紧集中注意力，为顾客结账。

然而，那张照片却好像一直在她眼前晃动。难道真是他？真有那么巧？

“君玉！”她听见有人叫了她一声，抬头一看，是她的闺友谢倩。谢倩挽了个手提包刚从外面进来，径直走到柜台后面何君玉身旁，冲着她耳边说：

“我刚从中华会馆那边来，唉，两派人又在吵架了，一些人说共产党了不起，爆炸了原子弹，还在洛杉矶奥运会拿了冠军，为中国人争了光！另一些人就骂他们背叛，替共产党说话，说要到大使馆去告发他们，两边争得都快打起来了。不过，到底还是这边人多，那边人少，争吵了一阵就走了。君玉，说实话，我一听见他们争吵心里就又烦又乱。你说咱们都是从台湾来的，当然该听大使馆的，可是那些人说的也不是没有一点儿道理呀，你说呢？”

何君玉没有马上回答，她幽幽地舒了口气说：

“是呀，我们是从台湾来的，可我们的根是在大陆呀，这是永远也割不断的……”说这话时，她的眼睛里似有泪光闪动，谢倩惊奇地看着她……

这天晚上下班后，何君玉匆匆离开了饭馆。她没有径直回家，而是特意绕到报摊上买了几份当天的报纸：《环球报》《商报》《圣保罗晚报》……她的家就在离饭馆不远的一所公寓里，很快就到了。她推门进屋，没有像往常那样忙着去冲澡，而是把手提包往床上一扔，拿起几张报纸立即坐到了写字台前，打开灯，急急开始查阅，她要仔细看看那条关于中国代表团的消息，不，确切地说，她要核对代表团的那张照片。沙……沙……沙……一通翻阅，她在《晚报》和《商报》上找到了两张照片，晚报上的那张和《圣保罗之页》上刊登的是同一张，而登在《商报》上的是一张不同角度的坐姿，她把两张照片放在一起，又仔仔细细地对比着看了又看，没有错，就是他，杨宇！虽然他们已有十多年未曾见面，虽然当年他只是个年轻的穷学生，如今换上了笔挺的西装，但她依旧能一眼就认出他，她最初的怀疑只是出于不相信命运中竟会有这样的奇遇。十三年了，当她确信他们今生已再无见面之日时，他却突然出现在这离开中国万里之遥的巴西，与她，何君玉，同在一个城市，近在咫尺！多少往事一齐涌上心头，中学时代那段亲密来往，多少次坐在沧浪亭下谈论未来，音容笑貌宛若昨天……他们最后告别的情景，成了她十多年来最伤感的回忆。大陆解放前夕，她随全家去了台湾，最初的日子十分混乱和艰难，不久又发生了“二·二八”事件，她父亲被诬告卷入这一政治漩涡，遭到迫害，郁郁而亡，家里只能靠过去的积蓄度日。她孱弱的身体终于承受不起生活的动荡和丧父的打击，她病倒了，只能辍学在家休养。身体稍好些时，她的一位旅居巴西的姑姑邀她到巴西来散散心，她来到了新大陆，一住就是三年。闲着也是闲着，这一两年，她一直帮姑姑家看管餐馆，每周还到圣保罗大学去听两次西班牙拉美文学课，日子倒也过得安宁。杨宇突然到了巴西的消息，再次打破了她平静的生活。

她仰卧在床上，两眼望着天花板，脑海中像放映电影似地闪过往昔的一幕幕……

“我要去找他……十三年了！……他结婚了吧？出国访问，看样子他在大陆生活得一定不错，是个政府官员……我去找他合适吗？……是呀，台湾和大陆敌对了几十年，隔离了几十年，至今誓不两立，我去找他合适吗？……见了又能怎样？……”

她翻了个身，将胳膊枕在头下，继续想：“那就不去找，就当他没有来过，就当我根本不知道他来过一样，各过各的日子吧……”她闭上了眼睛，想平复一下自己的思绪。可没过多久，又烦躁地站了起来，起身去冲了个澡，重新躺下，脑子里依然一团乱麻，无法平静下来。她轻轻叹了口气，用妥协的语气对自己说："你要是实在想去见他，那就去吧，这里又不是台湾，你只是个普通华侨，去看望老同学，叙叙旧，无甚不可。至于他结婚了还是没有结婚，都不影响你去看他，缘分无法勉强，你只能尊重现实……想清楚了这一切，你可以平静地去见他……"

2

意大利大楼是圣保罗市的标志性建筑，楼高五十六层，整座建筑呈S形，从高层鸟瞰，市容风光尽收眼底。杨宇他们就下榻在这家酒店的44层楼上。中国经贸代表团是头一天抵达圣保罗的，受到了出乎他们预料的热烈欢迎。事情缘由还得从一年前巴西的大选说起，此次大选中巴西全国民主联盟候选人雅尼奥·夸德罗斯当选总统，与他同时当选副总统的是劳工党领导人若昂·古拉特。新政府上台伊始就宣布，对外要实施独立的外交政策，愿与包括中国、苏联在内的世界各国发展贸易关系。密切关注着国际风云变幻的中国领导人对巴西这一令人鼓舞的新姿态立即进行了分析，认为这是建立中巴关系、叩启南美洲大门的大好时机，并迅速做出了反应，邀请巴西商会主席访华，很快又派出经贸代表团前往巴西回访。行前周恩来总理亲自向代表团团长、国际贸易促进会会长韩晨面授机宜，强调了巴西在拉美的重要地位和影响，以及此访的目的与意义。就这样，代表团的成员们像去重新发现新大陆似地，怀着激动、好奇以及几分冒险的心情踏上了南美洲的土地。 新中国人员的到来引起了巴西政界、朋友、敌人乃至国际舆论的广泛关注。这红色中国经贸人员的造访，犹如朝一个表面看似平静而水下暗流涌动的深水湖中投下了一块巨石，激起了千层漪涟、满湖波涌……对杨宇而言，还引出了一段他怎么也没想到的个人奇遇。

这天下午，他们会见了巴西商会主席、与工商界人士见面、又参观了一家工厂……当杨宇拖着有些疲惫的脚步回到旅馆，刚刚跨进自己的房间时，卧室桌上的电话便不期然地响了起来，他一面拿起话筒，一面在桌旁的椅子上坐了下来，刚对着话筒“喂”了一声，立即听到了一个轻柔的、有些陌生又有点儿熟悉的声音：

“你是杨宇吗？”

“是我，你……是哪位？”杨宇有些诧异地问。

“我是君玉，何君玉……”

“谁？君玉？你是何君玉？……真的是何君玉吗？”杨宇“噌”地从座椅上站了起来，双手紧紧握住了电话筒问，好像生怕这带着浓重乡韵的声音会从电话中消失。

“是我，你听不出我的声音了？”声音轻柔而平静，这回杨宇听得很真切，没错，是何君玉的声音！

“是，是，我听出来了！是你的声音！只是，太出乎意外了，你在什么地方给我打电话？”

“我就在圣保罗，是从报纸上见到了你的照片。这些年你好吗？”

“我很好。你呢？这么多年一点你的消息也没有，我一直担心你。”

“我还好。三年前我就离开了台湾，到圣保罗帮亲戚做点事。没想到你会来这里。你在这里待多久？……一个星期？噢……还要去里约热内卢……我们有时间见一面吗？”

听到这里，杨宇顿了一下，的确，日程非常紧张，可是，十多年的牵挂，这个曾让他魂牵梦萦的姑娘又突然出现了，世事难料，或许是上帝眷顾，让他们有了这次难得的重逢机会，他怎么可以连面都不见就离去？这会让他后悔一辈子、负疚一生的。想到这里，他连忙回答道：

“君玉，我们能在这里碰见太不容易了，我这里日程实在太忙，不能去看望你，你能到旅馆来一趟吗？约个时间，我在旅馆大堂的咖啡厅等你，行吗？”

“好的，我知道你忙，我去看你，什么时候？”

“明天晚上，不过，要到9点钟我们才回得来，是不是太晚了？”

“没有关系，我会准时到的。那就明天晚上见了。”

“明天见！”他听见对方挂电话的声音，可他手里还举着话筒，久久没有放下，他似乎还不能肯定，刚刚发生的一切是真实的，抑或只是一种他臆想出来的幻觉……

放下电话，他激动地在房间里来回踱步。何君玉在圣保罗，真是做梦都想不到！他想起了他们俩在一起度过的所有快乐时光……十几年了，他曾有意忘掉这一切，他也以为他已经将这一切淡忘，可是，此时出现在他记忆中的何君玉，一言一笑，竟是那么清晰……不，他没有忘记，只是把这一切埋在了记忆的深处……不知她现在怎么样了？善良可爱的姑娘，还是那么纤弱？那么爱哭？……明天就能看见她了！二十七八的大姑娘，也许早已成了他人之妇，要是……要是她心里还有他，在现在的环境下，见了面说什么呢？他的心有些乱了……他想到要立即将此事报告团长，这是纪律，再说，根据眼前情况，深谙世事、足智多谋的老团长一定会给他指点……

圣保罗四季如春、气候宜人，在这样自然环境中进行参观访问十分惬意，更何况双边贸易谈判进展顺利，达成了多项协议，代表团里弥漫着乐观的气氛。团长的公文包里还装着一封董必武副主席写给古拉特副总统的亲笔信，邀请他访问中国，要到里约热内卢后当面递交给副总统，这样一来，中国代表团的首次访问可望用“圆满成功”来形容和总结了。几天下来，刚来时紧绷的神经开始放松下来，这会儿，大家热烈谈论起了离开祖国万里之遥的异域风情，旅途中车厢里的欢笑声、谈话声也多了起来。杨宇的心情与感受和大家一样，某种意义上更强烈，因为他是全团的翻译，巴西是葡萄牙语国家，刚来时他很怕完不成任务，好在巴西人，尤其是上层人士，没有不懂西班牙语的，谢天谢地，总算一切顺利！不过此时的他，却不能像别人那样轻松，他坐在靠车窗的座位上，头靠在座椅背上陷入了沉思……他在回味头天晚上老团长跟他的那段谈话，他坦率地向团长讲了他与何君玉过去的关系，以及她目前寓居圣保罗并要来看他的事，老团长认真地听完他的讲述，看着他的眼睛说：

“你是说，你们过去是恋人，我问你，你现在还爱她吗？”

杨宇点头认可了他的前半句话，对后面的问题，他苦恼地皱起了眉头道：

“十多年前我们是相爱过，分别后她去了台湾，现在不是爱不爱的问题，而是已无可能，这点我是清楚的，但是我不想伤害她，她如今又是个旅居巴西的华侨，我不知道在这种情况下我该怎么对待她才好。”

“噢，明白了，你自己已经得出了理智的结论，是对自己能否理智地处理好这件事还缺乏信心。”韩老见杨宇点头，语调温和地接着说，“小杨，你现在从事的是外交工作，哪个国家的外交与国防都是最机要的部门，都有一些特别的要求和规定，这些你是清楚的，也知道该怎样做。至于何小姐，你们从小相知，你在心里也会有个基本判断，这都是很自然的。我只想提醒你，当前国际斗争错综复杂，公开的、隐蔽的，还有来自台蒋方面的……你虽然参加工作不久，但仅就我们到这里后遇到的一些事情也能有所体会。既然知道你们之间已无结合的可能，你就得下决心，而且不能拖泥带水，拖泥带水从感情上只会增加彼此的痛苦，从政治上还可能留下后患。你不希望在感情上伤害她是可以理解的，能做到固然是好，但人的感情是微妙的，幸福与痛苦可以相互转变，只能着眼于大处……”

韩老提到他们抵达圣保罗后经历的几件事，这使杨宇的思绪又回到了两天前，那天中午，他匆匆回到宾馆餐厅用餐，这时一个金发碧眼西服革履的高个男子走到他的桌旁，彬彬有礼地说："我可以坐在您旁边吗？"杨宇礼貌地回答了一句："请便！"，便低头吃自己的午餐了。那男子却故意搭讪地问他是不是从中国来的，说自己是做国际贸易的商人，接着便开门见山地询问杨宇中国要不要买铀……铀！？杨宇知道这是美国人最担心中国买到的战略物资！这个素昧平生的外国人居然在中国代表团一来到巴西就来打听如此敏感的情况，他会是个什么人呢？是不是与那两个最害怕中国拥有原子弹的超级大国有关呢？杨宇的脑海中浮现出一连串疑问……没听完那个神秘人的一番推销话，便站起身来，淡淡地回了他一句：

"先生，你找错人了，我们是来做正常贸易的。我得走了，你慢用。"

当杨宇回到房间将此事告知韩老时，韩老没有马上回答，他把手指放到唇边，做了个噤声的手势，杨宇知道，他是怕房间内有窃听。走到街上，他对杨宇说："那是个愚蠢的试探！说明那些人急于打探我们国内发展核武器的情况，你应付得很好。"

另一件事也是发生在前两天。在代表团繁忙的访问参观活动中，杨宇发现有一个亚洲人相貌的男子总在不前不后地跟随着他们，一连几天都是如此。有一次几乎和杨宇面对面撞上了，这一次杨宇看清楚了，这是个年轻人，穿着T恤衫牛仔裤，浓密的头发衬着一张白净的脸，很像中国南方人。杨宇站定了，直视着那人用西班牙语说：

"我看你跟了我们好几天，能告诉我这是为什么吗？"

那人连忙解释道："我是中国人，是华侨，我叫方光启。你别误会，我不是盯你们的梢，我是不放心，怕你们出事。"

"怕我们出事？这话怎讲？"

"你们是第一次从祖国大陆来，不了解这里的情况。我是四年前从香港来的，这些年，这里来了许多台湾移民，华侨中70%以上都是台湾人，他们有很多自己的团体，得到台湾"大使馆"的支持。听说你们来了，那些人惶恐不安，好像天要塌下来似地，想方设法对付你们。我担心会对你们不利……所以，你们到哪儿我都跟着，他们有什么行动，我至少能给你们报个信……”

“啊……是这样！方先生，太谢谢你了！”杨宇看着年轻人那双真诚的眼睛，被深深地感动了。

“我知道你们要去里约热内卢，听说那边的情况跟这里一样复杂，我已经买好了机票，我会跟你们同机去，也好暗中替你们放个哨。”方光启轻声地继续说着。杨宇不禁紧紧握住了这个年轻人的手，被他的真诚、被他那颗拳拳爱国心所打动，一时说不出别的话，只是一迭声地说：

“谢谢，方先生，谢谢！……你自己也要小心呀！”

……

回忆起这两件事，杨宇的内心更加不平静。韩老的提醒令他愈发感到当前环境之复杂，斗争之尖锐，自己不能不处处当心，一不小心就可能铸成大错……

3

白天的圣保罗市显得繁华、喧嚣、拥挤而浮躁。夜幕降临后，它却是个童话中的城市，顺着一条条灯光熠熠的街道向四面伸延，霓虹灯在各式商厦、酒吧、巨幅商业广告之间闪烁……好像一位身披节日盛装、佩带耀眼饰物前来参加狂欢节的拉丁女郎，光艳夺目，流光溢彩。中国代表团的汽车在鳞次栉比、新颖时尚的高楼大厦之间穿行，领略着巴西这些年经济发展带来的繁荣。

汽车在宾馆门前停住，杨宇急忙下车向大堂的咖啡厅走去。明亮的水晶吊灯将大堂照耀得如同白昼，走进咖啡厅，灯光立即变得幽暗而柔和。房间一角的聚光灯下，一位一袭白色衣裙的女郎正在弹钢琴，琴声悠扬……杨宇用目光搜寻着，终于，他在一个离柜台较远的角落看见了一个穿着淡蓝色衣裙的姑娘，她喜欢用右肘支撑着面颊的习惯动作，让杨宇远远地就认出了她。他强压着内心的激动向她走去，她缓缓地站起身来，目视着这个既熟悉又有些陌生的年轻男子朝自己走过来……她听见他叫了一声“君玉！”，便向她伸出了手，她机械地也把手伸了过去，她觉得他的手是温暖的，而自己的那只手却是冰凉的……

杨宇定定地望着这个曾无数次与他在梦里、在思念中相见的姑娘，那双他熟悉的忧郁眼睛里此时已噙满强忍的泪花……唉，可怜的姑娘！……他立即提醒自己：应当高兴才对！十三年音讯隔绝、十三年沧海桑田，他和她，都已不复是当年那两个单纯的学生，如今的他们，也已不可能再回到当年……不管怎么说，应该感谢老天爷在这个天涯海角给了他们意想不到的重逢机会，得以了却这多年的牵挂和思念……

侍者走过来问他们要点什么，杨宇要了两杯咖啡和两份糕点。

“君玉，接到你的电话，我都不敢相信真是你。”他说。

“看到报上那张照片时，我也不敢相信自己的眼睛。世界上的事太难预料了！”她无限感慨。

“当年分别时，以为不久或可再见，想不到从此天各一方，音讯渺茫。多年后，以为今生已无缘相见，却又在这天涯海角不期而遇。我是不信命运的，现如今，我也要感谢命运之神给我们这样一个可遇而不可求的宝贵机会了！”

“是的，当年父母把我从大陆带走时，我还意识不到我们两人竟从此走上了两条完全不同的人生道路，再也走不到一起了。后来，我明白了，我哭过，挣扎过，可是一切都晚了……”

他们的谈话是忧伤的，宛如咖啡厅里那位弹琴女郎正在演奏的那首伤感的咏叹调。他们谈当年往事，谈别后经历，还有一句几次欲言又止的询问，最后还是杨宇先开口：

“君玉……你成家了吗？……我想，至少……家里人早就该帮你张罗这事了。”

“没有。四年前我父亲去世了，我大病一场后到了巴西……”她轻声回答，接着，用更轻的声音，或者说，是在用目光反问道：“你呢？”

他摇了摇头说：“我也没有。解放后我先是报名参了军，后来国家送我上了大学。我一直在学习，工作后也很忙，几乎没有时间，也没有心情去考虑婚姻问题，我只想把所有的精力都用来为国家多做点事。我的家境你是了解的，旧中国穷学生根本上不起大学，许许多多像我这样的年轻人都是解放后才上的大学，才看到了国家和个人的前途。西方宣传把大陆说得一塌糊涂，那是他们的反共宣传，你别信他们。记得在中学读书时，虽然当时我们还都很年轻，但我们亲历过抗日时期敌占区和国民党统治下的生活，已经懂得忧国忧民。我记得你当时给校刊写过不少抨击腐败、鼓动爱国主义的文章，我们还经常在一起议论时局，希望中国有强盛的一天。所以，不论环境如何变化，我总觉得，君玉，你还是过去的你，每当我想起你的时候，出现在我眼前的，总是那个善良清纯、感情细腻又富有正义感的你，还有点儿——爱哭！……”何君玉听着杨宇讲述往事，那双漂亮的眼睛里又闪动着泪光，可听到后来杨宇说她从小爱哭的特点时，她又忍不住扑哧一声，破涕为笑了。见何君玉笑了，杨宇松了口气，继续道：“笑了就好，我们好不容易有这次见面的机会，高兴还来不及呢！你想想，我们一别十三年，音信渺茫，那是一种非常痛苦的牵挂，这次不期而遇，知道彼此都生活得很好，心也就安了，心里的那个阴影也消失了，而且，你现在住在巴西，我们以后还有见面的机会，你也有回国内看看的可能，你说对吗？”

“杨宇，你还是老样子没有变，记得过去我们在一起，我要是有什么不顺心时你总是要把我逗高兴了才算完，这也是你的可爱之处。老实说，这次要不要来见你，我犹豫了很久，想见的理由不说你也知道，不想见的原因是不愿把一页已经翻过去的历史再次打开，给彼此都造成新的苦恼。看得出，你在大陆受到信任和重用，我担心我的出现会给你带来干扰……后来，我想了又想，把一切都想透了后，心情也就自然平静了下来，如果我们不对这次见面存有任何不切实际的幻想，只当是故友重逢，叙旧谈心，我想应该对谁都不会是伤害……”说到这里，她的眼睛盯着杨宇，好像在征询他的意见。此时的杨宇，内心激动而复杂，他感到过去那个多愁善感的女孩，经过风雨成熟多了，而且还是那么善解人意。他默默点了点头，幽幽地说：

“君玉，当年我们分别时，你要我随你离开大陆，我没有答应你，这次我们又在国外相遇，我还是不能给你任何承诺，你怪我吗？”

“不怪你。人生会有很多选择，家庭的、政治上的……你的选择并没有错，最初是我太幼稚了，如果……可是人生是没有‘如果’的……这些年你一直挂念我，我已经很感激，很知足了。看到你能对国家有所贡献，我从心里高兴……”何君玉啜饮了一小口手中端着的咖啡，说话的声音很轻、很慢。

“谢谢你的理解，君玉，也谢谢你决定来看我。过去虽然已是过去，但我会把它当成最美好珍贵的回忆永远保留在心里。现实生活中，尽管相隔万里，我衷心希望你幸福……也很希望有一天你会回到国内去看看。”

看到何君玉郑重地点头并微微一笑，杨宇感觉到自己心灵的某种解脱，伴着一丝内心的酸楚……他觉得自己的眼睛有些发潮。

……

弹钢琴的女郎正在为一位年轻的女歌手伴奏，女歌手唱的是拉美流行歌曲《给我最后一个吻》：

“再吻我一次吧
也许这是最后一次
明天
明天你就要离开我
远走他方
……”

何君玉和杨宇停止了谈话，默默地听着那忧伤感人的歌声。

咖啡厅的时针指向了10:30。何君玉低声道：“我该走了，明天你还有工作呢。”

“君玉，今天晚上我很高兴，还有你的笑，让我很感动。”

“我也很高兴，感谢上帝给了我们这次机会。”

他们走出了咖啡厅，他送她到宾馆门口，目送她走了几步后又突然停了下来，转身回到杨宇身边，轻声说道：“有一个情况你们要注意，这里的华侨对你们来访问反应很强烈，有亲你们的，也有反对你们的，听说台湾那边的人在商量对付你们，这里很多华侨都是听台湾‘大使馆’的。杨宇，你们要多加小心！”

杨宇再次握了握她的手说："谢谢你，君玉，你放心，我们不怕他们。”

4

如果说圣保罗向中国客人展示的是巴西的经济繁荣和发展成就的话，里约热内卢则用它无与伦比的美丽吸引了这些远方来客。走进这座城市，无论你是坐在海湾的沙滩上，靠在宾馆阳台的栏杆上，还是站在“甜面包”山顶上，举目望去，都是一幅幅绝妙的图画：碧海蓝天，绿岛白沙……而最美的是色彩，散落在碧海中的那些小岛，长满了色彩缤纷的树木，缥缈的云霞犹如挂在天边的轻纱，时而呈洁白色，时而淡红，时而橘黄……远远望去，是朦胧的、写意的美，是那种留给你无限遐想和无穷享受的美。

“你是不是觉得它有点像咱们的桂林山水？”韩老问身边的杨宇。站在山顶，周边青山环抱，眼前绿水轻舟，似画如诗，怪不得韩老有此联想。

“不，楼宇、沙滩、大海……更像大连和青岛。”代表团另一位成员抢先表示了不同看法。

“就其给人的整体美感而言，堪比西湖，是个‘浓妆淡抹总相宜’的洋美人！”又有一位发表了自己的观感。

“里约是人们公认的南美洲最美丽的城市，素有‘南美明珠’之美誉，世界各地的旅游者都趋之若鹜。你们再瞧瞧那边！”杨宇指了指那座矗立山巅、俯瞰全城的耶稣雕像，它张开双臂，神情安详地俯视着脚下的芸芸众生。是的，从这个城市的任何角度都能看见它，它好像从云雾缥缈中，从青山蓝天间走来，脚踩万顷碧波……神态飘逸，蔚为壮观！

“果然是名不虚传呀！”大伙儿异口同声地发出了由衷赞叹。

中国代表团是两天前来到里约热内卢的。抵达后的第一件事就是拜会古拉特副总统，转交董必武副主席给他的亲笔信。古拉特的私人寓所就坐落在著名的戈巴卡瓦那海滨区。那天代表团乘坐的汽车沿着蜿蜒的海岸开了半个来小时，虽说沿途景色如画，他们却没有心情欣赏，脑子里满是对巴西形势的思考和对此次会见的种种揣测。

虽说中国与巴西之间的来往可以追溯到二百多年以前，但近百年来交往日稀，新中国成立后更有美国从中作梗，包括巴西在内的偌大拉丁美洲对新中国来说一直是一片外交荒原。多亏中国领导人高瞻远瞩，积极推行人民外交，从民间发展到官方，才有了中国经贸代表团的南美之行。代表团首次深入帝国后院，自有“投石问路”的意味。韩老怀里揣着国家副主席的亲笔邀请函，心中仍不免有些忐忑，不知这位副总统对新中国究竟会是什么态度。直到这位身材魁梧、笑容满面的古拉特副总统热情地接待了他们，并在读完中国副主席的信后毫不犹豫地欣然接受访华邀请时，他才有了完成一项艰巨任务后那种如释重负之感。副总统送别时还紧握住团长的手说了句：“北京见！”

20世纪60年代的巴西政坛，古拉特无疑是一颗耀眼的政治明星，他是工党领导人，库比契克时代就当过副总统。此次他与雅尼奥·夸德罗斯成为政治搭档又在大选中胜出，上台伊始，便打出了对内实施改革、对外奉行独立外交政策的旗帜。第一次会见，古拉特不仅表现对华友好、欣然接受邀请准备很快访华，还主动建议，为了增加巴西人对新中国的了解和做好舆论准备，中国可以先到巴西来办个经济展览会，也可派出常驻记者，交流信息。这位热情而乐观的改革派领导人，毫不掩饰他对古巴革命的颂扬，得知这些中国人都刚去过古巴，更是热情询问那边形势，尤其是有关吉隆滩事件情况，言谈中充满了对古巴人民的同情与支持。

他说他非常希望巴西与中国的关系通过代表团的互访能开启一个新时期，为此，他特地安排中国经贸团到新首都巴西利亚去会见夸德罗斯总统，还要去访问南大河州，会见与他志同道合又均为工党领导人的妹夫——布里左拉州长。

副总统古拉特的友好与热情大大超出了代表团所有人的预期，与雅尼奥·夸德罗斯总统的会见同样令大家振奋。会见总统的地点是在新首都巴西利亚人工湖畔的总统府——黎明宫。从飞机降落新首都机场、代表团走出机舱的那一刻起，映入人们眼帘的是：湛蓝湛蓝的天幕映衬下，一座座白色建筑错落有致地展现在高原上，勾勒出一派冷色调的柔美画面。而那些布局巧妙、造型简约奇特的白色建筑与他们在欧美其他城市看惯了的金碧辉煌的巴洛克式宫殿风格又形成强烈对照，竟让这些来客顿然有种踏上了另一星球的感觉。韩老脱口赞道：

“果然超前！难怪世界建筑界要把这里称为20世纪中叶城市规划的里程碑。”

杨宇手里拿着照相机，沿途抢拍从车窗旁闪过的一幢幢设计独特的楼宇、教堂、剧院、广场……嘴里还要翻译巴西陪同对一些主要景点的即兴介绍：

“……这栋坐落在碧水中的‘水晶宫’是外交部，水波中露出用白色大理石雕刻的五环连扣的大球，象征五大洲的团结……再往前，那是三权广场，代表国家最高权力的行政、立法和司法机构都在这儿。远远就能看见的那座最高的H形高楼是参、众两院办公楼，两侧那两只‘碗’状建筑，‘碗口’朝上的是众议院，‘碗口’朝下的是参议院……”

“咔嚓”“咔嚓”……车上的人都在拍照，谁也不愿漏掉这难得一见的景观，当然，巴西陪同关于新首都建设过程的介绍也让他们感受良多，于是有人感慨：

“我们在圣保罗和里约热内卢看到了巴西的经济发展和美丽风光，在这里，巴西利亚，又亲眼看见了这个民族惊人的创新精神！”

不错，这是大家的共同感受，有人补充道："将首都从条件优裕、舒适的里约热内卢迁至中部荒原，三年多时间创造了世界建筑史上的奇迹，执政者的胆识可敬可佩！巴西人民的创造力可歌可颂！"

拉丁美洲第一大国巴西给初次来到这里的中国人留下了良好而深刻的印象。上台不久的总统雅尼奥·夸德罗斯和副总统古拉特似乎同他们富有改革精神的前任一样，雄心勃勃，努力想在巴西这片土地上继续将改革进行下去，意欲在民族、民主旗帜下，实现巴西人民的梦想。

碧水环绕的黎明宫内，雅尼奥·夸德罗斯总统面带微笑与来访的中国代表团人员握手。这位总统50来岁，上唇蓄着修剪整齐的短须，身材看上去比古拉特瘦小，然而精力充沛，言谈风趣，这次会见同样充满友好气氛。总统重申了巴西政府愿与世界各国发展贸易与友好交往的对外政策，明确表示副总统古拉特不久即将访华……原本怀着试探心态来到巴西的中国代表团，至此，完全相信此次访问绝对称得上圆满完成任务了。会见快要结束时，总统亲切地问起了中国客人在圣保罗和里约参观了哪些地方，还说，你们知道吗？里约有个中国"茶亭"，那可是个标志着我们两国交往历史悠久的地方。巴西人喜欢喝咖啡，也喜欢喝茶，是中国人教会我们种茶和喝茶的，我们两国人民过去就是朋友，今后更应该成为友好合作的朋友呀。

万事开头难，总统和副总统的会见与谈话开了个好头，让韩老和代表团的成员们都在内心庆幸这次访问没有白来，看到了发展中国与巴西关系的曙光。

返回里约热内卢，代表团人员个个心情愉悦而轻松，旅途中多了许多欢笑声。当天，巴西与中国文化交流协会会长比尔前来探望他们。比尔是位鹤发童颜的老作家，一件驼色上装和深灰裤子，嘴里还爱叼个烟斗，热情而健谈。得知代表团第二天要走，便建议他们下午去游览茹卡蒂山，晚上到他家和一些中国的老朋友聚会，这一倡议立即获得了热烈响应，是呀，这茹卡蒂山景色如画，更重要的是，“茶亭”就坐落在这一片翠绿的山冈上，连巴西总统都熟知的中国景观我们中国人岂可不去瞻仰与缅怀？中国朋友们的热烈回应让比尔十分高兴，当即表示自己曾去过多次，是最好的向导。韩老看着满头白发的比尔，有些过意不去，说不用他陪同，我们自己去就行了，但最终没能拗过老会长的坚持。

四季受海风吹拂的茹卡蒂山满目青翠，树木扶疏，走在山径上，竟能感到如行走在深山老林中般阴凉。“茶亭”就建在临海的一处视野开阔处，宛如用中国江南的翠竹修成，亭顶六角飞翘，周边绿树繁花环绕，面向烟波荡漾的大海……此时，杨宇望着海面上夕阳西堕，落霞的光芒千波万折地反射在水面，色彩斑斓，不禁感到心醉神怡！老比尔滔滔不绝地讲起了19世纪初巴西摄政王若昂六世如何派人到中国招募茶农的故事，茶树试种成功了，若昂六世下令建造这座茶亭以表彰中国茶农的功绩。这段历史杨宇过去也曾听人说过，不过，此时他更愿意听老会长讲述，比尔讲述时还会插进些有趣的小故事，比如，他还会描述巴西人如何喜欢上了喝茶，而且学着中国人管茶叫“CHA”，还说，圣保罗有座“茶桥”，就因为当年那地方聚集有很多茶商、茶铺而得名。比尔的讲解让大家听得很着迷，在这天涯海角、异国他乡，一段与中国相关的往事，一段两国友好的佳话，无不让大伙儿感到亲切和温暖。海风吹动树叶，发出了像竹林中传出的沙沙竹涛声……不知当年那些离乡背井的茶农们，坐在这“竹”亭下，遥望大洋彼岸的家乡，该当是怎样的情怀？……抬头间，杨宇惊异地发现，六角亭飞檐上的龙头是俯首向下的，不似中国传统建筑，飞檐上的龙头总是昂首向上，神采飞扬。问老比尔，他也答不上来。于是大家七嘴八舌议论开了，有人猜测说，准是巴西人不懂中国习俗，安装时搞错了，也有人说或许是有意为之，低头叹息的龙正契合当时中国的国情与漂流异乡的茶农们的心境……巴西茶亭，与古巴的华人功勋纪念碑一样，是中国与拉美国家悠久友谊的历史见证，诚然，拨开历史的重重雾霭，那些感人事迹的背后又无不充满了早期中国移民远走他乡的痛苦、无奈与叹息。

忙碌了一下午，老比尔依然精神抖擞。他是巴西的知名作家，曾两次应邀访华并受到过周恩来总理接见。说起这段经历他总会流露出一种抑制不住的骄傲与喜悦。他强调说，今天晚上我一定要请你们到我家去，不只是我，还有其他一些访问过中国的巴西朋友，我们在一起聚一聚，吃巴西烤肉！我们在中国受到那么热情的款待，你们到了巴西我们怎么能连烤肉都不请你们吃呢？说话的口气斩钉截铁，不容推辞，韩老对这样的盛情邀请也只能感谢和接受了。代表团人员随同老会长来到他家时，他妻子和一群朋友早已在家等候，后花园里的餐桌上摆着精致的餐具，空气中已然飘散着巴西烤肉的香味。

初次见面的朋友只要谈起在中国的见闻，立即一见如故了。新朋老友一面吃着烤肉，一面谈论着这次访问的成果，大家都很兴奋，试想，新中国第一次叩开巴西的大门便得到了主人的善意回应，能不高兴吗？下一步会怎样呢？杨宇问那位白发斑斑的老会长对两国关系发展前景有何看法，老比尔笑着拍了拍杨宇的肩说：

“年轻人，我像你们一样希望看到巴西与中国立即建交！”接着，他的脸色转而变得严肃地说，“你们这次访问是开了个好头，能不能朝着更好的方向发展下去，这恐怕要取决于夸德罗斯政权是否稳固和能否最后战胜各种阻力。”

“现任总统与副总统不都是不久前才通过大选上台的吗，怎么就有了不稳定的迹象？不知会长先生对巴西当前形势怎样看？”韩老紧接着又问了一句，这当然是大家都十分关切的。

“没错，雅尼奥·夸德罗斯和古拉特是新上台不久的总统和副总统，应该说，他们的政治主张和内外政策是得到巴西人民普遍支持的，但是，巴西从未有过真正的民主，在帝国后院的政治生态环境下，‘民主’只是个招牌。”比尔拿起烟斗使劲吸了一口，两眼盯着自己吐出来的白色烟雾继续说，“巴西的历史，可以说贯穿了巴西人民反殖民主义、反帝国主义、反封建、反独裁和争取民主自由的斗争。二次世界大战后，民族资本主义的发展同帝国主义的经济侵略之间的冲突，经济改革同传统的、正在崩溃中的经济结构之间的冲突日趋激烈，从而使巴西的社会矛盾和斗争也变得非常复杂和尖锐，当今政坛上的这些改革派始终面临十分严峻的考验……”老会长再次放缓了语速，仿佛在回忆往事，说话的声音也变低了，“搞改革也是一种冒险，也是要付出牺牲的……想当年，瓦加斯总统大刀阔斧改革，立下了巴西现代史上划时代的功绩，使巴西经济得到了极大发展，但很快招致了已在很大程度渗透进巴西经济的美国资本和国内亲美势力的激烈反对。瓦加斯在第一任总统任期内被军人政变推翻，第二任任期未满又在军方压力下含恨饮弹自尽……一个伟大改革家的悲剧！”

老会长的一席话引发了许多在座者的唏嘘与感慨，纵观拉美各国的历史，这样的悲剧还少吗？拉美国家历史上出现过多少为反对殖民主义、帝国主义献身的英雄和一代代锐意改革的领导者，这才有了今天的局面，再往前走，还要付出多少奋斗与牺牲才能真正达到民族独立、国家发展和人民幸福？在座的一位巴西教授听了大家的议论后，发表自己的看法说：

“不错，我们拉美的历史充满了无数先行者的不懈奋斗与牺牲，上帝给我们安排了一个蛮横的邻居和主子，我们要是不愿永远听任它驱使，就只能继续奋斗与抗争，古巴革命的胜利鼓舞了所有的拉美人，告诉我们可以向主子说“NO”，巴西人要求改革，要与包括中国在内的所有不同社会制度的国家发展关系，也是在向美国人说“NO”，要是主子不干，当然就有了风险，我们必须有承担风险的思想准备。现在，我比以往任何时候都更加乐观，因为有了古巴的榜样，山姆大叔在拉美为所欲为的时代恐怕不会太长了。当然，这场斗争也不是几个回合就能决出胜负，还将是长期的较量。”

“教授，你这是谨慎乐观论！‘长期’，长到多长？一个世纪？”另一位巴西朋友打断了他的话说。

“朋友，乐观也是要以科学的历史、社会分析为基础，并不是拉美各国民众起来一阵呐喊，就能把山姆大叔吓跑的。中国朋友最懂这个道理，二战时抵抗日本侵略军，他们就提出要打持久战，但从未失去过必胜的信念，并最后取得了胜利。”说此话时，教授的眼睛看着韩晨，似乎在等待他的认可。

“诸位的谈话对我们这些初到拉美的中国人启发很大，过去我们是隔着半个地球看拉美，像隔着层层云雾，很难看得真切。现在来到了拉美，也只刚刚看到了一些表相，仍然是没有发言权。但从一般的斗争规律来说，教授强调既要有必胜的信念，又要冷静分析形势，我是很赞成的。”

……

汽车行驶在返回宾馆的路上，车窗外，但见满天繁星，月儿的清辉照着横跨里约海湾的尼泰罗伊桥，照在泛着点点光影的海面上……一片安详与宁静！想起餐桌上的谈话，韩老不禁心潮澎湃，这一片宁静的背后隐藏的和要预示的是什么呢？……巴西新一代改革者们将迎来新的划时代的成功？……新中国从此顺利进入美洲南大陆为中、拉关系的发展拉开序幕？……抑或是，正在酝酿山雨欲来前的又一场风暴？

5

八月的北京是全年最热的季节，不过，与南方一天二十四小时的持续酷热相比，北京晚间却是凉爽多了。热浪随着夕阳慢慢从紫禁城内、从天安门广场隐退后，一般说，会有习习晚风光顾这座古城，让北京人得以舒缓一下热得发蔫的神经，显得有些空旷的广场上渐渐地也会多一些纳凉的人群。这天晚上，天安门广场与往常有点不同，金水桥前与东西长安街两侧亮起了一排排犹如白玉兰花绽放似的照明灯，彩旗随风飘扬，每隔一二十米，灯柱上不是挂着大幅欢迎标语，便是两面相互交叉的国旗。人民大会堂内外更是灯火通明，一看便知今晚有重要外事活动。天还没有完全断黑，从东四方向沿着故宫红墙走过来三个年轻人，两男一女，两个男青年都穿短袖白衬衣，裤子分别是深蓝和深灰色，姑娘则是穿一件浅黄花连衣裙。他们一面走，一面又说又笑。个子稍高的那个男青年说：

“杨宇，你回国后咱们还没好好在一起聊过，你瞧，你这个讲西班牙语的倒比我这个学葡萄牙语的先去了巴西，而且一炮打响，没有多久，就把人家的副总统给请来了，你们代表团可立了大功一桩哟！”

“你是不知道，雄飞，要说这是‘功’，那也是‘蒙’来的。去的时候，大家对这个国家的基本情况一头雾水，是怀着瞎子摸象的心态，摸着什么是什么了。没想到去的还真是时候。夸德罗斯政府非常积极，很愿意同我们发展贸易和友好关系，这不，古拉特副总统说来就来了，南美国家的领导人访问中国，这可是破天荒头一遭喽！……”没等杨宇说完，肖梅，也就是那个穿浅黄花连衣裙的姑娘急忙抢着说：

“嗨，美澳司里我们这些主管拉美事务的，为了接待这第一位来访的南美领导人可是忙活了好一阵子。第一次嘛，什么都得学着从零开始。我们主管副司长管得可细了，从准备有关资料、接待方案到会谈纪要，审阅了一遍又一遍，还一个劲儿说，小心了，不能出半点差错，总理都要亲自过问的哟。这几天已经忙得人仰马翻了，领导说访问结束后还有一大堆要落实的后续任务呢。”

“原来如此！我正纳闷儿，为什么部里这么急急忙忙地把我从澳门叫回来，就差几个月，连考试都不叫我参加了。”张雄飞原本为不能参加毕业考试有些懊恼，听了肖梅的话心中也就释然了。

“伙计！”杨宇亲热地搂住了张雄飞的肩膀，“我和肖梅都到拉美跑了一趟，共同的感觉是：那是新中国外交有待开发的一片肥沃的处女地，但它又是美国的后院，一个随时可能爆炸的火药库，对我们来说，有机遇，也有风险！”

“风险？干什么没有风险！我们上一代人都是从战场上摸爬滚打过来的，而我们，连抗美援朝都没有赶上，要是能在外交战线上为国家做点贡献也是我们这代人的责任和光荣，风险岂能吓倒我们！”张雄飞身上总有一股子闯劲，一股年轻人的虎虎生气。

“是呀，外交战线也是战场，是个特殊的战场，要懂外交政策和掌握好外语及必要的国际知识，当然，更重要的是对祖国和人民的忠诚。在外面转了这一趟，特别感受到我们这些人要成为称职的外交官还且得磨炼一阵子哩。不管怎么说，我们算是新中国最早学习西班牙语和葡萄牙语的干部了，开拓拉美工作，责无旁贷、义不容辞呀。”杨宇此话是经过一段工作后有所感而发。

“换一个角度看，也是我们的幸运，我们赶上了当先头部队呀，总是被工作压力逼着学习，总要被逼着去适应新的需要，不进步也不行呀！”肖梅这个乐天派，什么事都喜欢从好的方面看。说到这里，她好像想起了什么，转过头去，对张雄飞说：“雄飞，你现在是‘稀缺物种’，你知道吗，这次接待古拉特，上面很重视，也做了相当周到的准备，把国内最早自学成材的西班牙语资深翻译请来了，没想到，古拉特在机场的欢迎仪式上发表讲话时却用了他的母语葡萄牙语，而我们这位翻译没有学过葡萄牙语，当时我们都傻了眼，这可怎么办？好在这位老翻译毕竟久经沙场，经验丰富，关键时沉得住气，他根据自己听懂了的部分词句短语翻译了副总统的讲话，自然谈不上准确，我们大家都为这位同行捏了把汗，也更感到了加快培养年轻葡文干部的紧迫性。这次迫不及待地把你从澳门叫回来大概也是出于形势需要，你可得要有思想准备喽！”

“肖梅的话没错，我也有同感，大概很快就该你登场了。”

三个人说着话往前走，不一会儿便穿过天安门广场，到了人民大会堂东门前。张雄飞看了看手表，又扫视了一下周围，陆陆续续来了些人，还不多，便说：

“现在就进去也太早了点，咱们在这儿再‘自由’一会儿吧。你们刚才不是在给我‘算命’吗，继续算吧！”

“我们不仅算得准，而且是免费，要不，等应验后你请我们吃一顿，如何？”

“没问题！上‘全聚德’，可以了吧？好了，再跟我说点见闻什么的。”

“见闻？还是等你自己慢慢去经历吧！雄飞，在巴西，我见到了一个熟人，你猜是谁？”

“谁？”张雄飞支起了耳朵，好奇地问。

“何君玉。”杨宇轻声说。

“何君玉！你怎么会在那里见到她呢？”张雄飞睁大眼睛叫了起来。

“谁是何君玉呀？你这么大惊小怪的。”肖梅盯了张雄飞一眼问道。

“是我们的同乡和同学，他的初恋情人。”张雄飞匆匆答了一句。肖梅也张大了嘴，长长地“噢——”了一声，赶紧等着听下文。

“世事真是难以预料，”杨宇轻轻叹了口气，接着说，“没想到她从台湾到了巴西，在报纸上看到了我的照片后便打电话到宾馆找我……”

“见到了？……她还是老样子？”张雄飞迫不及待地问。

杨宇点了点头，缓缓地说：“都十三年了，哪能还是老样子。”

“是在等你，还是已作他人妇？”张雄飞紧追不舍。

“没有结婚，但不是为了等我。我说雄飞，我和她从小相识，他乡相遇，难道就不许她来看看我？”

“当然可以，别急，杨宇，我是关心你，我是怕你英雄难过美人关呀。”

“我怎么会连这点基本常识都不懂？当年她去台湾就意味着我们在政治上已经分道扬镳，十多年经历了那么多变化，能稀里糊涂再走到一起吗？连她都懂这个道理，表示不会让我为难，见面只是为了叙叙旧。她告诉我，巴西华侨绝大部分是台湾人，亲台与亲大陆两派斗争很激烈，言谈中我感觉她对大陆怀有好感，这让我很高兴。”

“我也很高兴，她也是我的同乡和同学呀。记得在学校时她就是个很有些正义感的女孩，离开了台湾这个政治环境，她对大陆的看法自然会更客观一些。”

“杨宇，你在巴西有这样一段奇遇，怎么从来也没有向我提起过？”一直听着他两人对话的肖梅，嗔怪地看着杨宇。

“我今天不是全都对你们两人说了吗？这只是一次偶遇，过了就过了，我对谁都没有隐瞒。”杨宇一脸坦然地说。

“大丈夫就得这样，拿得起，放得下！”张雄飞竖起大拇指，赞了他一句。

“大男子主义！”肖梅噘了噘嘴，“人家何小姐也表现不错嘛，善解人意，讲情义又识大体。唉，可惜了一对佳偶，成了政治的殉难者。”

“好了，你别在这里多愁善感了。时间已经差不多，我们也该进去了。”

见已有很多来宾进入人民大会堂，张雄飞连忙催促杨宇和肖梅，于是三人转身也朝着大会堂东门前的石台阶走去。

无数盏水晶吊灯将大会堂里面照耀得如同白昼，落地的丝织白窗帘、美轮美奂的屏风和各种摆设，以及墙上的巨幅国画……令人不期然地放慢了脚步，感受它的恢宏与高雅。来宾们随着人流向二楼的宴会厅走去，通向二楼的是宽大的白色大理石台阶，铺着大红地毯，正面悬挂着巨幅国画《江山如此多娇》，行至此，一般都会放慢脚步，仰视的目光中，有好奇、有赞赏、有骄傲……

步入宴会厅，杨宇、张雄飞和肖梅很快都找到了自己的席次，他们各自都有自己的翻译任务。杨宇就排在第二桌，座位在韩晨老会长旁边。韩老见了他分外高兴，话也多了。

“小杨，过来，坐这儿！”韩老指了指身边的椅子。

“韩老好！我们又见面了。您亲自参加接待这个团？”

“我工作忙，有些活动他们一定要我参加。”

“那当然，您是探路的先行官，算是古拉特副总统的老朋友了，重要活动和决策自然少不了您老人家。”

“你这个小杨也不简单呀，代表团能圆满完成任务你也功不可没呀。”

“谢谢老首长鼓励！是我从您那里学到了很多东西。”

这一老一少正说着，宴会厅里响起了悠扬的迎宾乐声，人们也都停止了谈话，将目光投向左侧的大门，见董必武、宋庆龄两位副主席、周恩来总理、外交部长陈毅等领导人正陪同古拉特副总统走进宴会厅，众人起立鼓掌。杨宇对韩老悄声说：

“咱们和巴西是非建交国，可这次接待规格真不低呀，完全是建交国副元首级的隆重接待，毛主席、少奇同志都见过了。”

“南美洲第一次嘛，巴西又是拉丁美洲有影响的大国，中央非常重视，毛主席还要在杭州见他，这可是从未有过喽。周总理在内部会上也一再强调，当前拉丁美洲反帝反干涉、争取独立、民主的斗争形势一片大好，古巴打了胜仗，巴西等其他一些拉美国家也强烈要求捍卫民族权益，我们一定要利用好这一形势，积极开展对拉美工作，推动中拉关系……”韩老正说得兴奋，有人引领着巴西国际贸易促进会主席朝他们这边走了过来，韩老和杨宇连忙迎上前去，与他热烈握手，表示欢迎。

肖梅和张雄飞也都在各自的席位上见到了自己负责招待的巴西客人。肖梅的桌上是巴西外交部亚洲司司长。与张雄飞坐在同一桌的是巴西报界的几大巨头，《圣保罗之页》副社长、《巴西日报》社长、《环球报》总编和《晚报》特派记者，落座后彼此作了自我介绍，张雄飞讲着标准的葡萄牙语，这让巴西人高兴坏了，啊！？中国人也能讲这么地道的葡语！过去他们听到的都是会讲西班牙语的人说的葡萄牙语，被他们称之为“西式葡语”，虽然也能彼此沟通，感觉上却远不如听标准葡萄牙语那么亲切悦耳。有了谈话的对象，这些远涉重洋第一次来华的巴西媒体精英们争先恐后地提出许许多多你想得到和想不到的问题，从国家政体到个人自由，不一而足，着实让张雄飞这名外交新兵经历了一场“战斗洗礼”。

周恩来总理与古拉特副总统在热烈的掌声中分别致欢迎词和答谢辞，他们都强调了中巴两国人民的传统友谊和进一步发展两国贸易及友好关系的愿望。当古拉特说到“巴西希望同世界各国人民接触和建立贸易关系，特别是与在国际上起着那么重要作用的中国人民建立贸易关系……巴西将在联合国投票赞成讨论中国问题，中国是不可忽视的”时，在座的巴西客人带头热烈鼓掌。韩晨笑眯眯地往杨宇耳边凑了凑说：

“这次两国领导人会谈的气氛非常友好，巴西政府同意中国在巴西设立贸易机构，双方签署了银行支付和贸易协定，关于在巴西设立新华分社和筹备举办中国经济贸易展览会的事也都达成了协议……怎么样，形势喜人吧，接下来的许多工作，就得靠你们去好好干了。”

正当中巴关系迎来灿烂曙光之时，巴西政坛风云突变，原本晴朗的巴西利亚的上空，霎时间布满了军事政变的乌云，山姆大叔和早就磨刀霍霍的右翼军人终于按捺不住了：民主联盟政府竟敢如此一意孤行处处与他们作对，这还了得！古拉特副总统居然大摇大摆访问共产党中国，更是对美国的公然挑战，这样一个危险政府岂能容它！趁早干掉它！古拉特尚在北京未归，高原宫里只剩下了孤掌难鸣的雅尼斯·夸德罗斯总统，此时不动手，更待何时？

地球这边，一向对中国怀有友好感情的古拉特副总统这些天情绪轻松而愉快。离开北京后，他又访问了中国最有名的古都西安、工业名城上海、游览了美丽的杭州，最让他兴奋的是，在西子湖畔第二次与毛泽东主席会见，就中国、拉美与世界的形势，以及中巴关系未来的发展，进行了广泛交流。这次访问让他对这个古老的东方大国有了更深入了解，看到了彼此间更多发展友好合作的可能与机遇，也更坚定了他继续推动两国关系的决心。就在他圆满结束了访华，准备踏上归途时，从地球另一边传来了一个惊人消息，犹如晴天霹雳……

副总统专机原定上午九时起飞，古拉特和他的随行人员正准备动身去机场，秘书突然神色慌张地呈送给他一份急电，是妹夫布里左拉州长发来的：首都发生军事政变，夸德罗斯总统已被迫辞职。古拉特的脑袋“嗡”地一下，又是“军事政变”！像是一道魔咒，他愣了一下，赶紧接着往下看：你似宜飞往乌拉圭，开展争取继任的斗争。

古拉特手中捏着那份电报，沉思了片刻，接着，以坚定的声音命令道：

“飞机准时起飞，前往蒙得维的亚！我们要到那里去与他们展开斗争，绝不能让他们得逞！”

6

夸德罗斯政府的一些改革措施遭到了利益集团的强烈反对，古拉特副总统亲赴北京改善与红色中国的关系更是激怒了美国，被巴西民众称为“猩猩派”的右翼军人在社会上各种亲美反共势力鼓动下再一次露出了狰狞面目，将夸德罗斯赶下了总统宝座，巴西政局陷入一片混乱。右翼势力鼓噪声讨夸德罗斯政府的“亲共”政策，极力阻挠古拉特回国，民主力量则强烈谴责军人非法篡权，要求恢复民主、恢复宪法秩序，由古拉特副总统继任总统。面对这场突如其来的政治风暴，古拉特坚定、自信、寸步不让，他在乌拉圭亲自组织与指挥了这场为恢复国内正常政治秩序而进行的斗争，在他的妹夫、巴西南大河拥有强大实力的布里左拉州长全力支持下，内外呼应，经过几个月的博弈和较量，终于赢得了宪法赋予他的合法权利，正式继任巴西总统。尽管前进的道路坎坷难行，遍地荆棘，古拉特总统不改初衷，继续对内进行改革、对外与众多社会主义国家建立了邦交，坚持同新中国发展友好关系，很快落实了他在北京与中国领导人达成的各项协议。

暴风雨过后的巴西，表面上又恢复了往常的平静。一年一度的移民节到了，圣保罗市是巴西各国移民最集中的城市，这天，东方区一片节日景象，热闹异常。庆祝活动中最引人瞩目的自然是各国侨民的花车游行了，不同国家的移民各出奇招，尽情展示祖籍国独特的文化与习俗，有的身着色彩艳丽、特色鲜明的民族服装，跳着本民族的传统舞蹈，且歌且舞地行进；有的化妆成皇帝皇后、传说中的本民族英雄、侠客义士；有的方队是由身穿民族服装的姑娘和小伙子百鸟朝凤似地簇拥着新当选的“移民皇后”的花车向前行进；有的方队由不同的民族乐队组成，鼓乐喧天，煞是热闹。浩浩荡荡的花车游行队伍犹如一条彩色的河流，沿着东方区主干道由南向北流淌，经过拐角处的江南轩饭店后，朝着东边的体育场方向奔腾而去。

这天，江南轩楼上吃早茶的客人大部分还没有走，他们正好一面慢慢品茶吃早点，一面观赏窗外街上热火朝天的花车游行。临窗的一张餐桌旁坐着两个年轻人，桌上摆着两杯清茶和几碟点心。两人谈兴正浓，女的在说：

“雄飞，我非常高兴你能来看我，真的，非常高兴你没有忘了我这个老同学。”

“怎么能忘了呢！我来巴西已经一个多月了，我们是来筹备举办中国经济建设展览会的，离开北京前杨宇把你的电话给了我，要我一定来看看你，嗨，知道你在这里，他不说我也要来呀！本来早就该来，可一直忙，这次来圣保罗打前站，这不，一办完事就来找你了。展览会先在里约举行，一个月后来圣保罗展出，咱们以后见面的机会还多着哩。”张雄飞边说边笑，“中国人历来把‘他乡遇故知’看作人生一大乐事，你高兴，我也很高兴呀。”

“老家还有一句话‘老乡见老乡，两眼泪汪汪’，你瞧，再说下去，我真的要掉眼泪了。”何君玉说着，眼睛里真有泪光闪动，多少年她孤身在外，像一片脱离了树干的落叶，不知命运的归宿，继杨宇之后，张雄飞的突然来访，又一次勾起了她无尽的故国情怀、无比的友情温暖。

见何君玉情绪激动，张雄飞连忙岔开话题，告知她一些旧日学友的近况，谁谁谁结婚了，你还记得小燕子吗？她和大牛在学校时最合不来，一见面就斗嘴，没想到大学毕业后他们结婚了，两年前还生了个大胖儿子……

“真的呀？”何君玉笑眯了眼睛，接着又叹了口气说，“还是你们好，生活在生养自己的土地上，多幸福！”

张雄飞还告诉她，自从古拉特继任总统后，中国与巴西之间的关系又重新回到了正常发展的轨道，现在里约已经有了新华分社和贸易代表机构，今后双边来往肯定会愈来愈多，你以后回国也会更方便了，至少，你可以先回去看看嘛。

何君玉不时点头。他们就这样一面聊着，一面看着街上的花车游行，有时他们还会暂停谈话，听何君玉介绍游行队伍中某个有趣的方队，或某个饶有兴味的表演场景。终于，喧闹的锣鼓声中走来了中国侨民方队，走在最前面开道的是一个举着青天白日旗的年轻人和几个衣着考究的领头人物，紧随其后的是一群穿着黄衣黄裤、头上扎着黄头巾的男子汉，舞动着两条中国“金龙”，仿佛在腾云驾雾，上下翻滚。接着是一群身穿红衣衫的青年男女，摇动手中的绣球，挑逗五六头憨态可爱的“雄狮”，一连串的追逐、跳跃、翻滚……人狮共舞，妙趣横生。再往后，是穿旗袍的仕女、穿长袍马褂的老先生、西服革履的绅士……再往后，便是没有严格队形的一般游行民众了。队伍一路过来，眼看快到江南轩饭店门前时，突然，从大街右侧的围观人群中冲出一支队伍，为首的举着一面五星红旗，闯进了华侨方队，中国侨民队伍立即大乱。坐在江南轩楼上的观众也都睁大了眼睛，发出一声声惊呼：

“看哪！打出中共的旗帜了！”

“哎哟，两边打起来了！

正在说话的张雄飞和何君玉都不约而同地从桌边“呼”地站起身来，探身窗外细看究竟。

举青天白日旗的那些人冲向打着五星红旗的人群，要把他们撵走，那群人坚持不走，还把红旗挥舞得呼呼作响，青天白日旗那派人于是围了上去，要抢走红旗，红旗派的人又急忙冲上去护旗，两边的人挥舞着拳头，扭打在了一起。一时间，舞龙的、要狮的、穿旗袍的姑娘和穿长袍马褂的老先生都纷纷躲到了一边，纸花彩旗撒落满地……大街上的格斗还在继续，有人挨打流血了，有人受伤倒地了……终于，在一阵刺耳的警笛声中，一小队巴西警察出现了，他们挥舞警棍，不分青红皂白，把参与打架的双方人员统统推上了警车，车门一关，拉走了。过了一会儿，这支重新聚集起来的稀里哗啦的队伍重又上路了，只是舞龙的、要狮的全都无精打采了……

江南轩楼上的食客们重新坐回自己的座位，又续上了一壶茶，自然，刚才的一幕为他们喝早茶提供了精彩的新话题：

“嗨，好好的一场花车游行都让那些亲共分子给搅黄了，真扫兴！”一个秃顶的中年人撇了撇嘴说。

“可不是吗，那些亲共分子看着古拉特政府要和中共搞关系，这胆子也大了起来，干脆把共产党的旗子都打出来了，也太无法无天了。”说这话的是个尖嗓门男人。

“我看呀，这还只是刚刚开始，我们好不容易从大陆、从台湾跑到这儿，把这儿当成政治避风港，看来，恐怕这儿也要不得安宁，也快要靠不住了……”说这话的人声音不高，但大家都听得清楚，好几个听众还默默点了点头。

张雄飞悄声问何君玉，打着五星红旗的是些什么人。何君玉说他们是“巴中文协”的，大部分都是早年来自大陆的老华侨以及他们的子女，很爱国，心向大陆。这些年从台湾来了很多移民，倚仗台湾“大使馆”的支持，发展各种社团组织，几乎垄断了全部侨务，对侨界进行政治、思想控制。如今大陆影响力愈来愈大，特别是大陆爆炸了原子弹，又在洛杉矶奥运会拿到了多块金牌，亲大陆的那些人也更加活跃了，开始公开支持大陆，成立了“巴中文化交流协会”，抵制台湾“大使馆”的控制。刚才你不是已经看到了吗，最近以来，两边已经发生了好几次冲突和斗殴了。

“噢——，那台湾‘大使馆’也拿他们没办法？”

“这些人移居巴西多年了，也都在本地有不少人脉关系，而且，还能得到当地一些左翼人士的同情和支持，许多情况下台湾‘大使馆’也无可奈何。”

这天的所见所闻令张雄飞很兴奋。与何君玉的接触中，他深深感到这位老同学还是那样诚恳与热情，最重要的是，她看似远离政治，却依然对自己的故土怀有深情。至于上午他亲眼看见的那一幕，更是让他印象深刻，没有想到，在离开祖国这么遥远的地方，那些漂泊异国他乡的游子们对故国一往情深，祖籍国的每一点进步与成就都会化作他们的精神财富、希望和动力。熙熙攘攘的圣保罗市，繁华外衣掩盖下，你还有多少没有告诉人们的秘密？

7

圣保罗的快速与浮躁，里约热内卢的静美与淡定，互为映衬和对照。高速发展的圣保罗市每一刻钟就有一幢高楼出现，街上来去匆匆的人们显得疲惫而忙碌，而里约热内卢人大部分时光是在沙滩上度过，耳边回荡的总是妙曼的音乐，过的是悠哉游哉的日子。从圣保罗回到里约热内卢，张雄飞算是亲身体验了巴西这两个最大城市的特点和差异，难怪巴西人爱说“赚钱要去圣保罗，花钱消遣在里约”，真还没有说错！他回到自己寓所，推开窗户，映入眼帘的是一望无垠的大海、宁静的沙滩和翠色的山峰，他深深吸了几口迎面扑来的清新空气，顿感神清气爽，全身舒坦。他们展览会筹办小组的四个人和中国贸易代表处的三人都住在这所公寓楼里，只有新华分社的两位同志住在了离市中心更近的一处公寓内。这些来自不同单位和不同地区的中国人，互相协作，彼此照应，远离了祖国，就变得亲如一家了。

张雄飞走进浴室，很快冲了个澡，接着便来到了组长侯天明的房间。老侯四十几岁，浓眉大眼的北方汉子相貌。解放后他从部队转到经贸部工作，多少年下来也成了对外经贸的行家了。此时他正伏在书桌上学外语，见张雄飞进来，忙站起身来，乐哈哈地说，这些天你不在，我们天天盼你早点回来，这副作用嘛，是大伙儿学习葡语的积极性和水平都大有提高。张雄飞也笑着翻了翻他桌上的葡语字典，说：不错，不错，临时抱佛脚也行，能解决问题就不错！接着坐下来，向他汇报了去圣保罗出差的情况，连移民节那天的见闻都说了。老候听得仔细认真，他们对这个遥远的国家实在太生疏了，需要更多了解。谈完出差的事，老候特别提醒张雄飞说，上星期新华分社王之浩就打电话来，要我们去参加他们组织的一次新闻界的小型活动，就是今天晚上，没有忘了吧？我们三个人不去倒没什么，你是讲葡语的，不能不去帮忙。张雄飞点头说没有忘记，自己就是为了这事才紧着赶回来的。

天刚断黑，耸立在耶稣山顶的那尊高大的耶稣像便被探照灯光照得明亮夺目，让每个生活在这个城市的居民都足以感受到上帝的庇护和主的威严。从新华分社租住的公寓楼顶阳台上也能看到这位“全人类的救世主”。这楼顶花园是楼顶餐厅的一部分，地方虽不大，看上去却很精致，种满奇花异草，右侧还有一个点缀着青青芦苇的水池，一股清泉顺着假山缓缓流下，让人从心里感到凉爽。新华分社的同志就在楼上的这家酒店，请了新闻界十几位客人在此小聚，就当是答谢这些巴西同行们平时对他们的诸多照顾与帮助。楼顶花园中央摆了一张长桌，上面放满了中西式热菜、凉菜、点心和饮料……这是个小型冷餐会。一二十个客人，边聊边吃着，很随意。新华社的两位常驻记者王之浩和小叶正忙着招待客人。王之浩三十多岁，瘦削的身材，戴黑框眼镜，一副文质彬彬的样子。小叶是个二十几岁的年轻人，椭圆的脸型和几绺搭在前额的头发使他看起来比实际年龄更年轻。他们来巴西的时间虽不长，却已经结交了许多朋友，发回了大量介绍和宣传两国友好合作和关于巴西情况的稿件。他们的工作自然离不开巴西新闻界朋友们的帮助，巴西朋友也很喜欢接近这两个中国同行。张雄飞同王之浩打过招呼后便赶紧帮忙照顾来宾。他生性活泼，又操着一口流利的葡萄牙语，很快就和巴西人混熟了，不仅交了好几位新朋友，还不期然地在来宾中碰见了两个老熟人，《环球报》的总编马丁和《圣保罗之页》报副社长罗萨里奥，这两个人都曾随古拉特副总统访问过中国，张雄飞就是那次在人民大会堂的国宴上认识他们的。罗萨里奥一见小张便张开双臂热烈地拥抱他，拍着他的肩膀说：

“老朋友，瞧！我们果真又见面了！记得吗？那次我们分手时我就说，我们很快还会见面的！”

马丁也笑眯眯地说：“那次我们几个老家伙‘围攻’了你这个小老弟，你很勇敢机智，给我们留下了深刻印象。”

“记得，记得。‘世界很大，也很小’，我很高兴在巴西又见到了你们二位。”张雄飞的确很高兴，忙把两人拉到水池边的一张小桌旁坐下，这儿稍为清静一点，说话方便。

“小伙子，我在中国时问了你很多问题，因为那时我们对人民中国一无所知，只感到中国是个很神秘的国家，我们能听到的关于中国的消息都来自美联社、路透社和法新社，他们的宣传我们知道不可信。你们的新华分社来了后，我们和中国同行成了朋友，可以直接听到中国的声音，太好了。”罗萨里奥一面说，一面替三人向待者要了三杯“瓜拉那”饮料，并解释说，这种饮料是用从瓜拉那果实中提取的元素制成的，瓜拉那，知道吗？是一种生长在亚马孙大森林中的植物，有强身怯病的功能，有“巴西人参”之称。“我们巴西人爱喝瓜拉那，不喝可口可乐。”罗萨里奥介绍完了瓜拉那，又自豪地作了补充：

“你们到巴西举办经济建设成就展览会，这是个好主意。”马丁呷了口饮料说，“这样一来，可以让更多巴西人直观地了解中国，美联社的许多谎言也就会不攻自破，也可以为发展我们两国关系营造良好气氛，如果两国间再做成几笔重要生意，形势就会更好了。”

“你们刚来不久，就像当年我们去中国时一样，对巴西的情况不很了解，有什么疑问，你尽管问我们好了。”罗萨里奥说着往椅背上一靠，一副准备答记者问的架势。这时，一直忙着招待其他客人的王之浩正好走了过来，笑道，你们这里谈得好热闹，让我也来听听。张雄飞顺手替他拉过来一张椅子说，罗萨里奥副社长正要介绍巴西的政治现状呢。王之浩忙把手中的杯子放在桌上，在椅子上坐了下来说："这样精彩的话题，我更得洗耳恭听了。"

"你这位社长一来，我就不好随便说话了，如今你对巴西的情况已经摸得比我还熟，叫我讲什么呀？"罗萨里奥双手一摊，摆出了一副无能为力的样子。

"这怎么可能呢，罗萨里奥先生？你很清楚，我们的消息来源就是看你们政府的公报，读你们的报纸，听你们的广播，再就是听听像你这样一些媒体权威人士的评论，哪能像你们一样，可以自由地上天入地，可以弄到各种情报……"

听了王之浩的话，罗萨里奥又笑着拍了拍他的肩道：

"我知道，我知道，你们现在的处境还很困难，"他的脸色渐渐变得严肃了，"猩猩派对你们虎视眈眈，千方百计地寻找借口诋毁你们。当然，他们只代表一小撮亲美右翼势力，但他们掌握军队、得到美国支持，还能纠集社会上的右翼力量，不容小觑呀！"

"告诉你们，我最近到内地几个城市和农村去跑了一圈。"坐在一旁的马丁说话了，他掐灭了夹在手指间快要燃完的香烟，用目光扫视了一下身边的朋友们，"可以说，到处弥漫着火药味……形势十分严峻。右翼势力在重新集结。"他说话的声音显得凝重，"大家都看到了，最近以来，社会矛盾进一步尖锐，工人政党和工会组织日趋活跃，全国民主联盟、社会民主党内部已经出现分化，其立场也有了明显变化。反对党指责政府应该对物价上涨、商品匮乏负责。形势对政府愈来愈不利，工党恐怕是孤掌难鸣呀。"见大家的目光都盯着自己，等着他说下去，马丁悲观地摇了摇头，换了更为担忧的口气说，"军方放话说古拉特总统企图在巴西'推行共产主义革命'，这是极富煽动性的攻击！矛头自是直指古拉特的内外政策，他的对华友好政策更是首当其冲，恐怕你们也得提高警惕，有所准备。"

"谢谢你们的提醒。可我们是根据两国政府协议来进行正常友好交流活动的呀，你们都曾随同古拉特副总统访问中国，对这一过程最清楚不过了，是吧？”张雄飞最近虽也感觉到了巴西政局在恶化，但没想到形势会这么严峻，听了他们的提醒，他急忙申辩。

“这当然是众所周知的事实。但欲加之罪，何患无辞，别忘了这是反动派惯用的伎俩。马丁先生和罗萨里奥先生对我们的提醒很重要。”此时的王之浩，心情与脸色都转而凝重，“根据你们的观察和分析，目前的形势已经发展到了与上次政变前夕相似？”

“可以说，相当接近。”罗萨里奥皱了皱他那两道浓眉，“美国在背后极力鼓动和支持。古拉特的内外政策在政治上和经济上都伤害到了美国的利益，对部分外资企业实施国有化，实行土地改革，都直接影响到美国跨国公司利益，中国是美国视为必须加以封锁和遏制的敌对国家，试图改善与中国的关系更是触动了美国的神经。古拉特的工党是巴西三大政党中最小的一个，工会的力量也还很有限，如果一旦形势发生逆转，恐怕是难以抵挡，这就是巴西的悲哀，也是整个拉丁美洲的悲哀！”

“古拉特总统前些天在里约热内卢火车站广场召集了30万支持者参加的群众大会，紧接着，反对派就在圣保罗组织了‘家庭同上帝一起为争取自由进军’，海军和海军陆战队也上街游行，针锋相对，剑拔弩张呀。”马丁站起身来，双手插在裤袋里，目光茫然地看着远方，忧形于色。

“是的，其他朋友也谈到同样的看法和担忧。看来，很可能巴西又将有一场你死我活的拼杀了。”王之浩忧心忡忡地说。张雄飞此刻的心情也很不平静，抬头间，映入眼帘的是远处山峰上那座熠熠发光的耶稣像，是呀，这个国家和人民正面临一场即将来袭的恶风险浪，只有你这个‘万能’的上帝还这样若无其事，还要在众生面前装得如此安详……

夜阑席散，送走客人们后张雄飞也准备告别，王之浩叫住了他说：

“小张，你怎么看他们的意见？”

“我也觉得形势相当紧张，巴西政府和反对派一直在较量，最近军方介入愈来愈深，态度也更加强硬，罗萨里奥他们的分析很有道理，危机可能一触即发。”

“你回去把情况向老侯和贸易代表处的同志通报一下，我得赶紧向国内报告。咱们这些人恐怕也要在一起商议一下，以应对不测。”

“我也是这样想的，目前情况下，我们一定要及时掌握情况变化，早做准备，不能不未雨绸缪呀。”

这天夜里，中国人居住的两所公寓楼里，有几个窗口的灯光一直亮到东方发白，向国内发出紧急报告的急电划破长空，穿越太平洋，传送到了中国的有关部门：巴西政局随时可能生变！

这是一段将被写进巴西历史的极其动荡的日子。一连几天，张雄飞不是外出约谈朋友、了解情况，就是守在电视机前收看新闻。这些天，连其他几位不懂外文的同志也都挤在一起看电视，正常工作已完全陷于停顿。他们都愈来愈意识到了自己所处的险境，想到了离开国内前夕国务院外办副主任廖承志对他们说的一段话：“你们进去了就是胜利，坐冷板凳也要坚持下去……你们在那里，新中国就在那里，不到山穷水尽不要撤出来。”是的，我们在这里，新中国就在这里，多难我们也不能轻易放弃！坚守，成了大家心中的共同承诺。然而，巴西政局每况愈下，全国陷于动荡与混乱。不同的电视台，有的支持政府，有的支持反对派，都在不断地现场转播街上民众游行示威的画面。除了布里左拉州长领导下的南大河州的军队继续支持政府外，圣保罗等各州的军队纷纷倒戈……决定性的时刻终于到了，这天张雄飞刚用完早餐便接到了罗萨里奥的电话，语气很急促：

“张，圣保罗州的部队和米纳斯吉拉斯州的部队已经在向里约热内卢和首都巴西利亚进军了，听说将军们已经写信给古拉特总统要求他立即辞职，军方最后摊牌了。古拉特总统这会儿正飞往阿莱格雷港寻求支持，试图力挽狂澜。正如我上次跟你们说的，恐怕大势已去。你们怎么样？一定要注意安全！”

“我们目前还好，谢谢你的信息和关心。我们随时保持联系。”放下电话，张雄飞急忙跑到电视机前，出现在荧屏画面上的不仅有列队前进的将官与士兵，还有正隆隆开进市区的装甲车以及从天空呼啸而过的飞机……

“一场明目张胆的军事政变！”张雄飞喃喃地说，急忙拿起电话，拨通了老侯房间……

空气是凝重的，贸促会代表处和经贸展览会筹备小组的七位同志都在客厅里坐着，全神贯注地听老侯说明当前形势。接着，贸促会代表处的副代表尹冰，这些派出人员中最年长的领导，也在会上讲了话，说巴西要发生军事政变，古拉特总统的政府已经顶不住了，反共亲美的右翼军人上台后形势将变，我们必须做好与国际帝国主义势力和巴西右翼反共势力做斗争的思想准备，我们要相信有伟大祖国做后盾，只要我们立场坚定，团结一致，一定可以度过难关。

他们说话期间，张雄飞又出去接了一次电话，返回时，老侯忙问：“怎么样？”张雄飞摇了摇头说：

“古拉特总统到了南大河州，但没有得到足够的支持……”

大伙儿都沉默了，都意识到形势恐怕是凶多吉少了，就连平日里最不知忧愁的几个年轻人此时也意识到了迫在眉睫的危险，脸上流露出不安与忧虑……会议要求每个人立即行动起来，抓紧时间做好准备，以防随时可能发生的不测。

夜幕开始降临，张雄飞走到阳台上，他觉得往日里美丽迷人的里约之夜，突然间变得阴暗可怖，站立山巅云端的那座光芒四射的耶稣雕像给人的感觉不再是慈祥与安宁，而是冷漠，冷漠得让人心寒……

就在那天夜晚，里约街头枪声四起，寂静的黑夜里装甲车的隆隆声响彻全城，里约的市民们都躲在家里，不敢外出，这是个不眠之夜。惶恐不安的人们从看不见的角落向耶稣山顶的那位救世主祈求平安，眼睁睁地看着一队队荷枪实弹的士兵匆匆穿过滨海大道，扑向市中心……士兵们的皮靴声、枪声、隆隆的装甲车声以及飞机从空中掠过的轰鸣，汇成了恐怖的战争前奏，彻底打破了这座城市惯有的优雅与静谧。一夜之间，里约热内卢落入了右翼军人之手，同一时间，叛军占领了巴西利亚的高原宫，古拉特总统被迫再次流亡乌拉圭……政变的乌云遮蔽了巴西的蓝天，这个南美大国又一次陷入了军事政变的白色恐怖之中。

身处风口浪尖的九名中国人，在危机降临的那一刻，向祖国、向家人发回了最后一份电报：巴西政变，亲美反动势力上台，必将对我等下毒手，我们已做好准备以应不测……

8

政变的枪声尚未停歇，急于为这次政变寻找借口的巴西猩猩派军人，迫不及待地对新中国的派出人员下手了。

里约热内卢陷落的第三天凌晨，天还没有亮，一队全副武装的军警匆匆穿过路灯微弱光照下的阴森街道，他们沉重的军靴声在寂静的黎明时分听起来分外响亮和瘆人。军警们来到新华分社居住的那幢公寓楼下，立即将大楼团团包围。从一辆警车上跳下一名警官，手里提着冲锋枪，气势汹汹地走在前面，十来个军警紧随其后，迅速冲上了11层楼新华分社的住房门前。接着便是大声叫喊“开门！开门！”的呵斥声、用枪托撞击的砸门声，整座大楼都在震动、颤抖。住户们从睡梦中惊醒，都在问出什么事了？可谁也不敢轻易出门打听，这个时候出门，岂不是找死吗！军警冲上楼的那一刻，新华分社的两位同志就已经意识到预料中的噩运降临了。王之浩掀起窗帘的一角，看见了楼下的警车和宪兵，接着便传来了敲门声。他急忙对同事叶青说：

“快，堵住门！我们绝不能开门！绝不能让军警在深更半夜里秘密绑架我们，要跟他们拖时间，拖到天亮！”

小叶点头，连忙拖过客厅的桌子顶住房门。王之浩急急拨通了向老侯报警的电话：抓捕的军警已经包围了我们！接着又拨通了罗萨里奥的电话：请告知所有的朋友们和国际通讯社，猩猩派今天凌晨公然无端逮捕中国派驻里约的两名记者……

伴着巨大的撞击声，房门终于被撞开了，军警们一拥而入，只见王之浩和小叶镇定地站在房间中央，几名军警恶狠狠地走到他们面前，用枪顶住他们胸口骂道：

“可恶的共产党分子，为什么迟迟不开门？”为首的军官说着顺手抽了王之浩一耳光，王之浩的嘴角渗出了鲜血。另一个军警也不容分说给了叶青一枪托，打得他一趔趄，差点跌倒。王之浩抹了一下嘴角的血，大声说：

“我们抗议！”

“你还抗议？”那家伙冷笑了一声，“连命都保不住，还抗议！”说着便命令手下，“给我仔仔细细地搜查！”

“是！”一群凶神恶煞般的喽啰立即动手在屋内翻箱倒柜，衣物、用品撒满一地，没有！他们想要找的东西一样也没有！为首的家伙心犹不甘地东瞧瞧西看看，他的目光终于落到了几本中国杂志和介绍中国情况的小册子上，立即如获至宝似地叫道：

“共产党的颠覆材料和宣传品！带走，统统带走！”

在歇斯底里的叫喊声中，王之浩和叶青被军警们推搡着带离了大楼，推上了一辆警车。警车发出一阵尖利刺耳的鸣叫声，在邻居们躲在窗帘后的窥视下，驶向让巴西百姓谈虎色变的警察局。

相隔不到一个小时，另一队军警包围了中国经济建设展览会筹备小组和贸促会代表处居住的公寓楼。住在这里的七位中国人在得到王之浩的报警后意识到猩猩派军人是绝不会放过一个中国人的，军警很快也会到这所公寓来。他们立即想到必须尽快通过巴西对华友好的朋友们，将这一消息报道出去，让国内及时知道他们这里发生的情况，同时向国际舆论揭露巴西右翼军人的倒行逆施，争取国际声援。张雄飞不停地拨打电话：巴西工商会主席、中巴文化协会会长、新闻界朋友马丁、罗萨里奥……

“喂……我是张，猩猩派已经对我们下手了！中国新华社的两名记者已经被捕，估计马上就要对我们下手，对……对！我们需要你们紧急声援，请立即设法将政变当局的这一罪行向全世界披露……是的，愈快愈好……”

当一群气焰嚣张的军警闯进门来时，全体人员都已穿戴整齐坐在客厅里。军警们拿枪对着他们，命令他们站起来，为首的警官是个黑白混血种人，紫酱色的面孔上翻动着一双死鱼般的白眼球，他耀武扬威地挥舞手枪，走到每个人面前，大声呵斥和谩骂。没有人搭理他，只见张雄飞跨前了一步，从容不迫地说：

“有什么话你就对我说好了，他们听不懂你的话。”

那人斜了他一眼：“你是什么人？”

“中国人！”不卑不亢地回答。

“赤色共党分子，还神气什么！送你们去个‘享福’的地方，到了那里，你们不开口也得开口！”说着，向手下军警挥了下手，“通通带走！还有那些搜出来的东西都带走，那都是罪证！”

天已经大亮，路上已有不少匆匆赶路的行人，看到一群中国人被军警押解着走向警车，他们站住了脚步，目光中流露出惊疑、困惑、同情……旁观的人群中有位带孩子的巴西老者，孩子拉住老人的手问道：

“爷爷，这些人犯什么罪了？”

“罪？现在是有罪的抓没有罪的，没有罪的成了‘有罪’……”

九名中国人被捕的消息迅速传开，震惊了世界！

巴西《环球报》在《九名中国人被当局以‘颠覆罪’逮捕！》的标题下，首先报道了政变军人的这一暴行。《圣保罗之页》等其他报纸也都纷纷报道了这一惊人消息，有的只是客观报道，有的则提出诸多质疑、表示强烈愤慨与谴责。一时间，九名中国人被捕成了巴西乃至国际媒体最热门的新闻……

北京中南海内，毛泽东主席坐在办公桌旁阅读外交部送来的紧急报告，旁边的沙发上坐着周恩来和陈毅。毛泽东专注而迅速地看完了报告内容，站起身来，怒容满面地在报告上猛击了一掌，愤愤地说：

“真是岂有此理！要跟他们针锋相对地斗！”

“这是一起美国中央情报局策动、巴西军政府制造的政治诬陷案！完全无视国际法。我们准备以外交部的名义委托巴基斯坦和印尼驻巴西的大使立即进一步了解情况，并马上向巴西外交部提出交涉。”周恩来总理显然对如何应对已有所考虑。

“法律和道义都在我们一边，我们要发动全世界的公正舆论和正义力量和他们斗争！”陈毅早就坐不住了，从沙发上站起来使劲挥动了一下他的大手。

毛泽东点燃了香烟，吸了一口，看着周恩来总理说：

“恩来，我看你们马上成立一个专门班子负责这件事情，由你亲自挂帅，陈毅和廖承志直接指挥，协同外交部、新华社和外贸部等有关部门，马上投入这场斗争。”

“好的，我们马上就办！这是一场政治仗，也是一场法律仗，还需要请一些熟悉国际法的专家参加。”周恩来考虑问题一向缜密，毛泽东连连点头说：

“对，对！要聘请国际法专家和有世界知名度的律师！”

“主席放心，我们一定打好这一仗！美国人以为那是他的后院，就可以为所欲为，新中国可没有那么好欺负！”陈毅的话掷地有声，还是当年驰骋疆场无所畏惧的气概。

此时的外交部美澳司拉美处办公室内弥漫着紧张而沉闷的气氛。从九人被捕的消息传来后，全处的人都沉浸在愤怒、焦急和沉重的情绪中，杨宇和肖梅都立即想到了张雄飞，他们在一起度过的日子，他的言谈笑貌……如今他和八位中国同志落到了巴西反动军人手里，生死难卜，音讯断绝……想到这里，肖梅心里很难过，怎么也无法将注意力集中到正在阅读的文件上。杨宇一直不发一言，只埋头来回翻阅那几条零散的外媒报道。处里其他同志也都闷不作声，是的，除了焦虑，大家心里都窝着一股火，却不知如何发泄。这天上午，获悉这一惊人的消息后，他们立即将情况上报，焦急地等待上面的指示。几个小时过去了，终于听到了司长走进来的脚步声，七八双眼睛不约而同地集中到了司长身上，怎么样？哦，马上开会传达，大家都聚拢了过来。司长说他刚从总理办公室开会回来，有关各单位的负责人都去了，上面已经成立了九人事件的专门领导小组，总理亲自挂帅！这一事件震动了中央，主席说，真是岂有此理，要跟他们针锋相对地斗！司长说到这里，办公室内爆发了一阵热烈的掌声，对！跟他们针锋相对地斗！大家心里窝着的那股闷气终于宣泄出来了，人人感到振奋。司长的情绪也很激动，强调我们的同志正在受苦，我们必须全力以赴投入营救工作，要分秒必争！他还说道，美澳司高源副司长已被任命为贸促会驻巴西代表处代表，并已动身赴任，听到这里，大家的心又都“揪”了起来，是呀，这太危险了！司长用宽慰的目光看看大家说，周总理得知巴西政变，立即想到了高源正在赴巴西途中，在瑞士等候换飞机，马上指示他立即返回，听到这里大家又都松了口气，不由得从心里佩服周总理工作作风的细腻，他心里总是装着每个同志的安危。司长在会上要求大家以昂扬的斗志立即投入这场斗争，宣布从拉美处抽调一部分人投入九人事件小组工作，全司都要行动起来，动员一切可以动员的力量，营救落难的同志。

云谲波诡的南美洲，山姆大叔正得意洋洋地注视着自己后院的风云变幻，打着一箭双雕的如意算盘：既利用巴西右翼军人政变整饬自己的后院，又给胆敢进入南美的共产党中国以狠狠打击，它要从这场冷战博弈中获取最大的利益……

隔着云雾缥缈的太平洋，一场针锋相对的政治、外交和法律的斗争拉开了帷幕。

9

里约热内卢市的警察局监狱，一所两层楼的老旧建筑。跨进院落，除了院子中央长着一棵苍老的石棉树，四周都是水泥高墙，石板地面，一切都被警方小心地用水泥严严实实地包裹着，连耗子也休想逃得出去……老侯、张雄飞他们七人被关进后面一间阴暗而潮湿的牢房，王之浩和叶青已在里面。想必警方是将外国人与本地人隔开关押的，九个中国人集中关押在一间牢房，这倒让他们松了口气，他们依然是一个战斗集体，可以共同应对最残酷的考验，无论环境多么恶劣，他们还可以互相商量、彼此鼓励和统一行动。

“这会儿国内一定已经知道了我们被捕的消息。”老侯说。

“我想，罗萨里奥、马丁他们一定会尽快把这个消息捅出去。”王之浩相信老朋友一定会履行诺言。

“猩猩派军人既然对我们下了毒手，纸是包不住火的！我通知巴西朋友时，他们都非常气愤，表示会想尽一切办法声援我们。我相信多数巴西人对我们是友好的。”张雄飞还清楚记得被捕前几分钟与几位巴西朋友通话的情景。

“我在想，猩猩派既然抓捕了我们，显然是想从我们身上得到对他们有利的东西，为他们的倒行逆施找借口，或者为更大的政治阴谋服务，因此，肯定会对我们软硬兼施，为达到目的而无所不用其极，这点我们必须有充分思想准备……”贸促会代表处副代表尹冰是个经历过风雨的老同志，几条明显的鱼尾纹挂在眼角，由于睡眠不好脸色也显得有点苍白。形势突变，他自是感到自己有一份特别沉重的责任。

“对！不管是软的还是硬的，我们都要挺住！”老侯接过话说，“我们的背后有强大的祖国，什么也不怕，相信国内一定会全力营救我们！”

“我相信这会儿国内已经在采取行动了。”张雄飞如是说。他脑海中闪过杨宇、肖梅和许许多多熟悉的面容，他相信这会儿司长一定在紧张谋划，调兵遣将。外交部干部都懂得“外交无小事”，他参加工作以来曾多次参与办案，领导总是雷厉风行，一丝不苟，处理一般外事尚且如此，我派外人员无端遭政治迫害身陷囹圄是何等大事，岂能不全力以赴？

“知道我们在这里出了事，家里一定会担心死了。”最年轻的小孙低声说，当然，大家也都想到了家人的牵挂和焦虑。

“这我倒不太担心，组织上会去做工作的。眼下最要注意的是敌人会跟我们玩什么花样，我们怎样应对……”

没错！眼下面对的正是这个问题。

第一天，这伙心狠手辣的家伙对中国派出人员使出了他们惯用的伎俩，先来个“下马威”。他们把这九人分别拉出去审问，“中共派你到巴西来干什么？”“给了你什么秘密任务？”“你与巴西哪些人有接触？”“与哪些左派组织有联系？”“你们搞了些什么秘密活动？”……

每个人的回答都是相同的：“我们是根据中国政府与巴西政府之间的协议来巴西履行公务的。”“我们来巴西是得到巴西政府同意、按巴西法律取得居留。”“我们所进行的新闻报道、筹备展览和促进贸易都是合法、公开和正当的。”“我们从不曾与你们这里什么组织有过联系。”……

每一次这样的回答都要换来一顿拳打脚踢，用枪托砸，用皮鞭抽。再问一遍，依然是同样的回答，招来又一次毒打，一次审问下来，每个人身上都留下了累累伤痕。让张雄飞最难以忍受的倒不是自己的伤痛，而是眼睁睁看着自己的同志受罪。那些冷血警棍认定老侯、尹冰和王之浩是负责人，对他们的拷问也最严厉，这几位年龄最大的同志遭受的不只是拳打脚踢和用皮鞭抽了，而是多次被拉出去动了刑，他们身上留下了军警用火烫烧的伤痕。因为自己的翻译身份，审问其他同志时，张雄飞常被叫去陪着，每当警方信口雌黄、攻击和污蔑自己的同志时，他会忍不住替他们辩护，尤其是几位老同志挨打受刑时，他会不顾一切地冲上前去阻挡，因此，他挨的打比别人更多。每次这样的秘密审讯之后回到牢房，同志们都会心痛地说：

“小张，你受苦了！痛得厉害就哼哼吧，在自己人面前别忍着！”

“不，我年轻，我受得住。老侯、老尹都一大把年纪了，还要受这份罪！这群该死的浑蛋，这笔账早晚要跟他们算！”张雄飞狠狠地说。对他来说，身上的伤痛固然给他带来了痛楚，内心受到的冲击更是一种折磨，自己第一次出国工作，本以为可以在业务上得到很好锻炼，没想到竟是这样的际遇，沦为了异国的囚徒，生死难卜。他知道，自己的这些难友中，有久经锻炼有斗争经验的老同志，这让他感到有所依靠，增强了信心，但自己是唯一懂葡语的外交部干部，虽然年轻，在眼前这样关键时刻，自己身上担负有一份特殊的责任。他记得外交部一贯注重对干部进行民族气节教育，想起了自己和杨宇、肖梅在一起时说过的话：“我们上一代人都是从战争的腥风血雨中走过来的，而我们，连抗美援朝都没有赶上，能在外交战线上和敌对势力较量一下，也是我们这些人的责任和光荣……”没想到，真赶上了！他内心苦笑了一下，也好，就让自己在这个特殊的战斗岗位上接受锻炼与考验吧！自己没有多少后顾之忧，家里只有年老的父母，组织上会照顾的……想到这里，不禁感到释然，心中更增添了与眼前这伙敌人斗争的勇气。

东方区表面上还像往日一样平静，车流滚滚，人声喧闹。江南轩饭馆里的气氛却与往常大不相同，它混杂了各种政治气味、纠结着极其复杂的感情与情绪……大陆来的九名中国人被捕了，反动的亲台分子们兴高采烈，太解恨了！他们奔走相告，一心琢磨着如何巧妙利用这一事件获取最大的政治利益。爱国侨胞听到祖国来的亲人遭遇险难，个个心急如焚，怎么办？我们能为受难的同胞做点什么？不，绝不能袖手旁观！还有相当一些华侨华人，长期生活在国外，也弄不清许多政治上的是是非非，但朴素的民族情感让他们密切关注这一事件，为这几个中国同胞的命运揪心和担忧……

一连两三个晚上何君玉都没有睡好觉了。当她还沉浸在张雄飞来访带来的愉快回忆中时，忽然传来了他和他的同事们全都被捕的消息，太突然了！可怜的张雄飞，高高兴兴来到巴西，却在这里坐了牢，九个人的美好前程都要活生生被断送！他们是共产党，但都不会是坏人，杨宇是好人，张雄飞是好人，他们都是满腔爱国热情的有志男儿，比我强！可现在怎么办？中共肯定会设法救他们，可是鞭长莫及呀，这些政变上台的猩猩派最恨共产党，是美国人的孙子，一定不会放过他们……就这样，各种念头在何君玉的脑海中不停地翻腾着，让她不得安宁。这天早上，她带着一夜不曾睡好的疲惫，又在饭馆收款台帮忙。吃早茶的顾客们继续在谈论大陆中国人被捕的事。有人一面翻阅报纸一面说：

“猩猩派说他们搞颠覆，可又拿不出证据，许多人在报上写文章说中国人是得到古拉特政府同意来筹办展览、设立新闻和商贸机构的，怎么能说抓就抓呢？”

“我也觉得这有点儿像是欲加之罪。过去夸德罗斯和古拉特都主张和中国大陆做生意，这是人人都知道的，人家根据两国协议来巴西，两国交战还不斩来使呢！翻脸不认账，就说人家搞‘颠覆’，没有证据就是无中生有。”议论之中，渐渐地不断有人提出质疑，说此话的老先生显然让在座的一位戴墨镜的中年人不高兴了，他吐出了刚刚吸入肺里的一口香烟浓雾，脑袋一歪说：

“随便议论政治、散布怀疑是要当心自己的脑袋的喽！事情很简单，他们是共产党，对付共产党就要格杀勿论，不管他们是哪国人，中国人还是别的什么国家的人，哪怕是自己的亲娘老子也不行！”此言一出，有人摇头，有人不屑地看了他一眼便扭转头去。此时，一位坐在靠窗边一张桌旁的白衣男子，眼睛看着躺在自己脚下的一条狗，高声呵斥道：

“你这个狗东西！只知道吃，真是狗嘴里吐不出象牙！”

“你敢骂我！”戴墨镜的从座位上站了起来。

“我在骂狗呢。”白衣男子不慌不忙地说，“它是个不通人性的畜生，什么是数典忘祖，它一概不懂！”

“你……你这是指桑骂槐！”戴墨镜的气得说不出话来。

“大家都看见我是在骂狗，你要往自己身上拉，我有什么办法。”白衣男子表示无奈地耸了耸肩。

“好，好……你利害！告诉你，我也不是好惹的，咱们走着瞧！”戴墨镜的气急败坏地说着，站起身来拂袖而去。

他一走，在场的人都忍不住哈哈大笑了起来。何君玉和她的朋友谢倩也伏在收款台上笑了。谢倩贴着何君玉的耳边说，你知道这两个人是谁吗？何君玉摇了摇头说不知道。谢倩说，记得吗？我跟你说起过有一次在中华会馆看见他们两派打架的事，当时这两个人都在，像是两派的头头。戴墨镜的家伙最坏，特别嚣张，说不过就打人，那次也是他先动的手。这个穿白衣服的听说是巴中文协的头头之一，还会点拳脚，又有几个有背景的巴西朋友。他跟戴墨镜的对着干，那家伙也不敢轻易对他怎么样。大陆来的人被抓了以后，亲大使馆的那些人可高兴、可活跃了。谢倩说到这里，把说话声音放得更低了：“听他们那边的人说，正在和猩猩派的人商量，要把抓到的这九个人送到台湾去……”

“你说什么？要把他们送往台湾？猩猩派答应了？”何君玉大吃了一惊。

“是的，据说是台湾高层的意见，巴西方面也答应了……”

何君玉知道谢倩有个亲戚跟台湾“大使馆”关系密切，这消息绝非空穴来风。此事关系到张雄飞等人的生死安危，非同小可，她得想办法帮他，可自己能有什么办法呢？心中正着急，听到窗边桌上的白衣男子在叫侍应生添茶。她连忙关照谢倩照看柜台，自己跑进后屋写了一张纸条：“大使馆方面要将被捕九人送往台湾，请设法告知他们。”她把折成三角形的纸条攥在手心里，急忙返回大堂，端起一把茶壶，走到白衣男子的桌边，又特意用身子挡住了旁边桌上顾客的视线，将纸条放到了那人面前，接着，装作低头替他续茶。白衣男子打开纸条匆匆看过，惊异地抬头看了看这位低头倒茶的姑娘，默默朝她点了点头。

“能通知他们吗？”她低声问。

“我有办法，你放心！”白衣男子轻声回答。何君玉松了口气，不慌不忙地又回到了收款柜台。几分钟后，白衣男子起身离开了江南轩。

10

警察局监狱的大门口这两天不断有中国人进进出出，和监狱管理人员在一起嘀嘀咕咕，行动诡秘。有一次囚犯们放风时，有一个家伙居然混了进去，和年轻的小叶搭话，表示同情他的处境，说他眼下唯一的出路是选择去台湾，像他这样的条件到了台湾，不愁没钱，更不愁找不到漂亮的女人……小叶没让他把话说完就把他骂走了。还有一次，两个东方男子前来“探监”，自称他们“代表”侨界，深得“中国大使馆”信任，也能同巴西当局说得上话，如果他们九人愿意去台湾的话，这官司就有回旋的余地，巴西军方可以对他们网开一面，对他们的罪行不予追究。警察局里，那些时不时把他们叫去审问的巴西军警们更是毫不掩饰地叫嚣：“你们这些该死的赤色分子，就该把你们送到台湾去彻底洗脑！”

这些人想干什么？各种迹象引起了囚室里的人怀疑和警惕。就在这天开饭时又发生了一件事：天天给他们送饭的那个黑人，把一桶半汤的菜和一盆干面包放在地上后，走到张雄飞身边，悄悄塞给了他一张小纸条。等他一出门，张雄飞赶紧打开纸条，看过后又赶紧递给了老侯和老尹，他们两人看过又传给了王之浩和其他几位同志。等到大家都看过了纸条，老侯神色严肃地说：

“我们不知道给我们写这张纸条的人是谁，但我相信这个信息是真的，联系到这两天接连发生的台蒋特务频繁进出监狱，煽动我们投台的情况，很可能敌人在酝酿一个阴谋：把我们弄到台湾去。”

“字条是用中文写的，估计出自爱国华侨之手，可能是他们得知了什么情况，送信来是怕我们上当。”张雄飞手里还拿着那张纸条在琢磨，“看来台湾‘大使馆’的特务机构已经插手了，巴西军警不是也叫嚷要送我们到台湾去彻底洗脑吗？”

“没错！把我们弄到台湾去他们可以达到一箭双雕的目的，到时候他们还可伪造一份我们九个人‘弃暗投明’的叛国‘声明’，用心险恶呀！”王之浩一面说，一面不安地在屋内来回走动。

“敌人的这一着很毒，我们必须立即给予坚决回击，揭露他们的阴谋，表明我们坚定不移的立场！我们的反击愈快、愈坚决，粉碎他们阴谋的可能性就愈大。来，大家一起出出主意，看如何跟他们斗。”老尹说着，用目光征求众人的意见。

“绝不能让他们把我们弄到台湾去！”小叶抢先说。

“宁死也不去！”“你们是有经验的老同志，有什么好主意赶紧说！”最年轻的小孙也急忙催促大家。

“咱们生死与共，跟他们斗！”……大伙儿你一言我一语，个个情绪激动，大家都在想对策，囚室中沉寂了下来，每个人的脑海中都闪过各种方案……寂静中，响起了老侯坚定的声音：

“我们绝食！”

“对，绝食！我们的想法不谋而合，这是我们眼下能使用的最好斗争方式！绝食是动员舆论的最有效办法。”王之浩兴奋地说。

“对，对！只要我们一宣布绝食，就等于把敌人的阴谋诡计暴露在了光天化日之下，他们就要被动了。”张雄飞眼睛发亮，神情振奋。

“就这么办，从明天起咱们就绝食，要他们答应不送我们到台湾去。”几个青年人也一致赞成，因为形势紧迫，他们也实在想不出更好的办法了。

一直没有表态的老尹，见大家都发表发了意见，这才站起身来说：

“我也赞成这个意见！我们现在被关押在这里，也只有这个办法可行。不过，我们一定要做好充分的思想准备，绝食也是一场生死斗争，一场意志力的较量，只要一宣布绝食，哪怕饿死也不能中途而废，这将是对我们革命意志的严峻考验，我相信我们每个人都能经受住这场考验。另外，宣布绝食前我们要发表一个声明，提出我们的要求。”

“声明中要开宗明义地说明，我们绝食就是为了抗议巴西军政府与台蒋特务合谋要把我们弄到台湾去。”老侯接着说，“小张，你连夜把声明翻译成葡萄牙文，而且，我们还得设法尽快将声明散发出去。”

“我们如今无法与外界联系，如何将声明散发出去，这又是一个难题呀！”王之浩皱起了眉头。

“我们把声明稿先拟好，我先翻译起来，如何送出去的事再想办法。”张雄飞说着便急忙去准备了。

大家也都各自忙碌了起来，拟稿的、翻译的、有的还忙着给家人留下封信，毕竟这是一场以命相搏的斗争呀。

第二天早晨是个晴天，头天替他们送过信的黑人狱卒和另一个穆拉托同伴提着一桶汤菜、端着一盘干面包走进前院，当他们跨进关押中国人的阴暗牢房时，惊诧地呆住了，这是怎么了？往日这时候这些中国人早已起床，而这天，他们却都还静静地躺着。穆拉托狱卒高声叫着：“开饭了！”然而，除了四面墙发出微弱的嗡嗡回声外，屋内静悄悄地，竟无一人应声。于是，黑人狱卒也跟着叫了一声，张雄飞这才用平静的声音回答道：

“快去告诉你们的监狱长，从今天起，我们绝食了！我们这里有一份绝食抗议的声明，让他来拿！”

两名狱卒面面相觑，在他们当狱卒的生涯中还是第一次遇见犯人绝食，不吃饭岂不是跟自己过不去？这些中国人真怪！黑人狱卒离开前还特别招呼了一句，我们把饭留下了，要是饿得受不了时就吃。黑人狱卒曾收过一个华人给他的好处，替这些人捎过纸条，心里觉得应当对这些人好点儿。于是，他跑到监狱长那里如实地把这些人不肯吃饭和要他去拿抗议声明的事说了一遍。监狱长是个满脸横肉的胖子，正舒舒服服地斜靠在他办公桌后宽大的靠背椅上，一听狱卒此言，他猛地坐直了身子，睁大了一双浑浊的眼睛叫道：

“什么？他们在我的监狱里搞绝食？这些可恶的赤色分子，活得不耐烦了？”他抖动着一脸横肉叫骂着，朝门外叫了声，“马努埃尔！”

一个文书模样的男子应声走了进来，躬身问道：“先生，有什么吩咐？”

“你快到关押中国人的牢房里走一趟，他们绝食了，还搞了个什么抗议声明，你去拿来看看。”

“是。”文书模样的男子答应着转身走了，黑人狱卒也赶忙悄悄退了出来。

监狱长刚坐下，办公桌上的电话又响了起来，他欠身拿起电话筒不耐烦地“哈罗”了一声，听清了对方的声音后，又立即挺直了身子大声说：“局长大人！……什么？巴基斯坦大使和印度尼西亚大使要来……今天上午……报告局长，今天早上这些中国犯人说什么要绝食……我们正在调查……是！一定加强监视！”

放下电话，监狱长满脸不情愿地离开了那张舒适的座椅，嘴里嘟囔着：“这些棘手的事怎么就都赶一块儿来了呢，这伙该死的囚犯，死到临头了还要折腾。”

巴基斯坦和印度尼西亚驻巴西的大使在监狱长陪同下来到了关押中国人的牢房。一跨进牢房门，见九个中国人都静静地躺在床上，监狱长没好气地高声说：

“快起来！快起来！巴基斯坦和印度尼西亚的两位大使来看你们了！”

“不必！不必！”两位大使连忙招呼说，“我们知道诸位现在身体都很虚弱，尽管躺着说话好了。”接着，巴基斯坦大使又礼貌地转向监狱长说：

“监狱长先生，我们二人受中华人民共和国外交部委托，并得到了贵国外交部的同意，专门前来探望和了解九名中国朋友的情况，想必监狱长先生已经得到通知。非常感谢你亲自陪同我们到这里，我们要同这几位中国朋友谈谈，您有事就请自便。”

“我知道，我知道，那你们谈吧……”监狱长脸上的横肉抽动了一下，尴尬地转身走了。

监狱长刚刚走出囚室，躺在床上的所有中国人都翻身坐了起来，他们听得很清楚，是中国外交部委托这两位大使来看望他们了！带来了祖国的支持、亲情和温暖！面对意想不到的惊喜这些人竟有些不知所措，张雄飞第一个急急忙忙跑过去，向两位大使抱歉说，他们躺在床上是因为他们正在进行绝食抗议，这时，其他的同志也都含着激动的泪水围在两位大使身边，和他们热烈握手……当他们听两位大使说到，中国政府领导人、外交部和有关单位都非常关心他们目前处境并正调动一切力量营救他们时，更是忍不住热泪盈眶。两位大使都强调中国政府急于了解与事件有关的各种情况、他们这些人的现状与要求。于是，老侯、老尹和王之浩等开始冷静地向两位大使叙述了事件的详细经过和他们的看法，谈到眼下处境时，都强调敌对势力为了利用这一事件达到更卑鄙的政治目的，正阴谋把他们弄到台湾去，他们绝食正是为了挫败敌人的这一阴谋。这两位友好国家的大使深感震惊之余，向他们表达了亲切慰问和声援，答应立即将这些情况转告中国政府，允诺将他们的绝食声明转交给巴西报界的一些朋友，并表示以后还会来看望他们。两位大使的探望对他们这些蒙受政治迫害、与祖国与外界都失去了联系的人来说，无疑是雪中送炭、喜从天降，给了他们即将展开的绝食斗争最强有力的支持与鼓舞。

从这天起，他们开始拒绝进食。

翌日一早，所有报纸都用大号标题报道了九名被捕中国人抗议巴西军政府和台湾当局阴谋将他们送往台湾、宣布绝食的消息。《圣保罗之页》《环球报》《国家报》等也都在头版登出了九名中国人在狱中绝食的报道，包括他们的抗议声明全文。记者在报道中还提出了一系列质问，发出了“人权何在？”“赤裸裸的政治阴谋！”“停止政治迫害！”等呼声。

11

清晨，圣保罗的街头早早地便热闹了起来。一些上班的人从售报亭前购买一份当天报纸后，便匆匆走进街边的咖啡馆，一面浏览报纸标题，一面慢慢地喝着咖啡。这时，过往的人群中走来了一个脸上留着短髭、身穿白色夹克衫的年轻人，他也从售报亭买了份报纸，迅速扫了一眼大标题后，便惊愕地停住了脚步。此人正是曾到古巴参加过国际青年营活动的巴西青年约瑟。他紧皱着眉头，一面盯着手中的报纸往下看，一面轻声说："天哪！被捕的中国人绝食了！"约瑟的目光快速地从报纸页面上扫过，他脸上的表情由惊愕而愤怒，从牙缝里迸出了一句："这是巴西的耻辱！"

东方区的江南轩饭馆里，许多吃早茶的人都在看报，什么？绝食了？这条消息震惊了所有的人，他们急忙翻阅所有有关报道和评论……这几天，许多华侨华人的情绪也在悄然变化，所谓"颠覆罪"的说法愈来愈没有市场，愈来愈多的人开始同情这些受迫害的同胞，对猩猩派与台蒋勾结，意欲挟持他们去台湾的阴谋感到不齿。没瞧见人家巴西都有这么多人站出来替他们打抱不平？这些大陆同胞宣布绝食抗议，有种！有骨气！

自从送走那张小纸条后，何君玉心里一直七上八下的，她不知道张雄飞他们得知这个消息后会做出怎样反应，没想到，只过了一天，他们就发表声明宣布绝食抗议，听着大堂里的那些议论，她知道张雄飞他们已经在行动了，信息送到了！她心里踏实了些，但绝不是轻松，她的内心依然被焦灼、紧张和担忧煎熬着，她无法想象事情将会如何演变，张雄飞和他的同事们能否逃过这场飞来之祸。

这天，《圣保罗之页》副社长罗萨里奥走进办公室，刚刚坐定便响起了轻轻的敲门声，女秘书探身进来说，先生，一位名叫约瑟的年轻人昨天来过，今天一早又来了，一定要见您。说完，站在那里等回答。罗萨里奥低头看了看手表说，好吧，让他进来。

约瑟跟着女秘书来到了罗萨里奥的办公室。看到罗萨里奥正从办公桌后的座椅上抬起头来仔细打量他，小伙子便径直走上前去，一面与他握手，一面说：

"谢谢您接见我，罗萨里奥先生！我叫约瑟·伊格莱西亚斯，自由撰稿人。我经常读您的评论，可以说是您的崇拜者。我也知道您很忙，很抱歉，我还是来打扰您了。原因是我对猩猩派的胡作非为实在忍无可忍了，他们倚仗美国佬的撑腰，把巴西的主权、民主自由踩在脚下，把我们的国家变成了一座监狱！……他们在国内制造了无数冤狱还不够，还要拿几个显然是无辜的中国人开刀，向美国佬讨好，在全世界为法西斯势力张目……"约瑟愈说愈激动，罗萨里奥几次请他坐下，他都像没听见。他的眼睛在燃烧，只管滔滔不绝地发泄着内心的愤怒，"巴西正义的声音都哪儿去了？巴西民主、自由的卫士们都到哪儿去了？我们绝不能被法西斯式的恐怖吓倒！我们不能沉默，不能胆怯……"

罗萨里奥觉得，约瑟说的正是自己这些天来憋在心里、想要大声呼喊出来的话，他不禁对这个看起来有点愣头愣脑的小伙子另眼相看了，打从心里赞了声："好小子，有种！"但此时的他，只是语气平缓地问约瑟：

"你认为我们应该做些什么呢？"

"拿出更积极、具体的行动来！你这个大名鼎鼎的《圣保罗之页》副社长，我这个普通的小记者，还有许许多多和我们有同样想法的人，联合起来，发出我们的呼声，为失去了民主、自由的巴西呐喊，为公理、正义呐喊。我就是来向你报到的，我愿意成为这场战斗中的一名战士，决不退缩！”

“好！”罗萨里奥紧握住他的手说，“我们一起战斗！”接着，他向约瑟介绍了他所了解的当前形势，几名被捕中国人的情况，他认为，目前要突出报道中国人员的绝食斗争，揭露右翼军政府与美国、台蒋相勾结的丑恶嘴脸，动员国内外舆论，向军政府施压。

约瑟的请战，让罗萨里奥很振奋，他相信，巴西还有千千万万像约瑟这样的青年人，他们是巴西的良知。他答应约瑟，他们有什么行动一定通知他参加。

送走了约瑟，他桌上的电话又响了起来，是马丁焦急的声音：

“老伙计，你昨天上哪儿去了？几次打电话都找不到你……噢，在外地。我想你一定也看到了中国朋友的绝食声明了……”

“昨天看到的，今天《圣保罗之页》已经登了……这件事给了我们一个动员舆论声援中国朋友的好机会呀。我正要和你商量，我觉得我们可以组织一些记者到监狱里去采访他们……”

“对！这正是我的想法！不仅我们的记者要去，还要动员其他报纸的记者和各个外国通讯社，当然，那些人即便我们不通知，他们也会赶去，哪儿有新闻他们就会往哪儿跑的。总之，要把声势造得愈大愈好……”

“要让猩猩派们感受到强大的舆论压力……你放心，我会派几个笔锋犀利的角色去的。”

“这事要快，我们的中国朋友们还正在牢狱中受苦哩，我们不站出来为他们讲话就枉为新闻工作者了。”

“放心，马丁，军政府的淫威是压服不了我们的！……好，我们随时联系。”

绝食进入第三天，饥饿的折磨愈来愈强烈，几个连续两天没有进食的中国人一动不动地躺在床上，不想动，也已经感到没有力气翻动自己沉重的身躯了，就这么静静地躺着。张雄飞闭着眼睛假寐，实际上他正集中全部意志力应对腹中的阵阵绞痛；王之浩偶尔睁开眼，用痛楚、无神的目光扫视一下头顶的天花板，很快又合上了眼睛；老尹本来就患有高血压，此时更是觉得头昏眼花，他脸色苍白，陷下去的眼窝更黑了，但他还会时不时地将目光投向旁边几个年轻同志，偶尔低声地说句关切的话。这天清晨，阳光刚透过铁窗照进了囚室，小孙就从半睡半醒、从饥饿的折磨与噩梦中清醒了过来，他觉得不只是肠胃绞痛，自己的喉咙也在火辣辣地灼痛，继而感到目眩头晕，他从来不知道饥饿竟是这么折磨人，他的目光变得模糊，眼前的景物由朦胧而阵阵发黑，这让他有些不寒而栗，难道自己年纪轻轻的真就这样断送在了这所鬼监狱里？他想起了妈妈，仿佛听到了妈妈在喊他回家吃饭的呼叫，泪水涌上了眼角。他的目光不期然地落在了被送饭狱卒“遗忘”在窗台边的半块面包上，他感到自己胃肠在更激烈地蠕动、绞痛，只要他稍微挪动一下身子，就可以拿到那半块面包，只要能吃下半块面包，他也许就可以从眼前所有的痛楚中得到解脱……

“那是他们故意留下来的……”

耳边飘过来一个喑哑、虚弱的声音，朦胧中，小孙看见了老尹亲切的目光。是的，那是敌特分子有意留下来的诱饵，只要有一个人经不住诱惑，这集体绝食便告失败！小孙的头脑猛地一激灵，再看那半块面包时，觉得那竟像是一包毒饵，他的目光中闪过一缕决绝神色，咬了咬牙，将头别转了过去。

这天中午，黑人狱卒和他的穆拉托伙伴照例把饭菜送到了中国人的牢房。不过，这次送来的不是半汤半菜和干面包，而是烤牛排和果酱面包，这可是监狱长特意安排的。连续两天送进去的饭菜都已被原封不动地退了回来，监狱长急了，中国人绝食已经闹得全国舆论沸沸扬扬，要真出了事，他这个监狱长也担当不起呀。有人给他出主意，说这些人已经饿了两天，这时你就应该送去最好吃的美食，饥饿的胃很难抵挡得住这美味的诱惑，我就不信他们是铁打的，只要有一个人吃，你就赢了。监狱长觉得言之有理，于是，一顿美食被送进了中国人的牢房。

“开饭了！”寂静的囚室里又响起了黑人狱卒的叫喊，“今天吃烤牛肉！”他又补充了一句，这也是监狱长交代过要重复说的。

囚室内，绝食的每个人都在痛苦地坚持着。黑人狱卒的喊叫没有引起他们任何反应，忽然，一阵烤肉香味袭来，是的，他们的嗅觉还是正常的，他们那开始麻木的肠胃受到外来刺激后居然产生了更剧烈的搅痛，此时，唯有清醒的理智和意志在告诫他们：敌人又在变换新的花招……

这天上午，监狱的大门口挤满了记者，他们正在跟挡在门前的监狱管理人员大声争吵。其实，这一场景已经连续几天了，从爆出中国人绝食抗议的消息以来，就不断有记者要来采访，都被监狱警卫粗暴地拒之门外。但记者们是绝不会善罢甘休的，这一次阵势更大，除了包括约瑟在内的众多本地记者，还来了许多外国通讯社的记者，有的还扛着摄像机，叫嚷着要捍卫新闻自由，矛头直指军政府。束手无策的监狱长急忙向警察局长请示，警察局长怕闹出更大事件，权衡利弊之后只得下了“放行”命令。

也许这是张雄飞一生中最特殊和最难忘的一天。绝食了三天后他感到了体力的极度虚弱，他已经没有力气走动，说话时他听到自己的声音仿佛来自遥远的地方，缥缈而空洞。然而，当大批记者出现在牢房要求采访他们时，他竟又焕发了精神。这是他们被捕后第一次见到记者，是他们等待已久的一次可以揭露敌人阴谋、阐明事实真相的机会，也是他们这次绝食斗争能否胜利的关键时刻。根据事先分工，将由他张雄飞直接用葡萄牙语向记者作陈述。他自己也不知道，是哪里来的气力，让他竟能向当地和国外媒体揭露了这起由美国中情局、巴西军政府和台蒋特务机构策划、实施和参与的政治迫害阴谋，阐明了他们绝食抗议的缘由。他的声音喑哑，时断时续，但在场的记者们都听得很认真，现场十分安静，只听得见笔落在纸上的沙沙声和记者们按动摄影机快门发出的“咔嚓”声，记者们没有向他提更多问题，因为谁都看得出来，他喑哑的声音已愈来愈低，已经不可能回答更多提问，他同室的其他同伴的状态同样也很糟糕。于是，很多记者转而要见监狱长，提出了一系列质疑与责难。在聚光灯的照射下，监狱长面红耳赤，脸上的横肉抽动得更利害了。混乱中，一直在寻找机会的约瑟挤到了张雄飞身边，轻声自我介绍说：

“谢谢你的介绍，中国朋友，我一定把你所说的一切告诉巴西人民和世界人民。我叫约瑟，是《圣保罗之页》派来的记者，罗萨里奥先生向你问好，他要我告诉你们，这两天中华人民共和国政府已经就你们被捕和进行了绝食斗争连续两次发表声明，向巴西军政府提出强烈抗议，啦，我给你们带来了！”说着，他从随身带着的皮包里取出两份报纸，塞到张雄飞手里，“我们和你们站在一起，所有坚持正义和真理的人都会和你们站在一起！”说毕，他紧握了一下张雄飞的手。

手里紧握着中国政府的声明，张雄飞终于忍不住淌下了热泪。

巴西军政府外交部长罗森的办公桌上堆着六七份报纸，桌旁坐着愁眉苦脸的警察局长。外交部长正在低声下气地打电话：

“……总统阁下，请您息怒，事情是这样的，昨天有一批记者强行进入了监狱，今天报上的那些报道和照片都是他们搞的……那九个人已经绝食三天……什么办法都试过了，没用！他们坚持要我们保证不把他们送往台湾……对，前两天中国政府发表了措辞严厉的声明，这几天国际舆论的压力也愈来愈大了……是，可以向台湾方面说明一下我们的困难，请他们理解……是，我也认为应该尽快平息这场风波……好，我们马上办！……当然，一定要他们抓紧调查！”外交部长挂上了电话，转身走到警察局长面前说，“你马上回去通知监狱长，让他告诉那几个中国人，可以不送他们去台湾。”

“他们要求‘保证’不送他们……”警察局长还有些犹豫。

“真笨！你没有听见总统的话吗？这就是保证，保证不送他们去台湾！”外交部长没好气地说。见局长站起身来准备走，他又走到他面前，把手放在他肩膀上说，“我和你一样，没办法，得承受来自各方面的压力，等这场风波过去，你们要全力以赴进行调查，赶紧把能够定案的证据拿出来，有了证据我们就硬气了，什么压力也不怕了，这是总统最关心的，也是美国朋友最关心的！”

12

这年开春以来，杨宇和肖梅他们一直在为九人案件忙碌，轮流昼夜值班。这是个上面直接抓的案子，又涉及九位同胞的生死安危，谁都不敢有丝毫懈怠和马虎，就是美澳司没有直接参与此项工作的其他同志也无不密切关注着事态的进展。他们第一件要做的事当然是了解情况，尽快与身陷囹圄的同志取得联系，受中国外交部委托的巴基斯坦和印尼两个友好国家驻巴西的大使很快把情况报了回来，国内总算恢复了与这些同志的联系，有了一个可以和巴西军政权交涉的渠道。中国政府多次向巴西军政府提出强烈抗议，要求巴方立即释放我无辜被捕人员。当巴西军政府伙同台湾当局阴谋将九人送往台湾以及九位同胞绝食抗议的消息传来后，全国人民心中都燃起了怒火，一篇《九颗红心》的报道更是感动了所有的中国人，所有中国人的心都在牵挂着孤悬海外的“九颗红心”。杨宇、肖梅们更是忧心如焚、食不甘味……热情、开朗的张雄飞仿佛就站在他们眼前，九位正在与死神搏斗的同胞正在期待他们去营救……“九人案”小组的同事们谁也不轻松，杨宇更是成天守在电话机旁，夜里就睡在办公室里，随时关注着前方的信息与变化，谁都清楚自己肩上担负的那份沉甸甸的责任。几天后消息传来，巴西军政府终于做出让步，保证不将他们送往台湾，也就是说他们的绝食斗争终于取得了胜利，办案同志中不少人流下了热泪，当天他们举行了一次小小的庆祝会，虽然他们很明白，这只是一个回合的胜利，斗争还远未结束，等待他们的可能是更复杂更艰巨的较量。这天，司领导召集办案组开会，讨论向国际律师协会寻求支持、展开法律层面斗争的问题，周总理指示要为他们聘请最好的有国际名望的律师。此前，组里的同志已经做了细致的调查研究，开会时，一张各国知名律师的名单已经摆在了桌上，会上决定聘请以七十八岁高龄的日本著名律师长野国助为首的由日本、阿根廷、印尼、巴基斯坦、英国、法国和比利时等国的著名律师组成的国际律师团，将受九名中国人员家属的委托，为中国被捕人员辩护。中方还请国际红十字会出面干预，制止巴西有关部门拷打和虐待我被捕人员……

会议中间，又传来了一个令人震惊和愤慨的消息，消息是通过巴西律师透露给九位被捕同志继而又由巴西军政府正式要求巴基斯坦大使转告中国政府的。消息说：无论有无证据，巴西政府都会对九名被捕人员定罪，但是，如果中国政府肯释放关押在中国的美国间谍，巴西政府愿以被捕的九名中国人相交换。美国佬终于露出了狐狸尾巴！从后台走到了前台，不打自招地亮明了在非法拘捕中国派出人员问题上与巴西军政府之间互相勾结、狼狈为奸的关系！对这等无耻行径，中国政府自然要断然拒绝，与会同志无不义愤填膺。周总理当即指示外交部回答巴西军政府：巴西当局屈从美国的意志，长期扣押无辜的中国人员，已经在两国关系中犯下了史无前例的过错。中国政府希望巴西当局不要再上美国的当，以中巴友谊为重，立即无条件释放无辜被捕的中国人员，以免产生更严重的后果。

中国政府的坚决态度，让美国政府试图乘机换回被中国关押的美国特务的阴谋遭到了彻底挫败，又输了一个回合。

然而，大家都意识到了，这不是一场可以迅速解决的战斗，美国人利用在自己后院拥有的种种优势还会和我们缠斗下去，九名被捕同志还将要在恶劣的环境下继续坚持斗争。会上，九人案小组提出可以组织被捕人员亲属前往巴西探监，这样一来，既是对落难同胞的慰问与安抚，又可继续向巴西军政府施加压力。这一建议立即得到了上面的肯定和批准。办案小组的人员又立即投入了组织亲属团赴巴西的工作。

那是这年初夏的一个下午，肖梅来到了北京西郊的外国语学院，这里是她的母校。不过，她此次前来并非为探访同学故旧，而是为了一项很特殊的任务。九位被捕同志中大部分亲属都要求前去探监，已婚的多半是妻子前往，未婚的则多为父兄。考虑张雄飞的亲属中由谁去时却颇费了一番脑筋，他父母身体不好，本人没有结婚，但有一个要好的女同学，也是学葡萄牙语的，毕业后在外国语学院当教师。如果她能去，可说是一举两得，还附带解决了这群探监人的翻译问题。关键是，包括杨宇和肖梅在内，谁也弄不准他们二人的关系究竟到了什么程度，如果两人尚未确定爱情关系，人家姑娘能愿意以未婚妻的名义出国探监吗？肖梅正是带着这个问题前来找张雄飞的女朋友王蕊的。

肖梅通过系主任找到了王蕊，她是个苗条而秀气的姑娘，说话细声细气，看起来很文静。听肖梅说自己是外交部派来找她谈一件有关张雄飞的事时，姑娘不知什么事，神情有点儿紧张与不安。肖梅伸出手臂，亲切地搂住她的肩膀，问她看过《九颗红心》那篇报道了没有？王蕊点了点头，连忙问这些人现在情况怎么样了？肖梅把围绕这场斗争的目前形势讲了，接着，说到组织亲属们去探监的事，她直截了当地问王蕊道：

“你愿意去巴西探望张雄飞吗？”

“我？”王蕊愣了，“我以亲属的身份去看他？”

“对！以他的未婚妻的身份……”

“那不行！”王蕊的脸红了，“我们……我们还没有谈到过这些事，我都不知道他……他会怎么想，而且，我怎么向我父母、同学和学校去说……”她说得有些结结巴巴。

“啊——，是这样子的。我们听说你们很要好，你要是去探望他，对他肯定是很大的支持与安慰，而且，你又是讲葡萄牙语的，还可以帮帮其他人的家属。如果……如果你觉得不方便，或很困难，那也不要太为难，我们再和张雄飞家里其他亲属联系一下吧。”

王蕊确实是感到很为难，她曾与张雄飞在一起度过了一段十分愉快和幸福的时光，平心而论，她是喜欢他的，也能感觉到他也喜欢和她在一起，但他还从不曾像小说和电影中描写的恋人那样，对她说声“我爱你！”或“你嫁给我吧！”……也许他是个含蓄的男人，也许他还在犹豫和考虑之中……这种情况下，自己一厢情愿地以“未婚妻”的名义去探监，岂不成了强加于人？他要是不愿意或拒绝，女孩子情何以堪？说不定成为外界的笑柄……不去吧，自从他出事以来，她无时不在牵挂与焦虑之中，如果能见到他，给他一点鼓励……哪怕是一点点……那都是她的一片心意……

肖梅见王蕊一直低头不语，便亲切地轻轻拍了拍她的手背说：

“王蕊，我理解你的心情，要不，你再好好考虑考虑，决定了再打电话给我，好吗？”

见王蕊点头，肖梅在笔记本上写下了自己的电话号码，撕下来递给她说：“你得尽快决定和告诉我，你也知道，这是一场非常尖锐复杂的国际斗争，张雄飞他们还在那边受苦，国家在想尽一切办法营救，我们必须竭尽全力、分秒必争呀。”说完站起身告别。

刚走出几步，便听见王蕊在背后喊：

“等一等！”

肖梅站住了，返身走回去问她什么事，王蕊抬起有些发红的眼睛说：

“雄飞跟我说过， 他家里只有身体有病的父母， 没有兄弟姐妹……”

“噢！？……要是别人都有家属去探望，就他一人没有……王蕊，我还是希望你能去一趟，回家和爸妈好好商量商量，要不要我去趟你家，向你家里说说情况？”

“不！还是我自己去说……”王蕊小声说。

“那好，我等你的消息！”

13

送走肖梅，王蕊心潮澎湃，再也无法平静了，往事一一浮上心头……

三年前那个炎热的夏天，一列火车正奔驰在驶向南方的原野王蕊坐在车厢里一个靠窗的座位上，她是北京大学英语系的三年级学生，学校推荐去澳门大学进修葡萄牙语的。坐在她对面的是个六七十岁的老太太，看上去疲惫而憔悴。刚上火车时，是个小伙子搀扶着她上来的，他安排她坐下，帮她放好行李，又嘱咐了几句后，自己便坐到后几排的一个座位上去了。一开始王蕊以为他们是母子，过了一会儿，小伙子又给老太太送来了开水，两片用纸包好的药片，说是防晕车的，还有两个橘子。老人连声道谢、彼此客气的样子又让王蕊觉得不太像母子，不禁多看了小伙子两眼，俊朗的面庞上有两道剑眉，有点像学生。年轻人见王蕊看他，便友好地笑笑说，老人家身体不太好，请你多关照，有事叫我，我就坐在你后面第三排。王蕊点头应允。小伙子走后王蕊不无好奇地问老太太："你们是亲戚？""不是！我们是进站时认识的。见我年纪大些，他一路搀扶我，帮我拿行李，上了车他还不放心，老过来看看我，真是个好孩子，心好呀！"老太太说着，眼睛里充满了慈爱。

老太太先到站，此时天快黑了。小伙子赶过来把老人的行李从行李架上拿下来，又找了个也在这站下车的人，求他照顾她，然后小心翼翼地扶着老人下了车。当他返回时，王蕊又情不自禁地细细看了看他，因为她觉得他身上好像有些与众不同的东西，在这茫茫人海中，他的确与众不同些……

到学校报到后，王蕊第一次走进自己的教室，第一次与班主任和同班同学见面。班主任致过简短欢迎辞后，指了指坐在她前面的一位男生说，大家都是初到，你们班由张雄飞同学担任你们的班长，有事可以找他。这时，那位男生站起来转身向大家微笑致意，哦——，是他！火车上的那个小伙子！火车上的邂逅曾给她留下了深深好感，她记住了他，甚至潜意识地为不知道他的姓名而有些遗憾……如今她知道了，他叫张雄飞，北京外语学院西班牙语系毕业的学生，也是来学葡萄牙文的。她很高兴，张雄飞当然也认出了她，散会后他走近她，满脸笑容地握住她的手说："我们很有缘，没想到又见面了！"接下来的两年学习生活，课堂、课外，他们几乎天天见面，从相识到相知，不知从什么时候起，她开始感觉两人在一起时心里竟是那么甜蜜……是的，他们没有像一般初恋情侣那样有很多时间徘徊在花前月下，张雄飞和她的时间，有时包括节假日，都放在了学习上。她很喜欢张雄飞的刻苦学习精神和事业心，她觉得他们还很年轻，还有时间安排其他的事，直到张雄飞突然被提前调走，她才意识到自己生活中像被夺去了什么，感到失落、怅然、牵挂……

肖梅的来访让王蕊的内心更是波翻浪涌，她仿佛看见张雄飞就站在她面前，正用热切的目光注视着她……过去他们两人在一起时，每当他用这样的目光看她时，她会有一种被爱燃烧的感觉，内心充满甜蜜……现在他落难了，听说还受了刑，想到这里她的心痛苦地抽搐了一下，要是能见到他，她会安慰他，让他知道自己想念他、支持他、愿意和他分担所有的痛苦……如今她真有机会见到他，怎么反倒犹豫不决起来了呢？怕别人笑话？不对，她在心里对自己喊道：'决定这件事的人应该是你自己！'不是吗？是的，是的，于公于私自己都应当去，她开始责怪自己的自私和胆小！她急忙向系领导请了假回家，“只要爸爸妈妈同意，我便什么顾虑都没有，什么闲话都不怕！”王蕊这样想着，匆匆回了家。

王蕊是北京人，家住南城，父亲在农业部上班，母亲是小学教师。这天下午他们接到女儿电话，说是有紧急事要回家商量，问她什么事女儿没有讲，只说马上回家。母亲心里敲起了小鼓，说这孩子平时挺稳重，这次说话怎么慌慌张张的，不会出什么事了吧？父亲说，你就喜欢瞎想，什么事儿等她回来不就知道了嘛！等王蕊回到家时，两位老人已经在家中等候，神情急切地等着她开口，她被看得心慌意乱，不知如何启齿，镇定了一下心绪后，她极力显得自然些，问道：

“我们有九位同胞在巴西被捕，你们都知道了吧？”

“‘九颗红心’，报上天天有报道，谁都知道！”父亲随口答道。

“你不是有事要跟我们商量吗？究竟什么事？”母亲打断她，直奔主题。

“就为这件事。今天外交部派人到学校找我，说国家要让这九个人的家属去巴西探监，也就是慰问和表示支持，他们希望我能去。”

“希望你去？……去当翻译呀？”父亲说。

“巴西军政府只同意家属去……”王蕊吸了口气，接着说，“九个人里面那个张雄飞是我的好同学……男朋友……”

“噢！？——”老夫妇俩傻眼了，这是他们万万没有想到的。

“男朋友？你可从来没有跟我们说起过呀……”母亲张着惊愕的眼睛，急切地说。

“张雄飞？……你是说那个年轻的翻译？”父亲极力回忆自己看过的那些报道，想理出一点头绪。

“是的。我们很要好……但还没到那种程度，本想等过些时候……更成熟些……再告诉你们。”这段表白，王蕊虽然提前在心里演习过好几遍，说起来还是有些结结巴巴。

“到底怎么回事？你们的关系到底到了什么程度？怎么人家要你一个黄花闺女当家属去探监呀？”母亲对女儿这种事历来十分敏感，如今，女儿恋爱的私事竟跟国家眼下发生的大事挂上了钩，当妈的当然更要打破砂锅问到底了。

“妈！没什么！就是普通恋爱关系，现在又不兴订婚这一套的。外交部的人希望我能以未婚妻的名义去看他，其他人都有父母兄弟去探望，只有他，没有兄弟，父母又都有病，所以想让我去……”说到这里，她想到张雄飞在国外受苦，家境又如此困难，不禁悲从中来，哽咽着说不下去。

看到女儿哭了，老两口交换了一下目光，都不吱声了。妈妈默默转身，取了条毛巾给女儿擦脸，嘴里说：

“别哭了，别哭了，哪里想得到你会摊上这么件事儿呢！让爸妈好好替你想想怎么办，这本来是咱们自己家的私事儿，想不到又和公家的事搅到了一块儿。告诉妈，这个张雄飞人品怎么样呀？爸妈连见都没见过他，怎能就让咱们闺女去当人家的未婚妻呀？”

“我们多年同学，我了解他，他对我很好……现在他有难，我应该帮他，和他共患难，听说他在这次斗争中表现得很勇敢，我更应该支持他。”王蕊一面垂泪一面说，“爸、妈，我已经下定决心去巴西，希望爸爸妈妈也能支持我，有了你们的支持，女儿会觉得更加理直气壮，不在乎别人说些什么……”

看到女儿难过的样子，老两口有些不知所措。母亲向父亲递了个眼色，让他说点什么……“好！女儿，爸爸支持你去！”此前一直听着母女二人对话的父亲终于打破了沉默，“爸爸相信我女儿的眼光不错。从这几个人在国外出事以来，全国人民都在声援他们，都想为营救他们出点力。爸爸从各种报道中早就看出了，这个张雄飞表现很不错，是个有骨气的爱国青年，这样的年轻人值得你爱！你妈是因为没见过面，总有些不放心，可现在不是情况特殊嘛，特事特办，战士可以火线入党，你就不能火线认下这个未来女婿？支持女儿去巴西探监就是支持九颗红心、支持眼下这场特殊的对敌斗争，是咱家的光荣！”

父亲的一番话火辣辣的，王蕊没想到自己的父亲竟能如此开明，如此深明大义，她张了张嘴却没有说出话来，只是用饱含深情的眼睛向父亲致谢。父亲的一席话也深深打动了母亲，其实，母亲何止一次在课堂上向自己的学生们讲九颗红心的故事，要孩子们向他们学习，只不过当自己女儿遇到了难题时，她会本能地站在维护女儿利益的立场上考虑问题，听了丈夫的话，她用微微颤动的手摩挲着王蕊的头发说：

“你爸说得对，应当特事特办，特事特办！我认这个未来女婿！闺女，你放心去吧，爸妈给你撑腰！妈知道，支持你去就是支持九颗红心！妈不能拖你的后腿……”

王蕊扑在妈妈怀里哭了：爸爸妈妈都同意她去了，可她还不知道，他，张雄飞，心里会怎么想呢？

这天晚上，她就急忙给肖梅打了电话，说她已经征得父母同意，决定去巴西探望张雄飞。肖梅高兴得握住话筒大声说：

“太好了，王蕊，太好了！你真是个好姑娘！张雄飞要是对这么好的姑娘都不懂得珍惜的话，他就真是天底下的头号大傻瓜！”

“我不只是为了他，”王蕊轻声说，“我也想为声援‘九颗红心’出点力！”

14

陆军监狱坐落在里约热内卢西郊，四周高墙上立着密密的铁丝网，防卫森严。在白色恐怖笼罩下的巴西，这座灰色的建筑让人感到压抑和望而生畏。一心想借诬陷中国被捕人员、制造“颠覆”案来丑化古拉特政府和中国形象的巴西军政府，苦于找不出任何人证、物证，不得不在将九名中国人羁押了 35 天之后，又以“预防性拘捕”为名，将他们转移到了这家陆军监狱。

每天上午，大约有一小时时间放风，九名中国在押人员可以从阴暗的牢房来到旁边的小院子里，这里虽然也是铁丝网密布，但有挡不住的新鲜空气流动，可以在阳光下伸展一下几近麻木的四肢，感受微风吹拂，看鸟儿从空中飞过，体味到周围大自然的生命脉动。

这天，他们来到小院里时，每个人的脸上都挂着一丝发自内心的微笑，感到心灵充满了阳光，久违了，如此温馨的感觉！而这样温暖的感受正是一个多小时前巴基斯坦大使的一次探望带给他们的，这位大使转达了中国外交部的一个口信：他们的亲属将很快来巴西探望他们。这一消息在他们的内心掀起了巨大波澜，那道被他们一直小心地关闭着的思亲的闸门一下子被打开，妻儿、父母、亲友……像潮水般涌进了他们的脑海，翻起无数甜甜的、酸酸的回忆……

张雄飞像往常一样在小院里跑了几圈后，找了个阳光能照到的墙边坐下，他头靠在墙上，半闭着眼睛，享受着半个小时阳光的抚爱。此时此刻的他，也像其他同志一样，沉浸在亲属们即将前来探监的兴奋中，他想，老侯、老尹、老王他们几人的妻子或者孩子可能会来，小叶的父亲年纪还不太大，也可能来……自己的父母本来身体就不好，得知儿子在巴西出了事后，恐怕病会更加重了，他们是肯定来不了。不过，无论是哪些人来，一定会带来亲人的信、朋友的信。杨宇、肖梅一定会给他捎来一些他渴望知道的讯息，不知道王蕊会不会来信……自己走的时候那么匆忙，都没有跟她多在一起说说话，唉，离开时哪里想得到会出这么大的变故呢，这些日子她一定在为他的遭遇担心难过，他知道她心里有他，趁亲属们来的机会，要好好给她写封长信，告诉她这些日子他张雄飞好想她呀……

接下来的日子是盼望，是等待，是掰着手指算日期。

亲属们抵达那天，里约热内卢正下着小雨，那些平日里色彩斑斓的小岛和海湾上的长桥此时看上去都是灰蒙蒙一片，蔚蓝色的海面也罩上了一层薄雾，连俯瞰全城的那尊花岗石耶稣像也在淅淅沥沥的细雨中哭丧着一张脸……在初到巴西的这些亲属的感觉中，这是一座冰冷和灰暗的城市，是带给自己亲人不幸的地方，他们只想尽快见到日夜思念的亲人。

在旅馆稍事安顿后，老侯的妻子郭惟、小叶的父亲叶伟平和王蕊商量了一下，决定第一天由叶老和王蕊先去陆军监狱落实探监的具体细节。探监团的九名成员中有五女四男，一般的事就由他们三人出面交涉和处理。此次探监是律师团出面交涉、得到了巴西军政府同意的。亲属团的抵达在巴西民众和巴西国内外媒体中再次引起了巨大反响，巴西军政府如临大敌。探监团对记者们的要求采访一律予以谢绝。第二天他们便直奔陆军监狱。

这天，太阳刚刚从山后探出头来，清晨的朝霞还没来得及照进监狱的窗口，关押中国人的牢房里有人急忙起了床。准确地说，他们中许多人一宿都没有睡好，试想，他们尝尽了在异国他乡沦为阶下囚的苦涩，如今自己的亲人越过千山万水，带着祖国的温暖前来探望他们了，能不激动吗？每个人探视的时间只有短短半个钟头，他们在揣摩，来的会是家里什么人呢？自己该跟他们说哪些话呢？……

探监的时间到了，第一个被叫出去的是老侯。探视犯人的房间里摆着一张大桌子，两边是座椅。老侯跨进门时，他妻子郭惟情不自禁地起身迎上前来，站立一旁的两名巴西狱警立即伸手做了个制止的手势。郭惟站住叫了一声："天明！"，便止不住流下了热泪。老侯看着妻子说：

"不哭，不哭！见到了你，我高兴都来不及，不哭！我们只有半个钟头时间，得抓紧时间说话。告诉我，家里都好吧？"

郭惟一边点头，一边擦泪。她看着老侯那张憔悴的脸，刚刚忍住的泪水又止不住地往外溢，哽咽着说："都好。孩子们都好，爸妈的身体也不错。刚得到你出事的消息时，两个老人都急坏了，吃不下饭，睡不着觉，后来你们单位派人来做工作，我也天天给他们念报上的报道和有关文章，告诉他们，我们国家正在全力营救，一定能打赢这场官司，现在二老情绪都稳定了。我走之前，全家人特地去照了相，让我带给你看……"说着，她从手提包里拿出一张照片给老侯看，"你看，爸妈是不是跟你走的时候一样？孩子们长高了一点儿，是吧？"接着，她又从包里拿出几样干果和点心说，"爸妈说这是你从小就喜欢吃的，一定要我带来。"

老侯眼睛有些发红，连声说"好"，他看了一眼那两个狱警说："这些东西都要经过他们检查我们才能拿。"接着，又深情地看着郭惟说：

"谢谢你了，郭惟，我的好妻子，其实你承受的压力最大，你要为我担心，还要安慰父母，照顾孩子……我从心里感激你。有了你的支持，我没有任何后顾之忧，我们决心要和这伙王八蛋斗到底，绝不给祖国、给咱们家丢人！"

第二个被叫到的是王之浩，王之浩的妻子是个温文尔雅的中学教师，他们是一对开始迈入中年的恩爱夫妻。端详着丈夫明显消瘦了的面庞，妻子一面流泪，一面轻声地询问他狱中的生活情况，王之浩说："瘦点儿、受点苦都不怕，这里，"他指了指自己的心，"是他们永远征服不了的！"

"浩，我为你感到骄傲，我也这样告诉我们的儿子！他已经很懂事了，他把有关你们的报道和文章都从报上剪下来，贴在了一个本子上，让我带给你。"说着，急忙拿出一厚本贴满剪报的笔记本，封面上写着："我爱你，爸爸！"，"还有，"女教师接着说，"这是我的那些学生们组织专题团日活动、学习《九颗红心》的报道……"

王之浩的眼睛有些湿润了，喃喃地说："替我谢谢我们的儿子，谢谢你的那些学生……"

接着被叫进探视室的是老尹，前来看他的是他的儿子，一个二十来岁的小伙子。父子见面虽没有夫妻相会那种缠绵，儿子带来的家庭温暖和关爱却一样也没少，妈妈捎带的话一句不少地带到，最后还送给了他一件很特别的礼物，儿子憨笑着告诉他：

"爸，我也当爸爸了，这是你孙子的照片，大家都说长得像爷爷，我们管他叫小冰。"

"你小子真行呀！也有孩子了！好，好，我当爷爷了！快！快把照片给我看看！"

老尹捧着那张照片看个没完，咧着嘴笑，还不停地说："这小子长得好！像你，也像爷爷！好呀，我有了接班人了！"

接下来，是叶青被叫了进去，虽说男儿有泪不轻弹，父子相会的情景同样感人与充满亲情……

从探视室回来的人都毫不掩饰自己兴奋的心情，走起路来都昂首挺胸的。看到难友们高涨的情绪，张雄飞从心里无声地笑了，他在心里分享他们每个人的快乐。这时，那个来回叫人的狱卒再次出现在门口，叫了声："张雄飞！"，他竟像是没有听见，直至旁边的人推了他一把说："叫你呢！"，他才回过神来说："叫我？"然后，将信将疑地跟在那人后面，走进了探视室，只见迎面站着一位穿天蓝色连衣裙的姑娘，"王蕊！"他惊叫了一声，几乎不相信自己的眼睛。

"雄飞！"王蕊也叫了他一声，她想对他笑笑，张了张嘴竟像是要哭。

"王蕊，你怎么来了呀？"他依然感到困惑。

"是组织上要我来的……作为你的未婚妻。"王蕊低了头说。

"啊——！"王雄飞终于明白了过来。心里竟有些五味杂陈，说不出是喜是悲，眼前的这位红颜知己跨越千山万水前来探监，人非草木，这一片深情能不让他感动、不让他感受最大欣喜和抚慰吗？当然是这样！然而，过去他们虽然两情相悦，却还从未谈及婚嫁，对婚姻的承诺，是女孩子们深思熟虑后的选择，其中包含了多少幸福的期盼和对未来的寄托……而王蕊却在没有任何承诺、在他身陷囹圄的时刻，勇敢地承担了这样的角色，在他前途未卜、遭遇不幸的情况下，走近他的身边，他觉得自己很对不起她。

"王蕊，太谢谢你了。"他激动地看着她的眼睛说。

"谢什么呀，是我表达自己一点心意。"说到这儿，她又马上补充说道，"这一路来，我还替大家当翻译……你不必因为我的这个角色有任何顾虑……我不会让你为难。"她觉得自己仍没有能表达好自己的意思，便又连忙改变了话题说，"离开北京前，我去看了你父母。"

"两个老人身体怎么样了？"张雄飞急切地问。

"你爸的眼病还没有痊愈，你妈腿脚不大方便，还要照顾你爸。好在两位老人心胸比较开阔，知道你出事后虽然着急，还能经受得住。你妈一看到报上有关你们的消息就念给你爸听，老爷子一天到晚守着收音机，他们说，咱们政府和全世界的好人都在声援雄飞他们，这场官司咱们能打赢！那次是外交部的肖梅陪着我一起上你家去的。老人听说我能来巴西看望你，高兴极了，一定要留我们吃饭。我们一起照了好些照片，我都带来了。”她一面兴奋地说着，一面从手提包里掏出一沓照片，“你看，两位老人的气色还不错吧？这一张是我们在一起吃饭……这两张是肖梅替我们三个人在你家门前照的……”

张雄飞用手轻轻地抚摸着这些照片，好像听见父母在轻声呼唤他的乳名，说着小时候他们常说的那句话：“小飞不怕！我们小飞是最勇敢的孩子！”……

他耳边听见王蕊还在说：“……临走时，肖梅还特别去找了当地外办的人，要他们经常去看望二老，帮助他们解决一些实际困难……你尽管放心。”

“杨宇、肖梅他们带话给我了吗？”张雄飞低声问。

“有！”王蕊重重地点了点头，“他们说，巴西军政府虽然找不到任何他们想要的所谓罪证，仍然一意孤行，决定很快开庭审判，国内正在巴西聘请最好的律师为你们出庭辩护，让你们做好应诉的准备……杨宇和肖梅一直为‘九人案’奔忙。肖梅说部里最近通知她，让她到智利的一个大学去进修一年。他们本想给你写信，许多话不方便在信里说，就让我转告……”

短短半个钟头时间，原先准备好的那些话才说了几分之几，那两个像幽灵似地守在一旁的狱警便会出来催促他们离开，他们不得不站起身来，恋恋不舍地对视着，约好过两天再见面。

探监团的亲属们一共来看望过他们三次，这是他们入狱以来过得最幸福的一周，每次同亲属们见面后回到牢房里，每个人都会如数家珍般讲述自己听到的家里与国内的情况，大家都分享着每个人的快乐，感受着祖国带给他们的温暖和力量。亲属们最后一次走进探视室时，这个阴森森的、冷若冰霜的地方似乎也增添了些许人间温暖、儿女情长。亲人们临别前都争相把心里最想说的话说完，把最紧要的嘱咐叮咛再三……老侯的妻子反复提醒丈夫，一定要改改不把自己身体当回事的毛病，高血压一定要按时服药；中学女教师反复对王之浩说，生命在于运动，在这鬼地方你可不能放弃身体锻炼；老尹严肃地提醒儿子，小孙子赶上了好时代，教育可得从小抓起，不要娇惯……张雄飞和王蕊面对面地站着，看着王蕊发红的眼睛，张雄飞柔声说："王蕊，我非常喜欢你现在充当的这个角色，你愿意继续当下去吗？等着我回去……我会补送给你一束求婚的鲜花，你能答应我吗？……"王蕊眼睛里一直在打转的两颗泪珠，终于滚落了下来……她面带羞赧地说："我会等着你，一直等……"

15

午后的里约海滨，到处都能看到在沙滩上享受阳光和在海水中嬉戏的人群。顺着有名的戈巴卡瓦那海滩往北走，绕过一个小山丘，便看得见许多依山傍水的人家，平托老律师的家就坐落在这里，这是一所老旧的普通住宅。这天，老律师刚从事务所步行回到家里，推开屋门，女佣人便迎了出来。她是个年约四五十岁的黑人，像绝大多数这个年龄的黑人妇女一样，体态肥胖，以至走起路来都显得有些笨拙。她开始向老律师絮叨，说他不在的这段时间，她接了四个电话。老律师停住了脚步，听女佣人说下去。老律师身材清瘦，个子不高，与女佣人恰成强烈对照。年过花甲的他，看上去依然神情矍铄。女佣人说，头两个电话是求您帮忙打官司的，一女一男，都是贫民区那边的，他们在电话里又哭又诉，我哪里听得明白，就告诉他们直接打电话到您的事务所去了。还有一个电话，是一个叫贡塞普西翁的太太，她说她的官司打赢了后，那个骗子亲戚已经把那笔钱和房子还给了她，她现在又搬进了自己原来的房子，她说她特别感谢您帮她打赢了这场官司，要不，她下半辈子就得流落街头。还有一个电话是您的什么朋友打来的，问您什么时候能在家，他要来看您。听完了女佣人的话，老律师说：

“好吧，我知道了。诉讼方面的事情你让他们给事务所打电话就对了，我不在事务所也有其他人管。噢，对了，玛丽亚，一会儿有客人来，你去煮些咖啡。”

“好吧。”女佣人答应着走进厨房去了。

老律师进浴室冲了个澡，便坐在客厅的沙发上看起报纸来。看着看着，他将手中的报纸摔在沙发前的矮桌上，骂了声：“简直是巴西的耻辱！”

“叮咚——！”门铃声响了，女佣人走出去开门。老律师也站起身来迎接客人。第一个进来的正是《圣保罗之页》报副社长罗萨里奥，他一见老律师便上前搂住了他的肩，亲热地拍了拍说：“亲爱的平托律师，你总算回来了！我找你找得好苦呀。”

紧随他后面进来的是《环球报》报总编马丁和青年记者约瑟，宾主寒暄时，罗萨里奥介绍道：“这个年轻人叫约瑟，在我的报社工作，笔锋犀利，像你一样疾恶如仇。他久闻你的大名，一定想见见，我们就把他带来了。”

“我的家一般是不对记者开放的，这次例外，我是把你们当朋友接待。快请进吧！”老律师说着，领他们进了客厅。

“我们这次来找你是为了一件与记者工作并不相干的事，更不是采访你或打探什么案情，老朋友尽管放心好了。”

“那是为了什么事情这么火急火燎地往国外打电话找我呢？”老律师饶有兴趣地看着他们三个人。

“为了友谊！”罗萨里奥说。

“为了正义，为了法律的尊严！”马丁接着说。

“也为了巴西国家的尊严！”约瑟又补充了一句。

“啊——”老律师的表情严肃了起来，“你们是想说为了九名中国人被捕的事吧？”

“对！正是为了这件事。这一案件已经在巴西国内外闹得沸沸扬扬，震动了国际法律界，冲击了世界人民的良知。可是愚蠢的军政府却屈从于山姆大叔的意志，一错再错下去。这明明是一起政治偏见造成的陷害，他们至今拿不出任何证据，却要坚持开庭定罪。中国人聘请了由多位国际著名律师组成的律师团，但按照我国法规，外国律师只能旁听庭审，关键的是要有一位巴西律师出来为他们辩护。我们，以及许多和我们意见相同的人，考虑再三后，一致认为：为了挫败军政府的阴谋和维护巴西法律的尊严，一定要请出一位最富正义感、在巴西人民中威望最高的律师来为他们辩护，伸张正义，这个人非你莫属！”罗萨里奥的话直截了当，他知道老律师不喜欢别人说话拐弯抹角。

“说实话，是什么人让你们来找我的？是受中国人的委托吗？”老律师饮了一口女佣人送上来的咖啡，不紧不慢地问。

“也是，也不完全是。”马丁说，“这些被捕的中国人中有两位是我们的朋友，他们都是很好的人，所以我们说来找你也是为了友谊，但绝不只是因为这个，更多还是因为我们是有良知、有责任心的巴西人。中国方面托人来找过我们，希望为他们推荐最好的律师，他们不了解巴西情况，说不出具体人，是我们好几个人，一致认为应该找你。只有你具有在目前这种情况下敢于仗义执言的人格和胆量。”

“你们这是把我推向风口浪尖呀！……”老律师站起身来，在客厅中来回踱步，像是在掂量这件事的利害关系。

“我们能不知道这要冒极大风险吗？自政变以来，全国陷入了一片白色恐怖，猩猩派横行肆虐，谁敢讲真话谁就要受到迫害。在这种情况下，如果连你这位平时以主持正义、敢讲真话著称的大律师、德高望重的巴西律师协会主席，都不敢站出来说真话，巴西法律界还有什么指望？还能奢谈什么法律的尊严？”说到这里，罗萨里奥可能是感觉自己言辞过于激烈了点，便换了调侃的语气对老律师说，“老朋友，我们怎么会舍得让我们巴西最优秀的律师去冒风险呢！我们仔细分析过，巴西无人不知，你是出了名的最虔诚不过的天主教徒，跟他们视为洪水猛兽的共产主义挂不上钩，而且，凭你的地位和声望，你应该是猩猩派最不愿和最不敢轻易得罪的一个人，更何况，你的背后还有我们这一大群朋友和全体巴西人民呢！”说着，他还向自己身边的两位朋友挤了挤眼睛。

老律师并没有注意到罗萨里奥的表情。他回到沙发桌旁，喝完了剩下的半杯咖啡，又指了指被他摔在桌上的报纸说：

“你们进门之前我正在看报，就是你们写的关于九名中国人的亲属来巴西探监的那些报道，所有的国际通讯社也都进行了转载。军政府本想丑化古拉特政府和人民中国的形象，结果却在全世界面前丑化了巴西自己的形象。我在国外时，国际律师协会的一些朋友也跟我谈到了这个案件，都认为这是显而易见的政治陷害。如果听任猩猩派胡作非为下去，放纵对法律尊严的恣意践踏，我们这些巴西的法律工作者情何以堪？何以面对世界舆论？为了维护法律的尊严，我决定了，出庭为九名中国人辩护！”

“好样的！亲爱的平托律师！”“我们早知道你会这样！”“不愧是我们最敬爱的大律师！”坐在沙发上的三个人不约而同地站起身来，为老律师热烈鼓掌。

“慢着！”老律师昂首站立，做了个手势，“我还要向外界郑重声明：我是自愿义务为九名中国人出庭辩护！”

16

九月的北京已进入秋高气爽的季节，轻风吹拂，驱散了肆虐一整夏的酷热，于是人们透了一口闷气，感到轻松了许多。然而，对心事重重的杨宇和他的同事们来说，却没有心情去感受大自然赐予他们的恩泽，一点儿也轻松不起来，他们的内心依然充满了焦虑和一大堆亟待面对的难题。前几天，从印尼、巴基斯坦和波兰驻巴西使馆及一些巴西朋友处获悉，巴西军政府因拿不出证据，正束手无策，骑虎难下。得知这一情况后，他们立即请示了中央，委托印尼和巴基斯坦驻巴西使馆，以第三者身份进行斡旋，向巴西当局陈明利弊，奉劝他们不要把事情做绝，明确表示，我们一向从大局出发，解怨不结仇，只要巴西释放九名中国公民，中国政府就既往不咎，巴西当局如接受中方告诫，就此止步，事情尚可挽回。然而，巴西军政府却一意孤行，坚持开庭审判。这天一上班，杨宇和九人案小组的其他成员一起，急忙赶去参加与几个有关单位的联席会议。自事件发生以来，与此有关的大小会议都开过上百次了，这次会议的主题是专为即将开始的“庭审”做好一切准备，就像一次重大战役即将进入决战阶段一样，指挥官与士兵都不敢稍有疏忽与懈怠。陈毅外长与廖承志副主任亲自出席了这次会议。陈老总这位元帅外长身上永远让人感到有一股子军人的豪气与威风，总能以指挥官坚定的信念鼓舞每个战士的胜利信心。他在会上首先讲了当前这场斗争的形势，他说，别看表面上巴西反动军人在美国支持下气焰嚣张，貌似握有形势发展主动权，实际上他们很虚弱，上了美国人的当，长期扣押无辜中国人员已经引起了巴西和全世界人民的愤怒与抗议，正如我们的周恩来总理说的，巴西军政府“像是手里抓了一把刺”，放人怕丢脸，不放又怕造成更坏的后果，处境被动，进退维谷。现在我们要利用他们的所谓庭审，进一步动员国际舆论，无情地揭露他们，形势就会进一步朝着有利于我们的方向转化……

巴西右翼军人“像是手里抓了一把刺”，多么生动贴切的比喻！分析得入木三分！中国领导人密切关注形势发展，运筹帷幄，极大地鼓舞了自己队伍的士气，而后的历史发展又以事实印证了他们的预言。

就在这个秋天，在南美洲最美丽的城市里约热内卢，即将上演一场前所未有的最丑恶的审判闹剧。消息传出，整个巴西社会，与案件有关和无关的、对案件知情与不知情的，都在关注、思考……

一些当年举手赞成过发展巴西与中国之间经贸关系的国会议员们坐不住了，一些曾与中国政府谈判过交流合作协议的前政府高官不愿再沉默下去了，连那位被右翼军人逼宫后挂冠而去的前总统夸德罗斯也站了出来作证……

在巴西的街头巷尾，在咖啡馆的柜台边，许多人在看报，在议论……

“这次军政府总该拿出点像样的证据来吧？”

“我看未必！只要看看平托律师的声明就知道了，老律师敢向猩猩派叫板，没有十分把握他会冒这个险吗？”

“平托律师的话我信，我认为他是最正直的巴西人！”

“报上说，有不少外国律师和记者要来旁听庭审，有好戏看了！”

“拿不出像样的证据，军政府可要搬起石头砸自己的脚了！”

圣保罗东方区的江南轩饭店里，这天前来吃早茶的人比往常要多，除了那些风雨无阻的常客外，不少人主要是来听新闻的，随着九人案闹得愈凶，前来打听新闻的人也愈多。自从台蒋特务插手企图把九人劫持到台湾去的阴谋失败后，公开叫喊要对九名大陆共党分子“格杀勿论”的声音低了一些，因为听众的兴趣变了，再有人说这种话，听见的人会瞪他一眼，发出强烈的无声谴责。如今此案开庭在即，不管你的同情在哪一边，心都“悬”了起来。不过在私下的议论中，愈来愈多的人倾向于这九个人无罪，这不，巴西最有名的律师都说了他们根本没有罪！

白衣男子还是坐在窗边那个位置上，何君玉端着茶壶走过去替他续茶，笑笑说：

“我猜你会去里约旁听庭审，对吧？”

白衣男子也笑了，看着她说：“我猜你也会去，是吗？”

“我还没定……”她的神情带着点神秘。

检察官皮涅鲁一大早便起床了。他 50 岁左右，带点棕色的皮肤，在巴西，这种肤色的人很难说得准是属于什么人种。他身材不高，唇边蓄着很有身份的短髭，鼻梁上架着一副价格不菲的眼镜。皮涅鲁打从年轻时起就在军队混，凭着他善于迎合各类上司口味的本领，终于爬上了军事法庭检察官这把交椅。军人政变令他有如鱼得水之感，他对新上台的将军总统更是曲意奉承，总统也对他信任有加，将最重要的审讯中国人的案子都交给他办。他清楚记得，那天总统把他叫到办公室，对他说：

“皮涅鲁，我要交给你一个重要任务。”

“总统阁下，凡是您交给我的任务我都会当作最重要的任务去完成。”皮涅鲁谦恭地回答。

“你肯定已经知道有九名中国人被我们逮捕了的事，这是些专搞颠覆活动的危险分子，我们已经把他们关进了陆军监狱，而且要尽快进行公开审判。”

“总统阁下，我已经知道这件事情，巴西现在大概没有人不知道这件事。”

“我想由你来担任这个案子的检察官。因为这一案件事关重大，对这几个人定罪就能对古拉特政府存在的合法性提出质疑，对巩固我们的新政权有很大意义，也给共产党中国一个教训，美国朋友一直希望我们把这件事办好。现在我把这件事交给你，相信你能完成好。”

“明白了，总统阁下，我一定按您的意思把这件事办好。”

“你要抓紧时间首先把他们犯罪的证据弄到手，有了证据就好开庭了。”

“是，总统阁下，事在人为，我想我们会有证据的。”

“那好，那你就赶紧去办吧，我等着你的好消息。”

这一段时间皮涅鲁还真没闲着，他翻阅了所有的审讯口录，检查了从九个人住处搜查来的各种物件，连一张小纸片都没有放过，还讯问了所有与他们有过接触的人……居然还让他拼凑出了一份洋洋数十页的起诉书。对这一成果他颇为得意，凭他多年的庭审经验，他有把握让那些嫌疑分子认罪画押。

穿戴好检察官的长袍和帽冠，皮涅鲁看了一下手腕上的手表后，登上汽车直奔军事法庭而去。

这一段时间，被关在陆军监狱的张雄飞和同志们也没闲着。自从知道要公开庭审以来，他们认真阅读并研究了有关的法律知识，那些法律书籍都是巴基斯坦大使和印尼大使应他们要求送进来的。他们几个人共同商量了如何应诉的每个细节，张雄飞还得把重要内容乃至细节一一翻译成葡萄牙文。平托律师自愿担任他们的辩护律师的消息传来后，大家更是喜之不尽，信心倍增。

“这位平托律师很厉害吗？”九人中最年轻的小孙问张雄飞。

“那当然，他是巴西最优秀的律师，巴西全国律师协会主席。不只是律师业务水准高，尤其以刚正不阿著称，巴西人都知道他是虔诚的天主教徒，远离政治，但他却能在反动势力甚嚣尘上时无所畏惧，伸张正义。当年巴西共产党总书记普列斯特被捕受审时，平托律师就是免费为他辩护的。他为穷人义务辩护，为许许多多左派人士、共产党人义务辩护过，那些亲美右翼势力恨死了他，却又拿他无可奈何。”

“了不起！难能可贵！”小孙表示由衷佩服，“有这么一位律师替咱们说话太好了，准能把那伙王八蛋批驳得体无完肤！”小伙子紧握了一下拳头，做了个咬牙解恨的表情，大伙儿也都开心地笑了。的确，老律师的加盟大大提升了这些人的士气和信心。

平托律师来监狱探望同他们交谈的那天，更是给他们留下了难忘的印象，他们在感受到老人作为律师的睿智与敏锐的同时，也感受了他那仁者的博爱，他把每个受迫害的人都当成自己的孩子看待，素昧平生，却能让每个境遇不幸的人感受到他的关怀与爱。同样，九名中国人光明磊落和无所畏惧的表现也让老律师刮目相看，他对他们的精神状态非常满意。

庭审的当天，晨曦刚刚透过茂密的树叶投射到这间阴暗的牢房，被关押在这里的九名中国人就已穿戴整齐，收拾停当，随时准备出发。老侯、老尹、王之浩像部队的指挥员在队伍出发前都要检查每个士兵的军容风纪一样，查看了每个人的衣着，然后互相默默地紧握了一下手，他们的目光都在重复着同一句话：“绝不给中国人丢脸！”

17

军事法庭的大门前站着一排荷枪实弹的哨兵，走进法庭，大厅的两侧和每个出入口也都站着把守的士兵。审判席上坐着法官、检察官、好几位陪审的将军及记录员等，被告人席位的一侧是辩护律师。皮涅鲁检察官习惯性地用一根手指将眼镜向上推了一下，居高临下地扫视了一下大厅，见律师席上坐着平托律师，不禁在心里骂了一句“真是个爱管闲事的老东西！”骂归骂，心知此人不好惹，得小心对付。又见后面旁听席上黑压压一片都是人，怎么会有这么多人来凑热闹呢？按照他以往一贯做法，军事法庭审判时把犯人带上来走走过场，当堂宣判就完事，这次却要搞什么公开审判，当然，他知道，军政府也是迫于国内外强大压力才不得不如此，可是，来了这么多人，众目睽睽之下，有些事自己可就不好办了。他看了一眼法官，从对方紧绷的面孔上他知道法官此刻心情也与自己差不多，知道这场审判非比寻常。皮涅鲁想到自己在总统面前夸下的海口，暗自咬了咬牙，心知这次他必须使尽浑身解数才能完成任务！他极力镇定了一下自己的心绪，听法官宣布开庭，带犯人。九名中国人被带上了法庭，检察官透过眼镜仔细地打量了每个人，这也是他的习惯，通常情况是，在他威严的逼视下，犯人的目光会流露出胆怯和惶恐，会产生一种精神震慑效应，这次这一着好像也失灵了，那几个人神情自若，好像他们不是来受审，倒像是来参加辩论会的。法官开始大声讯问他们的名字、年龄、国籍、职业、来到巴西的目的。

“根据中华人民共和国与巴西合众国政府间签署的协定，我们受中国政府委派前来进行经贸交流合作、筹办展览会和开展正常的新闻报道……”受委托的发言人张雄飞朗声用葡萄牙语回答。

“一派谎言！”检察官立即打断了他的话，“你们混进巴西来完全是为了进行间谍活动和实施颠覆阴谋！你们和被巴西人民唾弃的古拉特政府狼狈为奸……”

“检察官先生，”平托律师站起身来要求发言，“前届政府是巴西的民选政府，得到世界各国承认，它与别国签署的条约、协定都具有无可争辩的法律效能。我这里有当时巴西与中国政府签署的协定文本为证，请法官先生过目。此外，今天到庭作证的有十七名巴西国会议员和前政府高官，他们都参与过前政府发展对华经贸关系的决策过程，或直接参加过谈判。现在，他们就坐在旁听席上，他们都愿意证明，这九名中国人是根据两国协议合法进入巴西并在巴西居留的，法官先生可以传他们当庭作证。还有，前届政府总统夸德罗斯先生委托我带来了他的一份书面证词，证明他们到巴西设立贸易代表处和举办经济贸易展览会是经他批准的，他表示，如果需要，他也愿意出庭作证。我的话完了。”

老律师说完后又回到了自己的座位上，等着看检察官如何应答。检察官已被他说得理屈词穷，哪里还敢传证人。他强作镇定，厉声讯问九人道：

“有证据证明，你们在巴西大搞共产主义宣传，进行间谍活动，从事颠覆阴谋，可有此事？”

“这完全是无中生有的栽赃陷害！我们在巴西的所有活动都是依据两国协议进行，都是公开、合法的。检察官先生既然说你们有证据，那就请你把我们进行非法活动的证据拿出来吧。”张雄飞的回答毫不示弱。

“你们这些人都是不见棺材不落泪的，好，那我这就让你们看几样东西！”说着，这位检察官从放在桌上的一个小箱子里取出了一张图片、一张巴西地图和一沓钱。

“这是我们从你们住处查到的！”他拿起了那沓钱，在手里晃了晃说，“巴西币4000万！这些钱是用来干什么的？当然，你们是不敢说出它的真正用途的，我替你们说了吧，这就是你们在巴西非法进行间谍和颠覆活动的经费！”

“检察官先生，你不觉得这种说法太武断和牵强附会了吗？”老侯气愤地说了，“任何一个家庭主妇或出门在外工作和生活的人都可以想象，我们九人在巴西需要租房子住，需要生活，需要有经费开展我们承担的业务工作，这就是这些钱的用途，正大光明！你们凭什么一口咬定说这笔钱是‘非法活动经费’呢？总得有个证据吧！”

当张雄飞把老侯的话翻译出来时，旁听席上响起了一片低声细语。检察官大声说：

“这一大笔钱就是证据！你们从事那些肮脏、卑鄙的活动还会给我们留下发票吗？”

此言一出，旁听席上又有人轻声说：“噢——，原来没有证据！”

皮涅鲁检察官开始有点沉不住气了，他又拿起了一张图片在他的被告人眼前晃了晃说：

“这张图纸你们总该熟悉吧！你们来巴西后，并不是像你们说的那样开展什么经贸之类活动，你们是在研究火箭，研究一种新型火箭，这种火箭的威力足以毁灭我们整个巴西！”

旁听席上发生了一阵轻微的骚动，哇！研究火箭，这个罪名可不轻……

几个被告人定睛仔细看了看那张图片，有的人一脸莫明其妙的表情，有的人则啼笑皆非。王之浩从座位上站起来说：

“我抗议这种诬陷！检察官先生，这张图片是我们新华分社的，我们的确在办公室陈列了一套中国古代文明与科学成就的图片，介绍自己国家的文化和历史，这是许多国家驻外机构的普遍做法，文化交流原本就是我们的任务之一，检察官先生手里的这张图片就是陈列图片中的一张，是中国古代制作火箭的照片。你们居然根据这样一张图片，指控我们在研究新型火箭，而且足以毁灭全巴西，我不知道这是出于缺乏起码的常识还是蓄意栽赃陷害？这张照片曾出现在许多学校的教科书上和国际刊物上，按照检察官先生的逻辑，试图研制新火箭毁灭巴西的人是不是也太多了。”

他的话音未落，旁听席上便发出了一阵笑声。法官气急败坏地拿起桌上的锤子敲了两下，大声说：“安静！安静！”

皮涅鲁检察官调整了一下自己的情绪，声色俱厉地冲着几个中国人呵斥道：

“你们不要在我面前狡辩，像你们这样死赖着不认账的罪犯我见多了！巴西的法律和社会秩序绝不许可你们这些人来破坏！”说着，他又举起了一张巴西地图，“请问，你们的住处藏着这张地图又是干什么的？到巴西各地去旅游？不会吧？不好解释，是吗？还是我来替你们回答吧，你们是怀着既定目的到拉丁美洲、到巴西来的，那就是搞共产主义渗透，赤化拉丁美洲！这张巴西地图就是你们精心研究巴西全国地形、为日后开展游击战争做准备的罪证！”

旁听席上的议论声更大了，什么？凭一张普通地图就能定这么大的罪名？真是闻所未闻！

“我们严正抗议检察官先生这种凭空捏造、极端不负责任的指控！”老尹怒容满面反驳道，“凭一张谁都可以在大街上买到的地图，便断言别人要在你们国家搞游击战争，这种指控也未免太荒唐离奇了吧！你们拿出来的几样所谓证据清楚说明，你们对自己提出的所谓指控实际上没有任何物证、人证，完全是凭空捏造，指鹿为马，身为检察官，却视法律如儿戏，你们的所谓审判还能有什么公正可言！”

“住嘴，你们没有资格在这里评论我们的法律！你们来到巴西这一年多，罔顾巴西法律，肆无忌惮地进行间谍活动和颠覆活动。为了让你们对自己的罪行哑口无言，我这里还有一件铁证！”说到这里，检察官又从那个“罪证箱”里掏出了一把无声手枪，向他们晃了晃说，“这也是从你们住处搜出的，告诉我，这又是干什么用的？说呀！”检察官瞪圆了两眼，气势汹汹地吼叫。

“完全是栽赃！拘捕我们的当天你们就搜查了我们的住处，并未发现任何涉嫌物证，哪里见过这把手枪！？”几个中国人众口一词。此时，平托律师站起身来，瞄了一眼检察官手中的所谓物证，反唇相讥道：

“检察官先生，我也纳闷，当时你们没有找到涉嫌物证，一个月后你们却搜出了手枪，再过些时候，你们还可以搜出机关枪、大炮和原子弹。”

话音刚落，又引起了旁听席上一阵哄笑。

“哪怕你们巧舌如簧，我也将要求法庭以从事颠覆活动和间谍活动的罪名，判处你们二十三年徒刑！”

旁听席上一片哗然，有人发出了刺耳的嘘声。平托老律师愤然起立，大步走到审判席前，拿起放在桌上的几本护照，高举着说：

“检察官先生，请你睁开眼睛看一看，一年以前，他们中间好几位先生还根本没有来到巴西，你却要判他们已经在这里从事间谍和颠覆活动！”他把护照放回桌上，继续说道：

“我从业律师五十多年，至今还从未见到过如此无根据的陷害，你们加在九名中国人身上的所谓罪证，乃我生平所耳闻目睹中最无耻的东西。案件事实已昭然若揭，巴西舆论也很清楚。现在的问题不是你们不懂得怎样判决，而是你们不知道如何向你们的上司交代！”

平托律师的辩护，使法庭的听众时而屏气静听，时而哄堂大笑，检察官如坐针毡，理屈词穷。他心里明白，自己强词夺理的指控显然已引起公愤，但不这样指控，又如何向总统阁下交代？他对这个让他当众出丑的平托律师恨之入骨，冷笑了一声说：

“平托律师，你竟然置国家的安危于不顾，卖力为这些危险的中国人辩护，这不能不让人怀疑你这样做是出于个人目的。”

满头银发的老律师轻蔑地看了检察官一眼，横眉怒斥道：

“这是无耻的人身攻击！我的历史是一本公开的书，你们可以一页一页地去翻阅！你们可以去抄我的家，但无权剥夺我为中国人辩护的自由。我要向世界宣告，他们是清白无辜的，他们是政治偏见的受害者。”

老律师大义凛然、侃侃而谈，旁听席上听众们对他报以阵阵热烈掌声。罗萨里奥、马丁、约瑟和大批媒体人士高声呼喊：“平托律师，我们支持你！”一些曾得到过老律师辩护和庇护的人也在喊叫：“不许污蔑平托律师！”“我们爱你，平托律师！”法庭秩序陷于混乱，军警纷纷上前阻止。混乱中，看得见何君玉也在呼叫的人群中，白衣男子挤进人群，从背后抓住何君玉一只手，将她拉出大厅外。法官在气急败坏地用锤子敲击审讯台：“安静！安静！现在休庭！”

法庭门外，白衣男子对何君玉说：“请你原谅我的冒昧，何小姐！现在很乱，我怕会有危险，就把你拉出来了。”

“谢谢你的好意，郭子平先生。”

“你知道我的名字？”

“你不是也知道我的名字吗？”

“我猜到你可能来，能告诉我为什么吗？”

“被捕的人里面那个会讲葡萄牙语的年轻人是我的同乡同学。”

“啊——，原来如此！”

“当然，这也不是唯一的原因，还因为，这些人都是中国人。”

“我明白了！血浓于水，除了你我，今天前来旁听的还有不少爱国华人，人同此心呀！”

“是呀，情同此理。无论我们漂泊到哪里，我们的根永远在大陆，我们都是从那棵大树上飘落的一片叶子，一片希望有朝一日能回归故土的叶子。”何君玉说着，目光迷离而向往。

“何小姐！”郭子平用热切的声音叫了一声，“我们又想到一起了！而且是——”

“不约而同！”两人同声说出了这句话，又都笑了起来。

杨宇和张雄飞在巴西的先后出现，极大地改变了何君玉的精神状态，也不知不觉拉近了她与素昧平生的郭子平之间的距离……若干年后，她与他，终于得遂夙愿，再次踏上了魂牵梦萦的故国家园。

18

一场鼓噪喧嚣、吸引全世界眼球的“间谍”案庭审闹剧最后只得草草收场。在公众一片抗议声中，军事法庭不得不撤销了关于“间谍”活动的指控，但仍以“颠覆活动”罪判处九名中国人十年徒刑。这一非法判决，立即引起了九名被害人的严正抗议和中国政府的强烈谴责。中国政府声明：“这一骇人听闻的诬陷中国人民的案件，从头到尾都是美国所策划的。美国的卑鄙手段无损中国人民一根毫毛。倒是一味屈服于美国意志的巴西当局，使巴西自己的民族尊严和国际信誉受到了玷污。”

旁听了庭审的巴西国内外媒体一片哗然。受到猩猩派极力压制的正义呼声终于爆发了，人们纷纷谴责这样一出“骇人听闻的政治迫害丑剧”，猛烈抨击这次审讯“将作为猖狂一时的纳粹法庭，最丑恶的一次审判，载入世界史册”。日本著名律师长野国助为首的国际律师团也发表声明说，这是一次政治审判，进行这种审判的军事当局，必将遭到全世界人民的谴责。

一心想借“九人案”获取政治利益并在国际上掀起抹黑新中国恶浪的巴西军政府终于尝到了自己酿制的苦酒，案件发生以来，全世界上百个国家的立法机构、党派、团体、企业等各界人士，通过各种方式对九名被捕中国人员表示声援，向美国和巴西当局发出抗议和谴责。面对事实真相的日益清晰，巴西国内民众的不满与反对声浪也更加高涨，巴西与中国文化交流协会以及一些进步组织都公开打出了声援九名被捕中国人和反对政治迫害的标语口号……事态的发展正如周恩来总理预言的那样，巴西右翼军政府像“手里抓了一把刺”，进退维谷。

那天，布朗库总统把司法部长、外交部长和检察官统统叫到了总统府办公室。检察官的汇报让他心烦意乱，情绪坏到了极点。他把检察官痛骂了一顿，饭桶！笨蛋！我那么信任你，你却把事情彻底办砸了！倒霉的皮涅鲁检察官紧张得不时掏出手绢擦汗，嗫嚅着说：“是我无能，没有把事情办好……请总统阁下息怒！”怒气发泄过后，布朗库自己心里也清楚，谁之过？换一个检察官，情况会不同吗？形势会为之改观吗？他指了指放在桌上的一堆信件，对两位部长说：

“看见了吗？都是直接寄到我这里抗议的！”

两位部长默默地看了那些信件一眼，司法部长说：

“报告总统阁下，我办公室里的抗议信也有这么多。”

“我那里也是……”外交部长一脸无奈地说。

“那你们说怎么办吧！”总统像泄了气的皮球似地靠坐在他宽大的皮座椅里，用一只手支撑着头，他真的是束手无策了。外交部长看了看总统阁下疲惫的脸色，用试探的口气说：

“我看可以考虑将他们驱逐出境，国际上遇到一些类似的棘手难题时，常常会采用这种办法。我想将他们驱逐出境，既能表明我们的政治态度，又能保护我们的国际形象。”

司法部长也连忙说：“这一案件已经把国内社会舆论都搞乱了，成了巴西民众忧虑与闹事的焦点，如不及早驱逐他们出境，势必损害到我们的国家利益。”

“看来这也许是我们目前唯一能做的选择了！”总统沉吟着站起身来在屋内踱步，“由我签署一道驱逐令，宣布他们为‘不受欢迎的人’，驱逐他们出境，美国人那里也能交代得过去……”

此时，总统办公室里这几个人的心里都稍稍松了口气，他们总算看到了摆脱困境的希望。

太平洋彼岸的北京，外交部大楼内，人们都下班回家了，只有美澳司办公室的窗口依然灯火通明。九人案小组的同志们还在开会，他们已记不清这样的会开过多少次了，不过这次有些不同，他们刚刚收到来自巴西的消息，巴西总统将签署驱逐九名被捕中国人的命令。这一消息令他们忧喜参半，我们的人落入国外右翼反动势力手里已有那么长时间，其间经历了多次较量，挫败了敌人一次次险恶阴谋，现在总算有了回国的希望，九位同胞伤痕累累的身心有望在回国后得到亲情的抚慰和康复，这样的结果已是来之不易，还能指望更多吗？估计美国和巴西当局，在自己后院和领地，都不可能在这场政治博弈中做出更大的让步。考虑到这种种因素，中国领导人指示外交部与平托律师联系，请他转告九位同志：“巴西总统用行政命令驱逐你们出境，系行政决定，而非法律定罪，届时可声明无罪，不必上诉。望你们早日回国。”

杨宇送走了发给平托律师的电报，窗外天色已经发白。他伸了个懒腰，想到自己的好同学、好朋友张雄飞，终于可以结束大洋彼岸的铁窗生涯回到祖国来了，不禁心潮澎湃，没有了一点睡意。他的脑海中闪过在学校时以及工作后他们两人在一起的一幕幕往事，一个乐观向上的小伙子！在巴西出事后，从朋友们辗转传出的消息得知，小张表现出色，在这场特殊的斗争中发挥了很好的作用。杨宇衷心为自己的老同学骄傲，也为这位新中国的年轻外交战士感到自豪。是的，张雄飞已经迈出了坚实的第一步，在国际风云变幻莫测的外交战线，今后自己和每个同事都可能遇到各种难以预测的考验，而对祖国的忠诚，在任何情况下都是外交人员最基本的素质……他的思绪愈飘愈远……天亮了，他想回宿舍休息一会儿，不，离开办公室前，他还要给王蕊打个电话，告诉她张雄飞很快就会回来，这是她日夜盼望的消息，这姑娘一定会高兴坏了。对了，最近有人去智利，他还得把这个好消息告诉肖梅。

“为人进出的门紧锁着
为狗爬出的洞敞开着
一个声音高叫着——
爬出来呵，给尔自由
我渴望着自由，但也深知道
人的躯体那能从狗的洞子爬出
……”

关在那间阴暗的牢房里，张雄飞常常喜欢高声朗诵叶挺将军这首诗，这让他深深体会到人的尊严与崇高，让他从先烈的火热斗争中汲取了更大力量，让他变得更加勇敢和充满自信。牢房中的其他人也喜欢听他铿锵有力的朗诵，他们喜欢说：“再来一首，小张！”，于是他会再朗诵一首，其他的人也会跟着他同声朗诵。想当年，他们读这些诗篇的时候，很大程度是作为“诗”来欣赏，而此时此刻，他们是生活在这些诗句的意境中，失去了自由与尊严，日复一日，月复一月……他们怀念祖国的蓝天，天安门广场上漫步的潇洒，与亲人一起欢笑的幸福……那一天，平托律师专程来看望他们，告诉了他们巴西总统的那道驱逐令，并给了他们十天上诉时间。当时大家都沉默了，估量着敌人玩的又是什么花招。接着，老律师又转达了中国政府的口信，并补充说：

“我也认为，你们离开这里是明智的，即使上诉，巴西当局也不会改判你们无罪赦免，最终仍将维持‘驱逐出境’。走吧，孩子们，正义在你们一边，历史将证明你们无罪！”

又是一个阴雨天，南半球明珠里约热内卢市的天空云遮雾障。一辆囚车穿过市区驶向机场。透过囚车的铁窗，张雄飞看着雨雾中里约的海滩、尼泰罗伊大桥、高楼、街道，一一从眼前闪过，他不禁百感交集……一年多前，自己作为外交战线的新兵，满怀雄心壮志踏上了巴西的土地，并在古拉特政府的总统府受到了上宾般接待，世事变化无常，他从座上客顷刻沦为了阶下囚，成了遭驱逐的囚徒，的确，他一直很难接受这样的落差，外交之路竟如此艰险？！他想起了一些古代外交家的经历，历尽艰险通西域的张骞，大漠牧羊十九载始得返国的苏武……是呀，古往今来，外交从来就不是一条安乐、平坦的道路，而是充满艰辛、有时甚至还要付出生命代价，他张雄飞这名新兵只是接受了第一次考验。

到飞机场为他们送行的，只有平托老律师和他的助手。当他们走下囚车，即将登上飞机的一刻，这些不善表达感情、含蓄内向的中国人都走到老律师的身边，紧紧拥抱了他，淌下了激动的热泪。在他们遭受迫害的艰难岁月里，老律师的一身正气、侠肝义胆，让他们看到了巴西民族的勇气与良知。当张雄飞最后握住他的手告别时，古道热肠的老律师意味深长地说：

“相信我，张，我们还会见面的！”

多少年后，老律师的预言果然应验，是的，一个犹如悲喜剧般的结尾。

19

就在他们的飞机冲上自由的蓝天、穿越太平洋上空、飞回祖国的时候，杨宇正伏在书桌上给张雄飞写信：

“雄飞：我知道你此时正怀着万分激动的心情飞回祖国，祖国人民正敞开热情温暖的胸怀准备迎接你们归来。而我，多么想站在欢迎的人群里，和他们一样，捧一束鲜花去迎接你，拥抱你，说几句知心话，夸你一声‘好样的！’……但这一切都已不可能了，我接到了新的任务，要去智利工作，几小时后就将启程……亲爱的老同学，我只能在这封信里向你告别了。我们曾说过，我们在同一屋檐下生活和工作，在同一战壕里战斗，有趣的是，我们的战斗岗位总是隔着千山万水，常常连面都见不着，这次又是如此……雄飞，你这次回来一定要好好休整一下，王蕊会捧着鲜花到机场去接你，她是位好姑娘，好好爱她吧。你回来，我又要走了，你我换了个位置，让我们隔着万水千山继续共同战斗吧……”

北京机场装饰得喜气洋洋，各界群众代表来了，九个人的亲属朋友来了，各有关单位的领导来了，李先念副总理来了……老侯的老伴，叶青的父亲，王之浩的妻子，老尹的儿子、媳妇和孙子，以及还有些腼腆的王蕊，一个个手捧鲜花，站在欢迎队伍的最前面……

飞机在北京上空盘旋，愈飞愈低。张雄飞两眼含泪，紧贴机窗向下张望。老侯、老尹、王之浩、叶青等人也都在一面擦拭泪眼，一面向下张望。机场上一片红旗招展……到家了！祖国的亲人，我们终于回来了！

第二天，全国各大报纸都头版登出了九位受迫害同胞抵达机场、受到盛大欢迎的大幅照片。当天下午，他们又受到刘少奇主席和周恩来总理接见和亲切慰问……祖国亲人的温暖与抚慰消融了海外铁窗生涯留在他们心中的那一片寒冰。

星移斗转，十年过去了，里约热内卢景色如故。一天，也是在张雄飞等九人当年被驱逐离境的同一机场上，人们诧异地发现，停机坪上罕见地铺上了红地毯。

“是哪个国家的元首要来访问？”有人好奇打听。

“不！是迎接一个中国贸易代表团。”知情人如是回答。

“噢！？是哪个中国？”

“当然是人民中国喽。没看见？铺上了红地毯，请人家回来呗！”

……

世事变迁，果真如俗话所说，“三十年河东，三十年河西”。进入七十年代后，许多拉美国家都已先后与新中国建交，并开始频繁交往，而地区大国巴西却因为当年的那场官司使两国关系降到了冰点，从此断了交往。此时的军人总统，比起当年那位政变总统布朗库来，政治智慧显然略胜一筹，他终于通过各种渠道向新中国表达了发展两国关系的愿望，当然，作为恢复交往的前提，巴西军政府承认当年“九人事件”的公案是他们犯了“政治错误”。回顾过往那段荒唐混乱的岁月，巴西人有着对伤痛的沉重反思，当他们得知流亡乌拉圭的前总统若昂·古拉特病逝他乡时，议会决定将他的灵柩迎归故国，以前国家领导人礼遇安葬。中巴两国关系重新走上正轨。中国人民，尤其是当年与古拉特有过接触和交往的中国人，始终没有忘记这位最早推动中巴关系发展的可敬朋友。

当张雄飞陪同中国贸易代表团走下飞机，受到了铺红地毯的破格礼遇与欢迎时，当然也想起了自己从座上宾沦为阶下囚的那段坎坷经历，感慨之余，他对前辈外交高手们所说的“在国与国的交往中，没有永远的敌人，也没有永远的朋友，只有永远的国家和民族利益”也有了更多实际体会。他这次陪同来访的代表团名义上是贸易代表团，双方却都安排了外交部的官员参与，因为都知道这次访问决不单纯是贸易接触。果然，第一次会谈中，巴西就提出了两国尽快建立正式邦交的建议。

新中国首任大使抵达巴西利亚就任时，当时极力主张与中国建交的那位巴西外长握住中国大使的手，就两国关系发展打了个意味深长而又不乏幽默的譬喻，说中国与巴西是终于走到了一起的两头大象，别看它们刚刚迈步时走得慢，以后会愈跑愈快，愈跑愈稳健。当后来的历史轨迹果真像他预言那样发展时，张雄飞、杨宇对他这番话都不禁发出了由衷赞叹。

若干年过去了，里约热内卢像个青春永驻的美女，秀色不减当年，那尊俯瞰全城的花岗石耶稣像也一如既往地向所有人张开了宽容与慈善的双臂。平托老律师还住在他那幢老旧的房子里，耄耋之年，他依然忙碌，热心公益事业，时不时地还会在法庭上与法官们辩论……那一年是他九十岁寿诞，被巴西最具权威性的媒体《阅读》周刊评选为“巴西最具魅力风云人物”，平托的品格与贡献得到全社会的公认，人们尊称他“正义先生”。

这天，阳光像往常一样明媚。老律师早饭后正在自己家书房里看报。看上去腰围又大了好几圈的女佣人玛丽亚还在厨房忙碌，外面的门铃响了。不一会儿，玛丽亚走进书房说：

“先生，外面来了两个人要进来看你。”

“你没有问问是什么人？我跟你说过，这两天老有人来，要是来采访或祝贺什么的，你要替我挡挡驾，就说我身体不好……概不会客。”

“我说了。他们说是您很久以前亲口约他们来的。”玛丽亚想了一下，又补充说，“是两个中国人。”

“中国人？噢……你去请他们进来吧。”

平托坐正了身子，极力回想他曾经约过谁，而且是中国人……这时，一对中年男女从门外进来，男的张开双手快步朝他走来，嘴里说：

“亲爱的平托律师，老朋友！多年不见了，还认识我吗？”见老人费力辨认的样子，连忙接着说，“我是张！十年前我们在巴西坐牢时，您是我们的辩护律师呀！”

“啊——张！是你呀，中国小老弟！”老律师两眼发亮，竟然一下子就站直了身子，与张雄飞热烈拥抱，嘴里喃喃地说，“想不到！想不到！我太高兴了！……”

张雄飞搀扶着老人坐下，又转身看着抱了一大束鲜花的王蕊对老律师说：“这是我的妻子。”

“您好！”王蕊把鲜花举到老律师面前，“亲爱的平托律师，请您接受我们夫妇这份小小的心意，祝贺您获奖，更祝愿您健康长寿！我们这些当年受迫害的九名中国人家属永远从心里感激您！”

“呵——哟哟，见到你们我真是高兴，你们今天可是破坏了我的规矩，我一向不让人往家里送花……”

“刚才您家女佣人还不让我们进门呢”张雄飞笑道，“我没有预约就来了是想给您一个意外惊喜。只得对她说我们是您早就约好了的，这也是真话，您还记得您在机场送我们走时说的话吗？您说，‘张，我们一定还会再见面的。’这就是我们的约定！”

“对，对！我是这样说的，因为我坚信，天空中一时出现的阴霾是不可能永远遮住我们两国人民友好的阳光的！”老人语调兴奋，“果然吧，我们又相聚在蓝天下！”

“是的！所以，送给您的这束鲜花也是为了庆祝我们重逢。”

“好极了，这个主意好！张，告诉我，你到巴西来是旅游还是别有任务？你没有忘了来看望我这个老头儿，真该谢谢你。”

“我是受中国政府的委派来巴西工作的，以后，我可以经常到里约来看望您这位老朋友。想念您的人不只是我，还有当年得到您帮助的所有难友，以及许许多多您认识和不认识的敬仰您的中国朋友。是您，让我们在两国关系最困难的时候始终坚信未来，坚信善良、友好的巴西人民……”

“那我就等着你这个中国小老弟常到我家来，对，带着你可爱的妻子一起来，我们有许多话题可以谈，还有，我们还可以把罗萨里奥、马丁和约瑟他们几个老朋友都叫来，他们也常常说起你们，想念你们呢。”

老律师说得兴致勃勃，叫玛丽亚煮了浓香的咖啡来，不一会儿，小小的书房里就飘浮着一股淡淡的咖啡香，使宾主三人亲切、愉快的交谈气氛愈发地温馨……

老律师说，两国建交后，你们好几任大使都来看望过我，都邀请我去中国访问，“你看我这两条腿”，老人指了指自己行动不方便的腿脚，苦笑着说，“不但爬不了长城，连走路都不利索了。”

“不！亲爱的老朋友，您看起来还很健康！等您的腿好一些，我和我太太陪同您去。”

“那好，那好，去中国是我的梦想，但愿有这一天！”

像久别重逢的亲人，他们回忆过去，历史的悲与喜，情感的酸甜苦辣，他们谈论现在和未来，更多的是喜悦与憧憬……

张雄飞担心老人太累，适时起身告别，相约以后再来看他。

老律师依依惜别，送走了“中国小老弟”后，他让玛丽亚把那束鲜花插到花瓶里，放到客厅去。

“里面有张名片，”玛丽亚说着，将放在花束中的一张名片交给了老律师。老人看了看，怔住了，激动地嘟囔道：“张雄飞，中华人民共和国驻巴西联邦共和国大使和夫人……我……我却叫他中国小老弟！……”他转过头来责怪玛丽亚，“嗨，你怎么也没有问问清楚呢！”看到玛丽亚要反驳，忙又说，“这事不怪你，是我……不过，叫他小老弟也没有错，我们确实是共过患难的兄弟！”

叁 安第斯星辰

让你的激怒的星星

在最高的高处闪耀

照亮亚美利加的道路

——（智利）巴勃罗·聂鲁达

1

圣地亚哥这座城市有它独特的美，不是妖娆，不是宏伟，而是一种源于大自然恩赐的天然美。从城市的不同角度仰望，你都能看到安第斯山山峰，它高高耸起，披着皑皑白雪，映衬着蓝天浮云……拉美人说，安第斯山脉像一个侧卧的巨人，头枕加勒比海波涛，脚踏南极冰原。圣地亚哥市就像依偎在巨人臂弯里、静静地眺望太平洋万顷碧波的少女……智利狭长的地域环境，使得这个国家从南到北，所有城市、乡村、港口都享有依山近水的天然美景和湿润气候。圣地亚哥还是一个有着悠久文化传统的城市，老城区保留着一座座殖民时期巴洛克风格的教堂；市中心有著名的圣露西亚公园，山坡上矗立着智利历史上最勇敢的印第安首领的全身雕像；还有让智利人倍感骄傲的历史悠久的智利大学，它由大文豪安德列斯·贝略创建，曾培养出众多名家和英才。在资源丰富的南美洲，智利是铜与硝石的王国。身处帝国后院，它也像其他拉美国家一样，有着一部可悲的殖民史和为独立、主权和自由不懈奋斗的现代史；它有像奥希金这样的民族英雄，有一代又一代前仆后继为理想献身的仁人志士。

肖梅和两名中国同学能来到智利大学进修西班牙语好像出于偶然机遇，却又是国际潮流发展中的必然。六十年代朝鲜战场上的那场较量，让全世界对新中国刮目相看，不敢小觑，新中国的经济发展也让愈来愈多的国家希望与它建立关系。此时的拉丁美洲，加勒比海的古巴率先与新中国建了交，中国领导人欣喜地将这一外交突破称之为拉美“报春第一燕”。南美洲一些具有民族、民主、独立倾向的国家领导人也表露出了与新中国发展经贸关系和友好往来的愿望，当时的巴西总统古拉特是一个，智利的基督教民主党领袖弗雷总统也是一个。智利政府接连派人到中国试探和接触，做成了几笔易货贸易，同时，在友好人士的推动下，智利当局还答应了给中国三个留学生名额，这在拉美也是破天荒的。外交部派来了肖梅，另外两个名额给了两个语言学院。

踏上陌生的南美洲，肖梅的内心混杂着激动、新奇和紧张。记得在古巴时，拉美朋友就对她说，肖，你一定要去南美洲，到了那里，才能算是到了拉美！杨宇和张雄飞都比她先到南美洲，可如今的南美上空乱云飞渡，张雄飞一到巴西就遭遇了不测，这不，国际官司打了一年才脱离险境。张雄飞的经历不能不让她警惕，踏上这南美洲土地时她是小心翼翼的，不过，据说智利是个有民主传统的国家，当周边邻国不断上演军事政变时，智利军队却以不干政为军纪，被智利人引以为傲。或许，自己幸运一些，在这里能过上一段平静的留学生活。

初到智利，肖梅和她的两位同学，孙昆和李也平，刚刚走出机场，便有一位年龄五十来岁、肤色白皙的智利女士走上前来，她穿一身紫色裙装、颇有些学者风度，她询问他们是不是从新中国来的，见三人点头称是，便高兴地笑着自我介绍说：“我是智中文协的主席安娜，”她又指了指身边另一位年轻男子说，“他是彼德罗，文协的秘书。我们代表文协欢迎从新中国来的第一批留学生，热烈欢迎你们到智利来学习！”说罢，热烈地与每个人拥抱。从此，在太平洋彼岸的智利，智中文协便成了肖梅他们几个可以依赖的“家”，遇到任何困难和问题都去找文协帮助解决，脸上总带着亲切笑容的安娜主席俨然成了他们的智利“妈妈”。安娜是位有名望的律师和国会议员，曾两度访华，对中国十分友好。这几个中国“孩子”给她打电话时，她除了询问他们的学习生活外，总爱说："有空就到我家来喝下午茶，我请你们吃牛肉馅烤饺子。"这牛肉馅烤饺子可是智利特有的，肉香味美，富豪盛宴上能看到它，百姓人家的餐桌上也有它。肖梅每次听了安娜的话，总会想起自己在家上学时，家里人总要叮咛："周末早点回来，家里吃包饺子！"心中总会涌动一种"家"的温暖。

三个中国留学生在有名的智利大学就读。肖梅选学的是拉美文学，因为她从小喜爱文学，更何况，此时的拉丁美洲文学在世界上异军突起，一个又一个拉美作家、诗人成为诺贝尔文学奖获得者，造就了拉美文学的"爆炸"时代。肖梅知道，学外语不只是在课堂、从书本上学，还要通过实践、通过人际交往中去学。她是个性格爽朗外向的姑娘，智利同学们都说，肖的脸上总是笑眯眯的，东方姑娘都这么亲切可爱吗？他们很愿意同她交往和聊天，更何况，他们对遥远的东方大国怀有强烈的神秘感和好奇心。

大学生活是多彩的，尤其是周末。一个星期五下午，肖梅上完文学课后离开了教室，在校园里遇见了几位智利同学，他们问她到哪儿去度周末，肖梅摇摇头说哪儿也不去，自己准备回宿舍去复习功课。几位智利同学惊讶地叫了起来，周末呀，怎么能回宿舍复习功课呢？不可思议！走，跟我们一块儿走！

"上哪儿去呀？"肖梅纳闷地问。

"去看热闹。学校新开了一个'自由论坛'，你去听过吗？"一个女同学问，见肖梅摇头，便接着道："那是个类似伦敦海德公园的地方，谁都可以到那里去发表自己的政见和观点，评论时政也行，讲乌托邦或马克思主义也行，我去听过，很有意思的，你愿意去听听吗？反正晚餐之前也干不了别的事了。"肖梅一听也来了兴趣，走，一起去看看！

那是校园一处绿荫覆盖的露天小广场，场地内呈扇形放置了一排排固定座位，此时几乎已是座无虚席，听众基本上都是年轻学生，他们听得很认真，讲台是高出地面几级的石台阶，一个青年男子正在演讲。肖梅等几个人在后边找了个座位坐下。只听得那男子在说：

“……20世纪60年代的拉丁美洲，我们看到了什么？古巴人民的武装斗争打出了一个独立、自由、民主的古巴，山姆大叔恨得咬牙切齿，却也无可奈何；巴西人民通过传统的西方民主选出了希望维护主权、民主与自由的国家领导人雅尼奥·夸德罗斯和若昂·古拉特，山姆大叔一翻脸，操纵巴西右翼势力，一场政变便把他们赶下了台，巴西只落得一片白色恐怖……”肖梅听着这说话的声音有些耳熟，再细看演讲人，天哪！那不是参加过古巴国际青年营的豪尔赫吗？她的心又激动、又兴奋，这真叫‘踏破铁鞋无觅处，得来全不费功夫’！来到智利后，她想过找他，可这茫茫人海，哪里去找呀，没想到竟在校园中相遇！她太高兴了。她身边的智利同学注意到她神情的变化，低声问，认识他？她点头说是在古巴认识的。此时，她强压着激动的心情，听豪尔赫继续在讲：

“……我们智利人民也在为自己的自由、独立而奋斗，可我们的道路又在哪里？当今的拉美盛行谈论第三条道路，一条既非资本主义也非社会主义的道路，我们的弗雷总统竞选时就曾提出过这样一条道路。我没有记错的话，包括我们尊敬的阿连德参议员，咱们的校友，从学生时代起，也曾在这里谈到过这样一条非暴力道路。我十分敬佩阿连德参议员的斗争精神，毫不怀疑他对人民的忠诚，我也应该坦率地承认，我对这第三条道路还缺乏认识，正因为如此，我们应该认真研究、探讨……因为它关系到我们人民的命运与未来……”

等到豪尔赫结束讲话时，另一位年轻学生又站了上去，继续就第三条道路问题发表看法。看到后面有同学在向他招手，豪尔赫走了过来，当他看到肖梅笑吟吟地看着他时，怔了一下，接着哈哈大笑了起来，张开双手，将肖梅一把抱起转了一圈才放下来，旁边几个同学赶紧拉着他们离开了正在演讲的现场，笑着说：

“你们两个老朋友，现在可以尽情地聊了！我们再去听一会儿。”“拜拜！”他们摇摇手走了。

豪尔赫再次拉住肖梅的手问道：

“肖，你太神奇了！你怎么真的这么快就跑到南美洲来了？这个世界也真的太小了，我们又见面了！”

“令人感到神奇的不只是我到了南美洲，而且，我们还成了同学！刚才你的同学告诉我，说你是本校哲学系的，我是文学系的，岂不是成了同学！”肖梅笑道。

“真的？！那我太高兴了！我原本是学医的，这些年辗转拉美各国，颇多感受，回来后我又进了哲学系，学习马克思主义、社会主义理论，有意思吧。”

“有意思。我还真不知道智利大学设有马克思主义理论课呢。”

“我在演讲中提到的那位大名鼎鼎的阿连德参议员在智利大学读医学时，就常常和一些同学在一起共同研究马克思的《资本论》，探讨社会政治问题。如今他已是智利政坛举足轻重的人物，最近他发表了不少关于走第三条道路的主张。当然，他是个了不起的人，而且是中国革命的崇拜者，你知道吗？”

“知道，他访问过中国，一直是中国人民的好朋友。我们这次能来智利留学，也是这些智利朋友努力促进的结果。”

“我们分手以后，又发生了巴西猩猩派政变和逮捕中国人的事件，肖，你很勇敢，这种时候还敢来闯帝国后院。”

“我们是合法前来留学的学生，难道他们已经猖狂到了连莘莘学子都不肯放过吗？”

“你放心，肖，在这里有我们大家保护你！这里有许多中国可以信赖的朋友！以后有任何困难和问题，你都可以随时来找我。”

豪尔赫是这样说的，也真这样做了。自那以后，他好像真把自己当作肖梅的保护人了，他常来看望她，帮她复习功课，有时还会结伴出去游览。豪尔赫坚持说她不应该关在学校里读死书，应该走出去了解拉美社会，了解民情……

2

圣地亚哥四季如春，没有酷暑和寒冬。别看抬头就能望见终年积雪的安第斯山，可这个城市的冬天哪怕只飘几片雪花，也会成为几年不遇的新闻，飘逸的热带棕榈树和高高的仙人掌在这雪山下照样生机盎然。圣地亚哥市保持着不快不慢的发展节奏，圣地亚哥人过着既传统又不乏现代元素的生活。

当又一个快乐的周末来临时，豪尔赫对肖梅说：“肖，今天我有空，可以带你到圣露西亚公园去走走，怎么样？”肖梅皱起眉头说：“功课还没做完呢。”

豪尔赫把她手中的书一把抢过去说：

“走吧，圣塔露西亚公园会教给你许多课本上没有的知识，那是圣地亚哥最早开始建城的地方，它会向你诉说这个城市乃至整个智利的历史，而且，那里景色秀美，来圣地亚哥游览的人没有不去圣塔露西亚公园的。呼吸了那里的新鲜空气，神清气爽，回来再做你的作业，一定会事半功倍！”

他们来到圣塔露西亚公园时，已有不少兴致勃勃的游人在攀登这座被称之为“城中绿岛”的山丘。阳光在绿树、房舍、雕塑上泛着耀眼的银光。游人未及登山便能看到一块引人瞩目的巨石，上面写着：圣地亚哥城从这里开始兴建。豪尔赫在一旁对肖梅说：

“当年这里的土著印第安人把这座山丘叫作乌埃伦山。1541年，西班牙殖民者佩德罗·德瓦尔迪维亚率领150名骑兵从秘鲁来到智利，在这里安营扎寨，扩建城池，小山丘从此改名为圣塔露西亚山，新建的城市亦即今天的智利首都圣地亚哥。一会儿你就可以看到，上山处有古希腊雅典式的白云石门廊，两侧墙上是气势恢宏的壁画，你就去想象殖民统治者往昔的辉煌吧。”讲起自己国家的历史，豪尔赫张口就来，他太熟悉了。

穿过白云石门廊，他们沿着山坡拾级而上。路旁长着热带花卉，高大的仙人掌，林中有精致的小教堂，美洲民间艺术博物馆前面矗立着一尊弯弓欲射的印第安人雕像。肖梅一向喜欢雕塑，不觉驻足细细观赏。豪尔赫笑道：

“这是一个美国雕塑家的作品，你注意到了没有？这个印第安人的头上插着野鸡毛，那是美国印第安人的装束，智利的印第安人是不插这玩意儿的。西班牙人入侵时智利有几百万印第安人，后来几乎被殖民者屠杀殆尽，幸存下来的少量印第安人都隐居到了深山老林里，依然过着很原始的生活。”

“噢——可不是吗！我觉得这座雕像形态矫健有力，可惜多了几根野鸡毛！”

两人正说着，忽听到从山顶传来隆隆炮声，什么声音？豪尔赫把手指放到唇边，做了个噤声的手势，听见了吗？那是西班牙殖民者的炮声，见肖梅疑惑的神色，他说，这山顶上至今完整地保留着西班牙殖民时期的古炮台和古堡，每当正午时分，古铜炮便会发出隆隆响声，回荡在城市上空，令人想起过去了的那段悲惨历史和惊心动魄的烽火岁月。

“前事不忘，后事之师。如今，殖民宗主国让位给了世界霸主，拉美人对自己强大的北方邻居既有着与生俱来的警惕，也有切身的痛苦体会。”豪尔赫仰望着炮声传来的方向感慨地说，殖民时代的隆隆炮声似乎引发了他的联想。

“这方面，中国人和拉美人是有许多共同语言的。地理上我们虽然隔了半个地球，可中国也是从半殖民地社会过来的，受过帝国主义的压迫和侵略，这样相似的历史，让我们很容易做朋友呀。”那炮声也让肖梅浮想联翩，她倾听着，不禁也想起了八国联军的枪炮声和那个被他们烧得只剩下断垣残壁的圆明园，刻骨铭心的民族之痛呀！

两人说着话，很快就爬到了山顶。纵目四望，绿树城郭，果然令人心旷神怡。豪尔赫看了看手表，说我们还来得及到邻近的圣克里斯托瓦尔山去一趟，那是圣地亚哥市的象征，也是游人必至的著名景区。肖梅想了想，说既然出来了，那就去吧。

圣克里斯托瓦尔山是安第斯山的支脉，马波乔河从山边流过，水光山色，十分秀丽，足以让游人流连忘返。游客对此处情有独钟还有另一缘由，这山上有一尊被公认为“很灵验”的圣母像，由大理石雕刻而成，高十四米，洁白如玉，栩栩如生。据说这位圣母显过灵，故而前来朝拜的人络绎不绝。从这里可以俯瞰全城，正当肖梅和豪尔赫驻足观赏圣母像、看着不断有信众上前在圣母像前点上香火顶礼膜拜时，两个年轻的智利姑娘走到了他们身边，两人年龄都在十七八岁左右。她们一面盯着肖梅细看，一面友好地问道：“小姐，你是中国人吗？”

“是呀，怎么了？”肖梅有些奇怪。

两个姑娘相互看了一眼，笑了，说：“爸爸说对了！”见肖梅一头雾水的模样，连忙解释道：

“我们的爸爸观察了你很久，他说你一定是中国人，噢，因为来这里的有很多日本人，我们分不清。”

“你们的爸爸？”

“对！我们的爸爸是中国人，呶，他就在那里坐着呢。”两个姑娘往旁边树下指了指，顺手望去，那里果然坐着一个上了年纪的男子。

“他腿脚不好，你能过去和他说几句话吗？”姑娘们央求说。

“当然可以！”肖梅答应着，和豪尔赫走了过去。近前细看，老者穿一身半新不旧的深灰色西服，六十岁上下，果然是位慈眉善目的中国老人，肖梅连忙上前说了声：“老伯伯，您好！”

老人挣扎着要起身，被肖梅按住了说："听说您的腿不方便，您就坐着说话吧。"

"小姐，对不起，我的两个女儿打搅你了。你一上来我就注意到你了，虽然你没有穿唐服，而且和这位智利先生在一起，可是你的言谈举止还是让我断定你是中国人。她们还不信呢。不知小姐是哪里人？从哪里来？"

"我是从北京来的，在这里留学。"

"什么？从北京来的？"老人两只眼睛睁得大大的，一下子站起身来，抓住了肖梅的手，激动得嘴唇有些颤动："你说你是从新中国来的？"见肖梅再次点头，老人也再一次细细打量了她，似乎是要从她身上找到某种认证。肖梅笑了笑，老人的认真和激动让她有些感动，她从自己的手包里掏出一个小皮夹，抽出一张照片，笑道：

"老伯伯，你看，这是我在北京天安门前拍的一张照片，是真的吧。"

老人将照片举到眼前，看了又看，干涩的眼眶里有泪光在闪动，嘴里喃喃地说："是真的！是真的！……"

"爸爸，你这是怎么了？"老人的反常表现显然引起了两个女儿的不安。

"我终于见到从新中国来的人了！还有天安门！"老人用手掌擦去了在眼中打转的泪珠。他紧拉住肖梅的手，几乎是央求着说：

"小姐，你能再陪我说一会儿话吗？"肖梅一面点头，一面将老人的意思告诉了豪尔赫，豪尔赫连忙说：

"肖，听他讲下去，这位老人好像要告诉你什么重要的事情。"

"老伯伯，您说吧，我还不知道您尊姓大名呢。"肖梅说。

"我这就告诉你，我姓陈，叫陈朝旭。三十七年前蒋介石汪精卫先后背叛革命，我当时是广州的工人赤卫队队员。为了挽救革命，张太雷、苏兆征、叶剑英等人领导我们举行了广州起义，打败了国民党反动军队，"老人语调缓慢，说到这里他稍稍停顿了一下，仿佛又回到了那段战火纷飞的日子，"可后来，那些人又在帝国主义支援下大举反攻，我们牺牲很大，打得非常艰苦，最后被迫撤出了广州，很多工人赤卫队员和农民军兄弟都被打散了。起义失败后，我们东躲西藏，我被一个亲戚偷偷送上一艘外国货轮，在船上当伙夫，流落到了智利，从此再也没有回过中国。后来听说中国革命胜利了，我高兴得几夜没睡好，我多想回去看看，可是，我老了，走不动了……噢，三十多年了，过去这些事，说起来话太长了，太长了……这么些年，智利和新中国没有来往，小姐，你是我见到的第一个从新中国来的人，我能不激动吗？！”陈老先生的声音几度哽咽。肖梅被深深感动了，心中油然升起一种亲人久别重逢的情感，她紧紧握住老人微微颤动的手，热切地说：

“陈老伯，您是我们的革命老前辈！我叫肖梅，是国家派来留学的，能见到您太高兴了！以后您一定要回国去看看！”

“爸爸，你别急，有话慢慢讲。”年龄稍大的姑娘轻声安慰父亲，“这里是公园，以后我们可以请肖梅姐姐上咱们家去，可以有很多时间慢慢聊。”

年龄稍小的姑娘告诉肖梅说，她叫阿梅，姐姐叫阿玲，母亲是智利人，已经亡故，她们还有一个弟弟。早年父亲在圣地亚哥开了家小饭馆，近年来老父亲患腿疾，只得歇业。赶上周末，姐妹二人特意陪父亲来公园走走，听人家说这里的圣母挺灵，姐妹俩也想为父亲祈求平安，没有想到碰见了你，他那么激动，我们很少见到他那样。

“肖，我虽然没有全部听懂你们的对话，大概意思两位姑娘已经告诉我了，我真的也很感动，很感动，三十多年了，他还念念不忘年轻时的革命经历和理想，对自己的祖国还有这么强烈的爱国情怀，可敬可佩，了不起！”说着，豪尔赫向陈老先生竖起了大拇指，“你是伟大的爱国主义者！”

“惭愧，惭愧，我在国家最困难的时候离开了它，但我的心始终没有离开，我爱中国，我还要教育我的儿女也永远爱中国。肖小姐，我希望你一定要到我家去，我的家就是你的家。”老人说着立即让阿玲把地址写下来交给肖梅。没想到，这次邂逅不仅使陈老先生和他多年失去联系的祖国重新续上了情感的链接，也给陈家儿女后来的命运带来了巨大的影响与变化。

眼看天色已过正午，习惯于午后一点钟才用午餐的智利人也都开始下山了。肖梅和豪尔赫向陈老先生及两位姑娘告别，待他们走出去很远，回首看，老人还由两个女儿搀扶着，站在树荫下向他们挥手。

“怎么样，不虚此行吧？”豪尔赫颇为得意地对肖梅说。

“他乡遇故知！不，简直是他乡奇遇！我非常感动！”肖梅侧头想了一下，似乎想把自己的感受表达得更准确些。

有了这次愉快的经历，他们的脚步渐渐延伸到了圣地亚哥老城的一些古老教堂、国家历史博物馆、美洲现代艺术展览……对肖梅来说，这些看似游历的活动让她看到了这个国家的美丽和富饶，领略了新大陆深厚的文化底蕴。当然，她的见闻并不都是令人愉悦的，譬如，一次偶然机会让她窥见了一段鲜为人知的华人在智利的血泪史。那是参观智利国家历史博物馆的时候，他们站在丘陵起伏的阿塔卡马沙漠巨幅照片前面，这是智利寸草不生、渺无人烟的北部荒漠，也是盛产“白色金子”硝石并带给了智利半个世纪经济繁荣的硝原。就在历史娓娓讲述开发这一地区的兴衰史时，一张张泛黄了的照片跃入了肖梅的眼帘，那是一张张绝望、木讷的华人面孔！驻足细看，旁边的说明是：他们是契约华工“苦力”，白天在烈日和工头皮鞭下修铁路、开硝矿，晚上戴着脚镣、披着麻袋片熬过沙漠中的寒夜。他们被当作牲口一样驱赶着，直至年老力衰，老死荒原……

肖梅感到了内心的极大震动，这些泛黄了的照片从此深深地印在了她的心底，每当想起，一阵悲凉与伤痛便会袭上心头，这是中华民族的悲哀！她相信，往昔的苦难和屈辱可以转化为今天前进的动力与勇气，她坚信，今天的新中国一定会创造让这个苦难民族从此扬眉吐气的新历史！这一信念让她很激动，也为她的异国求学生涯增添了更多一些历史使命感。

3

生活像涓涓细流，在平野上静静流淌时宁静而舒缓，在转折处或跌落时，有浪花飞溅、川流湍急。有一段时期，肖梅平静的留学生活也起了小小波澜。那是一个夏日午后，她和豪尔赫在校园里散步聊天，返回宿舍时遇见同学李也平，李也平用有点儿异样的目光看了看她，笑笑说，豪尔赫这么关心你，他不会是爱上你了吧？肖梅一愣，说你想到哪儿去了，他关心我是因为我们老早就认识，怎么会是爱上我了呢？李也平笑了笑说，我是好意提醒你，外国人在感情上比较随便，而且，人言可畏，你注意点就是了。对肖梅来说，李也平的提醒却不啻是对自己敲了一下警钟，出什么问题了吗？她需要静下来，想一想，给自己一个回答。平心而论，她觉得豪尔赫是个对中国十分友好的进步青年，他富有革命理想和激情，他丰富的知识和愉快幽默的性格也让她愿意和他在一起，甚至，她也和所有的女孩子一样，喜欢男人对女孩子的温存与照顾，这些有错吗？问题不在这里，问题出在他们在一起的时间太多了，过于密切的交往带来了“日久生情”的危险，继而引出“人言可畏”……实际上，凭女孩子的直觉，她也感到了豪尔赫是喜欢自己的，只不过，她一直用外国人生性热情奔放和豪爽来解释……想到这里，她内心暗暗感到吃惊，这是她所从事的外交工作所不允许的，她清楚这一纪律，李也平的提醒不无道理，她必须立即为她和豪尔赫之间的频繁来往刹车……但是，她又从心里不愿伤害这个年轻人的热情和友谊，能做到两全吗？但愿能如此，无论如何，要减少一些接触。从那以后，豪尔赫几次来找肖梅聊天和约她出去游览，都被她找理由委婉拒绝了。有时，实在无法推托，她会说，等一下，我去叫上李也平和孙昆一起去，人多了会更热闹！终于有一天，肖梅上完课穿过校园回宿舍去，半路上遇见了正等着她的豪尔赫，他拉住了她，当肖梅说宿舍那边有人在等着她必须马上回去时，豪尔赫定定地看着她的眼睛说：

“你在撒谎，肖，你近来一直在躲避我，能告诉我为什么吗？”

在豪尔赫的目光逼视下，肖梅脸红了，她的确从小不会说谎话，有时不得已编句假话，也会因为编得太笨拙而很快被人识破。她沉默了一下，轻轻叹了一口气，心想，只好摊牌了。

“豪尔赫，我非常感谢你一直关心我、照顾我、帮助我……我对你的感激是真诚的，发自内心的。我希望我们一直保持这种纯洁的友谊……不受任何干扰。我在中国已经有个男朋友，我担心我们在一起的时间过多我的男朋友会吃醋……他已经听说我在这里经常和一个智利男生在一起。”这后半句话是她急中生智编出来的。

“你真的有男朋友了？怎么以前没有听你说过。”豪尔赫那双褐色眼睛中混杂着疑惑、诘问……

“真的。”肖梅使劲点了点头，带着歉意说，“我很抱歉没有早些告诉你。”

“肖，我们虽然来自两个不同的国家，有着完全不同的文化背景，但从在古巴认识起，我从未感到我们之间相处有过任何障碍，而是觉得我们一起度过的所有时光都是那么快乐和幸福，你是一个有着高尚理想、充满东方智慧的可爱女孩，你让我对这个世界有了更多新认识……你让我着迷，我真的很喜欢你，而且，坚信我们可以成为很般配的一对儿，我掌握英语、法语、西班牙语，你讲中文和西班牙语，我们可以在一起做很多很多有意义的事情……”豪尔赫愈说愈激动，他一下抓住了肖梅的手，怀着激情与希望，“肖，你不会……不会就这样不给我任何希望、任何机会了吧？”

豪尔赫这番表白着实让肖梅吃了一惊，她极力抽回自己的手，感觉到自己的心跳在加速，这一刻，她比任何时候都更清醒地意识到两人已到了必须分开的时候，她用坚定和不容置疑的语气说：

“豪尔赫，我希望你明白，我的确是有了男朋友，而且，你我两人也确实是不适合、不可能在一起的。”

“这么说，你已经下定了决心……”豪尔赫的声音渐渐变低了，混杂着失望与委屈，那双暗褐色的眼睛蒙上了一层阴云……肖梅第一次看到他这种表情，这让她深深责备自己以往的疏忽，从心底感到一份愧疚。她换了温和的口气说：

“对不起，豪尔赫，谢谢你为我所做的一切，请相信我会永远记住你的友情……希望你永远是中国人民的好朋友，当然，也永远是我的好朋友……”

“这么说，除了接受你的判决，我已别无选择……”豪尔赫语调忧伤，他极力控制着自己的情绪，停顿了一下说，“肖，我想你这样做一定有你的理由，也许真有男朋友，也许另有原因，你不方便告诉我，我相信你，也尊重你的决定，尽管接受你的决定我会很难过……但我会努力，决不做对你会造成干扰或伤害的事，不过，无论如何，我们还是好朋友，你不许躲着我，我永远敬仰中国革命，永远是中国人的好朋友。”

“一言为定，豪尔赫，谢谢你！谢谢你的理解和信任！”肖梅说着深深吐了口气，感到内心得以解脱。

这天夜晚，肖梅靠在床头，抱着书却看不下去，她被白天里发生的事而搅乱了的心情还难以平复，绵绵的思绪飘过了太平洋……她的心在呼唤着远方的韩杰……杰，你在哪里？……来到智利后，她只收到过他两封来信，每次拿到信时，信封都是皱巴巴、脏兮兮、破破烂烂的，仿佛告诉她邮途中它曾经历过多少磨难。是的，她与他之间的感情，一段时间以来也在经历着冲击和磨难……她那双充满阳光的眸子里也时而会有乌云蔽日，与赫尔赫的谈话勾起了她情感上的隐隐伤痛，望着窗外的夜空，她走进了那段不愉快的回忆……

事情发生在她从古巴回到北京的时候，她与韩杰已阔别两年。她本以为他会立即从上海赶到北京来看她，她想象着他的惊喜，期待着他的拥抱。然而，韩杰没有来，他们通了一次很长的电话，除了互诉思念，韩杰告诉她，自己无法去北京，除了工作忙，更糟糕的是他母亲发病了，他不能在这种时候走开。肖梅沉默了，她明白韩杰说的是实情，更知道韩杰从小与寡母相依为命，母子感情极深。于是说，自己刚回国，按规定有探亲假，她可以到上海去看他，同时也探望他病中的母亲。韩杰听到肖梅去看他十分高兴，但听说要探望他母亲却显得有些犹豫。肖梅说，探望伯母也是应该的呀，到上海后我住咱们班同学罗晓虹家，就这么定了！久别重逢本是两人向往已久的幸福，他们都曾在心里编织过多项甜蜜的计划，怎么忙韩杰也要抽空陪肖梅去逛逛外滩、人民广场……然而，没想到，事情竟会变得如此尴尬……肖梅听说韩杰母亲糖尿病严重，坚持抵达当天便去看望老人家。消瘦的老人躺在床上，韩杰领着肖梅走近前去，介绍说这是他女朋友，特地从北京来看她的。老人欠起上半身，上下细细地打量了一番肖梅，嘴里说着：

“谢谢，谢谢！这么远赶来，在家里吃顿便饭吧。”

韩杰说：“妈有病，不方便，我们两人到外面去吃好了。”

“不，我已经把秀云叫来了，她正在厨房做饭哩。”

“你把她叫来干什么呀？”韩杰有些不悦地说。

“把她叫来怎么了？你们从小一块儿玩，青梅竹马。你前些年不在家，妈有病多亏秀云照应，没有她兴许你早没有这个妈了。”老人语气强硬，甚至带着股火药味，肖梅不知就里，她看了韩杰一眼，示意他不要与老人顶嘴，韩杰不作声了。他们说了一会儿老人家的病情，就见从里间走出来一个年轻姑娘，一头短发，白净的脸。韩杰轻声对肖梅说：她叫秀云，我妈的干女儿。接着又向那位姑娘介绍说："肖梅——我的女朋友。"姑娘愣了愣神："噢——你好！"说着，她礼貌地朝肖梅点了点头，接着又跟老太太低声说了几句话，便又转身回厨房忙去了。吃饭时，秀云和韩杰把老太太搀扶到桌边坐下，秀云挨着老太太坐，为她夹菜，把鱼肉里的骨刺剔除。老太太吃得很少，却说了许多话……

"肖姑娘，你是不知道，秀云这姑娘真是百里挑一的，心眼儿好，又勤快。小杰他爸在世时和阿云的爸要好得像亲兄弟，差点儿给两个孩子订了娃娃亲，后来因为抗战爆发搁下了，阿云的爸也在抗战时牺牲了……这几年，小杰在北京读书，都是阿云照顾我，比亲女儿还亲，不要说我少不了她，我们这个家都不能没有她呀……"

"妈，你尽说这些干吗，都过去的事了……"韩杰显然在阻止母亲说下去。

一直低着头吃饭的秀云也轻声说："干妈，不说这些，肖梅从老远来看你，你请她多吃点吧！"

"你们不让我说，我心里堵得慌！我老了，说话也不中用了……等我死了，你们爱怎么着就怎么着吧！"

肖梅终于听懂了老人的话，明白了她留自己吃饭的用意，她是要向自己传递一个明确信息，她儿子另有一个更适合这个家庭的对象，就是这位看上去已经像半个主妇的秀云，她肖梅是多余的、不受欢迎的。

离开韩杰家，肖梅一直沉默不语，胸口像堵了一堆乱麻，心里难受得只想哭。一路上，韩杰不停地解释，这只是他母亲一厢情愿，他从未有过这种想法。第二天，肖梅提前回了北京。她虽也知道，这并非韩杰本人的意愿，但她清楚意识到了，她与韩杰的爱情上空笼罩着不祥的阴影：家庭阻力与实际困难，韩杰将面对被母亲步步紧逼后的艰难选择，她肖梅也面临新的考验，她需要时间，需要冷静与理智……

回到北京后，正好部里准备派她到智利留学，如果没有这次上海之行，她或许会对再次与韩杰分离充满依恋。从上海回来后，她冷静了许多，反倒觉得应该给韩杰留下更多的选择空间，更何况，她也很珍惜这次学习机会。她在给韩杰的信中写道："……人们常言，距离与时间是爱情的敌人，我们再次与这个敌人相遇了，我只能接受命运的挑战……"

她不知道韩杰如今怎样了，她能想象他的处境一定很难……来到智利后，通信条件又变得和初到古巴时一样艰难，两个月才能收到一封皱巴巴的、根本无法敞开心扉交谈的信件……她想他，他还在想她吗？ 时间和距离，这两个爱情的敌人，让肖梅开始感到了某种切切实实的威胁。

情感的激流由汹涌而重归平静。豪尔赫果然信守诺言，他依然热情帮助三个中国同学，还自愿担任了中国新华社分社的通讯员。他与肖梅保持了始终如一的友谊。肖梅的生活溪流又开始平静地流淌，直至汇入了另一股滚滚而来的洪流。

4

四月，正是中国姹紫嫣红百花争艳的春季，智利却已经告别盛夏，进入了怡人的凉秋。第一支来自新中国的外交工作小分队就在此时来到了南美洲的智利。之所以称小分队，是因为他们人数极少，是来建立一个特殊的外交据点——半官方性质的商务代表处。

汽车驶出塞里约国际机场，向着圣地亚哥城里奔驰而去。杨宇坐在前排副驾驶位置上，后排坐着高源——原外交部美澳司副司长、新任命的中国驻智利商务代表处主任。他的旁边坐着严岩，是两年前根据两国协议，以中国贸易公司新闻联络办公室负责人的名义留在智利工作的。出身记者的严岩原本不会讲西班牙语，孑然一身留在遥远的南美工作，两年里，居然在这片新中国外交的荒原上打开了一片天地，结交了一大批对华友好的智利各界人士，为商务代表处的建立打下了良好基础。此时，他正在向新来的高主任介绍情况。杨宇透过车窗玻璃在看沿途的景色，田野、绿树、房屋……飞快地从眼前一闪而过……汽车驶进市区后，偶尔也有几处街区和建筑群让他觉得似曾相识，这让他的思绪又回到了一年多前……

第一个访问南美洲的中国经贸代表团在巴西受到了夸德罗斯政府热情友好的接待，第一炮打响之后，兴高采烈的代表团来到了访问行程中的第二站阿根廷，没想到，那里完全是另一番政治氛围，除几个与中国做过粮食生意的商界人士外，代表团无法会见任何其他人，阿根廷右翼军政府故意让中国人坐了冷板凳。智利是他们要访问的第三站，对南美各国政局不得要领的他们，心里真还没有底，不知道在智利等待他们的又将会是什么？直到他们抵达圣地亚哥，走下飞机，看到停机坪上站满了前来欢迎他们的智利工商界和中智文协的许多朋友后，紧绷的神经才稍稍放松了一些。此后几天的访问均进展顺利，受到各有关方的热情款待，并与智利半官方的硝碘公司达成了若干意向性协议，签署了购买智利硝的合同，严岩便是那次访问后留下来筹建商务新闻办公室和负责未来联络任务的。智利，留给杨宇的印象是友善的，弗雷政府有意发展与新中国的贸易往来。这不，两年后，他杨宇又回到了智利。巴西“九人案”事件的发生，并没有阻挡住新中国走进南美洲的脚步，他们这支小分队的抵达，意味着人民中国终将在南美拥有自己的一处常驻机构。此时的中国，在奥地利和意大利也设立了商务代表处，都是在尚不具备建交条件的国家建立的过渡性半官方机构，由外交部领导，内部称之为“三‘利’模式”。在这些国家与台湾维持“邦交”的情况下，商务代表处不能享受外交特权，成员数量与活动范围也都受到严格限制。驻智利商代处除了高源这位主任外，还有经贸部派出担任副主任的汪恒和他的夫人，杨宇和另一名年轻翻译孙以凡以及厨师贺林。

汽车穿梭在繁华的街道上，高楼、商厦、教堂、西装革履的男子和时尚娇艳的女郎……眼前的一切无不在提醒这些初来乍到的中国人，他们已经到了另一个西方世界。杨宇算是来过一趟智利，其他五人都是第一次来到这么远的地方。穿越半个地球的旅途劳顿，十二小时昼夜颠倒的时差，足以让他们感到疲惫不堪，但初到一个遥远陌生的国家，既令他们感到新鲜好奇，又夹杂着对未知风险的隐忧。这个看上去平静美丽的城市，竟让他们有种进入危机四伏的茫茫森林之感，他们将要在这里长期生活和工作，远离自己的国家，远离亲人……这里有台湾“大使馆”，有虎视眈眈的美蒋特务机关，有敌视新中国的当地右翼反共势力，而他们，却没有任何外交庇护……

汽车驶进了幽静的住宅区，在一家西班牙式花园楼房前停住了。严岩在前面引路，招呼大家进了院子。院落不是很大，正中有一个西式铁艺凉亭，亭中有小股清泉喷涌，两侧院墙下种着各色果树，橘树上挂满了金黄色的果实……两层白色小楼看上去小巧精致。大厅门口站着一位健壮清秀的智利姑娘，见来了许多人，忙跑过来帮着提行李。严岩对大家说：

“这里就是我们的家了！这个家里除了咱们六个中国人还有两个智利人——女佣人奈丽和司机卡洛斯。”智利姑娘听见说到她的名字，连忙站住，略显拘谨地向众人问了好，这些新来的人也都对她报以友好的微笑。

中国驻智利商务代表处的家，就这样，在这个小院落里安顿了下来，这里是米格尔·克拉罗街66号。

高源，这个当年奔赴延安参加革命、后又奉命勇敢挺进敌人后方坚持战斗的老战士，如今又义无反顾地带领着这个5人小分队，穿过太平洋，进入了帝国后院。

人民中国在圣地亚哥成立商务代表处的消息一经传出，立即给智利的外交界、政界、商界……带来了一股不小的冲击波，因为它的政治意义远远超出了它的经济意义，因为这是红色中国的代表机构第一次进驻南美洲，因为不久前刚刚发生过震惊世界的巴西九人案事件，因为可以预见这里即将展开新的外交争夺战……

中国商代处成立的消息在智利友好人士中、在爱国侨胞中不胫而走。米格尔·克拉罗街66号原本寂静的小院落一时间宾客盈门，中智文协主席安娜带领着多年来为中智友好奔走呼号的老朋友们来了，中智关系的每一步进展都令他们备受鼓舞，他们与中国朋友总是共享成就与快乐；豪尔赫与他志同道合的一些年轻朋友来了，他们说，我们热爱新中国，是中国商务代表处的志愿工作者，有任何事尽管找我们；爱国侨胞阿丰带着妻子和孩子来了，他主动要求承担商代处所有后勤杂务，从安装电灯电话到修理炉灶、洁具，因为他担心无孔不入的美蒋特务会暗中破坏；老华侨陈老先生在女儿阿玲和阿梅的搀扶下来了，专门前来探望来自祖国的亲人，他保证自己的两个女儿在代表处需要时随时上门帮忙，他说，只有这样，他才会稍感安心与放心……

复杂而险恶的政治环境令高源、杨宇等人时有如履薄冰之感，而朋友们的友情与关怀，侨胞们的爱国情怀又让他们内心充满温暖，是这些人的一片深情厚谊，为他们撑起了一把遮风挡雨的保护伞，在最艰难的岁月里相伴同行。

对商代处人员到达最感到欢欣鼓舞的自然是肖梅了，她兴奋得像个孩子。周末不上课，她一大早便匆忙从学校赶到了米格尔·克拉罗街 66 号。杨宇在门口等她，一见面，肖梅便像个受了很大委屈的小女孩，一大堆的抱怨：为什么这么长时间谁也不给我写信，把我一个人撂在这里，国内情况什么也不知道？为什么你们来这里事先也不告诉我一声，弄得我都没能到机场去接你们……

杨宇笑眯眯地听着她抱怨，轻声说："诉完苦了吧？肖小姐说来说去，就是忘记了现如今你的身份是智利留学生。要说我们忘了你，那可是冤枉，我们常常说起你，你最近是不是老打喷嚏了？高司长一来这里就问起你，是他催着我给你打电话的。"

"好你个杨宇，给我打电话还要高司长催，你还真行呀！"肖梅气恼地横了杨宇一眼。

"好，好，认罚！"杨宇一面笑着往屋里让，一面说，"咱们赶紧去见高司长，他在办公室。"

高源的办公室在二楼。见杨宇和肖梅进来，他连忙从办公桌后的椅子上站起身，走过来握住肖梅的手笑道："我们的留学生回家了，欢迎，欢迎！"接着便询问了肖梅在学校的生活学习，听肖梅说还有几个月就将结业时，便说：

“好极了，小肖已经是‘老智利’了！我们这里现在很缺人手，忙不过来时，我就会让杨宇打电话叫你过来帮忙，等你学完了，我要想办法把你调过来工作，怎么样，愿意吗？”

“我的老领导，每次调动工作，你都这样问我，我总是回答说，服从工作需要，这次我可要说，让我回国吧，除非这里工作实在需要。”肖梅说的是实话，她的确是很想念国内的亲人，更何况，还有她对韩杰许下的承诺。

“噢，想家了。好吧，这事以后再说，离校之前你还得好好学习！”

“知道了。你们这里有事别忘了叫我，比起一个人留在学校，我还是喜欢回到这里和你们一起工作。”

这一天，肖梅过得非常高兴。从高源办公室出来，她又和杨宇谈了很久、很多，杨宇给她带来了家信、韩杰的信，这是杨宇离开国内前特意预先通知她家里和韩杰的，还有各种她感兴趣的新闻，无疑是一场最丰盛的精神盛宴！而最最重要的是，从此她在这异国他乡又有了一种自己的“家”的感觉，有了它流浪的心才会感到宁静与安稳。

圣地亚哥市高等区的佩德罗·德巴尔迪维亚街550号，离米格尔·克拉罗街也就几公里远。这条街的东头有一座两层高的灰白色西式楼房，四周被花园环绕，这里便是台湾驻智利“大使馆”。这天上午，“使馆”的会议厅里正在开会，主持会议的是主管政务的荣“参赞”。此人年龄四五十岁，头有点秃，戴了副变色眼镜，说起话来声音沙哑。他正在向与会的人讲话。屋里坐了二十来个人，年老的、年轻的都有，大家都在屏息静听，沙哑的声音在室内回荡：

“……过去许多人都认为南美洲是我们最安全的政治避风港，中共势力到不了这里，可是错了，现在他们来了！打着商务代表处的旗号，真实目的就是搞赤化。他们已经在古巴建立了基地，又以古巴为跳板、向南美大陆渗透。在巴西，幸亏美国朋友和巴西军人动手得快，没让他们得逞，如今他们又来到了智利，来者不善，我们怎么办？守土有责，我们一定要筑起一道防‘红’堤，将这股赤流堵回去！为此，我们对形势之严峻要有清晰认识，要有周密的行动计划，要有高昂的斗志……这是国府交给我们的光荣使命。更何况，我们有美国中央情报局的指导和密切配合，有在当地侨胞中多年工作的根基……这地利与人和都在我们这边，只要列位同心协力，就能充分利用我们的有利条件，骚扰他们，打击他们，让他们一事无成，站不住脚跟，最后不得不灰溜溜地滚回去……具体如何做，大家各抒己见，共商良策。”

他的话音刚落，屋里便响起了一阵窃窃低语声，荣“参赞”提高了嗓门说:“大家安静，一个一个说！”于是，一个五十来岁、面孔苍白消瘦的男子说话了：

“从台湾来到这里，兄弟们好长一段时间没有事干了，闲得有点发慌，有点技痒，正好这几个中共分子不知深浅，硬要闯到这里来，那就跟他们玩玩！他们，加上他们的老婆，不就六个人嘛，我就不信他们有三头六臂！放心吧，参赞先生，就咱们这几个哥们儿就足够对付他们了。”

“黄老大的气概可嘉。不过，今非昔比，咱们也是在别人屋檐下，也得受别人管，不能完全随我们的意思干，还得小心点儿。”说此话的人年龄似乎比他呼之为“黄老大”的那位还要长几岁，说话不紧不慢，有点儿像是个摇羽毛扇式的人物，“我以为，首先要掌握好情况，对他们的人员情况和活动情况，要做到知己知彼，了如指掌！他们初来乍到，趁其尚未站稳脚跟之际，要先给他们一个下马威，先打击一下他们的气焰，起到一种震慑作用。”

他的话音刚落，又有好几个人争着发言，有的说，眼下中国大陆经济形势很糟糕，饿死了不少人，人心浮动，是我们向大陆来的人开展政治攻势的大好时机，说不定能有所斩获；有的说，要深入了解和研究来的这些人各自的特点和弱点，有针对性地做瓦解和争取工作，可望各个击破；有的则说，最为行之有效的办法是像巴西一样，借助美国的力量，联合智利本国的传统势力，干脆利落地将这些共党分子赶回去……

这是一伙从大陆逃亡出来的特务流氓，他们中有些人手上沾过革命者的鲜血，如今虽已沦为丧家之犬，依然龇咧着要伤人的利齿。

5

高源和杨宇第一次出门拜会朋友，就被特务盯上梢了。汽车穿过热闹的街区向靠后山的幽静高等住宅区驶去，半路上，司机卡洛斯低声向坐在副驾驶位置上的杨宇说：

“后面有一辆汽车一直在跟踪我们。”

杨宇注意看了看汽车的反光镜，果然有一辆灰色的小轿车不即不离地跟在后面，它好像并不怕暴露自己的意图，甚至是蓄意要让前面的人知道它的存在。杨宇回头向坐在后座的高源说了情况，高源向后面看了看说：

“那是来向我们示威的，想吓唬我们，别理它！”

他们的汽车又开了一段路后，来到了一栋花园楼房前停住。下了车，眼前是一幢两层楼的欧式建筑，红瓦白墙，屋前有一片绿茵、几簇彩叶植物、两座白色雕塑。等候在门口的侍者连忙进屋通报……见有人出来迎接客人，停在院外观察的那辆灰色汽车急忙在院门外调了个头，匆匆开走了。

出来迎客的正是这家的主人，吉耶尔莫·佩特雷加尔先生，一位身材高大、高额谢顶、面目慈善的古稀长者。此人在40年代曾出任过智利政府内政部长，总统出国期间行使过代总统职务，对外就称前副总统。在新中国第一代领导人最初交往的智利友人中，佩德雷加尔是最为引人瞩目的一个。他亦官亦商，第一次访华时，时任智利总统亚历山德里就要他“到中国去看看发展中智贸易的可能性”，他到中国后即表示：有人说同社会主义国家做不成买卖，他就要用实例证明，同社会主义国家做生意是可能的。谁都知道，智利盛产铜，中国又亟须进口铜，本是一拍即合的事，可是美国已宣布铜为严禁向中国出口的重要“战略物资”，于是，佩德雷加尔选择了硝，用智利的硝肥交换中国的茶叶，做成了首笔易货贸易。那次访问，他受到了中共中央主席毛泽东和中国国家主席刘少奇的同时接见，被他称之为“一生中最大的殊荣”。也是这次访问时，周恩来总理和夫人邓颖超特地设宴款待了佩德雷加尔夫妇。周恩来称赞他是精明的企业家，带头同中国做生意是有政治远见的。当佩德雷加尔告诉周总理他希望中国在智利设商务代表处时，周恩来高兴地说他也早有此意，希望老先生努力促成此事。从此，佩德雷加尔积极推动中智两国贸易和友好往来，被推举为“人民中国之友委员会”主席，到后来建立商代处，佩老先生功不可没。

来到智利后，高源要拜访的第一个人就是佩德雷加尔老先生。

老先生站在门口，笑吟吟地迎接来访客人。当杨宇紧随高源走到他身边时，他一脸惊喜，张开了双手说：“杨！太高兴了，我们又见面了！”原来，他第一次访华时，杨宇就是他的翻译，老朋友见面，气氛也愈加亲切和热烈了。他们在客厅就座后，女佣人给每个人送上了咖啡。高源对佩德雷加尔为发展两国关系和建立商代处所做的努力与贡献再次表示了感谢，佩德雷加尔颇有所感地说：

“我们大家期盼多年的目标，一半实现了！我一生中做的最得意的事情之一就是为促进中智关系做了点工作，我虽然老了，有生之年还要继续做下去！相信我们两国之间的关系会不断发展、愈来愈好，也希望很快看到另一半目标实现之日。”老先生语重心长，另一半目标是什么？自然是两国建立正式邦交的那天了。接着他又谈到，智利现任外交部长巴尔德斯是他的老朋友，曾在他的公司里担任法律顾问多年，两人私交甚深，他可以安排高源与他见面，这对商代处今后工作会有好处。还一再嘱咐，商代处以后遇到任何困难都可以找他，佩老先生对自己的承诺向来言行一致，后来果然为商代处牵线搭桥，介绍了众多各界朋友。由于他曾是代总统的这一特殊身份，有时情况紧急，商务处甚至劳动他老人家大驾亲自前往机场接机，为某些物品免验通关保航。在新中国人员初到南美、敌对势力虎视眈眈的环境中，佩老先生的帮助常能起到“雪中送炭”的作用，难能而可贵。

回家的路上，那辆灰色汽车没有再出现，高源笑道：

“这帮特务这趟算白跑了，没有找到他们想要的东西。不过，让他们认识一下佩老先生的家，倒不是坏事，也让他们有所顾忌。”

后来的事实证明，只要商代处的车走的是去佩德雷加尔老先生家的路，特务的跟踪车便会半路离去。不过，他们的监视与跟踪活动一直肆无忌惮。很多次，司机卡洛斯和他们玩起了猫捉老鼠的游戏。卡洛斯对圣地亚哥的大街小巷了如指掌，东拐西拐就把他们甩掉了，有时则是驾着空车牵着他们在街上乱转。

自以为坐拥“地利、人和”优势的黄老大们迫不及待地向刚刚成立的大陆商代处展开了频繁的骚扰、破坏活动，既公开、张狂，又无孔不入……

每天一大早，杨宇和孙以凡要做的第一件事就是听新闻、阅读早报，每当他们打开家门口那个绿色邮箱时，里面总是塞得满满的，都是些形形色色的反共宣传品和策反信，把这些东西装进垃圾袋扔出去便成了他们每天的例行任务。而最不堪其扰的是每当他们有事外出住进旅馆时，那些躲在阴暗处的黄老大的爪牙会如影随形般赶来，在旅店的房间里，你会接到许多或明目张胆，或匿名的策反电话，充斥着对新中国的诋毁、谩骂、攻击……

敌特们发起的攻势当然不只是攻心战，他们更重视的是窃取情报和进行破坏。对于敌特的此类伎俩高源是熟悉的，他做过地下工作，警惕性也最高，常常在其他同志谈起工作或聊起天来“忘乎所以”时，他便会伸出一个手指放在唇边，提醒“噤声”。久而久之，这一手势便被大伙儿仿效成了相互提醒的经典手势了。高源也教过大家几招查找屋内有无窃听器的技术，譬如，如何在光亮平滑的墙面上寻找只露出一个小针尖的窃听装置，如何在购置家具和用品时实行当时成交、当时取走，不让敌特有做手脚的时间，等等。即便如此，千变万化的敌特窃听伎俩，仍让人防不胜防。一天早晨，高源走出自己的书房时，被门槛儿绊了一下，那是一道向两边拉开的推拉门，他觉得中间那条轨道有点松动，便找来了华侨阿丰帮助修理，撬开门轨竟赫然发现里面有个窃听器，大伙儿都大吃一惊，闹不清这会是什么时候和怎样安装进去的，多数人推测，应当是在商代处迁入之前便有人捷足先登了。

没过多久，又发生了一件更加让大家匪夷所思的事。

圣地亚哥的夏天，原本晴朗的天空有时也会有突如其来的阵雨，那天副代表汪恒出门办事时就遇上了，他没有带雨具，于是衣服被淋湿，皮鞋也泡汤了。跑回家里，察看泡翘了的皮鞋时，竟然发现鞋后跟内藏着个小小的窃听器！哦——，他想起来了！几天前他曾将这双鞋送到街上的修鞋店里去修理过，显然，被特务乘机下了手。

高源和他的小分队与敌特分子展开针锋相对的第一次正面交锋则是围绕着新中国在南美洲举办第一个国庆招待会展开的。

商代处成立伊始，第一个重大对外活动便是庆祝中华人民共和国建国十六周年国庆节。国庆节招待会，本就是各国驻外机构一年中最为隆重的对外活动，更何况这是新中国来到南美洲后的第一个国庆节，政治意义不言而喻，高源当然早早地便开始琢磨如何办好这次国庆招待会了。

那是九月初的一个周末，他通知大伙儿第二天去郊游，还特意跟杨宇打了个招呼，别忘了把肖梅也叫来。到郊外森林里去野餐，几个年轻人一听可高兴坏了，不过，大伙儿心里也有数，高主任组织大家出去玩，一向是醉翁之意不在酒，总是要趁机找个安全地方开个小会或传达点什么，这也是他避开敌特窃听的办法之一，估计此次出游也不会例外。第二天一大早大伙儿分乘两辆车驶出了城区，一辆车由高源亲自驾驶，另一辆的驾驶员是杨宇。高源自称早先在部队学过开车，驾驶过从战场上缴获来的美式吉普车，只不过有十多年没有摸过驾驶盘了。到智利后，在卡洛斯指点下，他很快便能熟练地独自驾车外出。他很清楚在这样特殊的环境里，会开车是工作需要，接着他又让杨宇学开车，而且宣布，以后学开车是每个人的必修课。

这天风和日丽，汽车一驶出郊外，眼前一片开阔的原野，让人顿感豁然开朗，郊野沁人心脾的清新空气扑面而来。这群人竟像是飞出牢笼的鸟儿，尽情地享受着蓝天下的自由翱翔……要知道，为了安全防范，商代处还有一条不同于其他驻外机构的纪律，外出必须两人以上同行，因而，除非是因公外出，平时他们的活动范围基本上就只能限于自己住所的花园围墙之内了。此时，两辆汽车风驰电掣地奔驰在田野上，一直开到一处森林茂密、河流环绕的山麓时停了下来。高源宣布大伙儿可以尽情去玩，享受大自然，当然不可跑得太远，中午集中，一同野餐。杨宇邀肖梅到河边去玩，高源说我和你们一起去。

河流在山脚下蜿蜒向前流淌，水流清澈见底，发出轻柔悦耳的潺潺声。肖梅高兴得仿佛回到了她快乐的童年时光，高声笑着把脚伸进清澈的河水。她说这水的源头一定是来自安第斯山脉，这才保持了如此纯净和富有灵性。高源静静地坐在河边的石头上，看着两个年轻人忙着捕捉河面上浮游的小鱼儿。无需任何戒备地放松身心，这真是一种久违的精神享受。杨宇问高源最近收到了家里来信没有？听到了一些什么权威消息，可否向他们透露一点？

高源苦笑了一下说："你这个小杨，咱们在这里算是相依为命、同甘共苦，现在的情况你还不清楚？一封家信要两三个月才能收到，信到我们手里时已在中途多次被人拆开看过，在这样的信里还能写些什么？还能说些什么？"

肖梅原本全神贯注地在观赏水中游动的小鱼儿，听到这里，叫了一声说："天哪，你们也这样呀！我还以为你们要比我们这些留学生强多了呢。"

"正常的使馆环境下每月有信使来，是比留学生强，可我们这个没有外交待遇的半官方驻外机构可比你们还要艰难，美蒋特务对我们的监控要比对一般留学生严厉多了。他们无孔不入，我们稍一不小心的漏洞都会被他们利用。"高源说着，流露出一脸无奈。

杨宇感慨地对肖梅道："你现在信了吧？这种情况下，家里人也不敢在来信中多写呀，除去'你好我好'之外，不谈政治，连家庭状况、亲属关系也不能多说。"说到这里，他又转向高源问道，"我是说，你定期到咱们驻法国大使馆去看文件时，有没有听到一些我们不知道的消息。"

于是，高源给他们讲几条听来的国内新闻，北京又添了几处新建筑呀，湖南、广东又有了重大考古新发现呀……两个年轻人听得津津有味，轻松的交谈伴着涓涓的水流声，难得的天然享受！

时光如同不停歇的流淌的小河流水，不知不觉两个多小时过去了。汪恒夫妇、孙以凡和贺林也都带着一身森林野香回来了。大伙儿高高兴兴在草地上铺好毯子，把带来的折叠桌打开，又七手八脚地把带来的食品从车上搬了下来。贺林则像是变魔术似地，三下五除二，很快，一顿丰盛的野餐摆在了桌子上。

饭后，大伙儿在草地上休息，这看似正在闲聊的一家人，实际上却是在开会讨论国庆节筹备工作。高源讲了当前形势，强调了办好这次国庆活动的意义。对准备工作，从拟定邀请宾客的名单、发送请柬、到招待会食品的准备，一一做了细致分工。他要求每个人一定要把自己承担的任务精心完成好。最后他说，当然，举办好一个招待会单靠代表处五六个人的力量确实有困难，但这又是一项必须完成好的政治任务，为此，还需要充分利用外援，这不，我们已经把小肖找来了，她本来就是自己人。我们还要把另外两位留学生也请来帮忙，同时还要借用爱国华侨的力量，借用智利朋友们的力量，要调动一切可以调动的外援，才能确保任务的完成。再就是，在整个筹备活动过程中必须保持高度警惕，那些一直紧盯着我们的敌对分子是不会袖手旁观的……

果然，有着狐狸般灵敏嗅觉的敌特们，很快便得知了商代处筹备国庆招待会的情报。他们跟踪送印请帖的孙以凡，没有费多大力气便从印刷店里弄到了一份请柬样本。黄老大急匆匆地赶到台湾“大使馆”报告荣“参赞”。

“中共分子要搞国庆招待会了！十月一日，这不是要跟我们的双十节唱对台戏吗！”他气急败坏地汇报说。

“我早说了，来者不善，善者不来，他们的目的岂止是与我们唱对台戏，他们是想来取而代之，现在才刚刚开头！”荣“参赞”阴沉着脸说。

“那我们怎么办？”黄老大眼巴巴地望着上司。

“他们占领了大陆大片国土还不知足，还要追杀到地球这边来！这里可不是他们可以为所欲为的地方！趁这些人立足未稳，好好教训教训他们！”“参赞”用低沉的声音恨恨地说。

“是，参赞先生！是得给他们点颜色看看，叫他们得意不起来！您放心，这事我去安排，到时候我要叫他们哭都哭不出来！”黄老大的三角眼里透着杀气。

就在他转身要走的时候，荣“参赞”又叫住了他说：

“黄老大，你做事不能只凭勇，还要有谋，这里毕竟是在国外，要智斗，明白吗？”

“这我知道，在这里我不会随便动刀动枪的，要多动脑子！您放心就是了！”

黄老大像吃了兴奋剂，又恢复了他当年的威风，召集起一群狐朋狗党，紧锣密鼓地行动了起来，此次行动的目标就是破坏中共商代处的第一次国庆招待会。

6

时光在忙碌中很快流逝，眼看快到九月底了，米格尔·格拉罗街66号一片节前繁忙景象。肖梅好几天都在办公室帮着打请帖、信封，这会儿请帖已经发送完毕，该是核实主要来宾出席情况、布置招待会现场的时候了。阿梅和阿玲前来察看了来宾存放衣物的地方，制作了存放衣物用的一个个号牌。贺林那边请来了阿丰的媳妇当助手，厨房里响起了切菜声和热闹的锅碗瓢盆协奏曲……

办公室里的两部电话的铃声不时响起，叮铃铃——，杨宇拿起电话：

“喂，哪位？阿连德参议员，您好！您能拨冗出席是我们的荣幸，谢谢您！……届时我们恭候您光临。”

叮铃铃——，肖梅在接电话：

“哈罗，哪一位？《国家报》社长先生……对！十月一日晚上八时……好，恭候光临！”

叮铃铃——，杨宇桌上的电话又响了。

“您好！哪位？梅嫩德斯律师？对！您请说！……嗯……嗯……您是什么时候收到的？能否请您把请帖的行文念一遍？……谢谢您，梅嫩德斯先生，我马上到您家里核实这份请帖，行吗？……太感谢了！”

杨宇放下电话，对肖梅说：“有个梅嫩德斯律师收到了一份我们的请帖，他觉得很奇怪，因为他根本不认识我们，特意打电话来询问怎么回事。刚才我一直在回忆，想不起给这个人发过请帖，你对这个叫梅嫩德斯的律师有印象吗？”

肖梅想了想，摇了摇头说：“没有，我打过的名单里只有很少几位律师朋友，没有叫这个名字的。”

“可能有问题，我去向头儿汇报一下。”杨宇站起身来，“可能需要马上到那位律师那里去一趟，搞清楚到底是怎么回事。”说着，匆匆起身出门，来到高源办公室。高源十分注意地听完了杨宇讲的情况，也感到这个电话有些蹊跷，当即让杨宇到律师家跑一趟，还特别提醒，让孙以凡陪他一起去。

半小时后，他们赶到了律师家，梅嫩德斯先生已经在客厅里等候他们。此人是位五十来岁、很有风度的绅士，他向杨宇出示了他收到的请帖，行文格式都与商代处发出的一模一样，杨宇又细细查看了信封，终于看出了破绽，信封上的字体不一样，不是用商代处那部打字机打出来的，肯定是一份模仿的假请帖！杨宇再三感谢他打的这个求证电话，并向他借这份假请帖一用，梅嫩德斯先生笑道：

“我给你们打电话完全出于好奇，除了此前我们之间从无来往这个原因之外，发请帖的时间也不符合常规，这类邀请一般至少应在一个星期前发出，而这份请帖却是在招待会前一天才送到。总之，我是出于好奇和善意，你们不必谢我，如果客观上帮了你们什么忙，我也很高兴。”

他们返回办公室时，正碰见阿梅在与肖梅说话。这姑娘一脸焦急的样子，肖梅告诉杨宇说，是陈老先生打发阿梅来告诉我们一个紧急情况，说这两天华侨中有许多陌生人收到了参加商代处十一国庆节的请帖，而这些人都是平时与商代处没有任何来往的，他们知道陈老先生与商代处关系好，纷纷找他打听怎么回事，老先生觉得有问题，打发女儿赶紧反映情况。杨宇说了一句：“有人散发了假请帖！”便急急找高源汇报去了。

高源正在办公室里焦急地等待杨宇回来，听他说了律师那边的情况以及阿梅送来的讯息，完全印证了他内心的疑惑：这是敌特的阴谋破坏活动。他马上打电话把汪恒叫了过来，简要介绍了情况之后说：

“很显然，敌特分子阴谋破坏我们的国庆招待会，他们仿制了我们的请帖在智利人和华侨中广为散发，企图在招待会那天制造混乱，趁机破坏，我们现在还闹不清他们究竟散发了多少假请帖，试想一下，如果有大量持假请帖的人涌来参加招待会，数量甚至远远超过我们邀请的客人，里面再混进一些敌特捣乱分子，届时他们就可以制造一场大混乱，如其得逞，政治影响之恶劣可以想象！同志们，敌人很狡猾，假请帖散发的时间比招待会举行时间只早了一天多，就是为了让我们措手不及，无法补救。眼下形势很严峻，时间十分紧迫，我们没有时间开会研究了，现在就得立即开始行动！杨宇，你马上给那些友好的智利朋友打电话，通知智中文协，还有豪尔赫和他几个可靠的朋友，就说有紧急情况，让他们立即到商代处来。汪恒同志，你马上和一些爱国华侨联系，让他们进一步摸清假请帖在华侨中的散发情况，需要时随时叫他们过来帮忙，对，让肖梅赶紧把两个中国留学生叫过来，我们需要人手……”

作为指挥官的高源，此时头脑高度紧张，但又十分冷静，在这场破坏和反破坏的斗争中，我们必须战胜敌特分子，我们必须打好这一仗！很快，接到通知的人都到了，因为中国商代处以这样紧急的方式找他们帮忙，过去还从未有过，一定是件十万火急的事。高源简单扼要地向大家说明了情况，强调必须在最短时间内最有效地瓦解敌特的阴谋。他谈了应对方案，其他人作了补充，同样简单扼要。接着，各路人马很快都分头行动了起来：杨宇、肖梅和两位留学生立即按原邀请名单用商代处信笺重新起草请柬，加盖商代处印章，并重新打印请柬信封；豪尔赫和他的媒体界朋友以商代处名义拟好了一份宣布此前所发请帖一律作废的紧急声明，火速送往圣地亚哥市各家电台广播；智中文协的朋友们帮助草拟了致智利有关当局的照会，要求对中国商代处国庆招待会加强安全保卫措施……这里每个人都清楚地意识到了眼前是场分秒必争的战斗，每个人都在自己分工的岗位上和时间赛跑。

办公室里没有人说话，只听得见敲击打字机的声音。肖梅和李也平在紧张地打字，要在最短时间内重新打出二三百份请柬和信封，不是说快就能快得了的，每连续紧张工作两三个小时，他们便会感到腰酸和手指发僵。当肖梅站起身走到窗前活动一下四肢时，窗外天色已渐渐黑了下来。她心头一紧，天哪，离明天举行招待会只剩下不到 24 小时了！此时，窗外传来了摩托车驶近的突突响声，是豪尔赫和他的两个朋友回来了。考虑到当晚还有大量请帖要送出去，他们特意骑了摩托车来，说骑摩托送信更加方便和快捷。当他走进屋里，看到还有一大摞信封尚未打好时，便对肖梅说：

"肖，你歇一会儿，我来打，我速度比你快。"

"你去替李也平吧，他的速度比我还慢。"肖梅说。

豪尔赫两步跨到李也平身边，不容分说地把他推开，自己坐下来开始打字，看着他的手指飞快地敲打键盘，李也平点头叹服："果然利害，一个人顶我们两个！"

一个多钟头过后，打好的请帖信封在桌上堆起了一大摞。豪尔赫站起身来说："现在我们几个可以开始分头送了！"

"对，赶紧开始送吧，只要你们能在明天上午之前把新请柬全部送到，我们便有了一大半胜利的把握！"肖梅一面说着，一面把打好了的请帖分开放好，华侨界的交给阿丰，智利方面的统统交给豪尔赫。豪尔赫和他的两个朋友迅速按地区把信分好，跨上摩托车疾驰而去。阿丰也带着分给他的那包请帖，开着汽车走了。办公室内又响起了紧张的敲击打字机键盘的声音……

离开招待会的时间愈来愈近，每个人的心弦都绷得紧紧的，虽然大家都觉得对付敌特活动的应对措施，能想到的都已经做了，或者正在做，但心里却还总是感到不踏实。杨宇守在收音机前，等着收听播放我们送去的那份"紧急通知"，没过多久，收音机里终于传出了“现在播放一则中国贸促会驻智利商务代表处的紧急通知……”，他深出了一口气，谢天谢地！电台答应这天晚上间隔着播放三次，第二天上午再播放两次，这件事总算落实了。紧接着，他就要去与智方有关安保部门联系，落实招待会晚上加派警力的事。高源不时走进办公室，了解各项措施的落实情况。此时，他最担心几个送请帖的小伙子，在几个小时里，一家一家地送，真够难为他们了！时针指向夜晚 11 点，肖梅和李也平打完了最后一个信封。豪尔赫他们也陆续回来取第二批请帖，大伙儿忙给他们送上饭菜和饮料，可他们只喝了饮料，啃了几口面包便又匆匆骑上摩托走了。临走时，豪尔赫还向大家做了个 V 字形胜利的手势。

7

从假请柬被识破到商代处开始采取一系列紧急应对措施，形势似乎在朝着不利于阴谋制造者的方向转化，然而，不到最后一刻，谁也不敢轻言胜利，越接近最后决胜时刻，大家越发谨慎小心。招待会当天上午，厨房内，贺林和助手忙着准备各色食品，厨房外，有专人负责检查从外面送进来的所有食材和菜蔬。负责安全保卫的汪恒和孙以凡小心翼翼地检查了住所的每个房间和花园各个角落，再加派两三个可靠的华侨在院墙周边巡逻。午后，开始不断有鲜花送来，有商代处自己订作装饰用的，有不同单位、公司企业和以个人名义送来的各式花篮，它们无一例外地被放在了院子里，搬进大厅之前都要经过严格检查。

清晨的阳光刚刚射进豪尔赫卧室的窗户，他便急忙起身赶到了米格尔·克拉罗 66 号，他知道，这天将是商代处最忙碌的一天，更是眼下这场斗争决定胜负的关键时候，他得去帮忙！在花园里转了几圈后，他远远看见汪恒和孙以凡正在检查花篮。忽然，他像是发现了什么，走到杨宇身边小声说：

“杨，汪先生他们那边好像出现问题了！”

大伙儿顺着豪尔赫手指的方向看去，只见汪恒和孙以凡正在查看一个花篮的底部，好像发现了什么，两人表情紧张地一面指点，一面轻轻将花篮放下，孙以凡一转身急急朝高源跑了过来，说这个花篮底部有异物。一听此言，豪尔赫立即抢在了高源和杨宇前面，飞快地跑到了那花篮旁边，蹲下身看了一下，便站起来抱着那只花篮一口气朝大门外跑去，杨宇和孙以凡也急忙跑步追了过去，出了大门，豪尔赫来到一片空旷地带才放下花篮，见杨宇和孙以凡赶来，豪尔赫说：

“这只花篮下面确实有个像是爆炸装置的东西，赶快报警吧！”他一面说，一面朝不远处的巡警岗亭跑去。

十几分钟后，豪尔赫带着三名警察回来了。没费多大工夫，警察果然从花篮下面取出了一个小型爆炸装置，说：

“幸亏你们发现得早，别看这东西小，要是在招待会上炸一下，恐怕不只是会引起惊慌，还会造成伤亡！这件事我们需要进一步调查。”

“好险呀！”三个年轻人互相看了一眼，不约而同地发出了一声惊叹。

告别了警察，往回走时，杨宇搂着豪尔赫的肩说：

“你刚才抱着花篮往外跑的时候，我的心都快要从嗓子里跳出来了，太惊险了！”

“我也是，这会儿还心有余悸呢！”孙以凡用手摸着自己的胸口，“刚一发现它时，我还真有点懵了，不知怎么办好。”

“我想到的是花园里人多，要是特务就在附近，启动爆炸可就糟了，所以第一个念头就是赶紧把它弄走。”豪尔赫此时说话的声音显得很轻松，仿佛刚才他只不过做了件极平常的事。

此时，高源、汪恒等人都在花园里焦急等待，见三人回来急忙迎了上来，问怎么回事。杨宇说那的确是个小型爆炸装置，警察已经把它拆除带走了，说是由他们去处理。虽说大家已预想到了有这种可能，当听说真就是这么回事时，还是倒吸了一口冷气，好险！

“万幸！万幸！你们三个都平安无事！”高源疼爱地看着三个小伙子，又说：

“想必这就是敌特的第二步棋了，他们没想到的是，我们这几个勇敢的小伙子提前拔掉了爆炸物的引信！”说着，又走过来紧紧握住了豪尔赫的手：

“豪尔赫兄弟，特别要谢谢你，你很勇敢，帮了我们大忙！”

“中国人的事就是我的事，我喜欢新中国！”豪尔赫毫不迟疑地回答。这句简简单单的话，却令所有在场的中国人为之动容。

太阳终于从米格尔·格拉罗街66号的院落、房顶悄悄隐退了，落到了浩瀚的太平洋洋面上，化作一片红色晚霞。中国商代处门前亮起了大红灯笼，一面五星红旗在院内迎风招展……这是南美大陆升起的第一面五星红旗！

高源、汪恒和杨宇满面春风地站在门口迎接客人。衣冠楚楚的来宾们走上前去向他们祝贺国庆。阿连德参议员偕夫人来了，他热情地同主人握过手后朗声道：

“祝贺国庆，也祝贺中国商务代表处正式成立！希望不久的将来在智利的土地上能有十几亿中国人民的官方外交机构，我相信这一天不会离得太远！”

“这是我们共同的愿望，参议员先生。”高源一面陪同客人往里走，一面用欢快的声音回答。

佩德雷加尔老先生和夫人来了，他亲切地张开双臂，搂住高源和杨宇的肩膀说：“祝贺国庆！也祝贺你们在国庆节前夕又打了一个漂亮胜仗！”

“佩德雷加尔先生真是消息灵通呀。”杨宇笑道。

“嗨，与你们有关的消息我岂能不知，再说，你们不是向全智利广播了吗？”接着他又压低了声音说，“不能就这么便宜了这伙特务和他们的后台，我会设法让智利当局敲打敲打他们。”

汪恒夫妇和肖梅笑盈盈地端着酒杯，周旋在众宾客之间。汪恒夫妇走过去和陈老先生与他儿子干杯。肖梅看见安娜和几个朋友走来，连忙迎上前去，互相热烈拥抱。安娜亲热地贴着她的脸说：“祝你国庆节快乐！”接着，又看了看周围的来宾，满意地点了点头，笑道：

“来了这么多国会议员，还有企业界大亨和媒体大佬，新中国的吸引力不小呀！朋友愈来愈多，看来我们智中文协得换个大点儿的地方作会址了！”

“我看也是，”肖梅一脸认真地说，“安娜夫人家的餐厅也得再扩大点儿，因为到她家去吃智利牛肉馅烤饺子的人也更多了呀。”

安娜笑了：“想吃我的牛肉馅烤饺子了吧？过两天我做一批送给你们商代处的朋友吃，这样，我也更有理由来吃你们的中餐了。”

正说笑着，豪尔赫的两个朋友来了，说怎么没有看见豪尔赫，肖梅也想起确是有一阵子没有见到他了，便和他们一起找，有人说好像在大厅旁边的休息室里见他来着。三人一起到了休息室，推开门一看，只见豪尔赫屈着腿躺在一张沙发上睡着了。

“他真累坏了，可怜的豪尔赫！”肖梅轻声说。

“别吵醒他了，让他好好睡一觉吧！”两个朋友也放低了声音，三人又轻轻关上了门。

热烈友好的气氛在招待会大厅里洋溢、漫延。肖梅刚一回到宾客中，便被几位热情的朋友拉去拍照，说这是个不平凡的值得纪念的日子，此言一出，立即得到了许多人赞同，但见荧光灯交相闪烁，照亮了一张张兴奋的笑脸……

从宴会厅望出去，庭院中被探照灯照亮的五星红旗在迎风招展。此时，肖梅脑海中出现了另一面正在天安门前高高飘扬的红旗，是呀，这一刻，在地球的另一边，在北京的天安门广场上正在举行国庆升旗仪式……啊，多么庄重和神圣的五星红旗！许多年过去后，肖梅记不清她参加过多少次这样那样的招待会，有的极尽豪华，有的高朋满座，场景恢宏，但最让她铭记不忘的却是这一次——一个不大的普通院落，一群诚挚的朋友和这面第一次在南美洲升起的红旗。

从智利外交部回到佩德罗·德巴尔迪维亚街550号，台湾“大使”一路上强忍的怒火一进到“使馆”便像火山般爆发了。这天上午智利外交部亚洲司司长约见他，他本想利用这次机会当面邀请他出席双十“国庆节”招待会，并想通过他做做外交部长、副部长的工作，争取今年能多有几位级别高些的政府官员出现在他的招待会上，以扭转外界认为弗雷政府日益倾向中共的印象。他来智利当“大使”已经两三年了，拉美地区形势的动荡让他感到了愈来愈大的压力和政治地位的微妙变化，中共的影响力咄咄逼人，从古巴扩大到了巴西和智利。感谢上帝保佑和美国的坚决干预，总算没有让他们在巴西得逞。现如今他们又打进了智利，正式建立了所谓的商务代表处，分明是挂羊头卖狗肉，什么“商代处”，实际上就是地下使馆，那位姓高的代表明明就是中共外交部的高官，唉，心照不宣的事！智利那些议员政客还为他们摇旗呐喊，对国府的外交代表反倒日渐冷落，这已经够让人心烦的了，上午智利外交部司长约见时的情景就更加让他懊恼了！那位司长没等他开口就用严厉的口气对他说：

“大使先生，今天请您来是要同您谈一个严肃的话题，据我国有关部门调查，贵馆涉嫌参与了一些与外交使馆身份极不相符的活动，对别国派驻智利机构的合法活动进行干扰和破坏……这种无视智利主权的行为，严重地违反了智利的法律，大使先生不会不知情吧？智利外交部正式提醒大使阁下，如果不严加管束下面人员，再发生类似情况，由此引起的后果将会损害到我们两国的关系，这是我们所不愿意看到的……”

当时他虽然极力申辩，表示本“使馆”不可能做此等事，可那位司长的面孔一直绷得紧紧的，没有一丝舒缓的迹象。他自知理亏，要是对方真的拿出证据，那就更不好收场了，于是表示自己确是对此毫不知情，回馆后一定好好查问，云云。

还用得着查问吗？“参赞”曾向他汇报过此事，并信誓旦旦地向他保证黄老大他们会把事情做得不留痕迹，绝不会牵连到“大使馆”，现在倒好，人家一下子就找到“大使馆”头上来了，真是一群成事不足败事有余的东西！

他愈想愈恼，一回到“使馆”，立即把“参赞”叫了过来，劈头盖脸一通训斥，你不是说不留痕迹吗？可你却将这伙蠢猪叫到“使馆”来开会，竟同意他们使用这种一戳就破的低级伎俩，如今人家告了状，智利当局一清二楚，你说！你还能跑得了吗？“参赞”低着头站在一旁听训，他知道这次玩砸了，祸闯大了，只能挨骂。“大使”一通发泄过后，知道“参赞”也有他的难处，便叹了口气说：

“这次外交部警告的口气很强硬。当前时局下，我们一言一行都得十分小心，稍有不慎，就会给党国造成无法挽回的损失！我们目前在智利的处境日益艰难，中共想在这里为其外交打开新缺口的意图最明显不过，我们的任务就是死死守住这块阵地！我知道你们心里也着急，但绝不可乱来，这是外交斗争，不能公然违法，不能授人以柄！要吃一堑长一智！”

“大使教训得是，是下属考虑不周，是下属失职。我看以后就不要再让黄老大他们到使馆来了……”

“不能再让他们到大使馆来了，一定要把他们的活动与大使馆撇清关系！你以后与他们联系也必须十分隐蔽，黄老大他们不可一味蛮干，告诉他们要巧妙，不可触犯当地法律，不要让人抓住把柄！唉，黄老大这伙人本来就是黑道上来的，我们现在既要利用他们和中共暗斗，又要防止他们乱来给大使馆带来麻烦。”

“是，我明白！我们不能再做这种得不偿失的事了……”参赞一脸沮丧地说。

国庆节事件之后，黄老大们的猖狂气焰表面上不得不有所收敛，当然，那只是策略上的调整，是短暂的间歇，在佩德罗·德巴尔迪维亚街 550 号主人的心目中，这伙人依然是他们与中共争斗中一支不可或缺的力量。

8

太平洋东岸风光旖旎，蓝色的大海一望无垠，波涛追逐着波涛，涌上沙滩，激起层层细碎的白色浪花。岸边的棕榈被海风吹拂，绿叶摇曳。这是一处岩石耸立的海岸，千万年的潮汐在这里造就了一个美丽的海湾，棕榈婆娑，掩映着一幢幢海滨别墅。佩特雷加尔先生的一所私人别墅和他家经营的一家疗养院就坐落在这里。清晨，迎着海平面上刚刚升起的朝阳，高源和杨宇站在海边岩石上远眺，一面感受着海风拂面的舒适，一面思考着这天将与智利外长会见时要谈的一些话题。来到智利之初，他们的注意力主要放在了站稳脚跟上，接下来就要抓紧全面开展各方面工作。他们清楚，这商代处麻雀虽小，担负的任务可不轻，根据周恩来总理指示，商代处工作方针是“长期立足，稳步前进，争取进一步打开局面”，这不，短短几个月里，已经和智利硝碘公司和国营矿业公司做成了好几笔大生意。当然，这还仅仅是开始，除开展贸易之外，他们还要积极开展友好活动，广交朋友，像国内要求的那样，起到观察哨的作用。

这次与他们同时来到这海滨的还有另一位贵宾，智利外交部长巴尔德斯，也是受佩德雷加尔先生邀请到这里度周末，享受海滨沙浴。头天下午，高源和杨宇刚从疗养院的沙浴室走出来，便在走廊上遇见了外长在佩德雷加尔陪同下从另一间沙浴室出来。巴尔德斯高高的个子，长脸上突出着一个高耸的鼻梁，他穿一件天蓝色休闲便服，很轻松的样子。佩老先生立即热情地为双方作了介绍，高源握住外长伸过来的手说：

“见到外长先生不胜荣幸！外长先生公务繁忙，这海滨风光可是最好的调节。”

“我也很高兴见到代表先生！我们都要感谢好客的主人给我们提供了这么好的休息场所，还能结识不少新的朋友。”

“今晚我请你们品尝海鲜，”佩老先生兴致勃勃地说，“太平洋鲍鱼、费尔南德斯岛大龙虾、刺海胆，南美国家只有我们智利能吃到！怎么样？”

“我每次来，佩德雷加尔先生都要请我品尝海鲜。公平地说，你这里的鲍鱼、刺海胆和龙虾的味道鲜美无比！而且还能为国家赚回了不少外汇。”外长亲切地拍着老朋友的肩赞扬说。

“好，一言为定！今晚一起吃海鲜。”老先生得意地宣布。两位客人也都笑着感谢了主人的盛情邀请。

大家心里清楚，这次“邂逅”相遇是佩老先生的刻意安排，事先就同双方沟通好的。高源作为非建交国的商务机构代表，外交部长不便公开会见，在朋友家里“不期而遇”，是见面的最佳方式。

佩老先生别墅里，餐厅的宽大玻璃窗面向大海，汹涌澎湃的波涛、飞越击浪的海鸟、远处航船驶过的帆影，在晚霞映照下尽收眼底。不过，围桌而坐的宾主并不在意窗外的美景和餐桌上的佳肴，他们很快将话题从智利海鲜转到了中国商代处在智利的工作，进而谈到下一步发展两国关系的前景。高源乘机向外长介绍了新中国的对外政策和经济发展情况，巴尔德斯外长凝神听着，听得很认真，在西方媒体掀起的一片反华鼓噪喧嚣中，他也是第一次亲耳听到直接来自新中国的声音，中国政府的不少观点这位奉行温和民族主义政策的外交部长还是愿意听而且听得进去的。在这次晚宴上，巴尔德斯外长也坦率地表达了智利政府对发展两国关系的基本态度，他的话虽然不是很多，尚属于措辞谨慎的原则性表态，但仍能清晰听出智利与新中国交往航道上的冰凌在开始消融，智利弗雷政府的对华政策有所变化。两个月后，巴尔德斯外长在一次重要的公开讲话中，明确表示世界不能拒绝承认中华人民共和国的存在，联合国不应该把中国长期排除在外，智利准备投票赞成恢复中华人民共和国在联合国的地位。一石激起千层浪，巴尔德斯的讲话立即引起了美国的极大不满，引起了台湾当局的更大恐慌，他们仿佛看到了不祥之鸟已在南美洲上空盘旋。

若论交友，拉美人确有他们特别可爱之处，他们生性热情友好、直率豪爽，不喜故作深沉或稳重，他们的喜怒哀乐总是挂在脸上。毕竟是有着相同历史、被同一方水土滋养，古巴人、巴西人和智利人都有这样一些特点。刚来不久的商代处人员，还有来得稍早些的肖梅，都认为智利人很友善，你和哪个阶层的人交往，都很容易和他们成为好朋友。画家万徒勒里家的那次聚会就给肖梅留下了又一美妙而难忘的印象。如今的她，行走在南美的土地上，已经看惯了广袤的田野、高耸的安第斯山、奔腾的江河、穿行在城市街道上的不同肤色的人群……这次聚会中的感受不同些，这些人来自智利的文化精英阶层，一群体现拉美精神与智慧的佼佼者，走近他们，仿佛更能感受拉美人的心跳与脉动……

头天下午，肖梅接到了一个电话，是女人的声音，亲昵地叫她“Ima”，那是她在国内念大学时的西班牙文名字。她一时听不出是谁，对方轻声笑了说，我是戴莉亚，听不出来了？

“啊——！是您，戴莉亚老师！我是没有想到您回智利来了，您是和万徒勒里先生一起回来的吧？你们都好吗？”听到老师的声音，肖梅非常高兴。

“谢谢，我们很好。前几天我们去过商代处了，是杨宇告诉我你在智利大学学习的，而且是学文学，我很高兴。明天晚上在我家里有个文化界朋友的聚会，会来不少朋友，杨宇他们也会来，我希望你也来，我们很久不见了，不来你会后悔的哟！”

“会去的，几点？我一准儿去！”

万徒勒里家在圣地亚哥市东郊，安第斯山脚下，周边有大片松林。走进他家院落，迎面是他们的住所，两层小楼，右侧是一排平房，那是他作画和放置绘画作品的地方。画家带着夫人和女儿长年在国外游历。他是著名画家，又是世界和平斗士，他作为世界和平大会亚太地区秘书长，多年来住在北京东交民巷“和大”的大院内。女儿就出生在北京，取名和平，讲一口标准的普通话，见了父母的中国朋友和学生，很自然地张口就叫“叔叔”“阿姨”。肖梅是乘坐商务处的车辆一起来的，抵达时客厅里已经坐着好几位客人。这客厅的两扇门敞开着，与门廊花园连成一片，得以尽情欣赏那一片郁郁葱葱的松林。主人热情引见，并一一作了介绍：这位是智利有名的现代派雕塑家尼迈尔；这位是画坛老将，我的师长辈大师埃斯卡拉；这位是先锋派诗人罗卡，受到年轻读者的热烈追捧；这位是魔幻现实主义文学的新旗手伊萨贝尔，红遍拉美和世界；这位么，我想不用我介绍了，他的名字在中国都已家喻户晓，诗人巴勃罗·聂鲁达，诺贝尔文学奖得主。

这些人的名字在肖梅听来真是“如雷贯耳”，都是些她的老师和同学们经常提及的文学艺术界的代表性人物，享誉全球的大诗人聂鲁达就更不用说了，难怪戴莉亚老师说“你不来会后悔的！”然而，这天晚上，这些智利文化界的大师级人物看上去却与最普通的智利人一样，大家都穿着日常的休闲服，诗人聂鲁达的上装是灰蓝色灯芯绒夹克衫，下身是深灰长裤。他六十来岁，中等身材，谢顶的额头有点儿突兀，一双闪着智慧光芒的眼睛。只有雕塑家的装束稍有些与众不同，他看上去也不过四十来岁，却有些过早发胖，留着几乎与女人般的长发，穿一件抢眼的黑白条纹上衣。他们的谈吐亲切而平和，没有高谈阔论，没有激昂慷慨，像普通人一样微笑着聊天儿。他们与万徒勒里和戴莉亚有些时间不见面了，便讲一些别后的逸闻趣事。当戴莉亚拉着肖梅的手对聂鲁达说这是她的中国学生，在智利大学读文学系时，诗人那双深邃的眼睛里掠过一道略带惊讶和愉悦的亮光，噢——，有中国学生在这里选学拉美文学？肖梅一面向他表示问候和敬意，一面掏出了一本《聂鲁达诗选》中译本请他签字，诗人很高兴地在扉页上签上了自己的名字，接着又仔细地翻阅了几页，苦着脸说：

“这是我的诗吗，怎么都变成了一排排美丽的图像？”

诗人的话把大家逗笑了，他们说，你的诗如今被译成了世界上各种语言，但要数中译本的读者最多，你想学会看懂这种‘美丽的图像’怕是没有指望了。诗人点头认输。于是众人的话题又转到了世界各种文明的差异，谈及中华文明，大师们表现出了肃然敬意，最让他们感到惊讶和赞羡不已的是中华文明源远流长，绵延五千余年而不中断。相比之下，世界上其他三大古文明都未能延续下来，尤其是美洲的玛雅文明和印加文明的突然消失至今仍是一个未解之谜。

“一个有着几千年灿烂文化传统的民族是不可战胜的，中国就是如此。我多次访问过中国，这是一个坚强不屈的民族！别看美国千方百计想排斥它、扼杀它，这只是美国佬的痴心妄想，中国早晚会成为世界第一流的强国。”诗人斩钉截铁地说。

“我和戴莉亚周游过许多国家，在中国生活了多年，深感文化是联结人类情感和友谊的最好纽带。”长年住在中国的画家万徒勒里摸了摸唇边的短髭，兴致勃勃地谈起了自己的体会，“我们同许多中国画家、诗人、作家成了好朋友，思想文化的交流极大地帮助了我们更好理解中国的历史和现状。中国领导人一向非常注重加强与各国的文化交往，拉美很多知名的文化界人士访问过中国，见过毛泽东和周恩来，和他们亲切交谈过。”万徒勒里的话显然引起了在场客人们的强烈兴趣，他们之中去过中国的人，自有因亲身经历而产生的共鸣，尚未去过的则表现出浓烈的好奇。“要知道，毛泽东本人就是一个了不起的诗人，不仅精通政治、军事，而且学贯中外古今。还有周恩来，极富个人魅力，就连他的敌人都不得不佩服他。很多拉美文化人士通过与他们的接触，加深了对新中国的了解，回来后，都在自己国家里成立了与中国的文化交流组织，成为新中国的好朋友……”

画家话音未落，在阵阵轻柔的松涛声伴奏下，响起了一个悦耳的女声朗诵，一时间，所有人和周边的一切都沉寂了下来，仿佛都在倾听。

在我们的心中
都是西方描绘的形象：
一位满脸皱纹的贫苦老妇人，
捧着一只填不满肚子的大饭碗，
蜷缩在一座古庙旁。

在中国这片密布苦难的土地上，
毛泽东挺身而出，
我们终于看到，
在人们的肩头上，升起了黎明的曙光。
……

美洲的人民，
那扶着铧犁，在垄沟里躬耕的农民，
那奔波在热带丛林的穷汉们，
还有不屈不挠的玻利维亚的矿工，
在无边无际的巴西挥洒汗水的工人，
巴塔戈尼亚广袤大草原上的牧民，
他们都把目光投向您——人民中国，
向您致以亲切的问候。
我也要同他们 一起，
在您的额头上，
留下衷心祝福的亲吻。
……

这是戴莉亚在朗诵聂鲁达诗歌《新中国》之歌中的一段。在众人的热烈掌声中，老诗人笑着走过来与戴莉亚拥抱："亲爱的戴莉亚，谢谢你竟然把我这个老头子的拙作背了下来，你永远是我心中美丽与智慧的女神！"

万徒勒里拍了拍杨宇的肩膀，意味深长地说："现在你明白了为什么你们初次来到南美洲，便能感到处处有朋友了吧。"

"是的，万徒勒里先生，这正是我要说的，也是最让我们感动的地方。我原以为我们来到这个与中国隔着千山万水的拉丁美洲，一定会像一群举目无亲的孤儿，结果却大大出乎我们意外，到处都有那么多人向我们伸出友谊之手，在最艰难时刻给予最真诚的帮助。你们的谈话对新中国与拉美的友谊进程作了最好的诠释！"杨宇说得十分真诚。看到旁边的朋友们都流露出了会心的微笑，他比任何时候都更深切体会到，周总理等人在新中国与拉美关系尚处于一片冰封时，就已开始大力推动与拉美的民间外交，这是多么具有卓识远见！

肖梅坐在戴莉亚身边。她轻声对老师说，自己读过的拉美文学史总是告诉她，智利乃至整个拉丁美洲的文化精英们是一个很独特的群体，他们大部分都是在西班牙或在美国接受教育，但在拉美的发展史上，他们却总是站在历史发展最前列的一群，义无反顾地最先呼喊出人民的心声，过去反对西班牙殖民统治时是如此，今天反对美国干涉、维护民族主权及民主的斗争也是如此。他们的诗、他们的小说、他们的画，无不散发出强烈的人民性和时代感。拉美文化界的这一特点让她感动，也有些困惑。

戴莉亚听后笑了笑说，你提了个有趣的问题。可爱的女主人一面端着一碟点心请客人享用，一面向大家转述了肖梅的困惑，接着，她望着聂鲁达笑道：

"巴勃罗，你最有资格回答肖的疑惑，你说吧！"

"你们中国人不是常说，世界上没有无缘无故的爱，也没有无缘无故的恨吗，那是充满哲理和警喻之言呀！"老诗人倒也没有推辞，点燃了手中的烟斗，缓缓地站起身来说，"你说得不错，我们几乎都在美国就读和生活过，就在山姆大叔身边，我们熟知自己这位近邻的过往与现在，用何塞·马蒂的话说：‘曾经生活在魔鬼的心脏，因此熟知它的五脏六腑’。何塞·马蒂的话最清楚不过地表达了我们拉美人对美国的感受，当然也就不会对它心存幻想，这也就是你们中国人所说的，没有无缘无故的爱和恨，这种民族感情是不会因个人境遇的一时变更而改变的。”说到这里，老诗人又吸了一口烟，看了看在座的人笑道，“说到文化精英，我们是拉美的文化精英吗？好吧，我姑且接受你的这一称谓。我们这些人都是来自人民、生活在人民中间，而酷爱独立和自由是我们拉美人民的天性，你见过安第斯山的鹰吗？对，就是那种自由自在地翱翔在安第斯山之巅的雄鹰，那就是我们民族性格的象征，也是我们这些‘精英’的性格，在追求独立、自由、主权的进军中，我们永远会走在最前面，从不会畏缩和贪生怕死。”

对肖梅来说，这天夜晚的经历无疑是最生动的一堂文学课，20世纪中叶的拉丁美洲文坛星光闪烁，聂鲁达们是站在世界文学的巅峰，然而，他们永远把自己看作是同人民共命运的战士！

晚风习习，松涛阵阵，无论是学术大师还是青年学子，无论是智利人还是中国人，都在分享这南美之夜的温馨与浪漫，品味友情的那份甘醇。心灵的交流令他们都感到，地理上相距遥远的民族之间，原来心灵之间的距离竟是很近很近的。

院子里正在炭火上烧烤的牛排散发出阵阵诱人的香味，耳际回荡着收音机正在播放的秘鲁民歌《飞吧，安第斯雄鹰！》，摄人心弦的排箫声时而高亢，时而低沉，让人如临安第斯山巅，感受它那令人震撼的雄伟与苍凉……

9

米格尔·格拉罗街66号院内的工作日程总是排得紧紧的，但基本保持了合理的节奏。而这里的生活，除去参加外事活动，就只能用平淡与单调来形容了。个人经济收入除保留国内那点微薄的工资外，每人每月只领十美元津贴。这样一来，也就无需去逛商场购物，更谈不上娱乐消费了。整个商代处只有副代表带来了担任会计的夫人，其他人都过着“和尚庙”的寂寞生活。然而，就是在这样条件下，没有人抱怨工资待遇差，没有人诉说工作环境艰苦，而是人人都保持着饱满的情绪和高涨的工作热情，简言之，都认为自己是为革命工作而来的，除了奉献，心无旁骛。也许，在那些密切监视他们一举一动的敌特们的眼中，这太不可思议了。特务们在发到商代处的大量策反信中，不厌其烦地用美国的自由、繁荣和台湾的优厚物质待遇引诱这些人“弃暗投明”，而这样一些策反信和宣传品却被他们的策反对象当作垃圾统统扔了出来。

商代处人员中，最年轻的要数孙以凡了，他在学校读书时比杨宇低三届，他视杨宇如兄长，老是“师兄，师兄”地叫着，杨宇也真把他看成兄弟，事事照顾他。然而，这两人的性格却完全不同，杨宇属于少年老成一类，也没有什么个人娱乐爱好，除了工作就是收听新闻和读书看报。孙以凡生性爱动，父母就他一个独养儿子，从小让他学这个学那个的，长大后能弹会唱，尤其爱打篮球。来智利后，工作之余浑身是劲却无处施展，最多和厨师贺林下下军棋打打扑克什么的，煞是让他感到无聊。这些日子高源让他去学开车，这可是合了他的心意，他早就想学车，只是司机卡洛斯一直没时间教他，代表处就一个专职司机实在忙不过来，最后领导决定让他到一个驾驶学校去学。开始时，卡洛斯或杨宇还开车接送他，工作一忙就顾不过来，渐渐地就由他自己乘公交车去了。孙以凡是个聪明的年轻人，学得很快，智利教练总是夸他，孙，对，就这样！你很聪明，掌握得很快！没两天，孙以凡便被允许自己操纵方向盘了。这位教练除了教孙以凡，还有一位华人姑娘也在跟他学，姑娘大约二十岁左右，面容姣好，举止优雅，给孙以凡的第一印象是这姑娘很可能是某个家境富裕的华侨人家的小姐。一开始，他们只是互相点点头，微笑着打个招呼，两人在一块儿学车，没多久便渐渐熟了，她问孙以凡在哪儿工作，孙以凡含糊其辞地说在一家商业公司上班，请问小姐芳名，姑娘说自己叫阿芳，父亲在圣地亚哥经商。孙以凡很快发现阿芳貌虽沉静，熟悉后却很健谈，且十分风趣，无论谈及哪方面话题，她都能对答如流。有这样一位红颜伴侣，孙以凡学车的积极性更高了。每次，教练教完正课，总会留下一段时间让他们自己驾着车围着练车场慢慢绕几圈。剩他们两个坐在驾驶座位上，孙以凡感到无比快乐和舒坦，他偷偷看了阿芳一眼，阿芳也在看他，顾盼神飞，炽烈而充满诱惑，他连忙将目光挪开了，他觉得阿芳是喜欢自己了。他的理智在呼唤自己要把持住，他告诫自己，外交纪律是不可以想爱谁就爱谁的，于是他收拢注意力，把目光盯在车的前方。然而，他身边的这个阿芳却显得无拘无束，她快乐地笑着，声音很美，十分悦耳。车辆转弯时，她会不经意地倒在他的身上，让他觉得又紧张又舒坦。有时他们靠得很近，阿芳的头发会蹭着他的脸颊，让他有一种眩晕的感觉……这是一段充满诱惑与矛盾的时光。孙以凡没有结过婚，在他寂寞的青春岁月第一次有个女人这样靠近他，而且是个美丽的妙龄少女，她对他时时含情脉脉，他却一直挣扎在理智与情欲之间。他每隔一天就抽半天时间去练车，偷偷在心里享受那份情感的禁果。

两个星期很快就要过去了，他害怕时间过得太快，怕学完车后再也见不到阿芳了，他又有点希望时间过得快一些，早点结束这种突如其来的情感和欲念的折磨。也就是他们顺利通过测试，拿到了驾驶证的那天下午，他们开着各自的车离开了驾驶学校，阿芳的车在前面，孙以凡紧跟其后。开了不算太远，阿芳的车在路旁停住，她下了车，孙以凡也跟着下了车，两人都有些依依不舍。阿芳那双迷人的眼睛看着他，轻声说：

“我家在这里有间小店，我们进去坐坐，喝杯咖啡，好吗？”见孙以凡有点犹豫，阿芳笑了，“怎么？怕我会吃了你呀？”带点挑逗的口气，孙以凡笑笑，我有那么胆小吗？说着跟随阿芳穿过马路，进了一间门脸不大的咖啡茶室，厅堂里坐着几位顾客在喝咖啡，阿芳转身拉住孙以凡的手说：

“我们到里面去坐坐，不跟他们一起！”说着，不容分说拉着孙以凡朝里走。

里面是两小间，一间像起居间，另一间像是卧室。阿芳亲热地按着孙以凡的肩，让他在沙发上坐下。又转身从小酒柜里取出一瓶酒和两只酒杯，斟上酒，送到孙以凡面前的矮桌上，说：“本想请你喝咖啡，现在改变主意了，咱们也算同学一场，毕业了，也该庆贺一下！来，干一杯！”她靠着孙以凡身边坐下，端起自己面前那杯酒，饮了一大口，接着便催孙以凡喝，又要和他碰杯，一杯酒下肚，孙以凡已开始感到浑身燥热。阿芳起身脱去了外衣，只穿一件粉红色贴身恤衫，尽显女人的线条与性感。此时的她，与孙以凡最初认识的那个文静优雅的姑娘判若两人，她变得放浪、狂野，她紧贴着他、抚摸他，让他体味她柔柔乳房的摩挲。若是平时，涉世不久的孙以凡绝对难以适应这种来自异性的突然袭击，但阿芳的挑逗，尤其是那杯含有兴奋剂的酒，让这个年轻人忘却了一切，他只感到自己身上青春力量的猛烈爆发，他抱住了阿芳，狂热地吻她，继而又鬼使神差般地被她诱导着走进了那间卧房。阿芳把他推到了床上，飞快地解开了自己和他的衣扣，他扑过去，压住了她……“咔——嚓嚓”、“咔——嚓嚓”一连串声响，原本显得阴暗的房间突然一片镁光灯闪烁，好几个摄影镜头在对准床上拍照。孙以凡大吃一惊，他本能地急忙用衣服遮住了自己的身体，再抬头定眼看，三四条大汉站在床前，手里不是提着摄像机就是拿着照相机，他吓呆了，浑身冒着冷汗，脑子一片空白……

提着一台轻便摄像机的黄老大咯咯地笑着说：

“不好意思，孙先生，打断了你的好事！你别慌，穿好了衣服我们再慢慢谈一笔交易。”

此时，出现在孙以凡脑海中的第一个念头就是自己落到了一伙坏人手里，当然，他不知道那是些什么人。他想起了阿芳，阿芳呢？她已经离开床上，这会儿正坐在这些人身后的一张椅子上，她的表情竟像是这里发生的事情与她毫不相干！看到孙以凡愕然的样子，黄老大又得意地咯咯笑了起来：

“告诉你，她不叫阿芳，她是我们的人，现在明白了吧！”

这会儿孙以凡才恍然大悟，自己落入的是敌特设下的陷阱！可是，晚了！特务们带着枪，拍下了他的床上照，拿住了他的把柄要和他谈交易，悔恨、愤怒、屈辱、痛苦……交织在他的心头。黄老大突然脸色一沉，凶相毕露地向他吼着说：

“起来，坐好！你现在只能听我们的！要知道，你已经别无选择，只能老老实实跟我们合作！”

“你们这一套真卑鄙！”孙以凡气愤地冒出了一句。

“卑鄙？”黄老大又纵声大笑了起来，“这是政治斗争中惯用的‘经典’手段，也可以称之为雕虫小技，愿者上钩，谁叫你自愿上钩？何谈卑鄙？”

孙以凡在心里暗骂自己自作自受，如今说什么都晚了，一想到沦为敌特的爪牙，他感到浑身冰凉，心一横，大声说：

“我不会和你们这些特务合作的，你们想要怎么办吧？”

“怎么办？老五，放给他看看！”

站在黄老大身边的一个瘦长高个儿立刻打开了手中提着的放映机，荧屏上出现了孙以凡和“阿芳”在客厅、在床上……原来他一直在拍摄！看到那些不堪入目的镜头，孙以凡双手抱头，大声喊叫：“别放了！”

黄老大摆了一下手，示意瘦高个关掉放映机。

“怎么？不想重温温柔梦了？”他继续刻薄地调侃，“你不是问我们要怎么办吗？你不肯合作的话，我们就会把这些录像和照片送给你的上司和同事看，寄给你的家人看，你完全可以想象，后果将会是什么，是你名誉扫地，是你从此失去上司信任，是你从此断送政治前途，你们大陆不是在搞‘文化大革命’吗？你将被送回大陆，会被当成腐败分子、变质者，遭到批斗，受尽辱骂……”

“别说了！”孙以凡发出痛苦的叫喊。

“怕了？过那样的生活的确是生不如死。要是你选择与我们合作，将完全是另一种前景，我们会对这件事绝对保守秘密，你可以回到你原来的生活，就像什么事都没发生过，我们只要求你每一两个月在神不知鬼不觉的情况下跟我们见一次面，说说你们单位的情况，为此我们还会向你支付服务费，这就是我们要跟你做的交易，利害得失，你自己掂量掂量吧！”

10

孙以凡不知自己是如何走出那间小咖啡馆的，他摇摇晃晃，感到头重脚轻。他记得，那伙特务逼迫他讲商代处的一些内部情况，搞了一些什么活动，甚至每个成员的个性特点。他不讲，那些人就揍他，他们会打得你很疼，却又不留伤痕。为了脱身，他编了些瞎话应付，并答应以后每个月给他们送一次情报……那些家伙难辨真假，将信将疑，警告说，如果他说假话骗他们，他们绝不会轻饶他，特别是那个黄老大，用手枪指着他的头说：

“你听清楚了，姓孙的！你要是老老实实跟我们合作，哥们儿会拿你当自家兄弟，有你的好处！你要是耍滑头、玩阴的，那就别怪我们不客气，我们随时可以要了你的小命！”

最后，他们详细交代了给他的具体任务和接头地点，放他走了。他们煞费苦心的目的是要在中共商代处内部安置一个内应，一枚随时可以引爆的定时炸弹，是想放长线钓大鱼……拿下孙以凡是他们取得的第一个胜利成果，这让他们十分得意。下一步还要扩大战果，也让“大使馆”和美国朋友们看看，他黄老大和兄弟们不是白吃饭的，从此也能对他另眼相看几分，“大使馆”给他们的活动经费自然也该水涨船高了。

孙以凡好不容易把车开进了米格尔·格拉罗街66号，从车上下来时遇见厨师贺林，贺林说，你今天怎么回来晚了，还没有吃饭吧？孙以凡含糊地答应说吃过了，便径直回到了自己房间，一下子倒在了床上。他觉得全身像是瘫痪了似地，不再属于他自己，又觉得脑子里空空的，仿佛刚从一场极端恐怖的噩梦中醒来，还没有恢复思维的能力……他就这样一动不动地躺着，内心充满了痛苦与悲哀。他一面淌着眼泪，一面对自己说：孙以凡呀孙以凡，你这一生算是完了，彻彻底底完了！你对得起谁呀？对不起国家，对不起父母……你对不起所有的人！充当特务，与自己的国家，与所有爱你的人为敌，那还算人吗？那是禽兽不如！你还有别的路可走吗？今天他们逼你提供情报，你没有说真话，蒙混过去了，以后还能长期维持下去？一旦被识破，他们真会要了你的命，可能死得很惨，那是一帮心狠手辣的畜生！而且，你死了也死得不明不白，不干不净。是的，还有一条路，就是去向组织坦白，把自己做的丑事都说出来，这样做的结果会是怎样呢？那个叫黄老大的特务为你描绘的前景的确也令人不寒而栗，以后组织上还能信任自己、使用自己这样的人吗？自己又如何回去面对父母与家人？周围的人又将怎样看待自己？前途、理想、幸福，就这样永远地断送了，永远地被自己埋葬了……想到这些，他不禁泪如泉涌，是呀，许多事是没有后悔药好吃的！眼下他已经没有时间犹豫，他必须当机立断，两条路，何去何从。当特务？他想起了小时候家乡村里抓到了一个特务，几乎全村的人都跑去观看，先是公审，他年纪小，听不懂上去讲话的人都说了些什么，只知道大家都在挥动拳头、喊口号，后来特务被拉出去枪毙，又有很多人跟着去看热闹。他问妈妈特务是什么，妈妈摸着他的小脑袋说，是很坏很坏的坏人……他孙以凡是在红旗下长大的，国家供他读书，派他出国工作，要他为人民服务，而自己却去做反对祖国的事，变成为妈妈所说的“最坏最坏的坏人”？想到这里，他内心一片冰凉，即便活着，也是行尸走肉呀！他明白，他现在需要的是勇气，勇敢地去向组织坦白，他知道，面对万丈深渊时可以悬崖勒马，勒马固然能免你坠入万丈深渊而粉身碎骨，却难免会有从马背滚落而皮开肉绽的危险和痛苦，他必须有勇气去面对一切后果，面对未来……

晚饭时贺林站在他门口叫他吃饭，他说身体有些不舒服睡下了。天色黑了，他望着窗外挂在天边的月亮，想起儿时靠在妈妈身边看月亮的那份宁静与幸福，而此时，他感到的却是无边的黑暗与孤苦无助，妈妈！他无声地呼叫着，别放开我的手！我怕呀……这是痛苦的、辗转反侧的一夜。偶尔，他朦朦胧胧地刚闭上眼，便看见黄老大领着一伙人在追杀他，那个假阿芳也跟他们在一起追他……他跑呀，跑呀，两腿沉甸甸的，实在跑不动了，前面是什么东西挡在路上？他一跤绊倒，跌出了梦境……醒来身上冷汗涔涔。

早晨，高源吃过早饭刚刚回到办公室坐下，便听见了“笃、笃”的敲门声，“进来！”，一看，是孙以凡。

“小孙，这么早有什么……”话未说完，他惊愕地停住了，他注意到了孙以凡脸上的反常表情，平日里乐呵呵的小伙子此时竟像是被霜打过似地蔫了，脸色苍白而憔悴。他跨进门后只说了一句“高主任，我犯大错误了！”便站在那里哭了。高源吓了一跳，赶忙走过去说；

“别哭，别哭！这是怎么了？快坐下，有话好好说！”

说着，他把孙以凡拉到办公桌边的椅子旁，孙以凡坐下后，双手抱头哭得更凶了。他那副备受痛苦折磨的样子，让高源隐约感到这年轻人一定遇到了大问题。他从水瓶里倒了一杯水递过去，叫他喝下，让他稳定一下情绪再说。孙以凡渐渐止住了哭泣，开始叙述他这次可怕的遭遇。随着他的讲述，高源脸上的表情愈来愈严峻，他的眼睛里燃起了怒火，这伙狗娘养的挑最没经验的孩子下手了！好糊涂的小孙，怎么这么轻易便中了计！狗特务，想打入到我们内部，够毒的！

“……我知道，我这次犯的错误太大了，组织上给我什么处分我都认了，但我绝不会坠落到去当特务的爪牙，去出卖祖国和人民的利益……”孙以凡抽泣着，讲完了事情的过程，他没有隐瞒，没有掩饰，只有悔恨，把一切都说出来后，他觉得自己心里轻松舒坦了许多，他眼巴巴地看着高源，等着他拿主意。在屋里来回踱步的高源终于停下了脚步，痛心地对他说：

“小孙呀小孙，你让我说你什么呢！旧社会的流氓黑帮玩弄‘仙人跳’是为诈人钱财，敌特跟你玩这套是为了拉你下水呀！我们天天说要提高警惕，你却栽了这么大的一个跟头！我们的工作、你本人都要为此付出代价！令人痛心呀！……如果再往前跨一步，后果更不堪设想，那就是万丈深渊，你也会变作人民的罪人！你悬崖勒马了，说明你还有良知，心里还有祖国、人民和党，说明你还有改正错误的勇气！你能找组织坦白这件事就决定了敌人阴谋要失败！当然，事情还没有完，他们不会轻易放过你，还会利用你留在他们手里的那些把柄试图继续控制你，你的处境还很危险……”

“我知道，他们说过，我要是坏了他们的事，他们便要杀了我……高主任，我想过，我要是继续留在这里，不光是我不安全，肯定要给这里的工作带来很多麻烦，我想还不如让我尽早回国。”

“这件事由组织上来考虑。你再仔细想想，如还有什么忘记说的，或发生了任何新情况，一定要告诉我。这事暂时不要对更多人去讲，既然发生了，我们只能设法将危害降到最低，你要控制自己的情绪，一切照常，从现在起，先不要出门了，在家里待着。要知道，他们正在盯住你的一举一动，你不能再给他们任何机会了。下一步怎么做，我们要有十分周密的考虑和安排，我们既不害怕敌人，也绝对不能低估他们的能量。”

“我一切听从组织安排……”孙以凡感到自己心里踏实了不少。

送走孙以凡，高源立即叫来了汪恒和杨宇，把情况说了。二人听后都万分惊讶，不胜感叹，尤其是杨宇，总觉得这像是讲故事，而不是就发生在自己身边同志身上的真实事情，唉，这是尽人皆知的美人计呀，怎么孙以凡竟会昏了头，上这种当呢？真是当局者迷呀！

“找你们来，一是对我们如何处理此事听听你们的意见，二是对下一步行动分分工。”高源说，“我想来想去，要粉碎敌特的阴谋，又要保证小孙的安全，最好的办法是立即把小孙送回国内，如果他再继续留在这里，会给我们带来很多麻烦。”说到这里，汪恒和杨宇都不约而同地点头表示赞同，显而易见，孙以凡不在了，敌特的全部阴谋也就落空了。

“最大的问题是，如何把他安全送走？”高源接着说，“敌特也一定会做万一小孙坦白和我们把他送走的防备，他们会千方百计进行阻挠，包括劫持，怎么办？”

大家都沉默了，南美洲各国都有台湾“大使馆”，都有它们豢养的一批特务，在这一地区的外交角力场上，还是敌强我弱的态势呀。一个活生生的人要从他们眼皮底下跑出去，的确不是那么容易。他们分析了各种可能，路上必须有人护送，能讲外文的年轻人只有杨宇，这里的工作又离不开，但别无他法，只能让他先把孙以凡送到巴黎中国驻法国大使馆，再由那边派人护送他回国，而且，只杨宇一人恐怕还不够，大家又都想到了爱国侨胞和智利朋友，对！请他们帮忙。

圣地亚哥的一家小咖啡馆里，灯光幽暗，乐声低回。一张小桌旁面对面地坐着荣“参赞”和黄老大。他们一人面前摆着一杯咖啡，荣“参赞”端起面前的咖啡一面慢慢地品着，一面在听着黄老大说话。

“……姓孙的那小子是个雏儿，三下两下就让我们搞定了。他答应每月给我们提供一次情报，我给您看的那些东西，是他第一次告诉我们的关于他们内部的一些情况。下一次要他做些什么，您尽管吩咐。”

“嗯，你这次算是肯动脑筋了，干得不错，你们要是真的能把那个姓孙的拉了过来，算你们立一大功，不，是立下了特等功！这么多年来，想从共党内部搞过来一个人，太不容易了！”

“是呀，是呀，我们为这事儿也策划了很久，跟踪了他很久才动的手。”荣“参赞”的话让黄老大心花怒放而有点飘飘然，他赶紧又补充了两句，以强调这一功劳的来之不易。

“黄老大，我总觉得这事儿下一步恐怕不会那么顺利。”荣“参赞”将手中的咖啡杯放回桌上，下意识地用两个手指头转动了一下那只空杯，幽幽地说，“要是姓孙的回去后把事情说了出去怎么办？要知道他是被你们逼上梁山的，心里并不情愿，这就很有可能反悔呀。”

“他敢！”黄老大脖子一歪说，“我已经给他撂下了话，他敢反悔我就要他的小命！”

“那不就是一句话吗？你以为你的一句话就真能吓住他了？你又不是第一次跟共产党打交道，别忘了中了共产党毒的人都是些软硬不吃的角色！”

“是，是……”黄老大哪能忘得了过去和共产党打交道的种种教训呢，他就是不甘心，总想利用共产党在这里立足未稳的机会出出心中的恶气，让他们永世忘不了他黄老大的厉害。其实荣“参赞”说的那种可能他也想到了，这也是他最担心的。于是赶紧说：

“您放心，您担心的事儿我们已经做了安排，我派兄弟们时刻盯着他，在飞机场都安排了人，防他跑掉……”

“嗯，是要考虑周密……不过，记住，不要鲁莽行事，不要在智利留下把柄！”

“这个我明白……只是这些日子弟兄们活动多，经费上……”黄老大终于说出了自己此次约会的第二个重要目的。

“只要你们干得好，经费的事你就是不说，我也会替你们考虑到的。”荣“参赞”说着，不慌不忙地从衣袋里掏出一个装着支票的信封放在桌上，再伸出两个手指轻轻将信封推到黄老大面前。

“参赞先生总是想着我们，我就替兄弟们谢谢您了……”黄老大眉开眼笑地说着，伸手从桌上拿起信封，装进了自己的口袋。

11

圣地亚哥塞里略国际机场的候机厅里像往常一样，拉着行李箱的旅客来去匆匆，忙着托运行李，忙着与送行的人话别。此时，从外面走进来十几个智利年轻人，和他们一起进来的还有孙以凡和杨宇，以及前来送行的安娜主席和智中文协的几位负责人。杨宇和孙以凡原先向法航预订了三天后赴巴黎的机票，而在这天上午，他们通过朋友，弄到了两张当天下午的机票，突然提前与赴中国访问的智利青年代表团同机飞赴法国。这当然是个经过精心策划的金蝉脱壳计，突然提前走是为了让监视的特务们措手不及，与大批智利人同行则是出于旅途中的安全考虑。智利青年访华代表团的一般成员自是不知内情，团长则由受高源主任委托的安娜特别打过招呼，请他们一路上务必保护好两个中国青年。这一行人走进候机大厅，托运完行李后，便向着海关检查通行处走去。此时，安娜和其他送行人都停止了脚步，与访问团的人握手、拥抱告别。杨宇和孙以凡走到安娜面前告别时，安娜附在杨宇耳边说：

“马里奥团长会在路上照顾你们，我跟他说好了。杨，祝你们一路平安！”

“谢谢你，安娜！”

这时，候机大厅一角站着的一个穿黑色风衣的男子，见孙以凡随杨宇和一群智利人离去，快步走到不远处的电话机旁打电话：

“老大，他们和一些智利人一起进海关检查处了！……是的，我看得很清楚！是在法航柜台取的票……这趟飞机一小时后起飞，两个钟头后在阿根廷的布宜诺斯艾利斯国际机场过境停留……对，没有错！”

飞机上，杨宇、孙以凡的座位和智利青年代表团的座位紧挨着。孙以凡靠窗坐，杨宇紧靠着他。透过机窗，看得见碧蓝如洗的天空、从飞机下方飘过的团团白云。孙以凡的心情很不平静，他看着杨宇，难过地说：

“想到商代处工作那么忙，你还要来送我，我心里真不是味儿。”

“我想的是如何完成好把你平安送到巴黎的任务，这是我目前最最重要的工作。顺利地把你送到了，我们便是在对敌特的斗争中又打了一个胜仗，彻底挫败了敌特又一起阴谋，你小孙又可以回到祖国怀抱，回到妈妈身边，开始新的生活……”杨宇说的是心里话，这时的他，深感肩上责任重大，他的心态和精神一直处于高度紧张的临战状态。

“杨宇，我这些日子想了很多，我好后悔、好恨我自己呀，现在我算明白了什么叫做‘一失足成千古恨’，可惜晚了。”孙以凡的眼睛里又噙满了泪水。

“吃一堑长一智，小孙，你这一跤确实摔得不轻，我理解你现在的心情。本来敌人的这种雕虫小伎俩是容易识破的，你却轻易上当了！光后悔没用，要认真地实事求是地吸取教训。你说自己是一失足成千古恨，不全对，你最后时刻做出了正确选择，你所犯错误的性质也就完全不同了，你说一切都晚了也不对，俗话说回头是岸，祖国、党绝不会抛弃一个知错能改的人，你要打起精神，今后的路还很长，只要踏踏实实走好每一步，前途照样还是广阔的。这一路上我们还可能遇到麻烦，特务们是不会甘心就这么放你走的，我们两人一定要处处提高警惕、互相配合好，要形影不离，明白吗？”

“我明白！我听你的，杨宇！”在孙以凡心中，目前杨宇是他唯一的依靠了。

飞机越过白雪冠顶的安第斯山，大约两小时后，舱内响起了播音员轻柔的女声：飞机即将降落布宜诺斯艾利斯国际机场，停留两小时，请旅客们到过境候机室休息。在这个地方下机休息，杨宇心中不免有些紧张，他知道，阿根廷现在是右翼军人掌权的国家，他曾在访问这个国家时坐过冷板凳，感受过这里的反共氛围，这里还有台湾“大使馆”……

走下舷梯时，杨宇与智利青年代表团团长马里奥交换了一下目光，便领着孙以凡插进了这群智利青年人的行列，来到过境候机厅后，两人也一直与他们坐在一起，马里奥更是不肯离开左右。杨宇留神观察，这候机厅里虽也有几个东方人，却并看不出有什么异常。他想，这里是过境旅客休息的地方，一般人是进不来的，尽管如此，他不敢有丝毫松懈。一个多小时过去了，孙以凡让杨宇陪他去上趟厕所，杨宇注意看了看那个距离他们坐的位置不足二十米远的卫生间，点头同意了。他跟马里奥打好招呼，便陪同孙以凡一同走进了厕所。里面只有一个阿根廷清洁工在打扫卫生，还有两名西方旅客在解小手。他看着孙以凡进了一个有坐便器的隔断间，听他插上了门。有人进来解手，杨宇觉得自己站在那里看着实在不雅，便往外走了几步，在门口等着。这时，一位年龄约五十开外的西方妇人推着一辆堆放着好几件行李的手推车走过来了，经过他面前时，她好像因急于赶路，车一歪，一个手提包滚落了下来，而且径直滚到了杨宇面前，提包的包口也裂开了，几样小东西散落在地上，老妇人惊叫了一声，一双求助的眼睛落在了杨宇身上，杨宇只好弯下身去，替她捡起那个提包和散落的东西，还给她时，老妇人一再表示感谢。就在他们说话时，打扫厕所的清洁工推了辆轮椅从厕所出来，轮椅上像是坐着个老人，身上盖条淡黄色毛毯，戴一顶老人帽，帽檐压得很低，几乎看不见脸，出了厕所门便往左拐，朝着出检口的方向去了。杨宇见孙以凡还不出来，心里不踏实，进去敲孙以凡厕所间的门，无人回答，他慌了，使劲一推，门开了，却不见孙以凡的人影，他脑海中立即闪过那辆轮椅，坏了！上当了！他转身冲出卫生间，向轮椅去的方向飞奔追赶，他顾不得公共场所不得高声喧哗的禁忌，大声呼叫："马里奥！马里奥！快来——"，他顾不得碰撞了别人，只有一个想法，快！快！旁边的人都在惊愕地看着这个拼命奔跑的年轻人，纷纷闪开。终于，他看见了那辆轮椅了，愈来愈近，啊？！推轮椅的人变成了一个穿西装的，再看，是个中国男人，此时，杨宇更加确信，推轮椅的是特务，轮椅上坐的肯定是孙以凡。推轮椅的男子看到杨宇追来，也在加快速度往前跑。眼看他就要拐进左边的一扇便门，杨宇像冲刺一般冲上去，一把拉住了那辆轮椅，他站住了，张开双臂，挡住了去路，一时却气喘吁吁，说不出话来。推轮椅的男子一面嚷着：你要干什么？闪开！一面在极力摆脱杨宇。这时，从便门里又窜出了另一个男子，上来拉扯扬宇，拳打脚踢，扬宇感到自己的头上、腰上、腿上火辣辣地疼，但他两手死死抓住轮椅不放，口里喊着："马里奥！快来呀！马——里——奥！"撕打声、叫喊声终于引来了一些人围观，这里出事了，快叫警察！伴着"咔嚓、咔嚓"的皮靴声，两名全副武装的阿根廷警察出现了……

"怎么回事？"两名警察走过来问。推轮椅的男子指着杨宇，抢先答道：

"警察先生，他是共产党中国派来的特务！"

"啊？！"两个警察用警惕和敌视的目光看着杨宇。

"不对！他在撒谎，是他们在绑架旅客！"杨宇大声抗议。这时，赶来帮忙的那个特务走到警察身边，低声说了几句什么，为首的警察便不再追问情由，宣称说他们是国际刑警，要把这些人统统带走。什么？杨宇心中一惊，统统带走？岂不等于孙以凡和他杨宇两个人都被这些人劫持，双双都落入了敌特手里？他高声说：

"你们既然是国际刑警，就该遵守和维护国际法律和国际通行规则，我们是法国航空公司的过境旅客，并未进入阿根廷境内犯法，你们无权随意拘留我们。现在发生的事情是这两个坏人擅自闯入过境旅客的候机室，绑架了我的同胞，你们应该拘捕和问罪的是他们！"

"你们互相指控，难分谁是谁非，只能统统带走！"为首的警察说着，从腰间拔出了手枪……

"不能把人带走！"有人高声大叫，是马里奥和一部分团员赶来了。原来马里奥久等杨宇和孙以凡，不见回来，便跑到卫生间去找，不见他们的人影，心知有异，又听见旁边有人说，看见一个年轻人，叫喊着朝左边跑去了，他立即叫上了几个人追过来了，正碰上警察威胁要带人走，便大声喊叫了起来。杨宇见马里奥他们来了，心中大喜，忙指着轮椅上的人说：

"马里奥，他们绑架了孙以凡，要把他劫走！"

"啊！"马里奥大惊，就要上前去看轮椅上的人。推轮椅的特务试图阻挡，刑警也大声喝问他们是什么人，胆敢妨碍警察执法。马里奥答道：

"我们都是从智利一路同来的旅客，在这里过境，我们的同伴遭非法绑架，我们理所当然要干涉，怎么反倒成了妨碍执法？这里的刑警是在执法还是在帮助犯法？"

"为什么不让我们看轮椅上的人？"与马里奥同来的几个年轻人大声嚷着，话音未落，其中有个年轻人突然一伸手，摘掉了轮椅上那人头上的帽子，哪是什么"老人"，正是孙以凡！围观的人发出了一阵惊呼，杨宇急忙扑过去，一把抓住了孙以凡的手，还有手温，但他低着头，眼睛半开半闭……似在深度昏睡。

"这是什么人干的？快抓罪犯！""抓住罪犯，别让他们跑了！"围观的人发出了愤怒的叫喊。众人忙寻找推轮椅的人和他的伙伴，原来就在孙以凡头上的帽子被摘掉、眼看阴谋败露的瞬间，那两个特务早已趁混乱溜掉了。两个国际刑警此时也哑口无言，再也威风不起来，在众人谴责与愤慨的目光中，含糊其辞地嘟哝一句什么话，转身悻悻离去。“他们好像给孙以凡注射了麻醉剂。”杨宇对马里奥说。此时他才感到自己浑身疼痛。

马里奥向身边的朋友说：

“快去通知法国航空公司办事处这里发生的事情，航空公司要对旅客安全负责的，让他们快找医生来！”

几分钟后，法航的人带着医生赶来，替孙以凡做了初步检查，说是被人用麻醉包熏晕，一个多小时后可慢慢苏醒。医生留下了清醒药，也替杨宇的外伤做了简单包扎。法航承诺将向阿根廷机场当局提出交涉和抗议。当机场广播通知乘坐法航的旅客可以开始登机时，杨宇和马里奥小心翼翼地推着孙以凡的轮椅回到飞机上，继续他们的航程。

孙以凡醒过来时，觉得自己的头又晕又重，他对坐在身边的杨宇说：“我的头胀痛得厉害，像是刚刚做过一场噩梦。”

“老弟，你确实做了一场噩梦，还差点儿把咱俩的命都搭上了！”杨宇苦笑着回答，他的脑海中闪过近年来国际上发生过的中国外交官遭绑架的种种情景：强行绑架或使用麻醉剂使人失去神智后架走，然后再伪造一份反共叛国的声明……结局之悲惨可想而知。

余下的航程，飞机又在西非的达卡机场停留加油，杨宇和孙以凡再也没走下飞机，直至飞机平安降落在巴黎戴高乐国际机场。

12

就在杨宇送孙以凡走的当天，高源便通知肖梅马上到米格尔·格拉罗街66号来一趟。肖梅刚一走进他的办公室，高源便说了：

“小肖，欢迎你归队！你不是说工作实在需要时你就准备回来吗，现在就是最需要你的时候，孙以凡走了，杨宇去送他还得一些日子才能回来，商代处这里一个懂西班牙语的人都没有，已经揭不开锅了！你就来上班吧！”

肖梅并不知道最近发生的一连串事情，高源的话有些让她摸不着头脑，她呆呆地望着高源问道：

“怎么回事呀，老领导？我的结业论文还没有写完你就让我来上班，孙以凡为什么突然走了？他一个懂外文的大小伙子去法国还要杨宇护送？”

“你是有所不知呀”，高源的脸色变得十分严肃，还带着几分沉痛与惋惜，肖梅还是头一次见到他这种表情，“最近出了些事，在敌特的进攻面前，孙以凡没有能顶住呀。为了粉碎敌人的阴谋，也为了保护小孙，只好把他送回国内。这事说来话长，明天我们要开个会向大家说明情况，既是吸取教训，也免得大家瞎猜。这种情况下，不用说，你也就明白为什么要杨宇去送他了。”

“噢——”肖梅张大了嘴，惊讶得说不出话来。她虽还不清楚孙以凡“没顶住”的细节，但“没能顶住”足以说明问题的严重性了，她在心里深深为自己的这位年轻校友惋惜。不便多问，她等着高源说下去。

“你无论如何得先来上一段时间班，直到杨宇回来。结业论文的事我们谁也替不了你，你自己挤时间解决，交完论文你就正式转到代表处来工作。”高源说话的口气没有讨价还价的余地，再说，在这种非常情况下，她肖梅能推脱吗？听完高源的话，肖梅马上说：

“老领导，你放心，从现在起，我就在这里上班，论文的事我自己解决。”

“好！我就知道，我们的小肖一定会这样回答我！”高源看着肖梅满意地笑了。

然而，肖梅的内心却波涛翻滚了，在敌特进攻面前商代处工作这么紧张，自己义不容辞要承担这份应尽的责任，可这样一来，结业论文还在其次，她回国的事又可能变得遥遥无期了，韩杰会怎么想呢？她一再推迟回国，是对一个男人的考验，还是在将他推向另一个女人？他能理解吗？她仿佛看见了韩杰失望与责怪的神情……唉！不管怎么说，她也不能在这节骨眼上置工作于不顾呀！

第二天，高源果然召开了全体会议。显然，这些天来大家心里都积聚了太多疑问，都能觉察出有什么事不对劲，为什么小孙自从学车回来后就再也不出门了，为什么这个活蹦乱跳的小伙子忽然像变了个人似地连话都不愿说了，为什么突然让他回国，还要让杨宇陪同呀……有问题，肯定有问题！只不过领导不肯讲，下面不敢问就是了。

会上，高源向大家说：

“家里出了事，家里人当然都会感觉到，都会问出了什么事，我却一直没有向大家说明，那是因为事情还在发展，不便让更多人知道。现在已经有了初步结果，我可以告诉大家了。美蒋特务利用我们的小孙去学开车的机会，设了一个‘美人计’，是一个伎俩不高也没有什么新意、就像我们通常能在电影和小说中看到的那种，可是小孙却毫无警惕地落入了他们的圈套，被人家抓住了把柄，要挟他，要他当特务的内线，提供我们内部的情报，要不然就要把他们拍的那些照片曝光……小孙回来后向组织上坦白了，他在关键时刻悬崖勒马了。特务曾威胁如果他不合作，就要向他下毒手，为此，我们为了保护他，决定让他回国。今天早晨我们刚刚接到了杨宇的电报，他们已经平安抵达我们驻法国大使馆。现在我们可以说，在这场与敌特新的交锋中，我们已再次胜利地挫败了他们的阴谋！让他们精心策划的这个计那个计的，最后只落得竹篮打水一场空！”与会的人屏息静气地听着，听到这里，都情不自禁地鼓起掌来。高源用简洁的语言描述了这场复杂尖锐的斗争，但在座的人心里都清楚，都能想象得出其间的险恶交锋与敌特的狡诈。高源讲话的后半部分着重强调和要求全体人员务必时刻提高警惕，务必坚定革命意志，不被诱惑、蒙骗与威胁。“美人计”事件给每个人都上了生动的一课，为孙以凡的遭遇唏嘘和惋惜之余，每个人都更加小心谨慎了。

五天后，杨宇回来了，他讲述的路上遭劫持的经历，更是把大家听得目瞪口呆，听起来像电影《追捕》中的情景，然而，这却是那个特殊岁月、特殊环境里发生的真实故事。机场的劫持，是敌特在他们的“美人计”失败后，又调动他们部署在邻近几国的特务机构，并在美国中央情报局协助下上演的一个续集，结果，同样以失败而告终。

圣地亚哥的十月没有秋风飕飕、落叶缤纷，大自然虽然换上了更加多彩的秋装，阳光却依然温暖，风儿依然和煦，一切都像往常一样平静。这天早晨，肖梅还没有走进办公室，便听见屋里的电话铃声响个不停，她紧走几步，进屋后拿起话筒刚“喂”了一声，便听见话筒里传来豪尔赫急促的声音：

“肖，快看早报，出大事了！‘切’被杀害了！”豪尔赫带着哭声说。

“什么？‘切’被杀了？哪儿的消息？”肖梅只感到自己的脑袋“嗡”地一下，懵了。

“所有的报纸都登了，还有照片。现在学校里乱成一团，同学们都很激动，许多人没去上课，聚集在校园里……大家都无法接受这个残酷的消息……”他没有等肖梅答话，便“啪”地挂断了电话。

肖梅急忙转身准备去取晨报，只见杨宇正拿着一沓报纸进来。看见肖梅，他悲愤地举起手中的报纸说：

“帝国主义反动派把‘切’杀害了！”

肖梅抢过报纸一看，映入她眼帘的是一张切·格瓦拉被枪杀的遗容，上身赤裸着仰卧在担架上，双目微睁，凝视远方……泪水一下模糊了她的视线。

“是他！”她轻声说，跌坐在椅子上。她内心多么希望这又是西方媒体的一次恶意炒作。从格瓦拉离开古巴“失踪”以来，美国和西方媒体三天两头有关于“切”的寻踪报道，在他们的报道中，切·格瓦拉不知已经死了多少回了，她希望这次又是革命敌人一厢情愿的炒作……但是，照片上的那张熟悉面孔告诉她，这是残酷的事实！她的耳边响着杨宇悲怆的声音：

“这次是真的，真的是他！一个伟大的革命者倒下了！”

在古巴经历的一幕幕往事袭上心头，宛如昨日。这位来自潘帕斯的志士义无反顾地为古巴革命奉献了一切，古巴人把他看作英雄和亲兄弟，而他，却不愿意留下来过功成名就的太平日子，他突然从古巴销声匿迹了。“切”的“失踪”让美国和整个西方世界感到惊恐，他们惶惶不安地猜测和追踪他的去向，从非洲丛林到帝国后院的各个角落。热爱“切”的人们也都在问，他去了哪里？在众多疑问声中，菲德尔·卡斯特罗终于公布了“切”写给他的告别信。“切”在信中回顾了当初他们两人相识和共同投身古巴革命的历程后，情真意切地写道：“世界上另外一些地方在号召我献出微薄的力量。由于你担负着古巴领导的重要责任，我可以去做你不能去做的工作，我们分别的时候到了。”“我将走向新的战场……哪里有帝国主义，就到哪里去战斗。”他请求辞去他在古巴党内外的一切职务、军衔和古巴荣誉公民的国籍，这位反帝斗士要到新的需要他的地方，开始新的战斗征程。他的决定让帝国主义势力胆战心惊，也让他的一些朋友不解和担心。但真正了解他的人却并不感到太意外，是呀，少年时的他，就曾走遍拉美，振臂高呼自己是“一名美洲战士”，他的目光注视的是整个帝国后院，他萦怀于心的是挣扎在后院底层的所有拉美人，古巴革命胜利后，他要走向更需要他的地方去继续战斗，这就是真实的切·格瓦拉。

肖梅清楚地记得，自己曾从朋友寄给她的古巴《格拉玛》报上读到过切·格瓦拉在即将投身新的斗争前写给父母的信，流露出了更多悲壮的情怀，他把自己比作“手提盾牌，重上征途”的堂吉诃德，他说：“许多人会称我为冒险家。我是冒险家，只不过是另一种类型的，是一个为宣传真理而不惜捐躯的冒险家。也许结局就是这样，我并不寻求这样的结局，但这是势所难免的。”

怀着钦佩、关切和隐隐的担忧，杨宇和肖梅常常透过新闻报道的字里行间去发现“切”的行踪。“切”在玻利维亚出现了，全世界媒体的聚焦都对准了这个高原国家某个神秘的森林。他领导的游击队打了几个小胜仗，立即引起了白宫的恐慌，派出特种部队和专家到玻利维亚训练“特工营”，悬重奖专门跟踪追捕格瓦拉。在孤立无援和环境极为恶劣的条件下，格瓦拉和他的游击战员们在玻利维亚尤罗山区的丛林中坚持战斗，直到这个噩耗传来的那天，一个将载入拉美史册、被世世代代拉美人记取的日子！

一连好几天，拉丁美洲各国的报刊、电视、电台、杂志都在连篇累牍地报道事件的经过，格瓦拉受伤被俘后，玻利维亚军方请示雷内·巴里恩托斯总统如何处置，总统拿不定主意，急忙通过美国驻玻利维亚大使征求华盛顿的意见，答复是“尽快就地枪决”。格瓦拉是在被俘的第二天就被枪杀的，他昂首挺胸面对着双手发抖的行刑枪手喊道：“开枪吧，懦夫！你要杀死的是一个堂堂正正的男子汉！”……

悲伤笼罩着整个拉丁美洲，多少人在为英雄的牺牲痛哭，多少人在呼喊复仇。玻利维亚当局和美国中央情报局极力掩盖他们残酷杀害格瓦拉的真相，秘密转移遗体，格瓦拉的葬身之地成了美国和玻利维亚当局的最高机密。

第二天是周末，肖梅来到智利大学校园，这里没有了往常节假日时的安宁与闲散气氛，听不到欢快的琴声，听不到学生们结伴出游时的欢笑。校园的一角，“自由论坛”的露天演讲会场上聚集了许多学生，黑压压一片，他们为格瓦拉设置了灵堂，一幅戴着黑色贝雷帽的格瓦拉遗像悬挂在中央，地上摆满了鲜花，学生们穿着黑色服装，坐在那里为“切”守灵，一个学生正站在遗像前声泪俱下地发表演说。肖梅远远地看见豪尔赫坐在守灵的学生中间，他神情肃穆，脸色显得有些疲惫和苍白，她不想惊动他，只远远地站着。望着遗像上的格瓦拉那张轮廓分明的面孔、那双明亮犀利的眼睛，她心中感到无比悲凉。记忆又把她带回到那年在哈瓦那见到他时的情景，那时的格瓦拉也被很多拉美青年人环绕着，他们向他提了很多问题，他是所有拉美进步青年心中崇拜的偶像……

“‘切’是阿根廷人，在潘帕斯草原上长大，在古巴革命中成为传奇式英雄，最后却又将一腔热血洒在了玻利维亚的土地上……”从背后传来一个熟悉的声音。肖梅回头一看，是教过她拉美文学史的梅克教授。梅克教授学识渊博，极受学生们爱戴，对他们几个中国学生也格外热情耐心，也是他们离校后常常念及的一位导师。肖梅连忙向他问候。老教授接着说：

“在这里待久了你就会了解，拉美这片土地蕴含着最丰富的一体化思想，从马克西姆·戈麦斯到何塞·马蒂，从西蒙·玻利瓦尔、圣马丁到奥希金，都立志为美洲国家的团结和联合而奋斗，‘切’

正是这一传统理念的继承者和践行者，他把解放整个拉美视为己任，虽万死而不辞。”

“是的，拉美人的团结精神和传统，世界上没有任何其他大陆可以与之相比。‘切’是拉美人民的儿子，属于整个拉丁美洲，我看到了，整个拉美都在为失去这个忠诚、勇敢的儿子哭泣。”肖梅动情地说。

“‘切’倒下了，还会有千万个‘切’站起来，我深信不疑！”

“教授，我和您一样，深信‘切’永远活在人民的心里！”

望着那张熟悉的遗像，肖梅默默哀悼，就在她准备离开时，发现豪尔赫不知什么时候来到了她的身旁，他低声说：

“肖，我还要告诉你一个不幸的消息，与‘切’一起战斗到最后的游击队员中还有菲利佩，我们在古巴青年营时认识的那个满腔热血的阿根廷朋友。”肖梅睁大了惊愕的眼睛，脑海中立即闪现出一张热情、调皮的年轻面孔，止不住热泪再次涌了上来。

“‘切’领导的游击队里有古巴人、阿根廷人、秘鲁人和玻利维亚人……我也是从玻利维亚军方这次公布的名单中才知道的。”豪尔赫用低沉的声音继续说。

此时的肖梅，耳边仿佛响着菲利佩热切的声音：“‘切’是我们大家的榜样，我们应该成为像他一样的美洲战士！”……

岁月如流，年复一年，每到切·格瓦拉被害那天，在玻利维亚的丛林中，寂静的巴耶格兰德镇便会迎来从拉美各国赶来的青年、艺术家、作家……他们在格瓦拉和他的战友们战斗过的地方，在他被杀害的地方，留下了一束束鲜花和对英雄的深深缅怀……

在那段如火如荼的岁月里，一些拉美国家出现了众多游击队员的身影，他们或以印第安人起义领袖图帕克·阿马鲁的名字命名自己的队伍，或作为名称不同的城市游击队组织，活跃在乡村和城镇，成为了那个年代拉丁美洲人民争取解放和独立斗争中的又一引人瞩目的特征。

30年后，玻利维亚军事情报局中校罗伯特，那个不但参与杀害格瓦拉和他的战友，还亲自监督剁下了格瓦拉双手的恶魔，披着总领事的外衣在玻利维亚驻德国汉堡总领馆藏匿了多年后，终于等来了复仇的子弹，就在他企图奸污一位前来领取签证的名叫莫尼卡的女郎时，这位前玻利维亚女游击队员从手提包里掏出消声手枪对准身着睡衣、拖鞋、淫欲昏昏的仇人连发4枪，含泪道："切，我们终于为你报了仇！"

让肖梅同样没有想到的是，虽然多少年后，时光冲淡了许多记忆，世事有了诸多变迁，她却在自己足迹所到之处，巴黎街头、西班牙广场、纽约市中心……以及自己的故乡中国，一次又一次地，看到了悬挂于闹市的头戴贝雷帽的格瓦拉画像，见到了身穿绘有格瓦拉形象T恤衫的年轻人，读到了报纸杂志上连篇累牍的缅怀格瓦拉的文章和书籍，看到了被搬上舞台和银幕的有关格瓦拉的传奇人生……她惊异地发现，切·格瓦拉不只属于拉丁美洲，他也活在世界人民心里，他的革命精神属于全人类。

13

还是在高源带着他的小分队刚来到圣地亚哥不久的一个下午，大家都已经下了班，米格尔·格拉罗街 66 号的门铃响了起来，杨宇出去隔着铁门向外张望，见门外站着一位中等身材的男子，黄昏中未等他看真切，那人便朗声说道：

“是老朋友阿连德来了！”

“是参议员先生！请进！请进！”一听是阿连德参议员，杨宇连忙开门，忙不迭地连声往里让。可是阿连德却站着未动，嘴里说：

“今天我是路过这里，接着还要去办别的事，就不进去打扰你们了。我是来告诉你们一声，我的夫人和我本来想请你们全体到我家去聚一聚，一起吃顿智利饭。可突然有了急事，我明天就得到国外去，非常抱歉，只好等我回来后再请你们了。”杨宇连忙表示感谢，心想，就这件事他只需打个电话就行了，还犯得着亲自跑来吗？此时，阿连德亲切地拍了拍他的肩，询问中国朋友们在智利生活可好，嘱托说“替我转达对高源代表和所有中国朋友们的问候，祝你们一切顺利！再见！”说毕，又紧握了一下杨宇的手，便转身匆匆上车走了。虽然事出突然，只是短暂见面和匆匆对话，但阿连德给杨宇留下的印象是亲切而随和，很难与他在当今智利政坛上叱咤风云的形象联系在一起。

在智利，人人都知道阿连德博士从学生时代起就投身政治，多年来从当选议员到担任副议长、议长，其间两度角逐总统宝座。

他主张民族主义的执政理念，对内倡导民生民权，对外反帝反殖，主张与社会主义国家发展友好合作关系。他的这些进步主张使他在智利政界得到左翼人士的广泛支持。这年，弗雷总统任期即将届满，围绕新一轮大选的激烈争斗即将拉开帷幕。阿连德第三次被推选为社会党候选人，并与激进党、共产党等左翼党派结成了“人民团结”联盟，再度成为智利左派力量的旗手，参加即将举行的大选。

知道阿连德博士其人的，也都知道他一贯对中国友好，在西方一片反华的喧嚣声中，他多次访问中国，多次与毛泽东、周恩来等中国领导人会见与交谈，在别人极力远离“亲共”嫌疑时，他担任了4年智利中国文化协会会长。中国驻智利商代处的建立更是得到了他的鼎力相助。

离开圣地亚哥市中心不远，有一条叫“老卫士”的街道，这里的住户多为中上阶层人家。绿荫夹道的僻静处有幢两层小楼，那便是阿连德参议员的家。从国外回来后立即开始为竞选忙碌的阿连德，没有忘记对中国朋友的许诺。一个周末的下午，他和夫人设家宴亲切款待了高源和商代处全体人员。“老卫士”街第一次迎来了这么多的中国朋友。

像许多智利人家一样，阿连德博士拥有自己的花园住宅，院落不大，花草树木却修剪得令人赏心悦目。进入屋内便是宽大的客厅，阿连德博士和夫人邓恰笑吟吟地站在客厅门口迎接客人。客厅的布置谈不上奢华，几乎没有什么豪华贵重的陈设，却别有一番情趣，两面墙都被一排排高大的陈列柜占满，柜内是琳琅满目的出土文物和手工艺收藏品。有趣的是，一面墙的柜内摆放的全是拉丁美洲的文物：玛雅文明留下的年历、图腾，印加文明的陶罐、器皿，哥伦比亚的金制小人……另一面墙的柜内却都是中国的陶瓷出土文物，还有多件中国的古玩古画。看到客人们的惊讶表情，阿连德博士兴高采烈地谈论起他对文物考古的浓厚兴趣来了，主人谈得津津有味，客人忘了做客的拘谨。阿连德说，他的最大“癖好”是收集他到过地方的文物古董，家里陈设的都是他自己从不同地区带回来的。说着，他从柜内取出一个秘鲁印加帝国的黑白双色鱼状图纹的瓦罐，说：

“你们仔细瞧瞧，这个瓦罐和你们西安半坡出土的那些古陶罐多么相似！还有这种双色图纹，我在中国好些地方看到过非常类似的图纹，这绝不是巧合，我完全相信，美洲的印第安文明与中国的古代文明之间有着很深的渊源。”

20 世纪中叶，拉丁美洲许多学者认为，美洲最早的土著居民是通过白令海峡从亚洲迁徙而来的。阿连德说他完全赞成这种观点，于是围绕这一话题，宾主聊得十分热烈，一直到邓恰夫人过来请大家入席用餐。餐桌上的餐具除刀叉以外，每人面前还多放了一双中国筷子，夫人说，今天是家庭式聚会，大家随意，用刀叉用筷子都可以。细心的安排和主人营造的亲切家庭氛围，使餐桌上的气氛更加亲切和谐。阿连德博士说起他三次访问中国时的一些往事，与毛泽东主席和周恩来总理的会见和交谈是他最难以忘怀的。还有一件“小事”也很让他感动，前不久，他去朝鲜访问，途经北京机场，时值中国“文化大革命”，他在机场等候换乘飞机，整整等了 8 个小时，在此期间中国有关部门未作任何安排和给予照料，这一情况周总理知道后非常生气，把外交部美澳司负责人叫去狠狠批评了一顿，指出这是极“左”思潮对外交工作的干扰。说起此事，阿连德虽不知道周恩来总理曾在内部批评过有关负责人的事，但他说，后来周总理几次在接见智利外宾时都说起这件事，并一再请他们向阿连德议长转致歉意。阿连德说，中国正处于民众运动形势下，发生这种情况他是理解的，周恩来总理三番五次地向他道歉，让他很感动。在这天的餐桌上，邓恰夫人还宣布了一个他们家庭的喜讯：新生的小外孙过满月，这可是一条有关名人家庭的轶闻，是可以上报的新闻！阿连德夫妇育有三个女儿，全家只有他一名男丁，故而常爱自称是家庭里的绝对少数派。大女儿婚后分开居住，小女儿还在上大学，常住学生宿舍，与他们同住的是二女儿夫妇，一个月前二女儿生下了一个男孩，全家为之雀跃。说起小孙子，阿连德也不禁露出了幸福的笑容。于是，大家举杯，为他们家喜添男丁干了杯。吃完饭后，邓恰夫人又起身邀请肖梅和汪恒夫人一同上二楼女儿房间去看他们心爱的小孙子。此类邀请，无论是在东方还是西方，都是只有在最亲密朋友之间才会发出的，女士们欣然接受邀请，咚、咚、咚地就上了二楼。邓恰推开女儿的房门，女儿穿着宽大的晨衣，房间里显露出初为人母的凌乱，但她对这些人的意外造访一点都没感到惊讶，而是笑眯眯地让大家看她的小宝贝，呶，在睡觉哩！她指了指摇篮中的孩子。于是几个女士都围着摇篮欣赏起那个白白胖胖的睡梦中的小天使了，主人和客人都说孩子长得像外公，那天晚上，邓恰夫人笑得最开心了。这边，女士们在无拘无束的谈论孩子，客厅里，阿连德正在向高源和杨宇介绍即将来临的大选形势，他对此次参选获胜很有信心。讲到未来的对外政策，他毫不含糊地表示，他要是胜选，将立即宣布与新中国建交。这天晚上的聚会，给这些在异国土地上艰难开拓的中国外交人员留下的印象不仅是友情与温暖，还有对两国未来关系发展的期许与热望。

此后不久，阿连德的竞选活动便轰轰烈烈地展开了。上届总统竞选时，他与基督教民主党的弗雷对阵，弗雷主张进行“自由革命”，走既非自由资本主义又非共产主义的中间道路，颇受当时中间势力的青睐，最后时刻因教会和美国担心社会党领袖阿连德上台会对他们更加不利而坚决支持较温和的基督教民主党，结果弗雷胜出。这次阿连德再次出马，他凭借丰富的政治经验，做了多方面的争取工作，决心与代表右派势力的民族党候选人前总统亚历山德里和代表中间势力的基民党人多米奇决一胜负。他一再申言，不为个人争名，只为人民争权，发誓要为在智利建立人民政权、实行社会主义斗争到底。

于是，商务代表处这个“半使馆”又担负起了智利大选前哨观察站的使命，着实忙碌了起来。每天，杨宇和肖梅都要在铺天盖地的选情报道中捕捉信息，守在电视机旁收看候选人各出奇招的竞选活动，跟踪各式各样的民意测验，高源也时不时地会约见各界朋友，倾听他们对大选形势的分析和预测。

大选拉开帷幕后，几乎所有的智利人都不由自主地被卷进了这场选战。民调显示，高举改革旗帜的阿连德赢得了中下层民众的拥戴。一天下午，陈老先生的小女儿阿梅见到肖梅，拉她去观看她家所在社区妇女的一次助选活动，地点在区文化中心。她们抵达时文化中心大厅里坐满了人，在听一个有点儿像神父、又有点儿像学者模样的人演说：

“……选民们，我们需要未来的总统能捍卫智利的传统价值观，这是我们祖先留下的宝贵精神财富，我们子孙后代的福祉，智利兴旺发达的根基！谁能当此重任？当然是德高望重的亚历山德里先生！只有他，始终不渝地忠诚于基督教义，不因邪说歪道而偏离前进方向，让我们亲爱的祖国远离共产主义的威胁；只有他，一往无前地高举民主的大旗，阻止了考迪略独裁者们卷土重来；只有他，具有领导智利人民从胜利走向胜利的智慧和才能！亲爱的选民们，请把你们手中珍贵的一票投给亚历山德里先生！”

他的话音刚落，大厅里一部分人在鼓掌欢呼，也有人发出嘘声。这时，一队妇女，大概有几十人，拿着五颜六色的小纸旗走了进来，纸旗上写着“我们支持你，萨尔瓦多·阿连德参议员！”“萨尔瓦多·阿连德，你是智利的希望！”“我们爱你，萨尔瓦多·阿连德！”一类的标语。领头的是个年轻妇女，一身蓝灰色衣裙，秀气而干练。她几步迈上了讲台，说道：

“各位兄弟姐妹，我们来晚了一步，没有听到刚才这位先生演说的全文，只听到了他对亚历山德里先生的热烈称颂。不错，我们每人手中都有神圣的一票，这一票投给谁将决定智利的前景与命运，我们恳切呼吁选民们投票支持萨尔瓦多·阿连德参议员！在智利经济停滞不前、人民挣扎在贫困与饥饿中时，只有一贯关注民生、爱民如子的萨尔瓦多·阿连德能给饥肠辘辘的人们带来面包和黄油，能让无钱读书的可怜的孩子们走进课堂，能让那些流落街头的失业者得到一份工作；在我们祖国主权和独立受到帝国主义的威胁和侵犯时，只有萨尔瓦多·阿连德，智利人民进步事业的旗手，能带领我们维护祖国的独立和民主，向帝国主义说‘不！’。选民们，这位杰出的领导者就在我们身边，多少年来与人民同呼吸共命运，为智利的发展和进步奔走呼号，让他当我们未来的总统一定能给智利带来崭新的明天！莫奈达宫的主人应该属于人民！出于一个选民的责任，我听了刚才那位先生呼吁大家投票选举亚历山德里先生，这里，我不想多谈两位候选人不同的政治主张，而是想起了昨天从电视上看到的一个细节，亚历山德里先生讲话时，拿讲稿的手一直在颤抖，七十四岁的老人，衰弱是自然现象，可是我们广大选民不能不掂量一下，将领导一个国家的重任交付给一位年迈体衰的老人是否是最佳选择？而我们的萨尔瓦多·阿连德参议员，多年从政，积累有丰富的政治经验，不仅有为智利人民鞠躬尽瘁的坚定意愿，还有实现这一意愿的强壮体魄！选民们，让我们用一颗对国家和人民高度负责任的心，投下你手中的这一票吧！……”

对年轻妇女的讲话，有人发出尖叫，提出抗议，但更多的人站起来热烈鼓掌，场面开始有些混乱。坐在后面的肖梅赶忙悄悄退了出来，阿梅跟在她后面笑道：“没想到吧？我们的阿连德参议员除了得到工人、农民支持外，还受到多数妇女的青睐，他每次出现或讲话常常会引起妇女们的尖叫欢呼，狂热程度比起那些国际明星的粉丝们来也毫不逊色！”肖梅也笑了，好奇地问她为什么，阿梅头一歪说：“他不只是外貌可亲，他的竞选纲领里有许多贴近民众生活的主张，家庭主妇们感到很贴心呀。”

此后，肖梅还旁观过几次热闹的群众集会。相当长一段时间里，选情紧绷，人们普遍认为左中右三派，势均力敌，难分伯仲。

14

令人眼花缭乱的智利大选，由于有“马克思主义左派”阿连德的参选而变得更加扑朔迷离，牵动了更多人的神经，美国担心后院“失火”，台湾当局担心再发生一次“断交”的噩运，拉美人民期盼新的革命变革，太平洋彼岸的中国也视此次选举为中智关系可能获得突破的契机。

太平洋东岸竞选活动如火如荼。还是在竞选战幕刚刚拉开之时，阿连德便让自己的夫人邓恰在二女儿伊莎贝尔陪同下飞到了北京。那是七十年代初的一个春天，北京钓鱼台国宾馆里春意盎然，桃红柳绿，开满枝头的玉兰花有白色、紫色、粉红……争奇斗艳，绿树掩映中十几座别墅式小楼被湖水环绕。放眼望去，小桥边垂柳依依，湖岸上芳草茵茵，糅合着中国庭园的精巧典雅与西方园林的浑然大气。这天晚上，钓鱼台里的“养心斋”布置得赏心悦目，优雅而宁静，周恩来总理在这里宴请两位远方来客，阿连德夫人和他们的女儿。穿着深灰色中山装的周总理，像往常一样，左边衣袋上方别着一枚白底红字的“为人民服务”胸章，温文尔雅，和蔼可亲。阿连德夫人邓恰一袭白色套装，女儿伊莎贝尔穿了一件粉色衣裙。也许受到国内选情鼓舞，母女二人神采粲然。当晚陪见的只有贸促会会长韩晨和翻译小黄。这里的菜肴精致而清淡，很合女士们的口味。宾主一面用餐一面亲切交谈，显然，这不是一次普通的宴请。阿连德夫人一见面便告诉周恩来总理，说她丈夫正忙于竞选，只能派她和女儿代表他前来访华，向中国领导人介绍当前选情和他对未来智利与中国关系发展的设想。她说智利当前形势对左派力量十分有利，阿连德在此次竞选中获胜的希望很大……

周恩来一面不时为两位女士夹菜，一面仔细地倾听她们的谈话，间或着提些问题。他询问了竞选各方的力量对比，出于革命者特有的政治敏感，他着重问到了智利军队的态度，军队的立场更倾向哪一派？武装力量的作用不可忽视喽！阿连德夫人很有信心地说，智利军人有民主传统观念，拥护宪制，历来对党派斗争持中立态度。对拉美人民的革命斗争充满同情与关切的周恩来，意味深长地讲起了中国革命中的经验与教训，讲述了中国革命领导人从认识到革命武装的重要性到建立起自己武装的艰难过程和为此付出的代价，他说：

“拥有自己的武装力量，这是中国革命得以成功的重要原因。毛泽东主席总结中国革命胜利的三大‘法宝’之一就是人民拥有自己的军队。军队问题关系革命成败，十分重要。”

“等到我们掌握了政权以后，也一定要改组军队，建立自己的工农武装。”热情的伊莎贝尔小姐觉得周恩来的话有道理，急忙插话。然而，世界上许多事是不给人时间“等”的，在此后智利的那场惊心动魄的政治斗争中，阿连德没有能等到这个他不可能有的机会，这也正是周恩来那天同阿连德夫人充满乐观的谈话时就已预感到的隐忧。

“养心斋”餐桌上另一个重要话题是，阿连德夫人转告周恩来总理，阿连德当选执政后，智利将很快同中华人民共和国建交。周恩来听了，高兴地笑道：

“这是个值得我们大家高兴的好消息！虽说大选是每个国家的内政，我们不能干涉，但我衷心希望我们的老朋友阿连德博士当选总统，实现两国人民盼望已久的建交愿望。”这的确是个让在座的人都感到振奋的话题，大家都高高兴兴地为阿连德博士能在大选中获胜干了杯。

吃完晚饭，钓鱼台院内华灯初上，月挂树梢。养心斋的服务员又为宾主送上了香茗，周总理还在向智利客人介绍中国政府的建交原则，坚持一个中国，承认中华人民共和国为中国唯一合法政府，不能让台湾的“外交代表”继续留在智利……

送走盛夏，迎来的本该是舒适宜人的凉爽秋季，然而，喧闹的大选把圣地亚哥乃至整个智利都吵翻了天，人们的心情也被鼓噪得没着没落，焦躁不安。五颜六色、各式各样的竞选宣传品张贴得满城都是，竞选的团队更是你方唱罢我登场，从串街走巷的小型宣传队、到声势浩大的群众集会，城市的上空从早到晚回荡着高音喇叭传出的声嘶力竭的竞选演说。到了最后一个月的“冲刺”阶段，参选各方更是全力出击，使出了各自的“杀手锏”，包括对手之间互相攻讦、抹黑、爆丑闻，“杀”得难分难解，战况十分胶着。要说，如今智利人也算是从小生长在“自由选举”的环境中，对此早已习以为常、见怪不怪了，只是这次有些不同，左派联合中间派一道，打出了“变革”大旗。“变革”，给多年来死气沉沉的政坛送来了一股清新的空气；“变革”，表达的是智利乃至所有拉美人民的呼声；“变革”，让人们看到了希望与未来……为了这个希望，一些本已对选举活动感到厌倦了的人们重新点燃了政治热情，愿意为未来投上一票……

这段时间，商务代表处的女佣智利姑娘奈丽和司机卡洛斯也忙碌了起来，常常被拉去参加这样那样的竞选活动。有一天，奈丽参加完竞选活动回来显得很兴奋，她告诉肖梅说她看见阿连德了，她这次参加的是区里社会党人组织的竞选集会，去了很多人，她很幸运地挤到了靠前面的地方，看得很真切，听得也很清楚……

“阿连德博士到会讲话的时候，参加集会的人使劲向他欢呼，有的人还激动得流下了眼泪。”奈丽此时的神情仿佛又回到了现场，带着几分困惑，“等到他开始讲话以后，我慢慢地明白了，他心里有老百姓，讲的都是我们最关心的事：农村的土地都被大庄园主占了，穷人的日子过得很苦，找不到工作，孩子上不起学……他说他要是当选总统，首先要解决的事就是立即改善老百姓的生活！我也明白了，为什么有这么多人想选他，因为他想给老百姓办事呀！”

“看来你也准备投阿连德博士的票，是吗？”肖梅笑问。

“你说对了！不止是我，这个国家的穷人大概都会投他的票，谁不想过好一点的日子呀，过去选过那么多次总统，没有一个真正关心过穷人，我觉得阿连德博士是个认真的人，而且”说到这里，她看着肖梅神秘地笑了笑，“而且，他是你们的朋友，我和你们在一起那么长时间，你们对我那么好，都是我见过的最好的人，所以，我觉得他也一定是好人。”

“奈丽，这些日子你可真长进了，也懂政治了！还学会了观察和推理。说实话，我要是你的话，我也会这样想。一个国家总得有人领导和管理，那就选一个最能保护自己利益的呗！”

“对，对！就是这个意思！”奈丽觉得自己的想法得到了肯定，显得很高兴，接着又感叹道，“阿连德博士答应替老百姓办的那些事，等他真当了总统后，哪怕只兑现了一半，我们这些人也就很知足了！”

这些天，除了铺天盖地的竞选宣传，圣地亚哥市的其他活动好像都停歇了。人们谈话的主题也都离不开大选，大家都在预测谁会获胜，都在揣摩这场选举结果究竟和自己有多少利弊关系和瓜葛。其实，更多的人依然在为生活忙碌，那些动听的大选承诺能当饭吃吗？派驻圣地亚哥的各国使馆也都在忙碌，他们可不一样，预测、观察驻在国的政局变化是他们当下压倒一切的首要任务，因为准确预测大选结果是他们国家制定和调整对驻在国政策的依据。选战进入白热化以来，米格尔·格拉罗街66号办公室里的灯火每晚都亮到深夜，高源不时召集有关人员在一起，听情况汇报，分析形势；杨宇和肖梅不是看报、看电视点评，便是写有关选情的调研报告。他们也觉得这种时候最好是走出去，多听听各方面的声音，可眼下就这么几个人，分身乏术呀。豪尔赫兼着个新华社报道员身份，可以从他那里得到一些信息，不过说到底，选情太复杂，太多不确定因素，问到谁，都会耸耸肩回答道：鹿死谁手，还很难说。

终于到了投票的那一天，圣地亚哥的天空像往常一样碧空如洗，竞选的喧嚣已经沉寂了下来，整个城市一下子变得十分安静，街上只有一些巡警在来回走动。人们一大早便纷纷来到了离家最近的投票站排队投票。看上去，一切都显得平静和井然有序，只是平静的外表下，他们的内心依然是波浪翻滚，激动亢奋虽已暂时消退，取而代之的是紧张的等待。傍晚时分，电视台已然开始陆续直播各投票点的计票情况。这是个不眠之夜，圣地亚哥许多人家的灯火彻夜通明，许多智利人通宵都在电视机旁守候 。这一夜，米格尔·格拉罗街66号的全体人员也和智利人一样，无法入眠。他们一直注视着电视荧屏上不断跳动和变化的数字，深夜三点过后，最后结果终于出来了！阿连德险胜！但未能达到法定票数，还要在议会和选票与他相差无几的亚历山德里进行复选。经过了多少个紧张的日日夜夜之后，商代处发给国内的电报上仍然写着“最后结果如何，还将拭目以待”。

然而，阿连德这个微弱多数的小胜，却让右派势力和美国人极大地警惕了起来，政治空气中的紧张气氛又骤然上升。被智利人普遍认为“不干政”的智利军队也紧张地活跃了起来，并出现了分化。先是驻守北部塔格纳团的军官叛乱，闹得人心惶惶，政界要人紧急灭火，这边的叛乱刚趋平息，却又传来了另一个更具爆炸性的消息：为制造恐怖气氛，一伙右翼分子图谋绑架同情和支持阿连德的智利陆军总司令施奈德将军，伏击中，将军不幸遇害。

消息传来的那天，高源和杨宇正与《民族报》社长马丁内斯及豪尔赫在一家咖啡馆喝“下午茶”。这是智利人特有的习惯，每天下午5点左右，备几碟小点心，冲上一杯咖啡或红茶，或与家人同饮，或与朋友分享，另有一番乐趣与悠闲。到了现代社会，传统的“下午茶”又多了许多新的交际功能，喏，这不，遇上这场旷日持久、一波三折的选战，这下午茶也就成了人们借以交谈选举话题的好形式。杀害施奈德将军的这颗罪恶的子弹震动了整个智利，也让这四位正一面饮茶一面讨论时政的人显得心情沉重。咖啡厅内的电视机正在播放街上成千上万的民众愤怒地挥舞拳头，抗议右翼的谋杀罪行。高源一面看电视，一面问马丁内斯道：

“右派杀害施奈德将军的目的自然是为了打击阿连德的势力，制造混乱和恐吓左翼，你以为他们能达到目的吗？”

“我看达不到。你看，这就是民众的回答！”马丁内斯用手指了指电视荧屏，“但这一暴行很说明问题，说明这次较量的结果已让右派‘狗急跳墙’了。北边的山姆大叔开始沉不住气，已经跳出来向各方面施加影响和压力，这让我们想起上届大选的情况，就是在最后时刻美国介入，扭转了乾坤。这次他们也会这么干的，不过，谋杀施奈德将军也可能让他们适得其反……”

“噢？这可是他们的一贯手法，为什么这次不能奏效呢？”杨宇提出了疑问。

“因为他们太丧心病狂，太凶残，太露骨了，让一场所谓的民主选举充满了血腥味！这不仅要遭到广大民众的愤怒谴责，稍有良知和民族主义情感的政界人士也不能接受，这会让他们反而同情和支持阿连德。类似例子历史上不是没有发生过。”马丁内斯说着，点燃了一支雪茄烟。

“我完全同意你的看法！”豪尔赫激动地轻敲了一下桌子，接着说，“而且，我听到的一些反应也让我产生了同样预感。200名参议员中，我们六党联盟，也就是支持阿连德的‘人民团结’联盟只占78席，亚历山德里的民族党38席，基督教民主党70席。显然，基督教民主党是决定谁出任总统的关键。据我得到的消息，基民党已发表声明，谴责右派暴行，阿连德博士也在努力做争取他们的工作，有可能达成某种妥协，所以我觉得右派射出的这颗子弹，也许会让一些人反而坚定了支持阿连德的决心。”

“但愿如此呀！”马丁内斯点了点头说，“不过，纵观我们所处的国内国际环境，阿连德博士通往莫内达宫的道路依然崎岖而凶险呀……”

15

两天后的下午，肖梅驾车来到城南，去探望病中的陈老先生。肖梅是从他儿子阿惠的电话里得知老人家病重的，高源让她代表大家去探视老人家。肖梅曾是老先生见到的第一个新中国来的人，后来又多次到过他家，陈老先生每次见到她都非常高兴，肖梅也总像是串亲戚、探望长辈，对这一家人非常亲热。这次见到老人时，感到他消瘦、苍老了许多。老人诉说家里只有每天都要上班的儿子，两个女儿都不在身边，阿玲当了空姐后，长年出差，无暇他顾，阿梅成了社区青年组织积极分子，成天忙于竞选宣传、动员组织妇女，回家的时间愈来愈少。不过说起小女儿，老人的语气中不但没有抱怨，倒是满含赞许与欣慰，说这孩子善良，从小喜欢打抱不平，认死理，性情倔强像我！孩子们有自己的生活和理想，我不阻拦他们。正说着，阿梅像一阵风似地从外面进来了，脸上喜气洋洋，见了她父亲、哥哥和肖梅，兴奋地说：

“你们都在这里！太好了！宣布一个好消息，阿连德参议员胜了！”她说着，兴奋地给了肖梅一个热烈拥抱，接着，走到父亲床前，俯身问道：“爸，你好些吗？”

“你肖姐姐一来我就好多了。快说你的好消息吧！”老先生催促她说，好像真的病也减轻了许多。

“议会最新消息，经过紧张磋商，阿连德参议员与基督教民主党达成了‘七点宪法保证’，当选为未来六年的总统，阿连德参议员终于要走进莫奈达宫了！他在刚刚发表的讲话中宣布，‘智利将以争取议会多数代替暴力革命’，要‘通过多党制的道路，用一种新的方式来建设社会主义社会’！”

听到这里，肖梅急忙起身向这一家人告别，说现在商代处一定很忙，她得赶紧回去。陈老先生连声说“对！对！”，命孩子们将她送出门外。

平静了几天的圣地亚哥街区再次喧闹了起来，阿连德博士胜选了！大部分智利人欢欣鼓舞，充满希望。贫民区和工人区的居民们合家走上大街，爷爷、父亲、孩子身穿着节日服装，高唱歌曲，热情的大学生们也纷纷加入了他们的队伍，又歌又舞。转眼间，大街上挤满欢乐的人群，跳呀、笑呀、拥抱呀……夜幕开始降临，人们燃起火炬，长长的欢乐队伍沿着城市的大街小巷流淌，夜空中回响着他们的响亮口号：“团结起来，无往不胜！”……

肖梅开着车尽量避开人群汇集的主要街道，但还是多次被堵住了。狂欢人群发现是中国人的车辆，欢呼着挥手：“中国——智利！”“中国——智利！”“兄弟——同志！”……肖梅心里热乎乎的，这些智利人，对，应该说这些拉美人，对朋友总是那样真诚可爱，热情似火。

回到米格尔·格拉罗街66号，肖梅刚下车便见奈丽兴冲冲迎上来：肖小姐，我们赢了！肖梅给了她一个热烈的祝贺拥抱，这姑娘笑得眼角沁出了泪花。走进办公室，大家都在忙碌着，处处洋溢着喜庆的氛围，他们在分享智利民众的欢乐，更为迎来中国与智利两国关系发展的新契机而振奋。高源在叫杨宇立即打电话联系阿连德博士办公室，说马上要去向他当面致贺。然而，此时要拨通一位新当选总统的电话太难了，“老卫士街”也已是警卫森严，一般人无法进出。情急之下，杨宇想起了那位与自己相熟的阿连德的私人秘书，他有这人的电话号码，对，就找他！拨了几次，总算通了！那位秘书说，博士正在开会，他会马上向他报告，不过现在等着见当选总统的人很多，你就等消息吧。杨宇转告了高源，高源说，人家是候任总统，要见他的人自然多，那就等吧。也就过了十来分钟，答复来了，说博士很高兴见中国朋友，可以马上来。于是，高源和杨宇立即驱车前往老卫士街，果然一到路口便被警卫的士兵拦住了，没有通行证不能进，好在此时秘书及时赶到，将二人接了进去。

从街口到那幢熟悉的二层小楼，每隔三四米便站着一名全副武装的哨兵。小巷行人不多，这里的居民们看待新变化的目光既是小心翼翼，又带着些好奇：这条街上的邻居当了总统，过不了多久，他便有权主宰全体智利人的生活和命运，福兮？祸兮？他们的心情有点儿复杂。小楼的大门口，有人匆匆进去，有人匆匆出来，显然，这是些参与构建新政府的人士……智利，正在迎来一位新总统，书写一段新的历史。

还是在那间陈列着拉美和中国文物的会客室里，阿连德博士满面春风地与高源和杨宇握手，高源向他表示了热烈祝贺，并说中国政府和人民都为他的胜利而高兴。阿连德感谢高源第一时间赶来向他致贺，他像以往一样亲切地邀请他们坐下，郑重地表示：承认中华人民共和国、同新中国建立正式外交关系，是他为之奋斗了多年的夙愿，他就任总统后将立即采取措施与新中国建交。是的，阿连德曾许多次、在许多场合呼吁和推动过智利和新中国建交，因为他是中国人民不可多得的好朋友，而如今，当他再次表达这一愿望时，则已是一个分量全然不同的承诺，因为他即将成为智利的总统，他将为智利和中国之间的关系开拓新的时代，他本人以及他的这一壮举都将被载入中智两国友好的史册。

从太平洋彼岸的这场如火如荼的选战进入白热化以来，中国外交部美澳司拉美处的人便睁大了眼睛，竖起了耳朵，密切注视形势发展。这天，先是传来了阿连德当选的消息，大家都高兴地为智利松了口气，同时也仿佛看到了两国未来关系之门正在开启……就在大家你一言我一语议论智利选举后的新形势时，机要局又送来了驻智利商代处发来的一份明电，主管拉美事务的齐明副司长一看，电文为：

“智利最近拟与我达成一笔铜的交易，请做好准备……有关铜的谈判智方决定在巴黎进行，拟予以成交。”

看完电报，齐副司长脸上绽开了兴奋的笑容，急忙写了一份关于智利拟与中国在巴黎谈判建交的报告、和电文一道，上呈周恩来总理。没过多久，就在他与处里其他同志就阿连德当选和中智关系面临重大变化、紧急商议我方应对方案时，电话铃声响了，齐副司长拿起了电话：

“喂，哪里？……是总理！我是齐明……对！这份电报我们刚收到就立即向您呈报了……是的，他们那里没有机要员，只能用明电发……请总理放心，电报里的暗语都是我们事先约好的，没有问题……是，我们马上着手准备，尽快送您审批。”

“是总理的电话。”齐明放下话筒说，“他看了那份电报非常高兴，特别打电话来问我们，电文中的那些暗语是不是事先约好的。他说这一信息很重要，要我们做好充分准备，并要我们立即以他的名义，代表中国政府发电报给阿连德对他当选总统表示热烈祝贺。拉美处的同志，你们立即起草贺电，送总理看过后发走并马上见报，草拟建交公报和谈判事宜也要马上着手进行……”

“保证完成任务！”大伙儿几乎是抢着回答，这是他们等了很久很久的喜讯，继与古巴建交之后，他们足足等了十年，终于等来了南美洲传来的好消息！历经险阻、多年艰辛的耕耘终于等到了收获，通往南美洲航道上的坚冰终于开始消融！

即将入主莫奈达宫的阿连德热切希望能有中国政府代表团参加他的就职典礼，然而，尚与台湾保持“外交关系”的本届政府已然邀请了台湾当局，中国官方政府代表团自是不便前去了。中央权衡的结果，将这一特殊使命交给了劳模出身的中共中央委员倪志福，他将以全国总工会主席身份率领一个非官方的工会代表团前往祝贺，履行的任务却是中国政府与阿连德新政府的第一次正式官方接触。代表团到访的那些日子，米格尔·格拉罗街66号像过节一样，一片喜气洋洋，这是他们来到这个遥远的国家工作以来，第一次接待祖国来的亲人。

美丽的巴黎，从中国在南美设立了这个半官方商代处以来，中国驻巴黎大使馆就一直充当着国内与这个特殊的驻外机构之间保持联络和供应的中转站。每隔一段时间，高源就要带着杨宇或肖梅跑一趟巴黎，每到巴黎他们就感到离祖国近了许多，可以通过中国驻巴黎大使馆向国内请示、汇报、看文件……可以说，商代处和驻法国大使馆一向有着某种特殊关系和感情。当中国驻法国大使黄镇接到中央委任他担任中国与智利建交谈判代表时，心情自然也更不一般。黄镇大使与智利驻法国大使伯恩斯坦的谈判进展非常顺利。很快，驻法使馆报回了智方起草的两国建交公报草案，外交部将该草案呈报周恩来总理，总理看过后，连声称好，他指着其中有些段落对齐明说：

“你看看这几段，比我们自己写得还要好，可以一字不改！”

“是的，这份建交公报可以成为以后我们与其他拉美国家建交谈判的样板，这是一个很好的模式。”齐明一面看，一面兴奋地点头。

“阿连德总统了不起呀，硬是顶住了国内外敌对势力的反对，果敢地同中国建了交，智利为南美国家同中国建交开了个好头呀！”周恩来对自己的这位老朋友赞赏有加。

智利，终于成为第一个与新中国建交的南美洲国家。从此，新中国的五星红旗开始在南美大陆的上空高高飘扬。

从阿连德参选总统的第一天起，台湾“大使馆”的官员们便有一种不祥的预感，开始时他们还寄希望于美国，希望美国直接干预扭转形势，希望阿连德像以往几次一样，从选战中败下阵来。显然，他们的盘算中，低估了当前反帝反霸和维护主权、民主的大趋势，低估了智利人民要求变革的强烈愿望，形势变化之快他们始料未及，直到通过议会复选，阿连德已胜券在握时，他们所有的幻想才随之破灭。接着，他们通过自己的关系网，了解到阿连德政府已着手准备与北京政府建交，他们留在智利的日子已是屈指可数，按照国际法规定，佩德罗·德巴尔迪维亚街550号‘大使馆’的房子也要移归中华人民共和国政府所有。从“大使”“参赞”到黄老大们，恼恨、沮丧，无论如何也不甘心接受如此屈辱和惨淡的结局。在商议安排撤“馆”时，脸色阴沉的“大使”说：

“撤馆是无可挽回的了，把一切就这样拱手让给共产党，我真不甘心呀！”

“‘大使’，我倒想到了一个办法，不知可不可行。”荣“参赞”试探着说。

“说出来听听！”“大使”应了一句，此时他的眼睛正看着窗外的院落，目光中流露的是失落与悲凉。

“我想我们可以抢先把这栋房子无偿赠送给智利某个慈善性机构，譬如防癌协会，您一离开马上就让他们把病人迁进来住，造成既成事实。这样一来，他们要把这处房产再收回去交给中共使馆可就没有那么容易了，防癌协会会反对，社会舆论会同情和支持慈善机构……”

“好主意！”“大使”眼睛一亮，从座椅上站了起来，接过话说，“这样一来，我们交给他们的不是一处房产，而是一团乱麻，一根扎手的刺……哈哈……哈哈……”他仰面笑了起来，眼角却渗出了一点泪花。

“对，对！”得到上司赏识，荣“参赞”非常高兴，连忙接着说，“黄老大他们还有一个想法，考虑到这处房产最后还可能落到共产党手里，他们想预先在房子下面挖好一条窃听地道，直通办公室地下，入口则可选在院外某个我们的人可以掌控的地方。我们撤馆后，黄老大还会留下一部分人，一旦中共使馆迁入，我们还可及时掌握他们的行动……当然，这是第二步，考虑得远了一点。”

“唔……唔，这个想法也不错！告诉黄老大，让他们抓紧干！跟共产党的斗争就得走一步看两步，共产党要在南美洲和我们较量，把我们挤出去没那么容易，他们只不过拿下了一个智利，别高兴得太早，南美洲是美国人的后院，大片地盘还在我们手里！”

“大使高见！美国人绝不会眼看着自己后院落入中共手中而坐视不管，等着瞧，看谁笑到最后吧！”荣“参赞”发狠地说。

“你要注意，荣参赞，”“大使”走到荣“参赞”身边，特别提醒说，“把房产转移给防癌协会的事绝不能声张，要悄悄进行，要是让阿连德政府得知消息就办不成了，他们已经在催我交房。”

“这我明白，您放心！”

台湾“大使馆”撤出智利时，果然预先埋下了这两个定时炸弹，不过都被及时拔掉了“引信”，而变成了哑弹。阿连德政府对台湾“使馆”私下将馆址转移非常不满，智方最终另找了一处房子给防癌协会，坚持将佩德罗·德巴尔迪维亚街550号院归还中国使馆。至于那条窃听地道，中国大使馆接受了这处房产后在原址上新建大楼，很快就发现了这处隐秘的窃听装置，留下来的部分地道成了向后代外交官们讲述当年艰难开拓的佐证。

16

这是一段波澜起伏的岁月，一段紧张得让人透不过气来的时光。随着大选帷幕落下，新的政治格局基本形成，圣地亚哥市又恢复了原有的宁静，犹如奔腾的激流重新汇入了宽阔平静的海湾。人们的神经也松弛了下来，一般人的生活又照原样继续过着。对于居住在米格尔·格拉罗街66号的中国人来说，情况就大不一样了，政治、外交地位的提升，让他们有种全新的感受，摆脱了反华势力的挤压和敌特分子猖狂的骚扰破坏，有了一种从狭小的、半封闭的空间走到晴空下自由呼吸的舒畅感。是的，他们完全有理由享受内心的这份豪情与骄傲，如今他们是堂堂正正的中国外交机构，而那些曾经肆无忌惮地想要置他们于死地的特务们，连同他们的主子，却不得不咽下失败的苦果，黯然离去。新中国首任驻智利大使到任的那天，杨宇、肖梅和原商代处的几位同事都到机场去迎接。智利外交部的礼宾官员们、老朋友佩德雷加尔、智中文协主席安娜、豪尔赫也去了，还有华侨代表阿丰和陈老先生。当首任大使走下飞机舷梯时，欢迎人群响起了热烈的掌声和会心的笑声，原来新大使不是别人，还是那位担任了多年中国驻智利商代处代表的高源！他在智利大选结束后奉命回国，如今又被任命为中华人民共和国首任驻智利大使，重返这个他熟悉和热爱的南美国家。同他第一次从这里走下飞机时心中怀有的些许茫然相比，此时此刻，他内心激荡的是骄傲、胜利的喜悦和对未来中拉关系发展的更大期盼。阿连德总统和阿尔梅达外长都对新中国首任大使——他们的老朋友高源，表示了最热烈的欢迎。这天晚上，米格尔·格拉罗街66号异常热闹，老领导又回来了，给大家带回了丰盛的精神食粮，传达国内形势，放映国产影片，尽管大部分是纪录片和样板戏之类，对久离故乡的人来说，却是难得的精神抚慰，充满了故土的芳香和亲情……高大使没有忘记给大家带来珍贵的家书和信息。离开国内前，他特意走访了原商代处每位工作同志的家庭，了解家里有无困难，为他们解除后顾之忧。他带来家庭的温暖和支持，孩子、老人的照片，妻子的叮咛……厨师贺林离家时妻子正怀孕，如今儿子好几岁了，上了幼儿园，这个胖小子，他至今还只是在照片上见过。肖梅也收到了哥哥的信，告诉她父亲的病情与过去差不多，还在接受治疗，最新的家庭新闻是老人又增添了两个孙儿。哥哥说家里有他照应，让肖梅不要记挂，还说他准备下了两瓶家乡好酒，专等她回国时全家为她接风……肖梅无声地笑了，想象着全家人在一起的那份温情与喜悦。她哪里知道，这是一封隐瞒了部分实情的家信，实际上，年老多病的父亲两个月前便已辞世，哥哥请高源不要把这噩耗告诉妹妹，让她专心工作吧，告诉她也是徒生伤悲。高源替他为这个善良的谎言保守了秘密，一直到她回国。

大使馆里洋溢着建交带来的喜庆与欢乐，大家庭里增添了许多新成员，杨宇与肖梅也分别被任命为一等秘书和二等秘书。然而，对肖梅来说，与欢乐相伴而至的还有内心的伤痛，她收到了韩杰的来信，字字句句在她的心灵深处、在她的情感世界掀起滚滚波涛，虽然她对那封信带来的消息并非完全没有思想准备，但他的倾诉还是像巨大的冲击波重重地撞伤了她的心灵。她的内心无比伤感，她极力用不停歇的工作来塞满自己所有的时间，当剩下一人时，她会黯然神伤。一连几天，每当闭上眼睛，脑海中就会出现韩杰的身影……

“梅……我在深夜的灯光下给你写信，孤独而寂寞，在没有你陪伴的世界里，孤寂注定会伴随我这一生。妈的病更重了，她担心自己随时会离开这个世界，恳求我在她死之前尽快结婚，让她亲眼看到这个家庭的延续。你走后的这几年里，母亲与我之间的冷战一直没有停歇，为了实现她这最后的愿望，她一再做出妥协，甚至放弃了所有其他要求，包括为那次‘怠慢你’向我赔了不是，她让我写信叫你别把她那些话放在心上，她希望你赶紧回来，希望看到你我成婚，她恳求我满足她这最后的要求……梅，这些年来，当母亲想把自己的意志强加给我、反对我们结合时，我的抗拒与反抗是强烈的，但当她放弃了一切要求、只剩下了作为母亲的这一点可怜愿望时，我在精神和感情上彻底崩溃了，无法面对她绝望的眼神和苦苦哀求，我在痛苦中责备自己太自私，母亲为我付出了毕生的爱，我却要拒绝她生命中的最后一点请求，让她绝望地离开……我多么希望你此时能飞回到我身边，我们一起接受母亲的祝福，实现她的愿望……然而，这只能是个渺茫虚幻的梦。梅，原谅我吧，我已决定和秀云结婚，我知道这会伤害我最爱的人，对秀云也并不公平，她知道我爱的是你，但她和我一样不忍心拒绝母亲的恳求……想到我的决定可能带给你伤害，我的心都碎了，这将给我留下一辈子都无法抚平的伤痕与愧疚，我只能请求你的原谅，希望你能很快找到属于你的幸福。我会将我们曾经共同享有过的那段美好时光永远珍藏心底，伴随我今后的生命旅程……”

肖梅一次次地读着这封信，滴滴泪水洒落在信笺上，这可能是他最后的一封信。人非草木，她肖梅又何曾忘怀过他们曾拥有过的幸福、他的温柔和爱……谁之过？他们向往得到完美的爱情，现实却告诉她，爱情并非凌驾一切、至圣至上的，它还会受制于其他因素，包括必要时的牺牲……韩杰的选择也许并没有错。她带着痛定思痛后的理智与真诚，给韩杰写了回信，祝他新婚幸福……

肖梅忧郁的神情没有逃过杨宇的眼睛，在杨宇的追问下肖梅倾诉了自己的感伤，杨宇沉默了，所有的女孩子都希望有一份属于自己的完美感情，一对青春情侣的分手、一个美丽梦想的幻灭，意味着她们在生活中遇到了难迈的坎和严峻的情感考验。心灵中的完美一旦破损是需要时间、环境去反思和慢慢修复的……杨宇对肖梅说，你还记得我们在哈瓦那的那次谈话吗？当时还只停留在理论，如今你在现实生活中遇到了，我想你是坚强的，能想得通、能迈过这道痛苦难迈的坎儿。人就是这样，经过时光与生活的打磨，会日益走向成熟，杨宇了解肖梅，他相信她会尽快走出生活中的这片阴影。

太平洋的万顷波涛依然将中国和智利分隔在大洋的东西两岸，白昼与黑夜依然让两国人民生活在不同的时空，然而，建交后，这两个地理上相距遥远的国家间的感情距离却大大缩短了、密切了。中国的贸易、青年、妇女、体育等各界人士开始来到新大陆，踏上遥远的南美洲土地。智利人也纷纷穿越重洋，探索他们心目中神秘的中国。而最早、最直接感受国家关系冷暖变化的自然是身处第一线的外交官们了，阿连德新政府的官员视新中国的外交同行们为“兄弟和同志”，彼此之间更多了一份亲切与信任。在建交之初这段愉快而忙碌的日子里，友好氛围中的官方正式外交活动和双边民间交往都很频繁，双方都在努力浇灌中智间那棵充满勃勃生机的友谊之树，希望中智建交能为两国人民带来更多福祉，为中国与整个拉美关系的发展注入新的动力。有时，也可能是一些看似平常的友好活动，同样生动地反映出了两国外交蜜月中的亲切交往，中国乒乓球代表团访智就上演了这样一段温馨插曲。建交不久，中国体委便派来了当时蜚声国际体坛的中国乒乓球代表团访问智利，成员都是一代世界球星，庄则栋、李富荣、张燮林、林慧卿等人，阵营豪华。大使馆知道阿连德总统喜欢乒乓球，便在使馆特地为他举行了一次专场表演。阿连德总统欣然接受邀请，带来了一支阵营同样豪华的贵宾队伍，他的夫人、女儿、众多的内阁部长、议员及好友，大家都穿着休闲便装，一身轻松。运动员们全力以赴，打得高潮迭起，观赛者看到精彩处，连声喝彩。阿连德总统像个普通球迷，自始至终为他们鼓掌助威，宾主都十分尽兴，成了那段紧张岁月里的一段美好回忆。

雄心勃勃的阿连德总统，如愿以偿入主莫奈达宫后，立即雷厉风行地拉开了经济、社会改革的序幕，他提出了反帝、反垄断、反寡头的任务和向社会主义过渡的目标，将美国资本控制的几家铜矿公司收归国有，征收一大批本国私人企业和银行，宣布进行土地改革，加强国家对经济的干预，大幅度提高工人工资，大力改善社会福利……阿连德总统和他的一些高级幕僚急于通过“和平过渡”进入社会主义。于是乎，支持改革的左翼、反对政府的右翼乃至“人民团结”阵线内部，矛盾开始激化、党派尖锐对立、斗争愈来愈激烈、政治环境在不断恶化，社会上的不满情绪迅速漫延……

激进的智利社会改革吸引了全世界的目光，国际政治舞台上的灯光聚焦到了这个南美国家。山姆大叔和它支持的智利右翼势力为这个国家日趋恶化的政治、经济形势推波助澜，等候着反击的最佳时机；革命斗争经验丰富的中国领导人警觉到危机在迫近，每有智利政界重要人物访华，周恩来总理都亲自接见，谈话的主题直接关系到智利改革的命运……

圣地亚哥的夏季没有令人透不过气的酷热，就像冬天没有冷风嗖嗖的严寒一样，无论什么季节，这个城市的气温总让你感觉舒适与宜人。高源大使只穿一件短袖衬衫，站在窗前，时而还会有微风吹进来，不过此时的他正在凝神思索，全然没理会这夏日的清凉。他脑海中翻腾的是这天上午与智利外交部亚洲司司长的谈话。他和这位司长原本就是老朋友，这次会见是司长约他去的，一见面司长没有像往常那样轻松随意，而是有些出乎意外的沉默与严肃，他向高源出示了当地各大报纸转载的墨西哥《至上报》的一篇长篇报道。《至上报》在拉丁美洲颇有影响，这篇长文系该报社长胡利奥·谢雷尔对周恩来总理的长篇采访报道。司长指着其中一些被标出来的段落说，这里面有大量内容涉及智利当前形势，如胡利奥问周恩来总理如何看待智利局势，周恩来高度评价阿连德与中国建交的决策，也坦言自己不相信议会道路，认为通过选举取得的胜利是“暂时的、过渡的……阿连德总统当选带有一定的偶然性。”并说，一个政权要巩固，没有武装力量支持是不可能的。司长表示智方对周恩来总理的论断不理解，希望中国方面予以澄清……

“建交以来，我们两国关系一直很友好，坦率地讲，中国总理这篇讲话会给智利带来令人遗憾的消极影响。”司长说此话时没有掩饰他的遗憾与失望。

回到大使馆，高源立即将此事电报国内。接着，迫不及待地让杨宇将该采访全文翻译给他听，他听得很认真，时而要求停下来，重听一遍，最后他问杨宇：你觉得怎么样？

“无懈可击！总理说选举取得的胜利是暂时的、过渡的，带有一定的偶然性，并认为没有武装力量支持的政权是不巩固的，谁见过哪个国家曾通过议会政治选举把外国侵略势力赶走，实现了民族完全独立和建立真正民主政权的？拉美没有，全世界也还未见一个呀！”

“是呀，这篇讲话正切中智利当前时弊，可惜忠言逆耳！所有我们这些身历其境的人，都听到了战鼓声，都感觉到了当前最大危险来自何方，他们却还在奢谈智利军人有从不干政的民主传统，真是旁观者清、当局者迷呀，还要求我们‘澄清’！”高源说此话时痛心地摇了摇头。

“我们该怎么回复智方的质询呢？”杨宇看着高源问。

“看国内如何答复吧。”他想了想接着说，“人家听了我们的话感到不快，应对这种情况可以有两种做法，一是为了不影响双边友好，让翻译受点委屈，以‘有关段落的措辞翻译不确切’搪塞一下，这也是许多国家遇到类似问题时常用的借口；另一办法就是拖着不予回答，即无需澄清。”

两天后，中国外交部复文来了，发来了周恩来总理接受《至上报》的采访全文，并称胡利奥把谈话记录整理出来后外交部曾交给新闻司核对，为了保证译文准确，新闻司又组织其他翻译将西班牙文记录译成中文，送总理审阅，总理办公室退回来的记录稿上有总理亲笔批示，说记录稿整理得很好，同意发表。也就是说，总理很明确，那就是他的观点，总理在谈话中也明确讲，我们不隐瞒自己的观点。有鉴于此，外交部指示，我方既不推诿、也不‘澄清’，亦即拖而不答。此后的一段时间，智利国内形势日益朝着军事政变的方向演变，这一令智利政府不快的事件也就不了了之。倒是那个墨西哥《至上报》社长，在智利果真发生军事政变后，未忘旧事重提，再次发表了一篇社评，坦承他们当时判断错误，说事实证明“周恩来是对的”。

智利被暴风骤雨式的革命运动席卷着，阿连德政府的处境开始险象环生，阿连德一些过激措施带来的严重后果已开始清晰显现。中国领导人这一时期与来访的智利朋友见面时谈得最多的内容是：“当前亚非拉人民的革命斗争还没有进入社会主义革命阶段”“还必须要经过民族民主革命阶段，不能跳过去”。

仲夏夜晚，习惯夜生活的圣地亚哥人延续着白昼的喧闹，然而，细心人会发现，那些陈列在商店橱窗、霓虹灯映照下的各种商品数量却在逐日减少，人们热烈的交谈中开始夹杂着日益明显的焦虑。这天晚上，中国大使馆内灯火辉煌，使馆正在宴请一位重要客人——智利执政的社会党总书记阿尔塔米拉诺。他不久前刚访问过中国，这次宴请原本是在他访华之前发出的，当时他因故不能前来，但郑重申明，回来后一定偕家人到中国使馆吃中餐。看到宴请时间快到了，杨宇按照习惯，先到客厅和宴会厅转了一圈，看看一切都已准备就绪，便径直到门口去等候客人。客人只比预定时间迟到半个钟头，在智利已经是很准时了。这是一次家庭式宴请。阿尔塔米拉诺果然携夫人及女儿一同前来，女儿特意穿了一身中式红缎衣裳，这是她爸爸从中国带给她的礼物。西方姑娘的窈窕身材配上中国味十足的服装，果然另有一番魅力与风韵，吸引了所有在场人的眼球，博得众人交口赞叹。落座后，大家谈了些轻松的话题，在中国的所见所闻，当然，也包括当下智利经济秩序混乱引发的种种传闻。这种时候，往往夫人们说话多些，男士们会绅士风度十足地微笑着倾听，随着话题的展开，她们又都会适时地将谈话时间让给自己的丈夫，她们知道他们有许多更重要的话题要谈。果然，阿尔塔米拉诺神情肃穆地谈起了他与周恩来总理的会见，他强调这是他此次访华最重要的收获。

"会见从晚上 6 点开始，一直延续到深夜 1 点，整整 6 个小时！我毫不怀疑我们创造了一项领导人会见的新纪录。"阿尔塔米拉诺用斩钉截铁的口气说。"我们的谈话进行了两小时后，周恩来总理在人民大会堂设宴款待我，边吃边谈，宴会后又继续长谈，直至深夜，毫无倦意。你想想，一位领导着 11 亿人口、需要日理万机的总理，竟肯花这么多时间与我们讨论与智利有关的问题，主人的这份深情厚谊怎能不让人感动。"

客人动情地叙说，也让在座当翻译兼陪客的杨宇心潮难平，天哪，会见 6 小时，他知道总理习惯晚上接见外宾，自己也曾多次为领导人会见拉美客人当过翻译，还从不曾有过这样的纪录。想到总理总是这样不知疲倦地从早忙到深夜，身体受得了吗？唉，他清楚，智利的形势是愈来愈紧张了，中国领导人多么希望智利能充分意识到面临的危险而未雨绸缪啊！

"同样让我感到意外的是，这次参加陪见有那么多中国高层领导人：外交部长、中共中央联络部长、解放军副总参谋长等等，远远超出了通常的礼宾规格。我知道，这不只是对我个人，而是出于对智利政府的未来、对智利人民命运的深切关怀。周恩来总理的话题始终没有离开智利实行社会主义革命问题，他强调革命要分阶段，混淆不同阶段的革命任务，就会混淆不同阶段的路线和政策，结果使有左倾情绪的人感到不满足，而思想偏右的人感到害怕、不敢参加革命，这样就反而把自己孤立起来了。他还反复介绍中国革命的经验，讲述中国革命进程中如何联合中产阶级、团结民族资本家、包括对“末代皇帝”都实行争取团结的政策……我知道，中国总理这些推心置腹的话，是针对我国最近不断出现的各种情况……是在提醒和警示我们，用心良苦呀……”

阿尔塔米拉诺坦承“人民团结”阵线内部对目前形势与政策也有不同的看法与分歧，中国的经验对他们很有用，他们正在努力纠正一些偏差，可有些事解决起来需要时间。他讲到，阿连德就任之初，人民革命热情高涨，如今随着经济情况恶化，社会不满开始蔓延……言及此，这位总书记的目光中流露出深深的忧虑。

临别时，高源大使握住他的手说：

“希望看到你们很快走出困境，我们的任何失误都会给敌人提供契机呀。”

杨宇送客人出门，目送他的汽车远去。圣地亚哥城夜色已深，看上去一如往昔地灯火辉煌、歌舞升平，在杨宇心中，却隐隐感到从某个阴暗深处正传来不祥的躁动……

17

墨西哥人常常叹息他们的悲哀在于“离上帝太远，离魔鬼太近”。智利这个南美小国，远离美国国土，原本并不对强大的北方邻国构成任何军事威胁，然而，从智利大选拉开序幕、阿连德获得了超出意料的民意支持时开始，一场企图阻止和准备推翻阿连德政权的阴谋便已开始紧锣密鼓地进行。这年秋初的一天，无时不在关注自己后院动向的美国政府在白宫召开了一连串的会议，从早餐后开始一直延续到晚餐前，他们听取了华盛顿的政府官员和商业精英们对智利局势的评估和关于美国“国家安全遭受严重威胁”的警告，并在这次会议上，决定和策划了推翻阿连德的行动。

尼克松总统从白宫椭圆形办公室向中情局发出了明确指示：“把智利经济搞跨，让阿连德上不了台，上了台也要赶下来。”

美国中情局圣地亚哥分部对总统的指示自是心领神会，他们在“行动指南”中写道：“通过政变推翻阿连德是一项既定的、坚定不移的政策，最好能在10月24日国会投票日之前进行……我们将动用一切资源、为达到这一目的施加最大压力。这些行动必须秘密地、安全地进行，不能让人们看到美国政府背后的手。”

阿连德就职后刚过了两天，智利人民还浸沉在庆祝胜利的狂欢中时，尼克松总统又一次在国家安全委员会会议上发表讲话说：“……如果说我们不介入，阿连德就可以稳固自己的政权，那么全世界都会目睹他的成功，如果南美的领导人都认为他们也可以像智利那样做，我们可就麻烦了……记住，我们决不会允许失去拉美，要通过这件事释放出明确信息，警告这些家伙休想得逞。”

美国驻圣地亚哥使馆门外，几名荷枪实弹的美国海军陆战队的士兵在巡逻，一切好像同平时一样。然而，这些天美国驻智利大使爱德华·考瑞的日子过得很不轻松，他虽然竭尽全力阻止阿连德在议会复选中胜出，却最终未能奏效。当这场选战尘埃落定阿连德胜出时，爱德华大使脸色铁青，他记得罗杰斯国务卿在会上说的话，先给阿连德政权增加经济压力，或者干脆推翻他……

“阿连德上了台，从现在起，一粒坚果、一个螺丝也不能进入智利，我们要尽全力使智利和智利人民陷入极端匮乏和贫穷中。”大使恨恨地、一字一句地说。

阿连德政权从诞生之日起，便遭到了右翼势力和帝国主义的联手封杀和围剿，美国政府对智利实行严厉的经济封锁，向反对党和其他政治组织提供巨额反政府活动秘密经费，美国，绝对不能容忍在自己的后院出现另一个古巴。

大选过后，智利人都感到生活变了。胜利后的最初日子里，老百姓还在庆祝胜利，许多人蓄起长发和胡须，见面互称同志。他们破天荒第一次参与国家的政治、社会生活，妇女们开始组织起来搞宣传、学手艺。居住在高等区的富人则如临末日，他们在银行门口排起了长队，争先恐后提取存款，抢购机票，像躲避瘟疫似地远走国外。奈丽每次从乡下回来，都会向肖梅讲述一些发生在农村的新闻：新政府实行土地改革，庄园里的农民赶走了主人，组织了合作社、民兵，当然，对她来说，最大变化是她的丈夫成了这家庄园里农民组织的领导人……

“知道吗？工人区和贫民区里小学生现在都能免费喝上牛奶和吃上午餐了，他们的爸爸妈妈也都涨了工资！”说这些话时，奈丽眼睛里闪烁着兴奋和希望，“过去我们不敢生孩子，现在好了，他们说了，国家会替我们养着。”她的脸上绽开了满足与幸福的笑容。

然而，没有过多久，政治嗅觉敏锐的外交官们注意到，这个国家的经济状况开始急转直下，生产下降，市场供应严重短缺，食品和生活用品供不应求，连享有特别供应的外交使团都开始感到了物资紧张。右翼势力借机反攻，舆论媒体极力煽动混乱，欢庆大选胜利不久的智利民众开始感到生活却愈来愈困难了。喜笑颜开的奈丽也开始愁眉苦脸地悄悄向肖梅诉苦说：

“我们老百姓好不容易有了点富余钱，刚过上稍微松快点的日子，购买些一直盼着买到的东西，可是，现在我们什么也买不到了，商店的货架上都是空荡荡的。为了能买到一只干巴的冻鸡、几块尿布或卫生纸，也得天一亮就去排长队。”

一天，阿梅来使馆看望几位老朋友，讲起父亲的病，她说老人近来情况不太好，糟糕的是买不到药，药房开始断货，食品、日用品更难买到。

“物资匮乏已经把老百姓弄得六神无主，”她忧心忡忡地说，“还有人散布谣言，一会儿传言这样东西快没了，一会儿又说那样东西快没了，大家只好一见‘长龙’就挤上去排队，甚至不知道在卖什么东西，结果是，没有孩子的人在争先恐后地抢购奶粉，从不抽烟的人排队买高价香烟。市场黑市泛滥，投机倒把猖獗，这样下去可怎么是好？”

“报上说这两天圣地亚哥市的卡车司机宣布罢工，这可是火上浇油呀！”无时不在关注政局变化的肖梅心情沉重地说。

“你们知道吗？政府派了军人去接替罢工司机，却发现汽车上的发动机被搬走了。如今到处是趴窝的汽车，城里人吃不上菜，郊区的蔬菜都烂在地里。大家心里都明白，卡车司机罢工是幕后有人指使，听说，每个罢工司机都收到了补贴，这绝不是一般劳资纠纷，完全是右翼势力的政治破坏！”阿梅那张秀气的、略显疲惫的脸上燃烧着愤怒，眼看着民众曾寄予厚望的改革可能要付诸东流，她抑制不住内心的激动与痛苦。

连日来，阿连德总统在电视上讲话，揭露敌人的阴谋，呼吁人民团结，共渡难关……然而，经济状况在持续恶化，分裂和仇恨在无可挽回地蔓延与扩展。

社会党领导人、政府经济部长先后会见中国大使，他们感谢中国给予智利的一贯支持，并希望在目前极其困难的形势下中国能再次施以援手。

对智利形势的严峻，中国大使馆虽然早已有所警觉，但发展及恶化之快却超出了预料。全馆的形势务虚会上，大家都感到了一份沉重与焦虑，因为除去经济危机和种种社会乱象之外，杨宇还特别谈到了他所了解的智利军方近来的频繁活动。在他看来，大家已经看到的危机现象可能还只是大骚动的前兆，而真正掀起一场海啸的将是波涛下面汹涌的暗流。汇总和分析了会上谈及的各种情况和意见后，高大使的脸色变得严峻，声音低沉地说：

"看来智利已经走到了一个国内政治、经济、军事各方面矛盾总爆发的关口，显然，这一切的背后有美国煽动和直接插手，阿连德政府即便能争取到一些外援，恐怕也是杯水车薪、于事无补了。"

为了摆脱困境，阿连德总统亲赴苏联访问，寻求援助。他又派外交部长阿尔梅达访问中国，在北京，周恩来总理与阿尔梅达交谈了两个多小时，听他介绍了智利政府对外资企业的政策、社会福利政策和控制军队情况。中国总理只能坦诚地表示，中国坚决支持智利人民的正义斗争，愿提供力所能及的援助，但我们的经济力量有限，目前尚处于力不从心的状态，中国的援助只能起到一点应急的作用，请总统谅解。周恩来再一次坦率提醒，智利政府的改革措施是否太快了点？智利政府的政策措施比中国解放头十年还要快，中国搞了二十多年也不敢搞这种福利（指每天免费分配每个儿童半公斤牛奶）。指出经济如果不立足国内，而是靠外援，那是很危险的。与外长谈话之后，周恩来总理还觉得不够，又亲自写了一封信给阿连德总统，从中国革命的经验看如何应对智利的困境，言辞恳切。阿连德读后甚为感动，指示将信在智利报纸上全文发表，可惜，一切都为时已晚。

接下来的几个月里，形势急剧恶化，全国几乎濒临内战状态。一天清晨，大使馆的人还没有吃完早饭，便听见外面传来一阵敲打金属器皿的声音，对习惯于晚睡晚起的智利人来说，很是反常。这声音来自四面八方，尖锐刺耳，大伙儿纷纷跑出门外，看个究竟。声音是从这个高等住宅区的各个角落，从许多人家的阳台上传出来的，原来是反对派的家庭主妇们在敲打空锅，抗议买不到食品。敲打空锅的抗议人群队伍迅速扩大，从住宅区汇集到了市中心大街，声势浩大。居民中有一半人要阿连德下台，一半人支持政府。阿连德总统几乎每天晚上都在电视上露面，揭露反对派正在向民主政府发起疯狂进攻。他显得很疲惫，常常说话声音嘶哑。反对派掀起一波又一波攻击污蔑总统的浪潮，指责他盗窃国家财物、养情妇，以及在自己家里堆满鸡胸脯，却让老百姓排长队买鸡脖子和鸡爪子……

那些日子里，豪尔赫一直很忙。作为媒体人，他到处奔波呼号保卫民主政权，他参加大学里各种活动，组织游行，演讲，在报上写文章，散发革命内容的小册子。抽空就会到中国大使馆找肖梅、杨宇等人聊上几句，谈些这个国家正在发生的事，说说他的看法。看得出，他的情绪愈来愈激动，他说，当他告诉人们要做好与敌人决战的准备时，没有人理会他，他们相信，他们通过合法途经掌握的政权，谁也不可能夺走，至少可以维持到下届总统选举。

“简直是愚蠢之极！他们根本不知道右派正在武装起来！”豪尔赫气急败坏地说。他的两位中国朋友完全认同豪尔赫的想法，可他们只能同情地拍拍他的肩膀，长长地叹口气，谁也说不准智利即将发生什么。

实际上，以“尊重民主为传统”的智利军队的高级将领们，从阿连德当选的第一天起就在密切关注政治形势的发展，军队内部就在分化。右翼势力加紧串联，首先是部分军人发动兵变，出动坦克攻打总统府，支持阿连德的陆军司令普拉茨将军坚决平息了这场叛变。于是，这位爱国将军立即成为右翼势力的眼中钉，他不得不在反对派的强大压力下辞职离国，流亡到阿根廷后也未能逃脱右派的暗杀。也正是在此微妙而又关键的时刻，阿连德总统任命皮诺切特将军接替普拉茨，担任陆军总司令，阿连德怎么也想不到，一场政变阴谋早已准备就绪，他任命的这位新陆军总司令竟是自己领导的“人民联盟”政府的掘墓人。

18

南半球的冬季刚刚过去，傍晚时分春寒料峭。陆军总司令皮诺切特家这天夜晚很热闹，主人正在为女儿举行生日晚宴。被巨大水晶吊灯照耀得雪亮的客厅内来了许多服饰华丽的宾客，皮诺切特夫妇站在门口迎接客人，走进来的有身着耀眼裙装的妙龄少女，她们是女儿的朋友，面容姝丽，像一团团色彩斑斓的云彩，飘然而至；还有身穿笔挺军装、佩戴金色军衔穗带的将军们，挽着盛装的妻子，昂首挺胸地步入大厅。一见这些人，皮诺切特立即迎上前去，亲热地拍拍对方的肩膀，彼此会心一笑。是的，他们都心领神会，今夜就要敲定军事行动的具体计划和时间，女儿生日派对只不过是遮人耳目的烟幕。正当姑娘们围在女儿身边高唱生日歌时，皮诺切特把空军司令古斯塔夫等人拉到了一边。在这些右翼军人和华盛顿看来，此时的阿连德政府已完全失去对形势的控制，他们认定出击的时机已经成熟。皮诺切特低声告诉他的同僚们，一切准备就绪，剩下的事情只需"按一下电钮"即可大功告成。他们确定了最终行动时间，将军们在一封密令上签下了自己的姓名，皮诺切特则在信封上盖上了自己的印章。

第二天凌晨 1 点半，全国各地的军队纷纷开始行动，清晨 6 点，叛乱的海军陆战队占领了离圣地亚哥 150 公里的瓦尔帕莱索港，接着全国第三大城市康塞普西翁也落入了叛军之手，分头出击的部队很快控制了广播电台、市政设施、警察局和其他要害部门。

7点刚过，高源正准备到餐厅去吃早饭，半路上，杨宇急急叫住了他，说接到新华社驻智利分社记者和豪尔赫分别打来的紧急电话，告知发生了军事政变，叛军已控制首都许多要害部门。高源同杨宇立即返回办公室，看见了肖梅正在神色紧张地接听电话，这次是“蓝色多瑙河”饭店华侨老板打来的，说他的餐馆紧邻电台，他一大早看见大批军人冲进了该电台，市中心街上也到处是士兵，看来是出了大事，他急忙报告大使馆。

这天凌晨5点，刚睡了两个多小时的阿连德总统就被他的助手紧急唤醒，告诉他第二大城市瓦尔帕莱索已一枪未发地被叛军占领。总统急忙起床打电话询问三军司令，司令部里无人接听电话。

7点半，四辆蓝色“菲亚特”出现在总统府莫奈达宫前面的宪法广场上。阿连德总统大步从车中走出，身后跟着二三十名忠于他的警卫士兵，人人佩带自动步枪，还带着两挺机枪和三支火箭筒。阿连德手中则紧握着古巴总理卡斯特罗送给他的那支冲锋枪，上面镌刻着“送给我战斗中的朋友和同志”。总统一连打了好几个电话，将内政部长、外交部长和国防部长等内阁成员叫到总统府，他在寻找最后一点谈判的希望，而就在附近陆军部大楼里指挥政变的皮诺切特给他的回答却是要他投降，说投降可以给他和家人留条生路。

愤怒的阿连德斩钉截铁回答：“叛逆们，你们认错人了，智利总统绝不逃跑！他知道怎样履行一个战士的职责！”

此时，赶到莫奈达宫的阿连德长女贝亚特里斯从另一间房间打电话告诉阿连德，叛军要把她和其他几位总统亲信扣作人质，逼迫阿连德投降。

“你不要这样做，”阿连德高声说，“我要求他们把你们杀掉，因为我不会投降。这样，历史会知道，是你自己的爸爸命令杀死你们的。”说完此话，他走上阳台，无比凄凉地望了望空荡荡的宪法广场，通过他还能控制的麦哲伦电台启动的临时发电机向全国发表了最后的讲话：

“现在，我向将要受到迫害的人们讲几句话，我要告诉你们，我不会辞职，我要用生命报答人民的忠诚。我永远和你们在一起。我对祖国和祖国的前途充满信心。一定会有人闯过眼下这个时刻，壮丽的林荫大道会很快开通，让自由人去建设美好的社会。人民万岁！劳动者万岁！这是我最后的几句话。我相信，我不会白白牺牲。”

叛军部队的坦克向莫奈达宫步步进逼，飞机在总统府上空盘旋。阿连德命令自己的女儿、他的合作者和秘书们撤离，他与大家一一握手告别后带着少数几个人留下来，准备战斗到最后。

一群英国造“猎鹰“战斗机掠过蓝天扑向莫奈达宫，扔下了一颗颗火箭弹，莫奈达宫顿时一片火海，浓烟滚滚，炸弹和浓烟呛得人喘不过气。在震耳欲聋的炮声中，莫奈达宫开始坍塌。总统喝令身边还活着的几个人离开，当最后离开阿连德的人走下楼时，听到了两声枪响……

这是漫长的血色的一天，中国大使馆从得知政变的消息、听到飞机的轰鸣声开始，便进入了极其紧张的状态。他们立即驰电国内，报告智利形势突变的电波穿越太平洋传到了北京。使馆里大部分人都集中在大厅的电视机旁等候消息，没有人说话，外面的枪炮声让每个人神经紧绷，意识到此时的莫奈达宫内正在展开一场殊死战斗。突然，有人从收音机里听到了阿连德的声音，“快来听！总统讲话了！”杨宇叫了一声，许多人都围拢过来听，杨宇声音低沉地翻译着。阿连德义愤填膺的最后告别讲话震撼了每个人的心，肖梅眼里盈满了泪水，整个大厅被悲壮、压抑的气氛笼罩……当电台播完阿连德最后一句话“我相信，我不会白白牺牲”时，高源默默转身，走到窗前，面向莫奈达宫，在心里向智利人民的儿子、中国人民的伟大朋友深深致敬和最后告别。他的内心无比哀痛，想不到历史竟让自己在这个南美国家亲历了这样一场刻骨铭心的悲剧。

智利人民在为失去忠诚的儿子哭泣，伟大的诗人在为失去至爱的挚友哭泣。得知阿连德悲壮殉职，病中的聂鲁达含着眼泪在自己的回忆录《我承认我历尽沧桑》一书的最后一章中写道：

“阿连德的工作和行动，对国家民族的价值是不可磨灭的，他的所作所为激怒了我们解放事业的敌人，这个危机的悲剧性象征意义，在轰炸总统府的行动中显露无遗。这使人想起纳粹空军对西班牙、英国、苏联等国不设防城市的闪电攻击，现在，智利也发生了同样的罪行，智利的飞行员竟俯冲袭击两个世纪以来一直是我国人民生活中心的国家宫。

“置我的伟大朋友阿连德于死地的那些不齿于人类的事件发生后仅仅三天，我就为我的回忆录写下了这几章。他的被害是不声张的，他被秘密埋葬，只有他的遗孀获准陪伴那百世流芳的遗体。侵犯者的说法是：他们找到他的尸体有明显的自杀迹象。外国发表的看法是不同的，空军轰炸之后，坦克立即行动起来，许多辆坦克猛烈围攻孤身一人的智利共和国总统萨尔瓦多·阿连德，他在办公室等候他们，除了他那颗伟大的心，没有任何人与他为伴，围绕着他的是硝烟和烈焰。他肯定是被射杀的，因为他决不辞职。”

……

阿连德之死震动了智利，震动了世界，不论他是自杀身亡还是被枪杀，在暴力面前，他是一位不屈的战士，是作为总统战斗而死的。噩耗传到北京，时刻关注这个为自由独立而战的南美国家命运的周恩来总理震惊了，他与阿连德总统有着非同一般的友谊，对这位国际友人的壮烈捐躯倍感悲痛，更为他壮志未酬身先死的悲剧命运扼腕长叹。他沉默了一会儿，走到办公桌前，提笔疾书：“伟大的阿连德总统生前为了智利人民维护民族独立和国家主权的斗争，以及促进中智两国人民的友谊和亚非拉第三世界的团结反帝事业，做出了积极的努力，他的高尚愿望将永远活在人们心中。”写完，招呼秘书说，“立即给阿连德夫人发唁电，转达我最深切的哀悼和慰问。”

在这个令人忧郁的秋天，另一位智利朋友画家万徒勒里正在北京访问，万徒勒里也是阿连德的好友，智利形势突变和阿连德总统遇害，对他来说不啻是晴天霹雳，令他悲愤至极。周恩来总理见到他时，紧紧地握住他的手，动情地说：

“我们永远不会忘记这位伟大的朋友，相信智利人民会从这一沉痛事件中吸取教训，化悲痛为力量，继续前进。”

此时此刻，画家平时温和亲切的眼神变得严峻而忧伤，他用痛苦与愤怒的声音说：“我们的人民是不可能被吓倒、被打垮的，我们还会战斗下去！”

画笔就是画家手中的战斗武器，他将继续顽强战斗，他坚信，千千万万的智利人都会像他一样。政变后的白色恐怖弥漫智利全境，左翼画家万徒勒里从此流亡欧洲，他的妻子戴莉亚和他一样背井离乡，他再也没有能够返回自己的祖国。

19

乍暖还寒的初春，圣地亚哥像往常一样阳光明媚，但智利人面对的，却是一段乌云压城、暗无天日的日子。皮诺切特政变当局对阿连德总统的支持者，从政府官员到普通民众，开始了血腥的镇压。总统牺牲的消息已在民众中传开。优雅的高等住宅区里，一些富人和右翼政客在为战胜了共产主义举杯庆贺。工人居住区的上空，直升机整整盘旋了一夜，发出威胁性的嗡嗡轰鸣。全城实行宵禁，荷枪实弹的士兵们在街上巡逻。一天只有几个小时允许居民上街购买食品，凡违反规定离家外出者，士兵即可对其开枪射击。搜捕革命派和左翼人士的军车鸣着警笛疾驰而过，发出凄厉恐怖的尖叫。人们躲在家里，牵挂着联系不上的亲人。使馆女佣奈丽急得哭个不停，她心急火燎地往四处打电话寻找她的丈夫，但毫无消息。

自从那个可怕的星期二之后，世界好像猛地翻了个个儿，人人都在努力适应这一变化。

中国使馆里的气氛也变得凝重而郁闷。收音机里不停地播放军歌，电视只播放智利本国的风景片和动画片。组成军事委员会的四位将军有时会出现在电视荧屏上，颁布各项法令。大使馆的对外活动完全陷于停顿，只能通过媒体和使团朋友交流一些信息。在这一段白色恐怖、人人自危的日子里，大量受迫害的左派人士涌入各国使馆寻求政治避难。一天里，杨宇一次又一次地接听智利友人要求政治避难的电话，他一次又一次地向对方解释，中国从未加入过任何有关政治避难的国际条约，无法接受政治避难。很多时候，打来求救电话的都是使馆的老朋友，尽管他极力回答得委婉些，希望谅解，但在最困难的时刻未能帮朋友们一把，他内心着实很不好受。

这天下午，肖梅驾车出门办事，返馆途中，车开到使馆门前正放慢车速，准备开进使馆时，突然见有人飞快靠近并拍打车后门，仔细一看，是豪尔赫！连忙打开车门，让他上来，只见他面容疲惫而憔悴。肖梅忙问：

"你还好吗，豪尔赫？我们都为你担心死了！你怎么在这里？"

"我是他们黑名单上的人，正在到处搜捕我。昨天已经从学校抓走了梅克教授和好些同学，我家里他们也去过了，没有找到我。我没有地方可去，想到中国大使馆避难，行吗？"豪尔赫一面喘气一面急促地说。

"可是，中国使馆无法接受政治避难，你知道吗？"肖梅意识到豪尔赫处境极其危险，被他们抓到就会没命。她急得不知如何是好。

"啊，是这样……我没有想到，那……那剩下的唯一办法只有去闯墨西哥大使馆了。"豪尔赫咬了咬牙说。

"对！他们那里接受政治避难，你快去！"肖梅催促道，她知道，多拖延一分钟，豪尔赫就有多一分危险。

"来不及了！"豪尔赫急促地看了一眼手表说，"还有不到一小时就要宵禁，墨西哥使馆在郊区，一到宵禁时间，到处都有士兵巡逻，怎么去？"

此时，肖梅脑海中只有一个念头：一定要救豪尔赫！他落到反动军人手里会被杀害的……

"我马上送你到墨西哥使馆附近，只有这个办法了！我的车是外交使团的红色牌照，管点用！"

她没有时间犹豫，立即调转车头，汽车飞快向前奔驰，穿过街区，听得见车窗外传来的枪声和警笛声，叛军正在追捕阿连德的支持者，像猎手追逐猎物一样……好在豪尔赫熟悉道路，告诉她如何躲过有巡逻士兵把守的交叉路口，有两次，在街道拐弯处遇见了手持冲锋枪的士兵在巡逻，驶过他们面前时，肖梅止不住心头突突乱跳，生怕他们会拦住她查问，谢天谢地，他们只注意看了看她的D字头使馆车牌，便由她走了。她尽力沉住气，尽力加快了车速，是的，她从未开过这么快的车，可现在是救人，不能不快。出了市区，四周安静了许多，当远远望去，处于高等住宅区中的墨西哥大使馆已隐约在望时，她稍稍松了口气，可再一细看，心“通”地又提了起来，她和豪尔赫都注意到了，墨西哥大使馆大门前加了双岗哨，有两名智利持枪士兵把守，还有一人在周围巡逻。

“怎么办？”她悄声问豪尔赫。

“把车开到后面去，从后院翻墙进！”豪尔赫闷声说。

肖梅心里也明白，这是唯一的办法了。她开着车小心地绕到使馆后面，在一处大树和灌木丛的阴影下停住了，回头看了看豪尔赫，豪尔赫朝她点了点头，两人四目对视的瞬间，两双手紧紧握在一起，一切尽在不言中。豪尔赫扫视了一下四周，飞快下了车，靠着树影的掩护，向使馆后墙靠近。肖梅也立即悄悄将汽车驶至了离使馆稍远的地方，紧张地注视着使馆后院的动静。就在此时，她听见了那个巡逻兵在高喊：“有人翻墙了！”，接着，传来了一阵枪响。肖梅双手捂住了嘴，不让自己喊出声来，她的眼泪却已夺眶而出，可怜的豪尔赫，老天爷保佑！……也就过了几分钟，肖梅却觉得过了很久，她透过自己手指缝隙窥视着巡逻兵跑过去的方向，她不敢看，又不能不看，她的心急速跳动，生怕看到的是巡逻兵押着受伤的豪尔赫返回，或拖着一具没有了生命的躯体……巡逻兵扛着枪从使馆后面回来了，天哪，只他一个人！也就是说，豪尔赫得救了！他已经翻过院墙进入墨西哥使馆了！肖梅深深舒了口气，用手擦了一把泪水，调转车头，急急驶上回中国使馆的路。

大使馆内，许多人都在为肖梅久久未归而焦急，已经到了宵禁的时候，她还没有回来，太危险了！大使把杨宇叫了去询问情况，杨宇也不知道。就在此时，有人在说，小肖回来了！肖梅从车上下来时，脸色有些苍白，拖着疲惫的步伐，径直去了大使办公室。她没有回答大使和杨宇问她上哪儿去了和为什么这么晚才回来之类的问话，却一屁股坐在门边的椅子上淌眼泪，两位男士只好站在一旁，等着她平静下来。过了一会儿，肖梅缓过气来，向他们叙述了事情的经过，大使与杨宇听得十分专注，脸色凝重。肖梅说到最后，一面流泪、一面抽抽搭搭地补充道：

"……全城一片恐怖气氛，很多我们的好朋友都被他们杀的杀，抓的抓，我的老师和很多同学也都被捕了，太可怕了！……豪尔赫，那么好一个人……那种情况下，我怎么能扔下他不管，见死不救呢？我做不到……呜……呜……""你确定豪尔赫逃进墨西哥大使馆了？"高源追问。

"我在使馆附近待了八九分钟，等到枪声完全停了，巡逻士兵又回到了原来的地方，好像一切又恢复了平静之后我才离开的。我觉得他逃进去了。"

"哦——！那就好！"高源和杨宇都松了口气。

在这段提心吊胆的日子里，所有赞成过改革、支持过阿连德的人无不人人自危。送走豪尔赫后两天，肖梅又听到了另一个让她心惊肉跳的噩耗，是关于阿梅一家的。那天陈老先生的儿子阿惠来到使馆，他右臂戴着黑色袖套，大伙儿都吓了一跳，忙问他家里情况，阿惠垂泪道：父亲殁了。肖梅惊讶道，前些天不是还好吗？怎么"走"得这么突然？阿惠叹了口气说，因为阿梅。大家更吃惊了，急忙问，阿梅怎么了？阿惠边流泪边重述了那段让他悲痛万分的场景……两天前，阿梅正在家里服侍父亲吃药，一群凶神恶煞般的军警冲进了他家，不由分说地举枪对准阿梅，说她藏匿了一个人，是军政府点名要抓捕的"共产党分子"，要她交出来。阿梅矢口否认，父亲又急又心疼女儿，挣扎起来为女儿辩解和说情，那些畜生不如的家伙一脚将老人踹倒在地，狠狠地踢了几脚，接着便开始屋里屋外地搜查。他家过去开过饭店，后院有间闲置小库房，军警竟在那里把那个叫维森特的民兵队长搜出来了，是阿梅把他藏在那里的。当场两人都挨了打，被推上警车押走了。病中的父亲受了这么大刺激又挨了打，躺在地上动弹不得，是邻居帮忙把阿惠从上班地方叫回来的。父亲已经快不行了，见了儿子，拼着最后的气力，断断续续地、反复地说："是我……把他……藏起……来的，……不是你妹……妹，让我……去换……她，我……去换她……"临终时，他的手还指着阿梅被押走的方向，要去救他的女儿……

听到这里，在场的人都沉默了、流泪了。许多人从一踏上智利的土地便认识了陈老先生，他把每个来自祖国的人都当成自己的亲人，他一直渴望有生之年能回到故乡，能去看看天安门，想不到最后他竟走得这么凄惨，这么不甘心……还有阿梅，这个温柔可爱的姑娘，陈老先生说过，她的血液中流动着父亲留给她的善良、正义与坚强……愿老天爷保佑她平安！

送阿惠出门时，杨宇和肖梅不约而同地再三叮咛：老人家何时下葬一定来个电话，我们要去为陈老伯送行。

圣地亚哥城失去了往日的宁静与美丽，变得丑陋而恐怖，白天，满载尸体和被捕者的辎重车和警车在大街上呼啸而过，宵禁的黑夜里传出的枪声和哀号像野狼在嚎叫，令人心惊胆战、无法入眠。许多人家找不到失散的亲人，他们成了无声无息地从人间蒸发的失踪者。奈丽无望地哭泣着，等待着能有一个关于丈夫是死是活的准确消息。但是，所有的等待都是徒劳。据后来统计，在这段时间里，有2千多人被杀,6万人失踪，十几万人流亡国外。

陆续传来的关于使馆许多朋友的讯息也大多是不幸的，一些熟悉的前政府部长、议员和其他高官，有的被军政府逮捕、放逐到荒岛，有的逃亡到国外、死于非命，有的被捕后很快遭杀害。皮诺切特的铁血镇压，制造了智利历史上最血腥的一页。

智利人民最敬爱的诗人聂鲁达，也是在这混乱与黑暗时刻，走完了他生命的最后一程。他病倒了，眼前发生的一切让他万念俱灰。军队搜查了他海边的家，把他心爱的海滨收藏品、书籍、未完成的诗稿翻了个底朝天，说是要找寻搞颠覆活动的武器和藏匿的共产党分子。他们还把衰弱的病人弄到了首都，四天后，老诗人去世了，他是带着满腔愤怒离开这个世界的。临终时，他身边没有一个朋友，他的朋友都处于非法状态，或被流放，或被逮捕。然而，他依然拥有一个最盛大最感人的葬礼。一位瑞典电视台的记者拍摄下了这个历史性的场面，肖梅和杨宇从荧屏上看到这段刻骨铭心的报道时，心潮澎湃，仿佛满天阴霾中终于透射出了一束耀眼阳光，照亮了这片苦难的土地……

一支小小的送葬队伍缓缓朝公墓走去，两排士兵封锁了沿途的大街小巷。突然，默默前进的队伍中，响起一个沙哑的声音，在高呼诗人的名字，所有参加送葬的人齐声回答“到！”“他就在这里！”“永远和我们在一起！”。呼喊声好似决堤的洪流，几天来郁积的痛苦、恐惧和愤怒喷涌而出，化作可怕的呐喊，直冲天际的乌云。此时，人群中又响起了另一声悲苦的呼叫：“总统同志！”，大家再次齐声回答：“到！”，眼泪顺着他们的面颊流淌……“团结起来，无往不胜！”，有人带头喊起了被禁止的口号。面对枪口，人们振臂高呼，士兵持枪的手在索索发抖……送葬队伍经过之处，路人驻足，垂首默哀，建筑工地上的工人摘下安全帽，低下头排成一行，为诗人送别。一位身穿黑衣黑裙的中年妇女，一面走一面不停地朗诵诗人那些洋溢着革命激情的诗句，任悲伤的泪水沿着她苍白的面颊流淌……

看着这些画面，肖梅百感交集，她觉得，尽管诗人突然撒手人寰，人们甚至弄不清他的真正死因，是病故抑或是毒杀，尽管只有为数不多的人送他到公墓，最后一次高声朗诵他歌颂正义和自由的诗句，但此时此刻，这个简朴的葬礼却显得比任何仪式都庄重盛大、都更有意义，让她看到了智利人民永不屈服的意志，她的耳际又回响着诗人说过的那句话：

> “……你见过安第斯山的鹰吗？对，就是那种自由自在地翱翔在安第斯山之巅的雄鹰，那就是我们民族性格的象征，在追求独立、自由、主权的进军中，我们永远会走在最前面，决不后退。”

诗人聂鲁达的葬礼让人们看到了黑夜里扑不灭的火焰。

20

在拉丁美洲这片肥沃而充满苦难的土地上，人们对屡见不鲜的军事政变本已感觉麻木，但智利这次政变，由于阿连德总统悲壮殉职和军政府大规模血腥镇压，震惊了全球，引发了国际社会，尤其是拉美国家民众的巨大反响和强烈抗议。他们沉重哀悼阿连德总统以身殉职，纷纷举行集会和罢工，抗议智利军政府的暴行。苏联等一些社会主义国家则宣布与智利军政府断绝或中止外交关系。皮诺切特军政府受到了强大的国际压力。

中国大使馆也很快收到了军政府的照会。智利军政府表示愿意与同中国“维持两国正常的外交关系”，中国政府对军政府伸出的橄榄枝持何态度，备受各方关注。

这一天的对策讨论会，从吃过早饭一直开到中午。高源大使开宗明义地说明，国内接到使馆关于智利军政府希望与中国保持正常外交关系的报告后，来电征询驻智利大使馆的意见，“作为处在前方的大使馆，我们有责任提出自己的看法和建议。”高源说着，目光首先落在了杨宇身上，“杨宇，你是主管调研的，你的意见呢？”

“这个问题，即便国内不问我们，这几天，我们每个人脑子里也都在考虑。”杨宇带着沉思的神情说，“到昨天为止，与智利有外交关系的 80 来个国家中，有 38 个国家承认军政府，已经有 11 个国家宣布与军政府断交，南斯拉夫大使馆降格为总领馆，社会主义国家只剩下罗马尼亚和我们了。军政府通过照会和其他途径多次表示愿与中国保持外交关系，我们怎么办？不用说，这是个政策性很强的棘手难题，我个人内心也很矛盾。我们在阿连德政府时代与智利建交，与阿连德总统本人及许多左翼人士都关系很好，我们曾尽力支持过阿连德政府，我们明确、坚决地反对军事政变，强烈谴责军政府的血腥镇压，从情感上讲，真恨不得永远不跟这样一个双手沾满人民鲜血的政权打交道。但是，这是涉及两国外交关系的大事，不允许我们凭意气、凭情感冲动行事，而要从大局、从长远考虑，理智的选择应该是不轻易断交，这更符合我们国家的利益和两国人民的长远交往……”

这的确是个大家都在认真思考的问题，杨宇的话音未落，便有好几个人争先恐后发言，有的说，军政府所作所为，千夫所指，血腥大屠杀为世界人民所不耻，与这样一个反动政权保持关系，会损害中国的革命形象；有的说，如果中国对军政府的倒行逆施不做出强烈反应，一定会让左派失望、受到许多人指责；有的则说，中国处理国家之间关系是根据和平共处五项原则，从这个意义上军政府并未触犯……平时喜欢说话的肖梅靠在一张高背椅上，静静地听着别人发言，她的脑子里想象着断交与不断交可能带来的后果，直到旁边的人捅了她一下说，你今天怎么不说话呀，她才回过神来，见好几个人的目光正盯着她，这才坐正了身子，说道：

“这些天大家心情都很沉重，军政府的血腥镇压已招致天怒人怨。很多过去帮助过我们中国的真诚朋友，这次都遭了殃，中国使馆不能提供政治避难，不少人想不通，现在几乎所有社会主义国家都断了交，和阿连德那么友好的中国却不断交，可以想象，一些左翼政党和人士会有意见，这是肯定的。假如我们也宣布断交，也许能满足感情与情绪上的发泄，能满足左翼人士的愿望，但我们要付出很大代价，如前面有同志讲到的，如何解释我们一贯坚持的国与国和平共处、互不干涉内政的建交原则，尤其是，中国要是主动与智利断交，正中了台湾和美国的下怀，他们正求之不得，台湾会立即卷土重来，我们辛辛苦苦开拓出来的这块外交阵地就会丧失，这是完全可以想象到的……这样的结果，我在理智和感情上都很难接受。”

讨论延续了几个小时，这是个两难的选择，但又是必须做出的选择。高源大使认真、仔细地听了每个人的发言后，归纳了三条看法：一、虽然中智是在阿连德执政后建交的，阿连德政府时期中智关系很好，但政变终究属于一国内政，我们处理国家关系只能根据和平共处五项原则；二、政变以来，军政府对我尚无不友好表现；三、没有理由仿效苏联等国的做法与智利断交，如果那样，台湾当局必然乘虚而入，对我极为不利。讨论的结果，高大使这几点看法得到了大家一致认同，依据这三点看法，大使馆向国内复电，主张不断交。

这些天，在北京，应否与智利军政府断交也是外交部美澳司热议的话题。这天一上班，齐明司长便接到电话，总理办公室通知外交部各级有关负责人到人民大会堂会议厅开会，听取汇报，讨论中智关系问题。会上，齐明向总理汇报了驻智利使馆的意见，周恩来紧接着问：

“那你的意见呢？你是主管司长。”

“我的意见也是不断交。”齐明毫不犹豫地回答。总理的目光继而转向外交部主管副部长，副部长明确答道：“我们当然没有必要跟着‘老毛子’走，但对智利军政府也要保持距离。”

周恩来总理认可地点了点头，朗声道：“对，我们的对策就是既不马上承认军政府，也不主动与之断交，而是持冷静观察态度，亦即‘冷而不断’！”

好一个“冷而不断”，一锤定音，高明！大家脸上都露出了赞许的笑意。

不久，高源即奉召回国，名为休假，馆长长期空缺的中国大使馆实际上是降了格，不言而喻地反映了这一时期中智双边关系的冷淡。

这是个国际风云变幻莫测的时代，关于国际共产主义运动的大论战正在将中国与苏联两党、两国的关系拖进严重对抗的漩涡，积极支持智利通过议会道路和平过渡到社会主义的苏联必然要借机对中国这一政策进行中伤和攻击。周恩来总理再次强调，中国外交坚定地走独立自主的路，要坚持原则，顶住压力，对有些造谣污蔑做出回击，有些则置之不理，至于一些朋友一时不能理解，则要耐心多做工作。

智利政变后相当长时间里，中国与智利军政府之间的关系一直处于这样一种“冷而不断”的状态。对阿连德时代的老朋友，中国大使馆一如既往、光明磊落地与他们保持正常往来，并向他们提供一切可能的帮助。

大使离开之前，有一天下午，杨宇兴冲冲地从外面回来，一进门便拉住肖梅说：

“你知道我今天上哪儿去了吗？我们可以把豪尔赫‘捞’出来了！”

“什么叫把豪尔赫‘捞’出来呀？我没有听懂。”肖梅一时摸不着头脑。

“告诉你，国内指示我们想办法把豪尔赫从墨西哥使馆弄出去，说他曾是我们新华分社的通讯员，算是中国机构的雇员，让我们要求军政府放他出国。”听到这里，肖梅喜形于色，一下子从座位上站了起来：“真的？！军政府能答应吗？”

“今天一大早，大使告诉了我这件事，要我陪他到外交部去。你猜怎么着？”说到这里，杨宇得意地在房间里转了个圈，“出乎意外的顺利！他们的司长答应请示上面，很快，他们竟然同意了我们的要求！同意我们去墨西哥大使馆把豪尔赫领出来，当然是有条件的，要他立即离开智利。”

“可怜的豪尔赫，终于可以见到天日了！可以自由了！”肖梅惊喜交集地嘟囔着，激动地在屋里来回转悠，“你们什么时候去墨西哥使馆领他出来？去晚了他们会不会变卦？”她不放心地一遍又一遍问。

“我想不会。眼下军政府受到国际上的强大压力，他们愿意与我们保持正常关系的照会咱们没有拒绝，不是也没正式答复嘛，意味着还在‘观察’吧，所以他们也想表现稍微友好一点，我想这大概是他们之所以答应我们要求的主要原因。这次谈话中，我们大使还特别提到了前外长阿尔梅达的情况。”

“阿尔梅达多好的人呀，军政府逮捕了他，还判了刑，听说他的健康情况很不好。”说起中国的这位好朋友，肖梅又是一阵感慨和惋惜。

“是呀。为此我们大使也有意做了工作，希望军政府能从人道主义出发，善待这些被捕的前政府人员。”

21

墨西哥大使馆一楼会客室内外，挤满了政变后蜂拥而至的政治避难者，有采用各种办法从前门进去的、也有不少人是像豪尔赫那样翻墙进去的。进了使馆，命是暂时保住了，下一步怎么办，大部分人都不知道，他们的心情沉重而沮丧。高源大使和杨宇进去后，直接到二楼会客室见到了墨西哥大使，这是位个子不高、身材匀称、黑头发黑眼睛的典型墨西哥男子。他已经在电话约见时知道了中国大使的来意，使馆人满为患让他苦于应对，与中国大使寒暄客气了一番后便立即命人去把豪尔赫找了来。一进门，豪尔赫见是中国大使和杨宇，愣了一下。杨宇连忙迎上前去，握住他的手低声说：

“我们来接你出去。”

“哦……”了一声，豪尔赫的眼睛里闪过一道激动的目光，往前走了两步，紧紧握住了高大使向他伸出的手。

“你受苦了，豪尔赫！”高源说，“我们来接你出去，军政府已同意你离开这里到国外去。我们与你家里联系过，现在我们就送你到飞机场，你的家人在机场等你。”

“谢谢！谢谢你们的安排！”豪尔赫一面不住点头，一面道谢。说实在的，他也没弄清这是要把他安排到哪儿去，他只知道，中国大使馆在帮助他逃出军政府的魔掌，这已是大幸了，不管到哪儿，自由了以后再做打算。他们向墨西哥大使告别，高源走在前面，豪尔赫紧随其后，走下一楼时，他们从众多政治避难者面前经过，高源听见人群中有好几个声音在呼叫“大使先生！”，他猜想很可能是几位他认识的智利友人，但他不敢停住脚步与他们打招呼，他知道，此时他们提出任何愿望和要求，自己都无能为力，只能加快步伐，匆匆走出了使馆大门。来到停在大门附近的两辆汽车前，大使再次紧紧握了握豪尔赫的手，祝他一路平安，看着他在杨宇身边坐好，目送他们的汽车直奔飞机场方向而去。杨宇在车上告诉豪尔赫，准备先把他送到巴黎，下一步去哪里由他自己考虑决定。走进塞里略国际机场，豪尔赫的姐姐早已在那里等候。豪尔赫与杨宇告别时，附在杨宇耳边说，可能的话，他会选择去古巴。

过了不久，大使馆又为另一位身份特殊的朋友举行了一次送别宴请，她便是阿连德政府的外长阿尔梅达的夫人。阿尔梅达遭逮捕判刑，迫于各方压力，军政府决定将他流放国外，他的夫人也获准离国陪同流亡的丈夫。中国大使特地设宴为她饯行。既是翻译、又是朋友的肖梅出席作陪。经过这场浩劫，这位温柔、优雅的外长夫人眉宇间添了难以掩饰的忧郁与憔悴。席间宾主都竭力让沉重的话题变得稍许轻松些，高源大使再三请她向她丈夫转达慰问和思念之情，强调友谊永存、青山常在，希望他多多保重，主人的真诚与关切令这位老朋友再次感受到了寒冬中的友情温暖。

过了几天，肖梅又在一位朋友家中遇见了安娜。政变后，她们还是第一次见面，都有恍若隔世之感。安娜显得比以前消瘦了许多。肖梅急忙询问她的近况，说自己一直在牵挂着她、到处打听她的消息，可一直未能找到她。安娜告诉肖梅说，政变后她躲藏到一个朋友家中暂避，一直到风声趋缓才回家。“可是，一些好朋友却再也见不到了，”安娜辛酸地说，“有些是知道被捕了、被关在监狱里，更多的人却在一夜之间消失了。文协有好几个年轻人，就是这样无声无息失踪的。”说起彼此熟悉的几位朋友的不幸遭遇，两人不胜唏嘘。安娜还说道，她回来后，见到了智中文协一些友人，“他们过去都是文协的积极分子，”她强调说，“他们在和我的谈话中，对中国的做法很不理解，尤其是一些受迫害的社会党成员，他们觉得阿连德过去对中国那么友好、那么倚重中国，但是，政变发生后，中国的态度比起其他社会主义国家来，很让他们失望，无异于‘袖手旁观’……”

“那你的看法呢？”肖梅看着安娜的眼睛问。

“我当然不同意他们的说法喽，”安娜的眼神里多了些沧桑，说话的语气依然坚定，“因为我了解和信任中国朋友！中国人做每件事都有他们的道理。阿连德总统执政期间，中国领导人提出过那么多真诚的建议，可惜没有被很好地理解和采纳，而当时苏联等一些国家却热衷于搞什么‘议会道路’实验，鼓励他的一些过激政策，酿成严重后果，被敌人利用。现在他们又指责中国没有跟他们走，我听得出来，许多对中国的攻击和不满是他们散布的，别有用心吧。”

“我们想法一样，安娜，有些人就是别有用心。有的朋友一时想不通也没关系，我们中国人有句话，叫‘路遥知马力，日久见人心’，中国人永远把智利人民当朋友和兄弟，我们的政策始终着眼于人民，中国大使馆留在圣地亚哥符合我们两国人民的长远利益，总有一天他们会理解的。”

两个好朋友劫后重逢，格外高兴，是的，她们很久没有这样开心倾谈了，她们相信，冬天的后面总是春天，期待着风雨后的彩虹。

在智利风雷激荡、血雨腥风的这段岁月里，偌大的世界舞台上，也在上演着一出出或反映新旧势力博弈，或张扬时代强音的大戏。纽约联合国大厦里，第 26 届大会上爆发了一场轰动世界、影响全球政治格局变化的大辩论，大辩论的主题是关于恢复中华人民共和国在联合国合法席位的问题。这场斗争从新中国一成立便开始了，已进行了二十二年。在这场旷日持久的政治与外交的较量中，美国挥动它的指挥棒，一次又一次地阻挠了该项提案的通过，将新中国挡在了联合国门外。然而，青山遮不住，毕竟东流去，美国阻止不了世界形势的发展，阻止不了新中国国际地位和影响力的不断提升。60年代前后，民族、民主浪潮催生一大批亚、非、拉新独立的国家加入了联合国，这场有关恢复中国在联合国席位的大辩论也在26届联大变成了一次大决战。大会上展开的这场辩论也就成为联合国历史上最激烈、最漫长的一次辩论，一直持续到深夜才付诸表决，直至大会主席手中的木槌落在主席台上的那一声响亮敲击，才算尘埃落定。联合国大厅内顿时响起了雷鸣般的掌声，“中国万岁”的欢呼声响彻大厅……为避免尴尬，台湾“代表”提前离席，美国代表一脸沮丧与失落。这样一次政治与外交的挫败，完全超出白宫主子的意料……

这时的北京，周恩来总理刚刚会见完第二次秘密访华的美国国务卿基辛格后回到办公室，立即接到了外交部主管副部长喜气洋洋的电话：

“报告总理，‘两阿提案’在联合国通过了！67票赞成，35票反对，17票弃权。”

“太好了！太好了！”不轻易喜形于色的周恩来此时扬起两道浓眉，两眼闪着兴奋的光芒，对着话筒大声说，“我们马上开会，讨论派代表团去联合国的事。”

“总理，我这就要送基辛格去机场，要不要把这个消息告诉他？”

“尼克松一面派基辛格秘密访华，一面继续阻挠恢复我们在联合国的席位，这消息用不着我们去告诉他，一上飞机他就会知道的。”

两辆红旗牌轿车奔驰在通往机场的公路上。坐在后排的基辛格正轻松地与中国副外长聊天。副外长问基辛格：

“国务卿先生，你认为中国在联合国的代表权问题本次联大有望解决吗？”

“不可能！”基辛格使劲摇了摇头，“这届联大肯定解决不了，要解决也得等到来年。”骄傲自信的美国人，依然是运筹帷幄、胜券在握的口吻。

中国副外长没有答话，一丝不易察觉的微笑掠过他的唇边。他能想象，几分钟后，这位白宫外交政策的参与制定者将要被他意想不到的新闻惊得目瞪口呆，美国只能眼睁睁地看着新中国外交进入一个高歌猛进的时代。

联大通过恢复中国在联合国席位的场景在电视上播出时，中国驻智利大使馆内，从大使到一般工作人员都在观看，欢乐的巨浪席卷了整个大厅，每个人都被欢乐的波涛推拥着、拥抱呀、笑呀、眼角渗出了泪水……

出现在荧屏上的智利国家电视台国际评论员在当场点评刚刚发生的事件，肖梅提高了嗓门，大声翻译着：“……毫无疑义，美国在联合国遭到了最惨重的失败，这次表决告诉全世界，美国操纵联合国的时代一去不复返了！这是一次正义与公理的胜利……”

无疑，这也是新中国外交史上具有里程碑意义的胜利，是众多发展中国家和主持正义、公理的国家的胜利。辩论过程中，古巴、智利代表率先力挺中华人民共和国进联合国，墨西哥、秘鲁、厄瓜多尔等拉美国家也公然违背美国意志，投下了赞成票。美国的指挥棒在联合国不灵了，在自己的后院也不灵了！而且，拉美国家很快又用实际行动重申了自己的主张和立场，中国恢复联合国席位后仅仅过了一个星期，又一个南美洲国家秘鲁，宣布与新中国建交，紧随其后，墨西哥、阿根廷、圭亚那、牙买加、委内瑞拉、巴西……也都争先恐后与新中国建交。台湾当局遭遇了外交上的又一个黑色时期，它派驻拉美国家的“外交”机构，一时间竟像是纷纷倒下的多米诺骨牌，新中国外交迎来了以拉美国家为主体的第三次建交高潮。形势发展之快令美国和台蒋势力猝不及防。中国外交的航船终于扬帆太平洋，乘风破浪地驶进了帝国后院。

多年生活和工作在地球另一边，高源、杨宇、肖梅、张雄飞这些人曾多么希望能早日充分享受祖国的阳光和尊严，没想到，这看似遥远的企盼，竟以超越想象的速度变成了现实，中国在联合国的胜利，让他们看到了在拉美即将迎来新中国外交的春天。这天晚餐时，杨宇、肖梅和同事们凑了一大桌，这些在外交场合从不豪饮的外交官，此时此刻，为新中国外交的胜利挺进拉美，能喝的、不能喝的都敞开胸怀，痛痛快快地干了杯。

风雨后的彩虹是美丽的，它像跨越太平洋波涛的彩色桥梁，连接着中国与拉美。拉丁美洲，这片曾经的新中国外交处女地，从此开始生长和绽放出更加绚丽的中拉友谊与合作之花。新中国外交官们的足迹开始延伸到拉美各地……年复一年，杨宇、肖梅和许许多多同事们都把自己生命中最美好的青春岁月献给了这片土地，从莽莽南极冰原到浩瀚的亚马孙热带雨林、从大西洋之滨到中美洲地峡，都留下了他们的脚印。他们与阿根廷人一起，经历了马尔维纳斯战火的伤痛；感受过苏联解体、东欧变天在尼加拉瓜引发的那场看不到硝烟的战争；亲历了巴西经济腾飞的起起落落；目睹了委内瑞拉从南美“民主橱窗”演变为反美斗争的新战场……漫长的岁月，风雨同舟的感受，拉丁美洲俨然成了他们生活中的第二故乡……然而，对这些最早踏上拉美大地的人来说，当他们回首往事时，最牵动他们心弦的还是初到新大陆时的那段不平凡的日子——安第斯山脉变幻莫测的政治风暴、举步维艰的外交耕耘、那如火如荼的岁月、那绽放着青春火花的年代……

尾　声

21世纪初叶的北京城里，银杏树的树叶黄了，在初秋的阳光下，看上去像一团团金黄色的云霞。国际会议中心被装饰得焕然一新，喜气洋洋地在迎接从地球另一边来的远方客人。这些天，拉丁美洲国家的一些政治首脑和经济合作机构负责人正云集北京，参加中国—拉丁美洲未来关系发展论坛，他们将为中拉合作与发展描绘更宏伟的蓝图。

初秋的夜晚，风清月朗。位于北京东城三里屯使馆区的智利驻中国大使馆院内花红柳绿，大厅的门敞开着，耀眼的水晶吊灯将墙上的大幅油画、大厅内的精美陈设照得雪亮。穿着白色制服的服务人员各就各位地站着，智利驻华大使率领使馆全体外交官也来到了门口，准备迎接前来的宾客。这时，一辆黑色小轿车正穿过霓虹灯闪烁的中央商务区，驶进使馆区那条著名的酒吧街。车内坐着高源夫妇、杨宇和肖梅。高源和夫人都已是年逾八旬的老人，杨宇和肖梅也已鬓发染霜，眉目间留下了岁月的刻痕。他们都已离退休多年，依然精神矍铄、笑声爽朗。这天晚上，他们应智利驻华大使邀请，出席一次很特别的外事活动——智利政府为中国首任驻智利大使高源授勋。刚接到参加招待会的请帖时，肖梅愣了一下，高源大使和我们这些人离开智利已经三十多年了，智利政府怎么忽然想起给老大使补发什么勋章呢？再一细想，哦——是了！如今智利社会党再次在大选中获胜、重新上台执政，他们没有忘却过去那段沉重的历史，他们想表达今天的智利新政府对中国当时一些做法的重新肯定……

轿车开进了侍立着两名卫兵的使馆大门，穿过院落，在大厅门口停了下来。高源等一行四人走进大门时，智利大使迎上前来握手，这位大使看上去五十岁上下，正处在外交官的黄金年华！大使把客人引到贵宾室，介绍给一些有身份的重要来宾：智利外交部代表、拉美各国驻华使节以及中国外事部门的一些负责人。介绍到最后，这位大使带着几分神秘的神情说：还有一位嘉宾，你们一定会愿意见到的！说着，只见走过来一位学者风度的长者，一身深色西服、斑白的鬓发有点卷曲……

“这位是拉丁美洲一体化协会秘书长。”大使在一旁介绍。男子暗褐色的眼睛里闪着激动的光……几双眼睛互相审视着，彼此都在记忆深处搜索和寻觅。

“豪尔赫！”肖梅用手捂住了嘴，竭力压低了自己的惊呼。过去那一幕幕在每个人脑海中匆匆闪过，他们握手、拥抱、沉浸在激动与兴奋中。当豪尔赫走到肖梅面前、热烈地拥抱她时，嘴里不停地说：

“世界真小，肖，我们又见面了！”他们对视着、感叹着，“我们都老了，我一直等着有一天能见到你，给你一个惊喜，再对你说一声：谢谢你！谢谢你为我所做的一切！”

“你已经给了我最大的惊喜：我们都健康地活着，而且又见面了！”肖梅的眼睛有些发潮，“这些年你上哪儿去了？我们打听过你，却没有得到你的任何消息。”

“离开智利后我去了古巴，后来又辗转去了墨西哥、尼加拉瓜、巴西。你知道，我是不会离开拉丁美洲这片土地的。智利形势缓和后，又回到了智利。肖，我已经来过中国两次了，每次都打听你们，你们好像一直不在北京。”

“是的。你还记得吗？我们第一次见面时，你就说过，我学了西班牙语注定要一辈子与拉美打交道，真还没有说错，我一直在我国驻拉美国家的使馆工作，直到退休。”

智利大使走过来邀请众嘉宾步入大厅，出席的客人向他们报以热烈掌声。接着，在掌声中，智利外交部代表为高源佩戴上了奥希金十字勋章，并发表了感人至深的致辞：

“……为开辟中国和智利的交往航道，高源大使率领他的同事们，做出了艰苦卓绝的努力；在智利最艰难的时刻，他们又坚持岗位、坚定不移地维护和推动了我们两国关系的不断发展……我们看到今天的智中关系达到前所未有的高度，经历着历史上最辉煌的时刻，我们由衷感激奉献给智中友好事业的那些先行者和开拓者。这枚推迟了三十多年才佩戴在高源大使胸前的勋章，彰显了历史与时间对他光辉业绩的郑重肯定，表达了智利政府与人民对中国政府和人民、对高源大使本人最真诚的感谢和敬意……”

演讲结束后，高源接受了来宾们的由衷祝贺。几十年后重温那段难忘的历史，老人的脸上流露出难以抑制的激动。

接下来的时间，人们开始三三两两地分散开去，或聊天，或招呼身边的服务员要杯饮料，或踱到摆满食品的酒会区去吃点什么。豪尔赫、肖梅和杨宇三人每人要了杯饮料，在后院一角寻了个清静处，坐下聊天，他们要说的话实在太多了。

“豪尔赫，你这次到中国来不会是专为参加这次授勋活动吧？”杨宇问。

“我是来参加下星期一在北京举行的中国—拉美未来关系发展论坛的。到北京后，智利大使告诉我，使馆今天有这个授勋活动，我一听，天哪，这不正是我一直想找的那些人吗！不要说正好碰上了，就是要我专程为这跑一趟，我也会来的呀！见到你们真高兴，想必你们都生活得很好吧？”

“这些年我们绝大部分时间都在驻拉美国家大使馆工作，风风雨雨的，这些情况你都清楚。个人生活嘛，杨宇除了他们已经向你介绍过的在几个拉美国家担任过大使外，还有一个你尚不知道的身份——我的丈夫。”肖梅指了指杨宇，又向豪尔赫抿嘴笑了笑。

“啊——！”豪尔赫惊愕地瞪大了眼睛，转身搂着杨宇的肩膀说：“我真羡慕你，杨！你除了事业上的成就，生活中还有肖这样一位可爱的妻子！你知道吗？肖也曾经是我的梦中情人，她的拒绝曾让我难过了好长时间，不过，我现在可以平静地分享你们的快乐，因为我知道有你照顾她，肖肯定会生活得幸福。”他激动地絮叨着，大家仿佛又回到了年轻时那段难忘的岁月。

杨宇爽朗地笑了，说：“你知道我是怎么得到她的吗？因为我们在拉丁美洲度过了生命中最宝贵的时光，终于感动了你们圣克里斯托瓦尔山上的那位圣母，是她让安第斯山为媒，促成了我们的结合……”

肖梅微笑着在一旁听着，她想起了什么似地打断了他们的话：

“豪尔赫，你说你常去古巴，是吗？我们的儿子在中国驻古巴大使馆工作，你再去古巴时，我们让他去看望你。”

“真的呀？太好了！”豪尔赫语调兴奋，“这么说，你们的儿子又在重复父母昨天的故事了。”

“不，世界变化太大了，昨天的故事已不可能在今天重演，”杨宇感慨地说，“他们这一代外交官是站在崭新的世界舞台上，演绎我们过去无法想象的全新的时代大乐章！”

“是呀，这几十年里，世界的确变化得太快了！谁能想到，中国一跃成了全球第二大经济体、成为众多拉美国家的最大贸易伙伴，世界地缘政治版图正在为之改变……”豪尔赫的眼睛里闪着亢奋的亮光，那神态仿佛又回到了青年时的模样，“今天的世界上已经没有任何国家能够阻止中国与拉美结成携手前进的战略伙伴，过去那个帝国后院正在变为历史！中国，还有我们拉美，都在追寻我们各自民族的梦想，书写自己新的历史篇章……”豪尔赫无限感慨，滔滔不绝。

“你说的没有错，有时形势变化之快，连我们这些身在其中的人都难以相信那是真的。”杨宇也不禁发出了感叹。

“不过，也有些东西是不会变的，比如，我们之间的友情，人民对和平发展、对友谊合作的渴望与追求，”说到这里，肖梅带着梦幻般的表情、充满感情地念道，“‘海内存知己，天涯若比邻’，你们说，一千多年前，中国诗人就写下了这样美妙的诗句，而我们，经历了如此多的风雨变迁之后，细细品味这诗句，竟像是专为表达我们此时的心境！而且……”未等肖梅说完，杨宇抢着接下去说：“而且，这两句古诗表达的也正是当今中国外交的理念和追求的境界呀，各国人民友好相处、互惠共赢、共同和平发展！”

“对！我们应该干一杯，为了中国古代早已有之的这一美好梦想干杯！”豪尔赫高声说。三个老人兴奋地举起了手中的杯子，脸上荡漾着孩子般阳光的笑容，轻轻地碰了杯。

北京上空星光灿烂，一颗流星在夜空中划过……